에로틱 아우라

에로틱 아우라

초판 1쇄 인쇄 | 2008년 3월 25일
초판 1쇄 발행 | 2008년 3월 29일
지은이 | 허혜정
펴낸이 | 이승은
펴낸곳 | 예옥
등록 | 제 2005-64호(등록일 2005년 12월 20일)
주소 | 서울시 마포구 동교동 200-16 101호
전화 | 02.325.4805
팩스 | 02.325.4806

ISBN 978-89-93241-00-6 (03810)

＊ 이 도서의 국립앙도서관 출판시도서목록(CIP)은 e-CIP 홈페이지(http://www.nl.go.kr/cip.php)에서
   이용하실 수 있습니다.

허혜정 비평집

에로틱 아우라

예옥

아직 불빛이 남아 있을까 창가에서 살펴보면

마지막 불빛 한 점 눈을 아프게 했다

늦도록 밤을 잊은 그는 누군지

어떤 고통의 자욱들을 지웠는지 아는 이는 없다

얼마나 기나긴 시간이 지나갔는가

오늘밤 나의 노트에는 나일강이 흐른다

아름다운 별빛의 강, 내 사랑의 간절한 고통이 올 때

낡은 말로 빛의 관을 짠다

상실은 영원의 밤으로 출발하는 시작이니

아팠던 심장을 항아리에 봉하고

모든 시간의 이야기를 벽화로 새겼다

사랑하는 이여, 이제 그대는 먼지요 기억이요

이 한 줄의 문장보다 아무 것도 아니다
말라가던 말들은 가슴 깊이 그림자로 새겨졌다

아팠던 펜을 놓고 침대로 돌아가면

손가락을 더듬는 바람의 창백함

여기의 외로움은 얼마나 아무 것도 아닌가

피로한 몸은 한줌의 잠을 목말라 하는데

가느다란 유골처럼 자그락이는 말들

침묵이여 다가와 나를 지우라

하나의 삶은 너무 오래 머물렀으니

잠결에 뒤척이던 근심의 물결마저 잠잠해질 때

망각의 강 추억을 싣고 머나먼 우주를 항해하던 사람들

다시는 철석이는 물소리도 이름도 갈망도 없이

어떤 아픔도 손대지 않은 채 남겨두는 곳

수평선의 빛이여, 나를 축복하소서

나의 사랑은 끝났습니다

_오시리스의 배

　　이집트인에게 산 자들의 왕이 라Ra였다면 죽은 자들의 제왕은 오시리스Osiris였다. 본래 오시리스는 초목과 재생의 신으로서, 하늘의 나일강인 은하수를 따라 우주의 리듬 안으로 흘러드는 생명을 상징했다. 영원한 거처인 피라미드에서 긴 잠을 자는 동안, 망자의 영혼은 낡은 갈대배를 타고 명부의 나라로 여행한다. 사막의 능묘 속에 커다란 갈대배를 엮어넣은 이집트인의 상상력을 나는 사랑한다. 이집트인의 죽음의 안내서인 『사자死者의 서書』에는 사후세계의 심판자인 오시리스 왕 앞에서 죽은 자의 심장이 저울에 달리는 그림이 수록되어 있다. 심장의 맞은 편 천칭에는 새의 깃털이 놓여 있다. 심장의 무게가 깃털만큼 가벼워야 부활할 수 있다고 믿었던 걸까.

　　라디오 소리만이 나지막히 깔려오는 잉크의 도로를 달려, 광막한 하늘을 문득 경이의 눈빛으로 올려다보며 나는 묻는다. 무참한 통증으로 가득한 인간의 심장은 과연 어떻게 깃털만큼 가벼워질 수 있을까. 지상의 발톱에서 풀려나 어떻게 영원으로 다가갈 수 있는지. 만약 우리가 시를 믿고 있다면 프린터에서 밀려나온 종이날개처럼 머나먼 우주로 날아갈 수도 있으리라. 그러나 우리는 늘 무거운 신발과 코트에 갇혀 있다. 현실로 굳어가는 꿈에 대해 이야기한다. 언제나 나는 언어 속에 잠들어 있는 어떤 근원을 그리워했다. 상처로 무거워진 심장을 날개로 변화시키고 싶었다. 이 끔찍한 도시의 집들. 전쟁같이 하나의 방향으로 내몰리는 길들. 언제부터인지 불빛마저 끊어진 도로를 달리며 나는 다시 묻는다. 명부의 왕이 깨어나듯 저 무한한 어둠을 환한 언어 속으로 가져올 수 있는지. 염증의 시간과 파괴적인 슬픔 속에서도 생을 사랑할 수 있는지. 무서운 기갈로 말들을 먹어치우고 뜨거운 달 속으로 날아가는 곤충처럼. 곤충이 날아가도 영원히 남아 있는 여인인 대지처럼. 넘치는 육체의 잔처럼.

나는 시라는 것이, 오시리스의 전설같이 인류의 놀라운 상상력을 생산해온 거대한 근원에서 비롯된 활동의 일부라고 믿어왔다. 선사시대부터 내려온 예술적 표현을 가능케 한, 알 수 없는 근원의 일부로서 존재한다고 말이다. 늘 나는 시 읽기를 통해 이성주의자들이 무시해 온 종교나 신비, 철학적 가치들을 조명하고 싶었다. 또한 내가 벗어나고 싶어했던 시대적, 문화적, 성적 상처들을 함께 반영하고 싶었다.

내가 이런 인간이었으므로, 1995년 평단에 입문한 시기부터 나의 평론에는 늘 두 가지 주제가 관통하고 있었다. '죽음'과 '섹스'다. 그러므로 이 책 『에로틱 아우라』에서 집중적으로 다룬 비평적 주제는 죽음과 에로티즘이다. 이 글들은 현대의 에로틱한 관념 밑에 흐르는 거대한 자연을 토대로 하고 있다. 이것은 존재를 불연속적인 것으로 바라본 현대적 현상들에 대한 나의 반역이다. 그리고 인간의 영혼과 심장을 조각내고 능욕해온 세계 속에서 존재의 통합성을 되찾기 위한 노력이다.

이 책에 언급된 시인들은 내가 평문을 쓰던 당시 상당히 의미 있는 어떤 '징후'를 내보이던 시인들이었다는 점을 지적해 두고 싶다. 특히 2부에는 내가 애송이 평론가였던 90년대의 글들이 집중적으로 수록되어 있다. 일견 어둡고 파괴적이면서도 뜨거웠던 당대의 시에 대해, 나는 평단에 입문한 시기부터 선명한 나만의 각도를 가지고서 적지 않은 평론을 발표해왔다. 언젠가 내가 '괴사의 미학'이라 이름붙인 죽음의 시학은, 평론을 시작하던 시기부터 집중적으로 구성해온 소중한 테마다. 1990년대 전반기의 시를 읽어내는 일반적인 기류는 신세대론, 신서정론, 일상성, 키치 등이 중심이었음을 기억해주기 바란다. 비록 이 평론집에 수록되지 못했고, 너무 많은 글을 써왔기에 다 기억할 수도 없으나, 이와 연관되는 평론들을 나는 확장된 프리즘 속에서 다수 쓴 바 있다. 이는 이미 우리의 현대시를 읽어내는 중요한 초점으로 자리 잡았다. 비록 미숙한 면이 있었음에도 불구하고 이것은 내 비평의 주요한 발판이었기에 죽음과 에로티즘의 시학에 대해서는 나의 평론이 존중되기를 바란다.

그간 나는 반쯤 미쳐서 살았었기에, 나의 글들을 잘 보관하지도 않았고, 버리고 잊어버리는 것을 개의치 않았다. 출판해 달라고도 요구하지 않았다. 우리는 실패를 각오하는 만큼 강해질 수 있다. 내가 문학을 하는 이유가 있다면, 망자의 영혼을 싣고 영원의 공간으로 항해하는 오시리스의 배처럼, 죽어버린 언어들을 낡은 파피루스의 배에 실어 어떤 부활의 순간으로 데려가고 싶었기 때문이리라. 지상의 모든 위대한 언어들처럼 상처입은 영혼들의 우주로 흘러들고자 했던 것이리라. 우주와 사랑에 빠진 달처럼. 더 위대한 힘이 산산히 부숴놓은 행성처럼.

2008년 3월
허혜정

1 세대를 잇는 시적 징후

이성복과 죽음의 미학 · 15

기형도와 그늘진 혀 · 34

몰록의 아이들과 잔혹의 시학 · 49

현대시와 포르노그래피 신드롬 · 67

에로스인가 카사노바인가 · 87

2 에로틱 아우라

광인의 더블베드 · 121
−성귀수의 시를 통해 본 판타지의 방향

재림의 성性 · 139
−박상순의 시를 통해 본 판타지의 방향

지질학적 육체와 에로틱 아우라 · 159
−채호기의 시를 통해 본 판타지의 방향

떠도는 동공 · 181
—장경기의 시를 통해 본 판타지의 방향

죽음과 영적 오나니즘 · 204
—남신우의 시를 통해 본 도착성의 미학

'퀴어'의 감수성 · 227
—황병승의 시를 통해 본 엽기성의 미학

3 여성시의 가면

여자인가 죄인인가 광인인가 · 247
—여성주의 비평을 말하다

용과 스핑크스, 그 언어의 신화 · 266
—김인희의 시세계를 중심으로

반미학으로서의 엽기성 · 292
—김언희의 시세계를 중심으로

거즈로 만들어진 가면 · 312
—김종미 · 안현미 · 이근화 · 김지혜의 시를 중심으로

색인 · 336

세대를 잇는 시적 징후

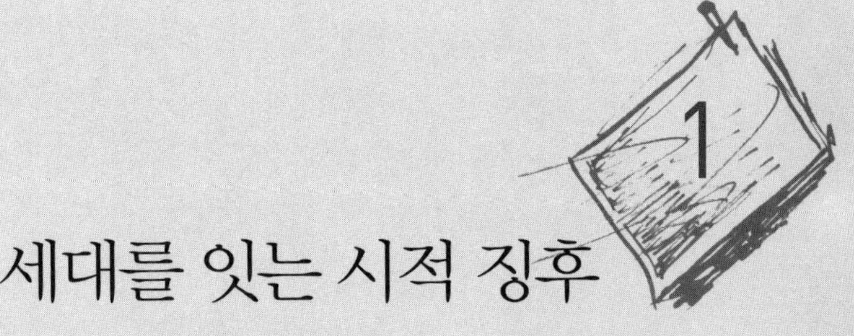

1. 이성복과 죽음의 미학

2. 기형도와 그늘진 혀

3. 몰록의 아이들과 잔혹의 시학

4. 현대시와 포르노그래피 신드롬

5. 에로스인가 카사노바인가

이성복과 죽음의 미학

1. 죽음의 장소들, 그리고 질병이라는 상징

현대시가 육체와 감각을 통해서 미적 실현을 추구했던 것은, 인간의 반자연성을 기반으로 성립된 근대의 수사를 극복하고 지적인 반영에 의해 구축된 세계에 대한 심리적 통찰에서 비롯된 것이다. 예컨대 이성복에게 큰 문학적 영향을 주었다고 알려져 있는 카프카는, 「변신」에서 추악한 갑충의 이미지를 통해 현대인의 영적 죽음과 근대세계의 토대였던 기독적 세계관의 파산을 드러낸 바 있다. 깊은 문맥으로 볼 때 성적인 죄의식과 결부되는 벌레의 몸은 세계의 억압과 현대인의 심리적 '재난'을 물질적으로 영토화한 것이다. 세계에 대해 반항조차 포기한 채 냉소적으로 웅크린 몸은 진화가 아니라 퇴화하는 존재, 일종의 시적 장애로서의 불감증 또는 마비와 깊이 연관되어 있다.

　이러한 연관에서 우리는 『뒹구는 돌은 언제 잠깨는가』에서 엿보이는 바, "어떤/ 놀라움도 우리를 無氣力과 不感症으로부터/ 불러내지는 못했고 다만, 그 전에 비해/ 약간 더 화려하게 절망적인 우리의 습관을/ 修飾했을 뿐 아무 것도 追憶되지 않았다"(「1959년」)는 불감증 속으로 더 깊이 들어갈 필요가 있다. 무자비한 세계의 압력 속에 기괴한 벌레로 변해버린 그레고르 잠자의 몸은, 사회·역사·심리·성적인 상처가 응축되어 있는 극단의 이미지라 할 수 있다. 이렇게 음습한 구석으로 기어드는 벌레의 장소와 연관지어볼 수 있는 공간은 무엇보다 『뒹구는 돌은 언제 잠깨는가』에서 자주 드러나는 '유곽'이라 할 것이다. "정든 유곽"에는 내성적이면서도 덧없는 욕망, 휴지처럼 떠내려가는 시시한 독백만이 자리 잡는다. 유곽에서 흘러나온 비루하고 오염된 삶의 이야기는, 세계와 개인의 관계 혹은 80년대라는 시대의 억압성을 내밀한 개인의 시선으로 읽게 해준다.

　　도시와 자본과 음습한 관계를 맺고 있는 유곽은 거대한 거짓의 영토 위에 허망한 삶을 재생산하고, 몸은 마침내 '질병'에 오염된다. 도시의 음습한 구멍처럼 구불구불 이어진 사창가는 자본주의의 화농을 옮겨놓는다. "소년들의 성기에는 까닭 없이 고름이 흐"(「1959년」)른다는 식의 병든 풍경은 근본적으로 죽음의 운명을 짊어질 수밖에 없게 한 낙원 추방의 이야기에서 비롯된 것이라 할 수 있다. 유년의 에덴동산은 풍요롭지도 아름답지도 않다. "더 살 수 없는 곳에 사는 사람들"의 생이 이어지고 있는 「모래내 1978년」의 풍경처럼 그리움과 고민이 싹트던 유년의 낙원은 가난과 비참, 세상의 마지막 변두리로 재현된다. '모래내'에는 지식의 나무 열매가 아니라 깡통에 꽂혀 있는 병든 "무우꽃"이 시들어가고 있을 뿐이다. 「금촌 가는 길」이나 「꽃피는 아버지」 등에서의 '아버지'는 너무나도 무력한 존재이며, 집이란 까닭도 모른 채 끝없이 추방당하는 자들의 장소다. 실낙원의 운명은 노예의 시간을 예비한다. 악의 볼모가 되어 역사라는 형기를 견뎌내야 하는 인류의 운명은, 잔혹한 시대의 학대를 견디며 나뒹굴어야만 하는 '돌멩이'와 다를 바 없다. 그의 시가 보여주는 것은 잔혹한 역사와 체제, 자본주의적 시스템을 동시에 견뎌내야 했던 한 시대인의 모습이며, 모든 신념과 근원의 낙원을 잃어버린 현대인의 초상이다. 카프카의 벌레처럼 음습한 콘크리트 구멍을 찾아 기어드는 현대인의 삶은, 아무런 빛도 변화도 행동도 갈망하지 않고 자취방 혹은 유곽 같은 공간에서 짓물러가고 있다.

「어떤 싸움의 기록」에서 엿보이듯, 무언가에 멱살을 잡힌 자의 분노와 내성적 고립감은 짙은 회의와 죽음의 감수성에 몰입했던 90년대의 여러 시인들의 시에도 깊이 스며들어 있다. 이성복의 시는 거대한 회의의 시대를 예감케 해주는 전조였다. "80년대 이후 한때 우리 시단에는 이성복 신드롬 같은 게 있었다. 시를 공부하는 많은 젊은이들이 이성복 시에 깊은 영향을 받았고, 그의 시와 비슷한 발상법의 모작들이 쏟아져 나왔다"[1]는 지적처럼 수많은 젊은 시인들이 그의 시를 내방했으리라 짐작할 수 있다. 그의 시적 스타일은, 현실에 대한 불화와 근심 또는 너무 미끄러운 자본주의적 풍경에 자폐적이면서도 신경질적인 반응을 보였던 90년대 시인들의 표정을 떠올리게 한다.

이성복의 시에는 비좁고 갑갑한 구멍에 틀어박혀 세상을 둘러보는 벌레처럼 비굴한 일상의 무력감을 벗어날 수 없는 방관자의 시선이 관통한다. 80년대 민중시에서 엿보이는 강한 저항성과 행동이 아니라 복잡한 회의의 감수성이 내향적으로 표현되는 것이다. 특히 그의 시가 드러내고 있는 '마비'는 안 보이는 억압에 예속된 개인들 그리고 삶에 대한 뿌리 깊은 갈등을 표현한다. 나날의 일상에는 목적도 희망도 없다. 무작위적으로 방류되는 의식의 난류는 아무런 연관 없이 중단되거나 이어지는 무질서한 일상의 이미지로 재현된다. '그날' '그때'와 같은 시간적(역사적) 질서라는 것 또한 우연히 떠올라온 기억처럼 불확실하다. 모두 확실함의 토대인 시작—중간—끝

---

1. 김용락, 「문학에 천재는 없다」, 『현대시』, 1999년 1월호.

의 질서는 부재하며, 시적 서사는 아무런 의미도 없이 사라지거나 나타나는 일상의 삽화들로 구성되어 있다. 막연한 둔통에 짓눌린 일상 속에서 덧없는 쾌락이 각인된 몸은 독재 혹은 자본권력의 폭력이 각인된 존재의 영토로 제시된다.

이성복은 그의 첫 시집에서 현대인의 무감각을 '질병'으로 진단했다. "문제는 우리의 아픔에 있는 것이 아니라, 우리를 아프게 하는 것들에 있다. 오히려 아픔은 '살아 있음'의 징조이며, '살아야겠음'의 경보라고나 할까. 자신이 병들어 있음을 아는 것은, 치유가 아니라 할지라도 치유의 첫 단계일 수는 있기 때문이다."[2] 그의 시집 속에 재현되는 무감각한 일상의 이야기와 군상들의 삶은, 드러나지 않는 폭력과 죽음의 일상화를 본격적으로 다루기 위함이라 할 수 있다.

고통은 일상을 가동시키는 기계의 중심나사처럼 일상 깊은 곳에 박혀 있어 우리는 병이 들었는지조차 모르고 있다. 우리는 병든 유곽에 거주하면서 낙원에 있다고 믿고 있으며, 끝없이 변두리로 내쫓기면서도 제각각이 '개인'이라는 중심이라 착각하며 살고 있다. 섹스는 '마비'와 환멸의 일상을 견디기 위한 탈출구 혹은 다시 염증으로 돌아오는 시시한 경험의 찌꺼기다. 그의 시는 시멘트 바닥에 으깨진 마약환자의 뇌처럼 사회적 의식이 병든 성과 죽음으로 번역된 특이한 시대를 예고했다. 유곽의 정경은 시집에 등장하는 잡다한 삽화들과 연결되어 복잡한 폭력의 관계들과 끔찍한 침묵의 비극을 재현한다. 90년대 시에 자주 도드라지는 질병과 죽음의 감수성은 이미 이성복의 시에서 흐릿한 전조를 드러내는 것이다.

이렇듯 우리는 90년대 이후 현대시에 도드라진 죽음의 기류를 읽어내기 위해 이성복 시를 깊이 탐색해볼 필요가 있다. 그 첫째 이유는 그의 '마

---

2. 이성복, 『뒹구는 돌은 언제 잠깨는가』 뒷 표지 자서, 문학과 지성사 1980.

비'의 감수성이 죽음과 성적 탐미로 극단적으로 잠겨든 시인들의 감수성과 연결되기 때문이다. 둘째는, 일상의 풍경에 대한 세세한 재현방식이 편집광적인 세밀함에 몰입했던 90년대 시인들의 스타일에 깊숙이 흘러들었기 때문이다. 특히 과도한 자의식에 좌초한 연애의 이미지는 욕망의 탕진 끝에 열리는 90년대 시인들의 텅 빈 동공을 비추어낸다. 순수한 사랑도 연인도 존재하지 않는다. 김중식의 시에서처럼 첫사랑은 신파에 불과하다. 섹스는 마취의 시작이며, 잔혹한 일상을 견디기 위해 중독되어야 할 무엇이다. 산문적인 수준으로 내려앉은 섹스 혹은 과도하게 부풀어오른 성의 기형적 이미지는 90년대 시의 정키를 만들었다.[3] "소주에 밥 말아먹어도 취하지 않던 시절"에 어둡게 탕진된 힘들, 끝내 폐인처럼 웅크린 초상들이 현대시에 가득했다. 위험한 속도의 시대를 주마등처럼 스쳐가는 일상의 정경 속에 신념, 희망, 사랑이란 하나의 추상이거나 폐기된 관념이었다.

2. '그날', 그리고 죽음의 잔영들

죽음의 미학은 현대의 지반이 된 우주론적 전제를 그 근저에서부터 해체하는 역동적이고 중요한 의미를 갖는다. '직진하는 시간과 질서정연한 공간'이라는 우주론적 전제는 '이성과 의식과 정신'으로부터 일어선 근대적 사유의 토대와 맞물려 있다. 근대를 관통하고 있는 중요한 관점 중의 하나는

---

3. 유성식은 무섭도록 아름답고 이상한 힘을 지닌 연인을 통해 가사상태와도 같은 쾌락의 잔해를 노래하기도 했다. 덧없는 자극은 우리가 먹는 음식 속의 감미료처럼 섞여들기도 하고, 채호기의 시에서 엿보이듯 우리의 육체 속에 병균처럼 숨어 있기도 하다. 이성복의 시적 풍경을 상속하듯 함민복은 버려진 아이들이 권태롭게 바라보는 텔레비전이라는 신을 노래했고, 장경기는 하얗게 빛나는 텅 빈 동공을 멀티포엠으로 비춰냈다. 박상순은 무서운 빵공장처럼 기립해 있는 세계의 어디선가 폭력이 흘러넘치고 있다는 막연한 압박, 그럼에도 불구하고 악마적으로 가동되고 방류되는 달콤한 이미지의 세계를 보여줬다.

다윈의 진화론적 사고이다. 그는 살아 있는 체제인 자연에서 '경쟁' 이라는 공격적인 논리를 추출하였고, 그 강자의 논리는 인간사회에 기계적으로 적용되어 근대문명에 강력한 기반을 제공했다. 또한 경제적 다위니즘에 기반한 근대화의 논리는 한국의 군부독재 시절 왜곡된 경제개발 논리로 가동되며 숱한 환부를 남겨두었다. 그러한 의미에서 이성복의 시가 내보여주는 마비와 둔통, 죽음에 대한 말은 현대세계뿐 아니라 무참한 시대를 관통해온 우리의 상처에 대한 비평이라고도 할 수 있는 것이다.

무엇보다 이성복 시를 '죽음의 미학' 의 발화점으로 규정짓게 하는 요소는, 그의 시와 90년대 시인들의 시적 스타일과의 '관계' 속에 있다. 이성복 시에서 가장 두드러진 것은 독방에 죽은 듯이 틀어박혀 있거나 마치 옥상에 올라가 미친 듯 주절대는 벌레인간을 연상케 하는 독특한 감각이다. 그의 초기 시에 흐르는 이미지들은 평범하면서도 비극적인 경험, 시적 강렬함을 고조시키는 사소하고 세심한 일상들에 집중되어 있다. 안 보이는 폭력과 모호한 절망이 뒤엉킨 '일상' 에 대한 '촉진' 의 감각은, 무의식을 억압하는 현실이 아니라 무의식의 암실에서 현실을 현상하는 스타일의 '체위 바꿈' 을 했고, 그런 독특한 재현 전략이 사실주의적 기류에 압박당한 80년대 시에 얼마나 분명한 모멘트를 제공했는가는 부언할 여지가 없다.

"앵도를 먹고 무서운 애를 낳았으면 좋겠어/ 걸어가는 詩가 되었으면 물구나무 서는/ 오리가 되었으면 嘔吐하는 발가락이 되었으면"(「口話」) 하는 구절에서도 선명하게 보이듯이, 현실의 문맥에 잘 접속되어 있는 듯하면서도 내부로 파열하며 이어지는 독특한 스타일은 다양한 이미지의 그물망을 헤치고 90년대 시뿐만 아니라 21세기의 어린 시인들에게까지 흘러들었다. "내 정액에선 이제 톡 쏘는 냄새도 맡을 수 없어/ 오줌처럼 멀겋고 더러울 뿐이야, 나의 정액"(박세리, 「Jefferson Airplane」)처럼 심리적 낙하와 고갈, 임포텐츠가 반복되는 현대의 젊은 시인들 곁에 이성복의 시는 그렇게 가까이 놓여 있다. 이미지는 분명히 새로운 방향으로 움직이고 있었고, 그것은 기형도의 어두운 통로를 따라 송찬호, 이윤학, 박정대, 함기석, 배용제, 박상순 등의 복잡다기한 개성으로 스며들고, 다양한 시적 기류 속에 심리적이고 육체적인 경험으로 방향을 틀었던 젊은 시인들의 묘하고 변덕스런 시편들 속으로 휘발하며 남겨져 있다.

이성복의 시에서 독자가 가장 쉽게 기억해낼 수 있는 말은 아마 '환멸과 수치'일 것이다. 이는 의식의 판단이 아니라 심리적인 반응에 가깝다. 겉으로는 멀쩡하지만 속으로는 상처의 물집이 잡힌 병든 시대에, 그의 시가 자기중심적 이성논리에 제동을 걸 수 있는 심리적이고 육체적인 이미지를 구사했다는 것은 매우 중요하며, 그런 전략은 이성복의 시에 일관되게 흐르고 있다. 가령 "봄밤의 노곤한 무르팍에/ 머리를 눕히고"(「정든 유곽에서」) 같은 초기의 작품과, "밤 깊어가도록 사랑"하고 '머리'를 "저승으로 넘겨"(「봄밤」) 준다는 최근의 작품은, 지적(머리)인 강박증을 지닌 현실의 재현법에서 이탈한 일종의 뇌사적 경험을 암시하는 부분이다. 머리에는 정욕도 통증도 슬픔도 없다. 하지만 우리를 이성적 존재로 빳빳이 고정시킨 머리는 죽고, 악마적으로(선악의 이분법 속에서가 아니라 숨겨졌다는 의미에서 악마적인) 다스려지지 않는 슬픔, 욕망, 감각, 심리적 영역으로 그의 언어는 확장되어 왔다. 지적 병증에 사로잡힌 눈의 논리에 의해서가 아니라 육체의 눈인 감각으로 포착된 이미지는 "음험한 땅의 욕망을 하늘에 내거"(「등나무」)는 등나무처럼 그의 시속 곳곳에 신경의 가지를 뻗고 있다.

그의 시는 그렇게 출발한다. "죽음 이상으로 침침해서 발이 빠져 나가지/ 못하도록 잡초雜草 돋아나는"(「정든 유곽에서」) 독백조의 노래는, 깊고 어두운 무의식의 바닥에서 환영의 하늘까지 상승한다. 빛나는 별은 한없이 확장된 푸른 스크린을 거쳐 다시 "광대뼈에 반짝이는" 별로 바뀐다. 이성복의 세계는 명징한 시선이 아니라 '촉진'된 감각에서 솟아오른다.(그의 눈은 늘 손가락같이 만진다. 가령 별을 광대뼈처럼 더듬을 수 있다) 초점이 흐려질 때 하나의 선과 기호로 가리켜지는 매끈하고 완벽한 세계에는 주름이 잡히고 환상의 고름이 흐르고 썩어가기 시작한다. 한때 이성의 빛이 진실을 비쳐내고 있으므로, 우리가 바라보는 세계는 완벽하고 투명한 우주일 수가 있었다. 하지만 이성복의 시는 이상하게 불투명하게 으깨져 있다. 이성의 카르마(그것 또한 고집이며 경험적 집착이다)로 만들어진 마야는 "어두운 삶의 하늘을/ 날으는 방패연"(「정든 유곽에서」)에 의해 찢겨지고, 이런 방식으로 그의 시는 지상(육체)에서 띄워올린 눈으로 상처를 내고 현실의 물집을 만든다. 이러한 상상력은 이성복 시의 미감이 강렬하고 은밀하게 자리하고 있는 부분이다. 여기에는 또한 상승과 하강, 확장과 응축이 반복되며 소용돌이치는 이성복 시의 근원적 스타일이 반영되어 있다. 이런 면에서 이성복만큼이나 자기만의 스타일을 독자적으로 구축한 시인은 드물 것이다.

이렇듯 그의 시집은 서정시의 상투적인 수사들을 철저히 걸러내며 인간 삶의 미묘하고 복잡한 의미를 충격적으로 드러내었다. 이성복은 시대의 탁류에 밀려가며 상처받는 인간 군상들의 모습을 "뒹구는 돌"로 규정한다. 그의 시는 우리의 존재를 아무 데나 내몰고 있는 무도한 힘에 대한 이야기며, 우리가 어떤 방식으로 죽은 채 살아가고 있는가에 대한 정치적 이야기다. 그로써 대중문화 세대라는 말들이 정형화시킨 탐닉과 매혹의 주제보다 훨씬 더 치명적인 테마를 던져주었다. 실제로 그의 시적 스타일은 브라운관에 얼비치는 이미지들보다 훨씬 시각적이기도 했다. 일상과 가족적 풍경을 여러 겹으로 감싸고 있는 그 가깝고 시시한 이야기는 우리가 숭배해온 국가, 사회, 정치성을 둘러싼 위험한 덫들을 중층적으로 제시하고 있다. 가장 충격적인 것은 욕망에 제압된 사랑, 도덕적인 허약성, 의미가 빠져나간 무정형의 일상 외엔 아무것도 없다는 통찰이다. 거짓된 이상주의, 상투적 비극, 그의 시 전반에 깔려 있는 회의의 잔상은 우리 삶의 불안과 균열을 분명히 드러내줌으로써 치명적인 삶의 장소에 아무렇게나 내팽개쳐진 우리의 공허한 삶을 강조한다. 무사히 살아가기 위해 심리적 완충장치로서 필요했던 '마비'는 바로 우리가 살아가는 죽음인 것이다.

『뒹구는 돌은 언제 잠깨는가』가 보여주는 것은 거짓된 삶이 안겨주는 슬픔과 그리움, 거대한 일상의 기계에 압사되어 가는 존재의 둔통, '흉노족' 같이 시도 때도 없이 의식의 경계를 밀치고 들어오는 기억의 폭력, 가볍게 지나치지 못할 훼손된 현실의 풍경이다. 일견 자폐증같이 보이는 복잡한 망상의 스크린이 90년대 시단에 제공한 것은 이상한 신경증적 개성이다. 질병과 마비, 자폐적인 감수성이 이후의 젊은 시인들에게 크게 공유되었다는 점에서 이성복의 시는 80년대와 90년대를 동시에 주해할 수 있는 텍스트로 이해될 수 있다. 그것은 현대가 요구하는 긴장감과 행동, 그리고 전진을 향한 광기 속에 니타나는 부저응의 증상이다. 이성복의 시는 무언가 현대적 틀에 들어맞지 않는 존재의 심리적 감각이자 정신의 질병, 행동이 거세된 무력감과 현기증을 그려내고 있다. 빠르게 흘러가는 이탤릭체 글씨를 바라보는 텅 빈 눈처럼.

그날 아버지는 일곱 시 기차를 타고 금촌으로 떠났고
여동생은 아홉 시에 학교로 갔다 그날 어머니의 낡은
다리는 퉁퉁 부어올랐고 나는 신문사로 가서 하루종일
노닥거렸다 前方은 무사했고 세상은 완벽했다 없는 것이
없었다 그날 驛前에서는 대낮부터 창녀들이 서성거렸고
몇 년 후에 창녀가 될 애들은 집일을 도우거나 어린
동생들을 돌보았다 그날 아버지는 未收金 회수 관계로
사장과 다투었고 여동생은 愛人과 함께 음악회에 갔다
그날 퇴근길에 나는 부츠 신은 멋진 여자를 보았고
사람이 사람을 사랑하면 죽일 수도 있을 거라고 생각했다
그날 태연한 나무들 위로 날아 오르는 것은 다 새가
아니었다 나는 보았다 잔디밭 잡초 뽑는 여인들이 자기
삶까지 솎아내는 것을, 집 허무는 사내들이 자기 하늘까지

무너뜨리는 것을 나는 보았다 새占 치는 노인과 便桶의

다정함을 그날 몇 건의 교통사고로 몇 사람이

죽었고 그날 市內술집과 여관은 여전히 붐볐지만

아무도 그날의 신음 소리를 듣지 못했다

모두 병들었는데 아무도 아프지 않았다

_「그날」 전문

　「그날」에는 주마등처럼 돌아가는 '그날'의 일상이 스케치되어 있다. 그의 언어는 그냥 거기 쓰여져 있고 물질적으로 백지에 머물러 있기에 시라고 불리는 것이다. 연대기적 순서가 파괴되어 있는 행들에서 우리는 그 어떠한 사건의 기원도 전개도 찾아볼 수 없다. 하나의 분명한 문장이 의식의 지배의 산물이라면, 그의 시는 시작도 끝도 모를 '그날'을 통해 '병들었'다는 것 외에는 알 수 없는 일상을 재현한다. 그의 시는 이질적인 여러 이미지들을 바꿔 쓰거나 혼합해, 기억의 질서와 동일성을 파괴한다. 연대기적 시간이란 의심스럽고 역사 또한 그러하다. 그에게 하나의 분명한 의미로 전달되는 세계는 결코 진실이 아니며, 껍데기의 말들에 불과하다. 그의 언어는 분명한 사실을 제시하지 않는다. 덧칠되는 침묵을 통해 동일성을 보장하고자 했던 언어는 언제나 왜곡되어 있기 때문이다. 말하자면 언어는 침묵을 이용하고, 시대와 역사가 가동되는 방식 또한 그러한 수동성을 이용하기 때문에 우리는 모두가 의미의 물질이며 침묵이며 죽음이다. "벌목당한 여자의 반복되는 임종"(「정든 유곽에서」)처럼 반복되는 침묵은 강대한 권력의 토대이기에, 침묵이 곧 이야기의 시작인 셈이다.

　그의 시는 전체적으로 질서정연한 서사를 전복한다. 어제는 오늘에 선행하지도 않고, 내일은 뒤에 오지도 않는다. 시간은 시작도 종막도 없이 열려 있다. 텍스트에는 마침표라는 명백한 경계구분도 없다. 왜냐하면 우연성에 기인하는 끝은 진정한 끝이나 종결이 아니기 때문이다. 삶은 오로지 일상이라는 이름으로 돌아가는 무서운 궤도일 뿐이다. 어떤 목표도 의미도 없이 그저 돌아감으로써 우리를 고갈시키고 파편처럼 분해시키는 질서에 사로잡혀 "아무도 그날의 신음 소리를 듣지 못했다."

　동시에 이성복의 시가 환기시키는 것은 거대한 '사태'에 대한, '그날'에 대한 끔찍한 침묵의 비극이다. 가면을 뒤집어쓴 시대는 언제나 풍요롭고 자유로운 풍경으로 위장되어 있지만 부패한 고리대금업자에게 휘둘리는 아버지처럼 삶은 너무도 위태하다. 끔찍한 침묵은 비명으로 변한다. "죽고 싶어요"라고 시 속의 장자는 말한다. 아무도 다가올 역사와 날을 믿지 못한다. 굳이 쌓아올려야 할 의미라는 것이 없기에 형식은 허물어지고 흐르고 방류된다. "그날" "그해 여름" "그해 가을" "그날 아침"과 같은 불특정한 시간, 어디선가 대량학살이 진행되든 시체들이 널브러져 있든 세계라는 기계는 의미 없는 경험의 잔해들을 뱉어내는 폐허만을 지속시킬 뿐이다.

　특별히 할 일도 없이 불안하게 서성이는 장소들, 찢어진 상처처럼 어느 순간 붉은 기억의 자욱들을 내보이는 장면들, 도무지 해석될 수 없는 존재가 서성이고 있는 도시는 90년대 시 속의 거대한 폐허를 예감케 한다. 네온빛에 광란하는 얼굴들, 밤의 쾌락 속을 질주하는 파리한 아이들, 무덤을 지키는 사냥개처럼 밤거리를 배회하는 경찰들, 자정의 하늘로 스며드는 비명들……. 멀쩡하게 살아가며 미쳐가는 현대인의 광기는 90년대 시를 가로지른다. 달콤한 독을 먹고 죽어가는 분노, 더럽혀진 창녀로 존재하는 연인의 육체, 상승이 아니라 지하의 하숙방으로 미끄러져 파묻히는 꿈, 사랑이라는 이름으로 뿌리를 내린 혐오, 존재의 마비를 일깨우려는 말부림은 독백에 기깝다. "앵도를 먹고 무서운 아이를 낳았으면 좋겠어"라는 구절처럼 그의 시는 정말로 무서운 아이들을 낳았다. 이리저리 표류하는 일상의 무기력증은 90년대 시인들에게 강력한 이미지의 탄약고가 되고, 종이비행기를 접듯 날려보낸 언어는 2000년대의 풍경에까지 착지한다. 폭력과 마비를 받아들이며 살아가는 일상의 망가진 리듬, 자본주의의 비뚤어진 창조들, 허망한 자유를 선사하는 마약에 대한 그리움 등 이성복은 시대의 예후를 정확히 짚어 낸 것이다. 현대라는 공간 밑을 어둡게 흐르던 '마비'와 '죽음'의 노래는 새로운 감각을 두들겨 깨우며 게토화된 시인들의 언어 속으로 스며들었다. 자본주의의 아케이드를 들락거리며 유래 없는 풍요 속에서 천년왕국의 바코드를 사들이는 아이들에게, 잡다한 광기로 '개성'을 주장하는 헛되고 헛된 세대들에게.

3. 마야와 마라, 어머니 신의 부활

『뒹구는 돌은 언제 잠깨는가』를 관통하는 것은 삶의 박탈감과 침묵, 세계에 대한 거대한 회의의 감수성이다. 거짓과 환멸로 가득한 세계보다 더 진실한 삶의 근원에 대한 사유는 여기서 출발한다. "이성복의 시는 삶의 절개지로부터 능선에 이르는 여정이란 구도 속에서 더 잘 이해될 수 있다"(「삶의 절개지로부터 능선에 이르는 여정」)는 이경호의 언급은 이성복의 시에 대한 예리하고 온당한 지적이라 할 수 있다. 실제로 이성복의 시는 향일성이라기보다는 대지 지향적이다. 이성복의 말에 따르면 어머니는 "나에게 있어 어머니란 현실의 어머니이자 모든 사람들의 어머니, 성모마리아 같은 존재인 것이다."[4] 우리 모두에게 어머니란 우리가 힘든 몸으로 "돌아가 편안하게 누워 쉴"[5] 수 있는 존재이기에 뒹굴던 돌은 그의 상처를 안고 대지를 찾아간다.

　『남해금산』에 와서 시인은 말한다. "문을 열고 들어가 너의 어미를 만나라/ 어미가 누워 있다 오래 전부터 앓아왔다/ 무슨 병인가 묻지 말고 어미의 뜨거운 이마를 짚어라/ 어미의 熱이 너의 이마에 오를 때까지/ 기다려라, 뜨

---

4. 이성복, 「나의 시어 사전」, 『현대시학』, 1990년 4월호.
5. 김현, 「따뜻한 비관주의」, 『현대문학』, 1981년 3월호.

거운 어미의 熱이 너의 가슴을 태울 때까지."(「문을 열고 들어가」) 그의 세 번째 시집 『그 여름의 끝』에는 '어머니' 대신 '당신'이라는 언어가 도드라진다. 생의 한 시절을 불사르고 난 뒤의 조락의 슬픔에 대한 고백처럼, 어머니가 죽어간 자리에 다시 피어오르는 꽃들의 잔치! "삶은/ 치유받을 대상이 아니었다 치유받아야 할 것은 나였다"(「높은 나무 흰 꽃들은 燈을 세우고 35」)는 인식, 그리고 그의 세 번째 네 번째 시집에서는 흰 꽃과 검은 나무둥치의 이미지가 솟아나온다. 절망과 고통의 순연한 흰 꽃들의 이미지는 '뒹구는 돌'이 사랑의 뿌리를 내리고 피운 꽃이다. 검은 나무둥치에서 자라난 흰 꽃, 스스로 뿌리를 잘라버리고 뒹굴던 삶은 '치유' 받아야 한다. 고통과 상처 밑에 흐르는 치유의 에너지처럼 흐르는 어머니 대지는 이성복의 최근 시에서도 강력한 상상의 수맥이 된다.

그에게 삶이란 "오물덩어리"의 잠자리이며 동시에 "사랑의 고름덩어리"(『호랑가시나무의 기억』 날개글)였다. 존재는 이 오물과 사랑의 고름덩어리인 지상의 육체적 운명을 짊어짐으로 해서 늘 찢겨져 너덜거리는 상처를 짊어지고 살아간다. 상처는 "육체가 없었으면 없었을 구멍"(「육체가 없었으면, 없었을」)이지만 우리는 그런 상처를 통해 어느 날 "한 장의 덮개 그림처럼 떨어져 나"(『그 여름의 끝』 날개글)가는 새로운 생을 만나게 되는 것이다. 그러므로 곪은 물집 같은 슬픔과 상처는 더욱 깊은 생으로 들어가게 하는 '입구'가 될 수 있다.

세계는 슬픔과 상처를 부인하며 차분하고 억제된 이성으로 이기적인 자신을 비정하게 고수할 뿐이다. 하지만 세계에 고분고분 적응하고 이성의 논리에 착실히 따르면 된다는 '오독'된 육체는 너무나 정직하게 삶의 '증상'을 밀어내 보인다. 최근의 시에서 화두처럼 던져진 '물집'이라는 말은 "어머니의 낡은/ 다리는 퉁퉁 부어올랐고"(「그날」)와 같은 구절에 일찌감치 꼬리를 묻고 있다. (때마다 여기가 부풀고 저기가 부풀고 하지만, 그의 시에는 어떤 분명한 맥락이 구불구불 휘묻이되어 있다) 전체적으로 보아 이 부종과도 같은 증상 혹은

'살'의 감각은 일찍이 이성복의 시적 스타일을 독특하게 관통하고 있다. 간략히 말해 그가 주목하는 것은 거짓된 삶을 온존시키기 위한 완강한 독단이 아니라 인간의 의식이 대상화하고 타자화한 물질과 육체, 자연의 세계이다.

무언가 축축하게 으깨지고 뭉개진 이성복 특유의 스타일 또한 이러한 사유가 매개되어 있다고 할 수 있다. 그의 시적 전략에 대한 암시는 「정든 유곽에서」에 거의 다 있다. '하숙방'으로 암시되는 정든 유곽은, 불결한 욕망덩어리인 자아의 내면공간임과 동시에 상처받은 세계의 물질화된 이미지라고 할 수 있다. 이 내향화된 공간은 이후 젊은 시인들의 시에도 상당히 깊은 흔적을 남기는데[6], 크게 보아 하숙방은 시간의 귀퉁이나 기억, 정서, 웅덩이 같은 이미지와 관계되어 있고, 그것들은 포괄적으로 물집 같은 환상의 '과포화'를 보인다는 점에서 그의 시적 스타일은 초기시에서부터 근자의 시에까지 깊은 곳에서 연결되어 있다. 환상이 고여 있는 현실이란 대단히 위험한 것이다. 세계의 표면이 부풀어 오르고 파열하며, 그 구멍을 통해 세계가 완강하게 닫아놓으려 하는 영역을 내보여주기 때문이다. 이성복의 시는 이렇게 심리적 살갗을 걸치고 늘 의미와 말들이 닫아놓은 세계를 어떤 상처같이 벌려놓는다.

말이 하나의 의미가 될 때 그것은 세상의 '입'이 되고, 나머지는 의미로 존재하지 못하는 구멍으로 남는다. 그의 다섯 번째 시집 『아, 입이 없는 것

---

6. 이런 이성복의 스타일이 이후의 젊은 시인들의 기류에 얼마나 많은 흔적을 남겼는지, 또한 「정든 유곽에서」가 젊은 시인들에게 얼마나 충격적이고 중요한 시였는가를 나는 짚고 넘어가고 싶다. 음침하고 불결한 하숙방의 이미지는 이후의 시인들에게도 자주 찾아볼 수 있는 공간이다. 어쨌든 그가 방류한 유곽 내지는 하숙방의 이미지는 광범위하게 스며들었다. 가령 "어느 날 그레고르 잠자/ 당신의 집이 한 장 파지로 가벼이 구겨지고/ 거미처럼 흔들리는 발들이/ 뜬 공중에 잠시 버둥거릴 때"(김옥영, 「맨홀을 믿지 않는 당신에게」) 또는 박형준 같은 많은 시인들에게도 상당히 도드라져 있다. 마치 쓰레기통 같은 하숙방 (집도 아니고 바깥도 아닌) 이미지뿐 아니라 현실의 창부 같은 누이의 이미지도, 정말로 문화의 쓰레기통 속에 들어간 듯한 90년대 이후에, 욕망의 천사(결국 창부다)의 이미지(박정대 같은 시인들이 그렇다)로 확장되고, 외로운 방에 갇힌 수음자와 같이 벌거벗고 끝없이 제 머리통 속을 응시하는 그런 하숙생의 이미지는 끝없이 반복된다. 결국 고름이 흐르는 성기나 매한가지인 불임의, 외로운 몽정 내지는 음울한 젊은이의 이미지는 얼마나 많이 반복되었나. 물론 이성복의 영향은 아닐 것이다. 그러나 그가 예견한 이미지의 기류는 그의 비상한 재능을 잘 보여주지 않는가.

들』에서 사뭇 독특해 보이는 "마라"라는 말은 그의 시적 비전을 탐색해보게
할 좋은 거점이다.(이 시집 해설을 쓴 시인 강정에게 감사한다) 그의 최근 시에서 중
심적 언어로 기능하고 있는 듯한 "마라"는 금지된 진실로 안내하는 비밀스
런 매개자이다. 본래 '마라魔羅'는 불교용어로서, 진리로 이르려는 존재를
방해하는 번뇌의 표징이지만 그의 시에서는 어떤 인식의 금기에 대한 은유
로 읽힌다. '마라'의 유혹적인 형상은 그의 "부서진 더듬이 한쪽"이고 "등허
리에 부푼" "물집"(「불길이 스쳐 지나간」)이기도 하다. 용사적用事的 차원에서 보
면, 우리말의 '하라/마라'를 떠올리게 하지만, 그 말은 "좁은 구멍으로 쏟아
져 들어가는 긴 생명의 운하"(「파리」)같이 진실한 인식과 생의 진실로 들어가
게 하는 입구이다.

마라, 네 눈 속에 내가 뜬다
내 다리를 묶어다오
내 부리가 네 눈 마구 파먹어도
난 그러고 싶지 않아, 마라
안간힘으로 벌려다오
갑각류의 연한 내장을 찢는
맹금류의 내 부리를
내 몸 전체가 독이라면,
내 몸 전체가 전갈류의 독주머니라면
넌 믿겠니, 나를 믿지 마라

_「내 몸 전체가 독이라면」 전문

위의 시에서 재미있게 읽히는 것은, 마라라는 말을 통해 던져지는 "전
갈류의 독주머니"에 갇힌 존재의 한계 또는 언어(부리)에 관한 물음이다. 단
순하게 보면 마라는 부정과 분별(선과 악, 영혼과 육체 등의)의 한계 속에 갇힌

'나'의 타자로 이해될 수 있다. 하지만 '마라'의 눈 속에 '나'가 뛰고 있듯, 마라(타자)는 나에게 스며드는 동근同根이고, 눈알을 파먹힌 무의식이고, 새로운 자아의 중심을 구성할 수 있는 가능성이다.

본래 '마라'는 불교적 담론에서 존재의 정각을 방해하는 현세적이고 향락적인 부정적인 힘을 상징하는 존재이다. 하지만 시 속에서 주목되는 것은 '마라'라는 말이 인식의 분별(주체와 타자, 인간과 자연 등)과 '나'를 보여주는 반면의 거울이라는 점이다. 하라(세계가 허용하는)와 마라(금지)의 관계는, "부리"로 "내장을 찢는" 폭력적이고 자기중심적인 논리와 말의 권력을 비춰준다. 꼼꼼히 읽어보면 위의 시는 긍정으로 시작했다 부정으로 끝난다.(꽤 재미있는 전략적 글쓰기다) 궁극적으로는 그런 말(부리)을 '믿지 말라'는 의미로 읽혀질 수도 있다. 언뜻 보면 사랑에 관한 암시 같으면서도 실제적으로는 존재의 분별과 아집에 대한 비유를 하고 있는 흥미진진한 시인 것이다. 그러므로 이 '마라'라는 부정형 타자는 일찍이 "상처와 낙인을 찾아 고이는 말"(「너는 네가 무엇을 흔드는지 모르고」)이라 언급했던 상처, 침묵의 문제로 해독될 수 있는 것이다.

그의 시에 유독 도드라지는 '밤'의 의미가 중요하게 읽혀지는 까닭도 그것이 '마라' 같이 금지의 저편에 놓여 있고 고통과 사랑의 푸대자루 같은 육체의 운명과도 맞닿아 있기 때문이다. "밤의 등불"(「봄밤」)로 은유되는 육체의 빛은 "시대의 남성적 탄생masculine birth of time"[7]과 함께 어둠으로 밀려난 여성성의 은유이다. 최근에 이성복은 남성적인 공간에서 배제된 타자, 여성, 물질, 육체, 자연같이 "입 없는 것"들에게 시적 비전을 더욱 강렬하게 집중시키고 있다. 재현의 초점에 의해 중심과 경계 밖으로 밀려난 것들에 목소리를 주고자 하는 것이다. 끝없이 변화하고 살아 움직이는 우주는 스스

---

7. Timothy J. Reiss, *The Discourse of Modernism*, Cornell University Press, Ithaca & London, 1982, p.222.

로 어떤 중심을 설정하지 않는다. 하지만 언제나 우리는 이성의 고집 속에서 '나'라는 의식의 중심으로 존재해야만 했다. 그것이 우리가 서 있는 무대였다. "언제 나는 무대 밖에 서 있었던가 生死는 大事요 夢中生死라더니 역시 꿈은 서럽고 삶은 폭력적이다."(「높은 나무 흰 꽃들은 燈을 세우고 10」) 하지만 인간의 의식이 조립해온 무대는 생의 진실을 온전하게 재현하지 못한다. 시에 의해 불려나온 다른 현실이 분명히 필요하며, 시는 바로 그러한 의미의 장소로서 존재의미를 가지는지 모른다. 하나의 논리 속에 구축된 우주는 하나의 인식적 고집일 뿐 우주 그 자체가 아니다. 하지만 세계는 그러한 자기 지식의 확대로 증식되어 왔고, 그러한 자기중심적인 논리는 우리 삶이 갇혀 있는 가장 강고한 마야이다. 그것이 끝없이 우리더러 '하라' '마라' 명령을 하고(시는 아마 쓰지 '마라'일 것이다) 삶의 의미를 지배한다. 그가 '마라'라는 말을 던져놓은 것도, 잘못된 환영의 마야가 가려놓고 있었던 아픈 타자들과 소통하고자 함이며, 그 소통이 가능한 세계의 가능성을 갈망했기 때문일 것이다.

이렇게 '말 없는' 타자로 끝없이 열리고자 하는 시인의 갈망은 그의 시에 자주 나타나는 뱀의 은유 속에도 스며들어 있다. 시처럼 갈라진 혓바닥을 가진 뱀은, 세계의 배꼽을 뚫고 빠져나갈 구멍을 언제나 꿈꾸고 있다. "내 흰 피를 받은 밤"은 아픈 삶에 오래도록 "順命"(「10 떡갈나무 잎새 하나 물고」)했던 대지처럼 하나의 말을 낳기 위해 상처를 부풀린다. 모든 것은 그렇게 부풀어오르고 있었다. "저 많은 암컷들의 배는 하늘의 달처럼/ 구령도 없이 부풀고 꺼지고를 되풀이하는 것이다 (중략) 노란 알 덩어리/ 하나씩 물 위에 떨어뜨리고 구름 속에 잠드는 것이다."(「부풀고 꺼지고 되풀이하면서」) 우주는 무한히 사랑하고 낳고 기르는 암컷의 운명을 닮아 있다. 사랑은 '하라/마라'로 동시에 존재하는 지극히 정당하면서도 불온한 것이다. 거대한 생물 같은 우주는 그 사랑과 상처의 운명을 시인에게 준다. 사랑하고 아이를 낳듯 다시 존재를 낳으라고. 사랑은 때로 뇌수에 '독' (「어찌하여 넌 내게 미쳤니?」)을 푸는 치명적이고 유독한 것일 수 있지만, 시인이 사랑으로 품어낸 말에 의해 우주를 가려놓은 카르마의 막은 조금씩 찢겨지고, 우리는 밀폐된 삶에서 조금씩 벗어난다. "질 나쁜 젊은 녀석들이/ 백치 여자 아이를 건드려/ 애 배게 하는 것"(「찔레꽃을 따먹다 엉겁결에 당한」)처럼 세계의 폭력 속에 시인은 말들을 수태하고 "젖꼭지 부풀고 배가 불러"온 개(「내 생에 복수하는 유일한 방법처럼」)처럼 어떤 의만擬娩의 진통을 계속하는 것이다. 그래서 시인의 몸은 바다에서 "수태 고지"를 받거나 "월경주기"(「서해 바다 어둡다」)를 귀띔받기도 하는 영원한 계집으로 존재한다. 그리고 상처의 물집들이 갈가리 다 터져 일렁이는 듯한 파도 위에 시인은 자신의 말을 거품처럼 위태롭게 남겨둔다. 자신의 의지에 의해서가 아니라 우주의 본성이 시키는 대로 말이다. "어미 해달은 폭풍이 몰아치던 밤 파도에 휩쓸려 떠내려가고, 물질도 할 줄 모르는 아기 해달만 남아 떨고 있었다. 글 쓰는 사람이여. 당신도 그런 느낌이 들 때가 있는가" (이성복, 『아, 입이 없는 것들』 날개글)라고 시인은 묻는다. 물론, 있지 않겠는가.

시는 세계의 환영을 찢어내는 무서운 아가리고, 말 없는 것들의 입이 됨으로써 새로운 우주로 우리를 초대한다. 입 있는 것이 계속 말하고, 입 없는 것은 계속 침묵하는 세상은 얼마나 무서운가. 태양이 계속 태양이라면 얼마나 달은 끔찍해할까. 이성복은 "붉은 해가 산꼭대기에 찔려/ 피 흘려 하늘 적시고,/ 톱날 같은 암석 능선에/ 뱃바닥을 그으며 꿰맬 생각도 않고/ ―여기가 어디냐고?/ ―맨날 와서 피 흘려도 좋으냐고?"(「1. 여기가 어디냐고」) 묻는다. 그저 순명의 대지를 묵묵히 더듬어가는 뱀처럼, 말들의 알갱이를 제 몸으로 고르며 "살아가는 징역의 슬픔으로/ 가득한 것들"(「아, 입이 없는 것들」)을 노래하는 시인은 그 자체로 이 세상의 물집인지 모른다. 상처에서 흘러내리는 고름이 곧 말이 되고, 세상의 만상은 어떤 계산도 없이 그렇게 사랑의 물집을 터뜨리고 있다. 그렇게 아름답게 발열하는 물집은 대지를 미끄러져가는 뱀신들의 운명이며, 동시에 제 생을 언어의 제물로 내어주는 시인의 운명이 아닐까.

　정말 시는 "아, 입 없는 것"들의 입이 되어야 함을, 정말로 진창 같은 죽음의 바닥에까지 뱃가죽을 적셔야 함을 그의 시는 고요히 역설한다. 시는 스스로 만든 뱀이니 저주받은 뱀처럼 시인이란 존재는 아픈 물집처럼 돋아난 젖가슴을 가지고, 가슴에 박힌 고름을 안고, 영원히 가닿을 수 없는 언어의 대지를 맨살로 더듬어갈 뿐이다. 한 번 가면 절대 못 돌아오는 "동곡"(「동곡엔 가지 마라」)으로. 그곳으로 가는 길은 물론 쉽지 않으리라. 손목이 긁히고 때로는 혈관까지 찢어질 것이다. 상처의 딱지가 떨어지고 부드러운 새살이 꽃처럼 돋아나기도 할 것이디. 끝없이 허물을 벗어내며 우주의 배꼽 속으로 들어가는 뱀신들처럼 시인은 너저분한 종잇장 속으로 미끄러져 들어가며 새 말들을 피워낸다. 시인은 언제나 세계의 묘지에서 일어서서, 의미의 묘비를 파괴하는 자일 터이므로.

—「마야의 물집」『작가세계』 2003년 가을호

기형도와 그늘진 혀

1. 현대시의 심령학적 이미지

"입 속의 검은 잎"이라는 기형도의 표현은, 90년대 시에 그늘을 드리우고 있는 어떤 비밀스런 영역으로 들어가기 위한 암호와 같다. "입 속의 검은 잎"이라는 그로테스크한 구절은, 그의 시가 단순히 문명비판적이거나 메마른 현대성에 대한 절망을 노래하고 있는 것만은 아니라는 비의적인 암시를 던진다. 그의 시는 일군의 해체시인이나 장정일, 유하의 시와 같은 유별나게 떠들썩한 문학적 실험과도 구별된다. 그의 시는 90년대 시 전체가 걸어 들어가야 할 어떤 '비밀'에 대해 암시하고 있는 실마리이다. 무언가 한 단계 더 깊은 어두운 곳으로.

기형도의 시에서 우리는 사실과 현실을 모호하게 뭉개놓는 '안개'를 만난다. 도시의 변두리에 을씨년스럽게 번져 있는 안개는 어떤 소통도 교감도 불가능한 '혼자' 속에 존재를 가두어둔다. 시 속의 화자가 바라보는 것은 사실이 아니라 혼자 속에 가두어진 자의 공포이며, 죽음 같은 삶의 정적이다. 안개지대를 흘러가는 군상들에겐 비정한 시대를 살아가는 자의 죄의식이 죽음처럼 빙의되어 있다. 어둡고 불투명한 그림자는 기형도의 시 어디에나 있다. 텅 빈 빌딩 속을 걷는 발소리처럼 침묵과 기억, 죽음의 잔영이 어른거리는 듯한 산 자들의 장소, 바로 그것이 기형도의 시가 우리에게 들려주는 끔찍한 울림이다.

시인에겐 언제나 죽어가고 태어나는 존재로서의 극적인 한 순간을 표현하려는 열망이 있다. 그의 상상의 역사에서 중요한 순간들을 표현하는 "시간의 현상spots of time" [1]이 있는 것이다. 90년대 시에서 가장 중요한 것은 시간의 현장에 대한 시인들의 사유와 감각이 '죽음'과 깊이 연관되어 있다는 사실이다. 우리는 그것을 광주항쟁과 같은 시대적 카르마를 짊어진 생존자의 의식, 혹은 젊은 시인들의 허무적이고 민감한 감수성의 탓으로 돌려버릴 수도 있을 것이다. 하지만 여기에는 90년대 문화의 귀퉁이에 놓여 있던 언더그라운드 문화'의 종교적 색채, 오컬트와 신비주의, 특히 심령학에 대한 어두운 열광이 가로놓여 있다고 본다. 예컨대 '시운동' 동인이었던 안재찬(류시화)은 이러한 신비주의적 서적들을 번역해온 중요한 시인이었다. 90년대 시인들의 시를 이해하기 위해서는 이러한 독특한 문화기류와 특히 심령학心靈學 [2]에 대한 약간의 철학적 인식이 필요하다.

심령학이란, 사전적 의미대로라면 사후死後에도 존재하는 것으로 믿어지고 있는 영혼 현상 등에 대하여 연구하는 학문이다. 심령학에서 대표적으

---

1. W. J. Harvey and Richard Gravil, ed., The Prelude(London Basingstoke : The Macmillan Press Ltd., 1972. p. 134.
2. 나의 기억으로 90년대 정신세계사에서 발행된 일련의 뉴에이지 서적들은 나와 같은 마니악한 독자들의 호응을 받았는데, 아마도 이런 독특한 기류가 세기말의 재앙, 유령, 무시무시한 좀비적 상상력과 일말의 연관성을 가진 것은 아닌가 한다. 내가 알기로, 90년대 광범위한 독서선풍을 불러일으켰던 오컬티즘, 미스터리물, 심령과학물은 젊은 시인들에게도 적지 않은 영향을 발휘했다.

로 잘 알려진 폴터가이스트Poltergeist 현상은 물질에 깃든 영혼적인 것에 대한 지각에서 비롯되는데, 본래 이것은 중세시대에 억울한 죽음을 당한 시민들의 혼령이 재판소나 감옥을 떠나지 못하고, 원한을 풀고자 했다는 전설에서 비롯된 괴현상이다. 폴터가이스트 현상은 크게 다섯 가지 단계로 나뉜다. 첫 번째 단계는 "움직임의 기척Motion Sense"이다. 갑자기 느껴지는 한기, 예민한 짐승만이 감지할 수 있는 미미한 기척이 일어나는 정도이다. 둘째 단계는 "소리가 들리는 것Hearing"인데, 이상한 중얼거림이나 비명, 울음소리 등이 감지되는 단계이다. 이 단계에서 혼령들은 자신의 거주지를 방문한 이방인에게 떠나라는 암시를 던진다. 셋째 단계는 "라이트포스Light Force"인데, 문고리가 저절로 움직이거나 라디오나 TV 등이 저절로 작동하는 현상이 일어난다. 넷째 단계는 물건을 스스로 움직이게 하는 "힘Force"인데, 이는 극단적인 경우 "치명적인 힘Deadly Force"으로 변화하여 인간에게 위해를 가하기도 한다. 다섯째 단계에 이르면 엑소시즘, 즉 제령의식이 필요하다.

사후에도 존재의 장소를 떠나지 않은 영혼들에 대한 신앙은, 본래 자연의 순환원리에 근본적인 철학적 뿌리를 두고 있다. 인간이 살아가는 장소는 곧 죽음의 장소이다. 마치 산 자들의 집과 같이 무덤을 음택陰宅이라 부르듯이. 즉 죽은 자의 흔적을 인정하는 것은 죽음과 삶의 공간을 가르는 이원론적 사유를 넘어서 있다. 철학적으로 말하면 이원적인 세계는 편협한 인간인식이 만들어낸 사고의 범주일 뿐이다. 인간은 죽음에서 자유롭지 않으며 자연에 노예처럼 묶여 있는 죽음의 포로이다. 죽음이 자아의 몰각이자 침묵이라면, 죽음은 산 자들이 읽어내지 못할 "검은 페이지"로 영원히 펼쳐져 있는 것이다.

기독담론을 통해 보면 죽음의 속박에서 자유로운 자는 부활한 신의 아들밖에 없다. 하지만 메시아의 신성은 죽음을 통과했기에 가능해진 것이며, 이렇게 죽음을 통과해 영혼이 진화한다는 인식은 수많은 명상적 종교나 환생을 믿고 있는 동양인들의 사유 속에 깊이 뿌리박혀 있다. 이른바 "살아 있는 동안 죽어 있음"이 되는 것이다. 시간의 방아쇠는 육체에 죽음의 표지를 새기지만, 인간의 영혼은 신성한 우주적 질서 속에서 유전한다. 그러므로 죽음이 궁극적으로 제시하는 것은 변화와 영혼의 비전이다. 따지고 보면 시인들이 글을 쓰는 것도, 영혼의 신비로운 비전을 추구하기 위함이라 할 수 있다. 영혼의 변화와 완성을 추구하기 위해 오로지 시로서 남고 싶어하는 시인의 욕망은 일종의 근원적 자살이며, 극단적으로 '시인의 자살'이라는 자기살해의 신화와 연결되기도 한다.

때로 시인의 자살은 작품의 '불멸성'을 보증하는 염세적인 '안티클라이맥스anticlimax'로 강렬한 인상을 남긴다. 잘 알려진 대로, 기형도는 채 서른 살이 못된 1989년 서울 종로의 파고다 극장에서 숨진 채 발견되었다. 텅 빈 도심의 심야극장에서 갑자기 타계한 기형도의 기이한 죽음 또한 이러한 현상에 메아리를 보낸다. 시인은 어떤 상상적 제의를 통해 끝없이 자살을 미수하고, 글쓰기라는 행위를 통해 늘 죽음을 따라가지만 죽음이라는 말은 결코 완벽하게 해독되지 않는다. 죽음에 대한 모든 말은 죽음 그 자체가 아니기 때문이다. 죽음은 망자들의 침묵을 전제로 말해지는 것이기에, 사실상 죽음에 대한 말들은 상실된 사실에 대한 은유이자 허구적 언어일 수밖에 없다. 죽음은 오직 순수한 침묵이며, 삶의 이야기가 결여하고 있는 현존이다.

기형도의 시에서 가장 심각하게 조명되어야 할 부분은, 누구도 말해준 적 없는 이 죽음의 침묵과 망자의 목소리다. 때로 빈 집, 거대한 빌딩으로 바뀌어가는 장소에는 죽은 자의 기억이 떠돈다. 「죽은 구름」에서처럼 죽음에 대해 산 자들은 제멋대로 떠들어대지만 누구도 죽음의 진실을 해독하지 못한다. 군중들로 북적이던 거리는 갑자기 텅 비어버리고, 이상한 그림자로 가득해진다. "검은 외투를 입은 그 사람들은 다시 저 아래로/ 태연히 걸어가고 있는 것이다, 조금씩 흔들리는/ 것은 무방하지 않은가/ (중략) / 곧 유리창을 쏟아버릴 것 같은 검은 건물들 사이를 지나/ 낮은 소리들을 주고받으며/ 사람들은 걸어오는 것이다."(「어느 푸른 저녁」) 이렇게 현실 속으로 침입하는 검은 그림자들은 기형도의 시를 대단히 그로테스크하게 하는 요소이다. 이렇게 죽은 자의 기척들을 엿듣는 환각적 체험들을 심령학자들은 폴터가이스트 현상이라 부른다. 물론 이는 이성주의자들에게 일종의 '광기'로 받아들여진다. 죽음의 영역까지 개방된 이러한 감각은 지적인 사유를 넘어서는 어떤 감응의 힘 혹은 특별한 심리적 상태를 상정한다. 기억의 유령이 머뭇대는 공간은 영혼의 "검은 페이지"(「오래된 서적」)처럼 해독을 기다린다. 머리가 텅 비어버린 순간, 시인의 머리는 검은 기억이 머뭇대는 빈 방으로 변화한다. 마치 폴터가이스트 현상처럼 부유하는 사물과 이미지를 상상하는 머리는 황폐한 빈 집이 되는 것이다.

　　프로이트의 심리학적 문맥에서 읽어보면 기억의 페이지에 어른대는 유령은 궁극적으로 '엄마'다. 커다란 독방에 홀로 남겨진 아이는 이상한 폴터가이스트 현상을 체험한다. 의식의 문턱을 넘어서는 창백한 엄마의 옷깃은 기억 저편으로 사라져간 망령들과 닮아 있다. 이는 어머니 대지를 잃어버린 문명인의 생리적 증상과도 깊은 상관성을 가지고 있다. 이 극단적인 정신의 제국에서 이러한 망령적 기후가 시 속에 드러난다는 것은 대단히 흥미로운 문제이다. 기형도가 「안개」에서 노래했듯, 희뿌연 안개는 분명한 사물의 모서리를 휘어뜨리고, 우리를 알 수 없는 경악 속에 가두고, 존재의 내면으로 침투해 우리 모두를 망령으로 만들어버린다. 한밤중에 여직공 하나가 겁탈당해도 취객이 방죽에서 얼어 죽어도 우리는 모른다. 이렇게 죽음의 그림자를 풍경으로 거느리고 있는 삶에 대한 응시는 비정한 도시와 자본주의 문명에 대한 통찰로 심화된다. 대지의 기억을 찍어누른 마천루의 도시를 떠돌던 '미치광이'는 '빈 집'에서 죽는다. '안개' '흰 연기' '구름' '황혼' '검은 유리창' 등은 일종의 영교靈交적 분위기를 띤다는 점에서 대단히 비의적이다. "검은 옷을 입은 햇빛들", "번들거리는 검은 유리창"(「물속의 사막」), "저녁의 정거장에 검은 구름은 멎는"(「정거장에서의 충고」) 어느 순간 망자의 속삭임은 들려오기 시작한다. 어쩌면 "엎어진 망토"(「죽은 구름」)처럼 비밀에 가려진 망자들의 침묵은 기형도의 시가 건네주고 싶어하는 특별한 전언인지 모른다.

　　하지만 죽은 자의 혀는 말라붙어 있다. 그 잿빛의 침묵은 죽음에 침묵하며, 내키지 않는 삶을 무언중에 동조하며 살아가는 현대인의 침묵과도 닮아 있다. 그러한 의미에서 기형도의 시는 도시에 걸맞는 잿빛의 보호색처럼 '딱딱한 외투'를 걸치고 살아가는 회색인의 이야기이기도 하다. 자신의 적이 누구인지도 모르고 자신이 상처 입히는 이가 누구인지도 모른 채, 언어의 덫을 소문처럼 공기 속에 풀어놓고, 우리는 목적도 모를 음험한 안개의 시대를 살아가고 있다. 때로 우리가 구사하는 언어란 알 수 없는 학살의 도구이고 "혀는 흉기처럼 단단"하다. 세계는 끊없이 북적이고 있지만 갑자기 텅 비어버린 침묵과 죽음의 공간으로 변한다. "물을 끝없이 갈아주어도 저 꽃은 죽고 말 것이다, 빵 껍데기처럼/ 검은 상체를 구부린다, 빵 부스러기처럼"(「오후 4시의 희망」) 삶은 죽음을 향해 구부러져 있다. 삶의 이유도 목적도 가닿아야 할 근원도 알지 못한 채 우리는 "크고 검은 한 마리 새"처럼 "땅 위를 천천히 날고 있"(「조치원」)다. 이렇듯 그의 시가 전달하는 것은 모호하고 끔찍한 죽음의 함의들이다. 잔혹한 것은 우리를 시들고 죽어가게 하는 원인이 너무도 모호하다는 사실이다. 공기인지 먼지인지 물방울인지 모호한, 우리의 시선을 가리는 이 '안개' 짙은 세계의 풍경들은, 죽음과 데카당스한 시를 본격적으로 밀고나간 90년대 시인들의 회의적인 감수성을 선명하게 요약해 주는 밑그림이라 할 수 있다.

2. 존재의 상처와 버려진 종교

기형도의 시는 겉보기에 도시적인 감수성을 전시하고 있지만, 깊은 곳에는 신비로운 정서가 가득 차 있다. 특히 그의 「포도밭 묘지」 연작은 영적인 자연과 유리된 존재와 쇠퇴하는 세계를 불안과 회의의 감수성으로 드러내준다. 이 신비로운 시편들은 어쩌면 신비와 죽음에 탐닉했던 90년대 시인들의 어두운 감수성을 예감케 했던 놀라운 시편들이기도 하다. 「포도밭 묘지」는 오만하게 빛나는 근대의 건축 언저리에 잠들어 있던 존재의 상흔, 영혼과 꿈에 대한 이야기를 인상적으로 담고 있다.

주인은 떠나 없고 여름이 가기도 전에 황폐해버린 그 해 가을, 포도밭 등성이로 저녁마다 한 사내의 그림자가 거대한 조명 속에서 잠깐씩 떠오르다 사라지는 풍경 속에서 내 弱視의 산책은 비롯되었네. 친구여, 그해 가을 내내 나는 적막과 함께 살았다. 그때 내가 데리고 있던 헛된 믿음들과 그 뒤에서 부르던 작은 충격들을 지금도 나는 기억하고 있네. 나는 그때 왜 그것을 몰랐을까. 희망도 아니었고 죽음도 아니었어야 할 그 어둡고 가벼웠던 종교들을 나는 왜 그토록 무서워했을까. 목마른 내 발자국마다 검은 포도알들은 목적도 없이 떨어지고 그때마다 고개를 들면 어느 틈엔가 낯선 풀잎의 자손들이 날아와 벌판 가득 흰 연기를 피워올리는 것을 나는 한참이나 바라보곤 했네. 어둠은 언제든지 살아 있는 것들의 그림자만 골라 디디며 포도밭 목책으로 걸어왔고 나는 내 정신의 모두를 폐허로 만들면서 주인을 기다렸다. 그러나 기다림이란 마치 용서와도 같아 언제나 육체를 지치게 하는 법. 하는 수 없이 내 지친 밤을 타일러 몇 개의 움직임을 만들다 보면 버릇처럼 이상한 무질서도 만나곤 했지만 친구여, 그때 이미 나에게는 흘릴 눈물이 남아있지 않았다. 그리하여 내 정든 포도밭에서 어느 하루 한 알 새파란 소스라침으로 떨어져 촛농처럼 누운 밤이면 어둠도, 숨죽인 희망도 내게는 너무나 거추장스러웠네. 기억한다. 그해 가을 주인은 떠나 없고 그리움이 몇 개 그릇처럼 아무렇게나 사용될 때 나는 떨리는 손으로 짧은 촛불들을 태우곤 했다. 그렇게 가을도 가고 몇 잎 남은 추억들마저 천천히 힘을 잃어갈 때 친구여, 나는 그때 수천의 마른 포도 이파리가 떠내려가는 놀라운 空中을 만났다. 때가 되면 태양도 스스로의 빛을 아껴두듯이

나 또한 내 지친 정신을 가을 속에서 동그랗게 보호하기 시작했으니 나와 죽음은 서로를 지배하는 각자의 꿈이 되었네. 그러나 나는 끝끝내 포도밭을 떠나지 못했다. 움직이는 것은 아무것도 없었지만 나는 모든 것을 바꾸었다. 그리하여 어느 날 기척 없이 새끼줄을 들치고 들어선 한 사내의 두려운 눈빛을 바라보면서 그가 나를 주인이라 부를 때마다 아, 나는 황망히 고개 돌려 캄캄한 눈을 감았네. 여름이 가기도 전에 모든 이파리 땅으로 돌아간 포도밭, 참담했던 그 해 가을, 그 빈 기쁨들을 지금 쓴다 친구여.

「포도밭 묘지 1」 전문

"여름이 가기도 전에" "목적도 없이 떨어지"는 포도알들은 자신을 수확해줄 신을 기다리지만, 주인은 끝내 오지 않는다. 화자는 그 텅 빈 폐허에서 "놀라운 空中"을 만난다. 지상에 존재를 그냥 내버려두는 이상한 신들, 우리가 '주인'이라고 부르며 존재를 기탁했던 종교들은 무엇일까. 거대한 확신의 빛이 사라져간 뒤, '포도밭 묘지'는 "희망도 아니었고 죽음도 아니었어야 할 그 어둡고 가벼웠던 종교들"이 지배하고 있다. 이 황폐한 과수원은 기형도의 날카로운 직관이 포착한 90년대의 심리적 풍경이다.

이 텅 빈 폐허는 말할 것도 없이 90년대 시가 자라나온 옥토의 역할을 충실히 수행한다. 분명했던 모든 것은 "약시"의 시력 속에 흐릿해지고, 흘릴 눈물이 남아 있지 않을 만큼 나는 "정신의 모두를 폐허로 만들면서 주인을 기다렸다." 그리움에 지칠 때마다 "떨리는 손으로 짧은 촛불들을 태우곤 했"지만, "마른 이파리" 같은 기억은 아득한 허공으로 불려가고 존재는 포도알처럼 "지친 정신을 가을 속에서 동그랗게 보호하기 시작"한다. 지친 정신을 보듬어주는 것은 신이 아니라 결국 자신의 육체이며 대지의 흙이다. 기형도는 이어 「포도밭 묘지 2」에서 "이곳에서 너희가 완전히 불행해질 수 없는 이유는 神이 우리에게 괴로워할 권리를 스스로 사들이는 법을 아름다움이라 가르쳤기 때문이다"(「포도밭 묘지 2」)라고 노래한다. 존재는 고통을 지

불하는 대가로 아름다움의 종교를 수확한다. 구원의 꿈이 스러져간 대지에 묻혀버린 포도알처럼, 존재의 꿈은 외로운 촛불과 언어가 거느리고 있는 침묵의 그늘에서 싹을 틔우는 것이다.

만약 여기서 이야기가 끝났다면 이 시는 재생을 위한 죽음이라는 전형적인 존재의 옥토에 대한 이야기에 불과하였을 것이다. 하지만 그의 시는 거대한 역사의 낙관주의 뒤에 겹쳐오는 어두운 피로를 떠올리게 한다. 온갖 신념과 혁명의 언어들이 난장처럼 휩쓸고 간 자리에 존재는 상처받은 내면을 돌아보지 않았고, 환부를 그대로 방치했다. 자본주의의 허상처럼 오만하게 직립한 빌딩들은 빛나고 있지만, 존재의 내면은 피로한 침묵으로 어두워진다. 이렇듯 「포도밭 묘지」는 우리가 외면해온 피로와 죽음을 환기시키는 구절들로 가득하다. 포도알들은 주인의 손을 빌리지 않고, 모든 것의 수확자인 대지로 돌아간다. 지친 존재가 피워내는 언어의 잎새들도 언젠가 망각과 침묵으로 돌아갈 것이다.

> 그의 장례식은 거센 비바람으로 온통 번들거렸다
> 죽은 그를 실은 차는 참을 수 없이 느릿느릿 나아갔다.
> 사람들은 장례식 행렬에 악착같이 매달렸고
> 백색의 차량 가득 검은 잎들은 나부꼈다
>
> (중략)
>
> 이곳은 처음 지나는 벌판과 황혼,
> 내 입 속에 악착같이 매달린 검은 잎이 나는 두렵다
>
> _「입 속의 검은 잎」 부분

"그의 장례식"에 나부끼는 "검은 잎들"은 망자들이 토해내지 못했던 영원한 침묵이며 비밀이다. "두꺼운 공중의 종잇장 위에/ 노랗고 딱딱한 태양

이 걸릴 때"도 죽은 자를 '쓰레기더미'인 줄 알고 그냥 지나쳐갔듯, 광주학살 같은 참상 또한 침묵에 묻힌다. 검은 만장과도 같이 비바람에 펄럭이는 죽은 자의 혀를 시인은 느낀다. "내 입 속에 악착같이 매달린 검은 잎이 나는 두렵다"고 화자는 고백한다. 이렇듯 '망자의 혀'(최동호)와 침묵이 갉아먹은 언어들은 기형도가 노래하고자 하는 가장 심각한 무엇이다. 시인의 말은 폐허를 덮고 있는 죽은 잎새처럼 스산하게 떨고 있다. 그의 시가 노래하는 것은 은폐된 진실에 대한 허기, 신념과 확신을 선동하고 있지만 궁극적으로 무한한 폐허로 돌변하는 세계의 허망함이다. 한때 무성한 희망과 신념을 피워 올렸던 혀는 검게 말라비틀어지고, 일몰의 하늘에 말라붙은 검은 혀의 덩굴은 막막한 밤으로 스며든다. 인식의 신기루에 갇혀 무언가 잘못된 길을 가는 안개인간들처럼 막연한 회의와 침묵을 안고 살아가는 존재들은 그의 시에 가득하다. 우리의 시야는 헛된 환상에 점령되어, 자욱한 안개로 인해 한 치 앞의 세상도, 자신이 서 있는 장소조차 둘러볼 수 없었다. 희망과 확신으로 노래했던 모든 종교들이 무너져내린 뒤 어디로 가는지조차 모른 채, '시'라는 작고 비루한 종교를 간직한 채 상처 입은 영혼들은 냉혹한 폐허를 건너가고 있었다. 죽은 것은 아니지만 이미 죽음의 무게를 느끼면서.

3. 고갈과 우울의 시학

'죽음'은 90년대 시인들의 감수성이 집단적으로 호명한 일종의 시대적 상징이다. 죽음은 모든 것을 잔혹하게 해체하고, 파편과 미립자로 조락시킨다. 현대인은 해체라는 죽음의 운명을 모든 문화적 징후로서 느끼고 있다. 하지만 죽음이란 말은 결코 단순한 것이 아니다. 도대체 어떤 관점에서의 죽음이란 말인가? 우주적 판타지로서, 카테고리의 범주로서, 혹은 불멸의 영성에 대한 구별로서, 프로이트가 말하는 심리적 신화로서, 도착으로서,

죄악의 용어로서, 심리세계의 변전으로서 죽음의 의미는 너무나도 다양한 차원에서 논의될 수 있다.

죽음은 문명화 자체의 메커니즘을 통해 보면 구축의 원리이며 확신의 원칙이다. 거기에는 분명한 의미로 대상을 고정시키고자 하는 이성의 페티시즘이 관여하고 있다. 의미의 흐름과 유동성을 제거한 장소에는 죽어버린 객체와 사물, 개념이 자리 잡는다. 그러나 가장 일반적인 의미에서 죽음은 인간의 생물학적 운명인 사실적 죽음, 그리고 거세의 '법'에 의한 심리적 죽음일 것이다. 근대인의 심리적 바탕에는 '아버지의 법'을 복사하고 모방함으로써 '개인'이 되는 심리적 휴거의식이 자리 잡고 있다. 존재를 무의식, 혼돈, 대지로 전락시키는 죽음은 불길한 것이었다. 대지적 운명을 담지한 육체로서 정의되는 죽음(왜냐하면 정신은 영원의 원리로 씌어 있으므로)은 삶의 문법 속에서 '극복'되어야 할 무엇이자 인간실존의 가장 부정적 조건으로 인식되어 왔다. 시인은 다음과 같이 쓴다.

나는 혐오한다, 그의 짧은 바지와
침이 흘러내리는 입과
그것을 눈치채지 못하는
허옇게 센 그의 정신과

내가 아직 한 번도 가본 적 없다는 이유 하나로
나는 그의 세계에 침을 뱉고
그가 이미 추방되어버린 곳이라는 이유 하나로
나는 나의 세계를 보호하며
단 한 걸음도
그의 틈입을 용서할 수 없다
갑자기 나는 그를 쳐다본다, 같은 순간 그는 간신히

등나무 아래로 시선을 떨어뜨린다
손으로는 쉴새없이 단장을 만지작거리며
여전히 입을 벌린 채
무엇인가 할 말이 있다는 듯이, 그의 육체 속에
유일하게 남아있는 그 무엇이 거추장스럽다는 듯이

「늙은 사람」 부분

"늙은 사람"에 대한 혐오와 경멸은 노쇠한 육체, 즉 죽음에 대한 혐오와 맞물려 있다. 죽음은 산 자들의 공간에 머물러서는 안 될, 검은 이방인이다. 화자는 "그가 이미 추방되어버린 곳이라는 이유 하나로/나는 나의 세계를 보호하며/ 단 한 걸음도/ 그의 틈입을 용서할 수 없"으며 "그의 세계에 침을 뱉"고 싶을 정도로 죽음에 대해 완강한 것이다. 마치 '구원'과 '영생'을 위한 성서적 예언이 악마의 틈입을 허용하지 않듯이 말이다. 주목되는 것은 늙음에 대한 혐오가 "허옇게 센 그의 정신"에 대한 경멸과 포개진다는 점이다. "늙은 사람"은 존재의 영원성, 시간에 대한 확신, 역사의 낙관주의를 전복하는 존재다. 하지만 인식의 도그마를 어둡게 반영하는 이 노쇠함에 대한 응시는, 우리의 정신이 잘 용납하지 못하는 자연의 역력한 실상이다.

죽음의 예후인 이 '늙음'은 생물학적 나이와는 무관하게 '슬픔' 혹은 우울로 경험된다. 시인은 "내 나이와는 거리가 먼 슬픔들을 나는 느낀다."(「노인들」) 죽음은 삶보다 더 크고 전체적인 것이어서, 산 자들이 축조한 생의 종교 속에 가두어둘 수 없다. 아무 데서나 "비닐백의 입구같이 입을 벌린 저 죽음"을 "아무도 모른다, 저 홀로 없어진 구름은/ 처음부터 창문의 것이 아니었"(「죽은 구름」)던 것이다. 죽음을 응시하는 순간 "생의 주도권은 이제 마음에서 육체로 넘어"간다. (「그날」)

육체의 고갈과 우울은 인간의 운명이다. 일반적으로 우울의 정서는 두

가지의 함의를 가지고 있다. 넓은 의미에서 그것은 현대인의 일반적인 심리적 징후이며, 좁은 의미로는 목적과 의미를 상실한 데서 오는 부정적인 감각이다. 자주 우울은 고갈의 경험을 예비한다. 고갈은 단순히 육체적 피로만이 아니라 치유의 가능성마저 사라진 황폐함의 경험과 결부된다. 하지만 가장 희박하고 흐릿한 가능성은 남는다. 고갈을 고갈시키는 힘은 또 다른 가능성을 예비한다. 이상한 표현이긴 하지만, 고갈된 고갈은 가능성의 모든 것이다. 고갈과 우울은 너무나 가까이 다가온 끝에 대해 말한다. '끝'에 대해 쓴다는 것은 나타남의 형세에 대해 쓰는 것이다. 실상 끝이란 없다. 끝이란 끝으로 다가가고 있다는 방향성의 환각이며, 우리가 수락한 지식일 뿐이다. 마치 죽음은 의식과 역사의 시공간을 중단시키듯 지독한 우울은 일상의 시간을 중단시킨다. 죽음이 존재를 부수어 다시 생으로 밀어보내듯, 심리적인 가사상태라고도 할 수 있는 고갈과 우울을 거쳐 우리는 다시 일상으로 회귀한다. 영원한 삶이란 존재하지 않듯이 완벽한 죽음 또한 존재하지 않는다. 아직 죽지 않았지만 이미 죽은 것, 살아가는 것 속에서 움직이는 죽음인 것이다.

기형도 시에 자주 드러나는 영락하고 쇠락하는 이미지들은 광범위하게 보아, "움직이는 죽음"을 불투명한 회의와 우울의 정서로 독자들에게 건네준다. 기형도의 시에 자주 도드라지는 피로한 풍경들은, 이 움직이는 죽음을 부인한 채 이상한 삶의 종교처럼 완강한 독단을 고수하고 있는 세계에 대한 회의적 통찰을 잘 보여주는 부분이다. 특히 고갈과 우울의 정서는 바로 "이미 경험된" 죽음을 드러내는 가장 중요한 지점 중의 하나다. "나는 이미 늙은 것이다"(「정류장에서의 충고」)라고 중얼거리게 하는 조로와 고갈의 감수성은, '누추한 육체'와 죽음의 영역에 머물 수밖에 없는 모든 존재의 운명을 암시하고 있다.

존재를 피로와 고갈 속에 무너뜨리는 죽음은 투명한 하늘을 '먹구름' '빗물' '진눈깨비'로 어둡게 물들이는 기후처럼 자연스런 것이다. 메마른 도시에 내리는 '가는 비'의 축축한 느낌처럼 죽음은 모든 존재들에게 스며든다. 살아 있는 자들은 죽어가고 있는 자이므로 "그렇다면 죽은 사람의 음성은 이제 누구의 것일까"라고 화자는 묻는다. "나는 안다, 가는비……는 사람을 선택하지 않으며/ 누구도 죽음에게 쉽사리 자수하지 않는다/ 그러나 어쩌랴, 하나뿐인 입들을 막아버리는/ 가는 비……오는 날, 사람들은 모두 젖은 길을 걸어야 한다."(「가는 비 온다」) 죽음은 우리가 '자수'하지 않는 금기이자 비밀이지만, 결국 자연의 섭리이다. 그럼에도 불구하고 우리는 춥고 외로운 삶의 성채에 갇혀 이상한 존재의 문법을 고수하고 있다. "그 춥고 큰 방에서 書記는 혼자 울고 있었다!"(「기억할 만한 지나침」) 『입 속의 검은 잎』에 수록된 기형도의 시작메모에는 다음 같은 구절이 있다.

> 나는 한동안 무책임한 자연의 비유를 경계하느라 거리에서 시를 만들었다. 거리의 상상력은 고통이었고 나는 그 고통을 사랑하였다. 그러나 가장 위대한 잠언이 자연 속에 있음을 지금도 나는 믿는다. 그러한 믿음이 언젠가 나를 부를 것이다. 나는 따라갈 준비가 되어 있다. 눈이 쏟아질 듯하다.(1988.11)

의미의 성채에 틀어박혀 완강한 자아로 존재하기 전에 우리는 "가장 위대한 잠언"일 수 있는 '자연' 속에 있었다. 말 속에는 우리의 고향이 없다. 존재로 고립되기 전에 우리는 흐름의 영역 속에 있었다. 언젠가 자연은 다시 우리를 부를 것이다. 시인은 이미 따라갈 준비가 되어 있었다. 이미 존재 속을 무수히 흘러갔던 죽음에 대한 이 예민한 지각은 바로 90년대 시로 들어가는 상징적인 문턱이다.

4. 침묵의 잠언들

실상 대지에는 죽음이라는 것이 없다. 죽음은 단지 휴식일 뿐이며 죽은 것조차도 살아나고 있는 물활론의 세계다. 우리는 오랜 동안 이미 만들어진 의미에 기대고 안착하며 관념적인 차원에서 자연과 죽음을 규정해왔다. 그러나 존재가 죽음을 부인하며 꿈꾸었던 상상적 천국조차 미묘한 자연의 이미지를 모방하고 있는 것은 아닐까. 먼 하늘 끝 어딘가에 영혼의 하얀 방이 있다는 상상은 자연에 대한 그리움을 달리 표현하고 있는 것은 아닐까. '아버지의 집'으로 묘사되는 하늘의 방들(「요한계시록」 14:2)조차, 지친 육체를 받아안고 소생시키는 대지의 자궁이 아닐까.

성스러운 일몰이 깃든 서쪽은 죽음과 내면으로의 여행을 가리키는 오랜 문학적 모티프였다. 깊은 목구멍에서 올라오는 후음처럼 침묵은 언제나 대지의 말 속에 숨쉬고 있다. 바람에 뽑혀 나뒹구는 뿌리처럼 시인의 혀는 존재의 진실을 말하기 위해 스스로 고수해온 의미와 신념을 잃어버린다. 버려진 포도알들처럼 낡은 대지의 잠언에 귀기울인다. 말 없는 안내자는 낡은 대지의 서책에 잠들어 있는 잠언을 들려준다. 잿빛의 먼지는 푸른 것이며 삶과 죽음도 결코 다른 것이 아니라고. 그러므로 "먼지투성이의 푸른 종이는 푸른색이다. / 어떤 먼지도 그것의 색깔을 바꾸지 못한다."(「먼지투성이의 푸른 종이」)

죽음은 늘 존재에 대한 금지된 비밀이거나, 부정적인 방식으로 말해져야 할 무엇이었다. 하지만 죽음이 대지로 스며들 수밖에 없는 존재의 운명임을 이해한다면, 그것은 우리가 규정하고 경계지은 삶 너머로 인식을 개방하는 영혼의 제의가 될 수 있는 것이다. 그 침묵의 잠언을 전해주는 낡은 페이지들처럼 그의 시는 열려 있다. 죽음 뒤의 세계는 더 넓게 펼쳐져 있다. 언제나 시는 죽음의 문장 아래로 내려간다.

—「시와 사상」 2008년 봄호

몰록의 아이들과 잔혹의 시학

1. 몰록의 도시에서

'몰록Moloch'은 성서에서 '바알Baal'로 불리는 가나안의 신이다. 몰록 신은 아이를 희생물로 요구하는 불의 신으로 알려져 있는데, 몰록의 신도들은 불길을 지펴서 달아오르게 한 신상에 갓 태어난 아이를 올리고 불에 타 죽어가는 잔혹한 광경을 지켜보았다. 우리는 알렌 긴즈버그Allen Ginsberg의 시 『울부짖음Howl』 2부에서도 악마적 도시의 형상으로 변주된 몰록 신을 만날 수 있다. 작품 속에서 도시의 타오르는 굴뚝은 몰록의 뿔로 묘사된다.

이러한 희생종교를 도시의 악마성에 비유한 긴즈버그의 작품이 암시하듯이, 도시는 사악한 공간으로 우리의 현대시에서도 자주 나타난다. 황막하고 메마른 도시에서 우리는 낯선 피를 가진 이상한 종족처럼 아픔을 감각할 줄 모르고, 이기적인 지능을 가진 감정의 치매증자로 살아간다. 일반적으로 어둡고 불길한 도시공간의 재현에는 근대사회에 대한 회의, 근본적으로는 현대문명을 구축해온 이성에 대한 회의가 깔려 있다. 다시 말해 '도시' 라는 공간으로 대치되고 있는 현대인간의 메마른 집단성과 잔학성에 대한 비판적 응시가 개입되는 것이다.

자연 속에서의 생존을 위해 구축된 도시는 오늘날 현대적 삶의 전제가 된다. 하지만 인공의 장소에서 살아가는 현대인은 끔찍한 본성의 왜곡과 굴절을 경험한다. 오늘날 젊은 시인들의 시에는 인공적인 환경이 극단화될수록 불가피하게 파괴될 수밖에 없는 인간 존재의 본성에 대한 통찰이 자주 엿보인다. 그리고 도시에 존재하는 자폐적인 공간들, 즉 가상현실 등의 다양한 인공환경 속에서 굴절되어가는 존재의 잔혹성에 대한 시선이 예리하게 빛나는 것이다. 현대의 젊은 시인들의 시에 나타나는 잔혹의 감수성과 그 시적 메시지의 일단을 짚어보기로 한다.

2. 예술적 생산으로서의 '잔혹'

공포영화든 문학작품 속에서든 '잔혹' 이 미적인 감각으로 번역될 수 있는 것은, 본래 미적인 충격이라는 것이 어떤 두려움과 경외 또는 당혹스런 경험과 연관되어 있기 때문일 것이다. 즉 예술 속에서 드러나는 잔혹의 감각은 세계의 질서와 일상성을 충격적으로 되새겨보게 한다는 점에서, 지난 90년대의 시인들은 폭력적이고 기이하고 기형적인 이미지를 거대하게 부풀려왔다. 때로 잔혹의 감각은 일상성을 벗어난 환상, 극단의 열락과 접속되고자 하는 죽음에의 욕망으로 드러나기도 했고, 피비린내 나는 폭력과 광기의 양태로 분출하기도 했다. 혹은 존재의 불감증과 같은 방식으로 재현되기도 했다. 어쨌든 공포나 죄의식 혹은 아무 것도 느끼지 못하는 충격적인 황폐함과 교차하는 섬뜩함Uncanny의 감수성은 현대문화의 억압과 관련되어 있는 것임을 밀러Andrew H. Miller는 지적하고 있다.[1] 또한 그것은 이성의 지배로 경직되어 가는 세계의 본성을 날카롭게 보여주고자 하는 현대예술의 두드러진 전략이기도 하다.

비록 우리 시단에서 이러한 기류가 멀찌감치 물러간 것처럼 보인다 할지라도 이러한 잔혹의 감수성의 의미를 좀 더 심각하게 짚어볼 필요가 있다. 현대시가 왜 이토록 끔찍한 풍경들을 내보여야 하는지, 이런 무서운 세계로 우리를 유괴한 것들이 무엇인지 말이다. 물론 문학만이 아니라 우리의 문화에는 공포와 죽음의 분장을 한 끔찍한 환상들이 널려 있고, 잔혹의 수준을 갱신하는 엽기적인 범죄가 난무하고 있다. 젊은 여자를 밀랍의 유리병 속에 쳐넣고, 욕조에서 육신을 난도질하는 끔찍한 세상. 그러나 세상은 다시 기계처럼 굴러간다. 이 무서운 세계에 거주하고 있다는 인식은 현실에 대한 환멸, 더 나아가 인간정신의 축조물인 문명이 존재의 행복을 보증할 수 없다는 절망으로 바뀌어간다.

어쩌면 공포는 인간정신의 거울과도 같은 도시 그 자체에서 비롯되는지도 모른다. 대도시의 독방에서 누군가 죽어가도 아무도 모르듯, 우리는 이 차단되고 무감각한 공간에 알 수 없는 희생자로 방치되어 있는 것이다. 때문에 타락과 부패, 무관심 같은 내부의 끔찍함을 화려한 외장으로 숨기고 행복의 신화를 흩뿌리는 이 악마적인 세계의 베일 벗기기를 현대 시인들이 적극적으로 수행하는 것은 당연한 일일 것이다. 그렇다면 잔혹은 우리의 삶에서 심리적 사실성을 확보하고 있는 대단히 유의미한 예술적 요소들이 되며, 무감각한 현대인의 정신을 두들겨 깨우기 위한 충격장치가 되는 것이다. 또한 세계란 인간의 머릿속에 서 있는 웅장한 건축이라는 점에서 우리의 잔혹한 초상이다.

이 대도시의 독방에서 불안하게 서성이던 인간은 거리로 흘러나온다.

---

1. Andrew H. miller, *Prosecuting: The Uncanny and Cynicism in Cultural History*, Cultural Critique, Number 29, Winter1994~95, Oxford, P.179

우리는 이상한 기류 속에 멀쩡히 일상을 살고 있다. 이런 이상한 세계를 구성한 인간이라는 위험한 동물, 그 동물이 고집하는 기형적인 정신을 충격적으로 되새겨보게 하는 텍스트를 분석하는 데는 어느 정도 윤리적이고 철학적인 태도가 필요하다. 우리가 얼마나 미쳐가고 있는지, 그 병인病因조차 모호하다는 인식, 그러나 어떤 방식으로든 이상한 악의 기류를 드러내고자 하는 예민한 감수성을 우리는 다음과 같은 시에서 찾아볼 수 있다.

> 아기 인형이
> 포르말린에 담긴 남자 인형과 아기 인형을 꺼내어
> 물로 씻어 창가에 내놓는다
> 남자 인형과 여자 인형이 말려지며 웃고 있다
> 유리로 만든 방
>
> 여자와 남자가 은밀하게 식탁의자에 앉아
> 메뉴에 적힌 순서대로
> 옷을 벗어 식탁 위에 놓는다
>
> 1. 줄무늬 넥타이와 두개골
> 2. 브래지어와 왼쪽 눈알
> 3. 삼각 팬티와 오른쪽 세 번째 발톱
> 4. 선글라스와 양쪽 귀
> 5. 그물 스타킹과 심장
>
> 여자와 남자가 은밀하게 식탁의자에 앉아
> 설명서대로 조립을 시작한다

1. 두개골에 왼쪽 눈알을 박고

2. 브래지어에 심장을 매달고

3. 오른쪽 세 번째 발톱에 그물 스타킹을 걸고

4. 양쪽 귀에 줄무늬 넥타이를 묶고

5. 완성된 2에 1과 3과 4를 연결하고

6. 왼쪽 눈알에 선글라스를 씌우고

7. 마지막으로 삼각 팬티를 입힌다

여자와 남자가 은밀하게 식탁보로 덮는다

_박강우, 「인형의 집」 부분

포르말린 병에 담긴 인형은, 환상, 꿈, 광기, 백일몽, 환각 등과 같이 혼란스럽고 고정시킬 수 없는 무의식에 잠긴 존재의 이미지로 읽힌다. 다르게 말하면 무의식의 혼돈이 작용하는 인간생활의 끔찍한 질서정연함에 대한 시인의 상상이 응결되어 있는 이미지라 할 수 있다. 포르말린 병에서 나온 '인형'에는, 마치 영화 속에서 정체불명의 살인자에 농락되는 장난감 같은 생을 우리가 살아가고 있다는 인식이 반영되어 있다. 인형은 주인(신)의 쾌락 혹은 어떤 '용도'를 위해 존재할 뿐이다. 자신의 의지와는 무관하게 설명서(텍스트)에 의해 조립되는 존재와 그런 삶의 끔찍함을 위의 시는 전달하고 있다.

이렇게 오늘날 현대시에서 엿보이는 기괴한 환상은 단순히 현실의 물질적 풍경을 반영하는 데 그치지 않고 새로운 현실감을 창조하는 초현실적인 양태를 취하고 있다. 삶이란 '포르말린 병'에 담겨 있는 어떤 것이고 존재는 "설명서대로 조립"된 일상을 살아가고 있다. 마치 어떤 사악한 의지에 의해 조종되는 언어를 감상해 보라는 듯 그의 시집 『병든 앵무새를 먹어보렴』(2006)은 대단히 기괴한 환상으로 가득 차 있다. 무언가 치명적으로 느껴지는 존재의 감각, 일상의 잔혹함에 대해 시인은 말하고 싶었던 것일까. 아니면 우리가 존재라고 주장하는 것이, 아무 것도 아닌 현대문명의 대량복제품이라는 것을 말하고 싶었던 걸까. '왜 우리가 유일하고 존귀한 '하나' 라고 생각해야 하는가?' 라는 반문이 들리는 듯하다. 비슷한 패션과 취향을 모방하고 복제하는 무수한 존재들은 여럿이지만 결국 하나이다. 끝없이 복제되는 존재의 클론들은 우리가 완강하게 고수해온 개인의 신화를 부정한다. 우리의 의지와 행동은 환경의 자극에 대한 반응에서 분리되지 않고, 우리는 전체의 한 분자로서 세계를 가동시키고 있다. 그저 약간 다른 티셔츠로 구분되는 단체의 일원처럼, 착실히 세계에 스며드는 존재와 망가진 부품과도 같은 존재로 구분될 뿐이다. 합성 음성을 지닌 영화 속의 사이보그들처럼 우리는 기계세계의 로봇같이 비슷한 언어를 쏟아내고 있는 것이다. 어떻게 우리가 '앵무새' 가 아니라고 말할 것인가?

박강우는 그의 여타의 시편들에서도 '인형' 이라는 비유를 빌려 현실의 잔학함을 응시한다. 물론 이렇게 기괴한 상상력은 알 수 없는 무언가에 의해 우리의 삶이 '조종' 당하고 있다는 인식에서 가능해진다. 알고 보면 집이라는 사적인 공간도 전체를 위해 설계된 것이며, 알 수 없는 설계자인 몰록신의 입김 아래 놓여 있는 것이다. 박강우의 시에서 자주 돌출하는 자기살해나 목자르기 등의 잔혹한 상상도, 설계된 방식으로 행동하고 살아갈 수밖에 없는 세계에 대한 반항의지 혹은 비관적 인식에서 비롯되는 것이리라. 자기살해의 충동은 성서적 비유를 빌리기도 하는데, 이를테면 「창세기, 열번째 날」에는 이러한 기괴한 이야기가 나타난다.

바다를 가로질러
무인도로 향하는 기차 안이다

(중략)

귓속말을 들은 차창은

붉은 구두를 신은 아이를 발가벗겨

그들에게 내놓는다

그들이 붉은 구두를 기차 앞에 매달고

아이를 바다에 던지자

기차 안이 붉은 구두로 가득 찬다

끈적거리는 냄새가

붉은 구두로 그들의 발을 채운다

기차는 달리고 달려도

붉은 구두 안을 벗어날 수 없다

_박강우, 「창세기, 열 번째 날」 부분

시 속의 삽화를 간추리면 "붉은 구두를 신은 아이"를 "무인도로 향하는 기차" 안에서 희생물로 바친다는 이야기다. '무인도'라는 유토피아로 가기 위해 아이를 제물로 바치는 기차는 우리 삶의 행로 그 자체일 수 있다. 기차는 유토피아로 가 닿으려 하지만 아무리 달려도 그 핏물의 기억, "붉은 구두 안"을 벗어날 수 없다. 실제로 우리는 성서에 나온 '피'에 대한 금지 같은 것이 무력해진 시대를 살고 있다. 아무런 폭력도 제어하지 못하는 세기를 우리는 건너가고 있는 것이다. 이미 폭력은 세계의 형식이기 때문에 아무도 도망칠 수 없고, 아무도 제어할 수 없는 힘에 우리는 감금당한다. 세계의 관습 또는 형식 때문에 결국 희생되어야 하는 '아기'는 몰록 신의 제물처럼 가장 약한 자일 수도 있고 우리 모두일 수도 있다. 이러한 영아살해 의식처럼, 우리를 의식하지 못하는 범죄로 내몰고 있는 삶의 형식은, 세계와 존재의 상처에 대한 감각을 일깨울 필요를 제기한다.

한밤중

다리 접고 앉아

흉터 속 길을 개복開腹한다 온몸,

빗물처럼 젖어 접신을 기다린다

엎드려 있던 어둠이 주문을 왼다

익어간다

냉장고 속에서 냄새나는 어둠이 뚝! 뚝!

무겁고 이빨 시린 함성을 낸다

완벽한 어둠은 레이저 광선보다 빛난다

그 빛 속에서 자라는 눈빛

시간과 시간을 묶어 플러그를 꽂는다

전류보다 빠르게 번지는 어둠,

신이 내린 상처를 매달고

걸린 적 없는 패혈증을 찾아 나선다

허우적거릴수록 신은 더 깊이 내린다

비가 내린다

_안효희, 「접신接神」 부분

　안효희의 「접신」은 "시간과 시간을 묶어 플러그를 꽂"듯 화자의 일상 속으로 침투하는 알 수 없는 신, 제대로 언어로서 파악되지 않는 어떤 부정적인 힘에 주목하고 있다. "흉터 속 길을 개복開腹"하여야만 감지되는 "완벽한 어둠"은 존재를 끔찍한 괴물처럼 변화시키는 무엇이라 할 수 있다. 이름은 알 수 없지만 기괴하고 악마적인 현실을 운반하는 신은 "전류" 혹은 "레이저 광선"과 혼동되기도 한다. 좀 더 자세히 보자면, 화자에게 접신된 그 무엇은 본래 존재 속(흉터 속 길을 개복)에 포함되어 있다가 그 상처의 "개복"을 통해 정체를 드러내는 존재라고 할 수 있다. 그것은 화자의 일상적 삶의 '마비'와도 연관되어 있는 듯 보이는데, 이를테면 그녀의 다른 시편들에 자주 등장하는 '마네킹'은 그러한 점을 예증해주고 있다. 안효희의 시집 『꽃잎 같은 새벽 네시』(2005)에는 마네킹이 시적 화자를 대리하는 코드로 간혹 다루어지고 있는데, 가령 '빛나는 장신구를 달고,/ 왕릉의 잠든 시신을 지키듯/ 단절은 고요했어요"(「인간마네킹」)라는 구절처럼 존재는 단절되고 고요한 곳에 응고되어 있다. 그렇게 마비된 존재의 내부를 파헤치는 시간은 어떤 두렵고 끔찍한 악몽으로 기어드는 듯한 심령적인 체험과 닮아 있다. 이러한 어두운 시간 혹은 존재의 감각은 김참의 시에서도 자주 드러난다.

비가 내리면 나는 악몽에 시달립니다 내 꿈의 어두운 방에 사는 사람들은 내가 틀어놓은 음악에 맞춰 검은 벽지 위를 기어 다닙니다 낯선 얼굴이 방문을 열고 들어올 때마다 벽에 붙어 있던 사람들이 어둠의 심연으로 떨어져 내립니다 어둠에 잠긴 검은 집은 바람에 흔들립니다 벽에서 검은 얼굴들이 자꾸만 떨어져 내립니다

_김참, 「검은 집에 사는 검은 얼굴들」 전문

위의 시는 김참의 시집 『그림자들』(2006)에 수록되어 있는데, 이 시집은 전체적으로 검고 기이한 잔상들로 얼룩져 있다. 시집 전체가 그의 현실 곳곳에 모습을 드러내는 "검은 그림자들"의 기척을 기록하고 있다. 그가 목도하게 되는 이상한 '그림자들'은 우리의 일상을 그대로 모방함과 동시에 벽 뒤, 어둠, 심연의 영역을 고수함으로써 우리가 살아가는 공간이 죽음의 공간이라는 잔혹함을 일깨운다. 때로 그의 시가 '우주비행선'과 같은 SF적 상상을 끌어들이는 것(「서울에 불시착한 우주선」 등의 시)도, 정체를 알 수 없지만 명백히 삶에 개입하고 있는 기이한 힘에 대한 암시를 하기 위함이다. 무언가

에 조종당한다는 것은 '악몽'이다. 시인은 독자에게 끊임없이 그 악몽을 일깨우고 싶어하며, 그 무수한 그림자들이 무엇에서 비롯되는지 질문을 던지게 한다. 당연한 일이지만, 이것은 분명히 세계에 존재하지만 우리의 지각 채널이 잡아내지 못하는 어떤 잔혹함과 사악함을 드러내고자 하는 시적 전략인 것이다.

3. 몰록의 기계들

과열된 기계는 멈추지 못한다. 불타는 제물처럼 우리를 고갈시키고 쓰러뜨리는 기계는 악마적으로 가동된다. 일상의 회전벨트에 실려가며 비명을 지르는 커다란 입은 세계의 균열이다. 마치 황량한 패잔병들이 널브러진 전쟁터처럼 지친 술꾼들이 창백하게 널려 있는 황량한 대도시를 상상해 보라. 버겁게 가동되는 세계를 견뎌내기 위해 우리는 서로에게 치명적인 이방인이 되어가며 서로를 배신한다.

몰록 신은 불가능한 업무를 강요하는 보스 혹은 의사당과 스타디움 어떤 장소, 형식, 존재로 그 모습을 감추고 있다. 우리는 이 세계가 주입한 성공의 신화를 위해 상관의 호의를 부적처럼 훔치고, 파멸이 예정되어 있는 사랑을 받아들인다. 경쟁에 지친 아이들은 갑자기 유서를 쓰고, 밤마다 마주치는 스크린은 흡혈귀의 칼날을 쏟아낸다. 공포가 오락이 되고, 사랑은 기계인형을 껴안고, 법은 상습적인 부패로 물들어 있다. 몰록 신은 철저히 시스템 속으로 스며들어 보이지 않는다. 몰록 신의 음성은 시끄러운 메탈음 속으로 스며들고, 악마의 눈은 시뻘건 네온빛으로 번득인다. 심야에 달라붙은 게임모니터들, 아직도 더 받아내야 한다고 주장하는 오만한 계산대들, 진실이 결핍된 세계에 몰록 신은 서 있다.

이렇게 알 수 없는 악의 기류가 지배하는 세상에서 진실한 언어를 갈구한다는 것은 어떤 의미가 있을까. 세계는 늘 투명한 '유리'처럼 신념과 확신을 흩뿌리지만, 그것은 결코 온전한 진실은 아니다. 이재훈의 시는 이 무서운 세계의 화려함과 그 이면의 어두움을 마주 대하며 어떤 '진실'에 대한 갈망을 노래하고 있다. 시 속의 화자는 마치 수난을 앞둔 메시아처럼 혹은 긴즈버그의 「울부짖음」처럼 "북한산 밑에서 밤새도록 통곡의 기도를 하지. 항문에서 시커멓게 멍울진 피가 흘러내리지. 나무를 움켜잡고 소리를 지르지"(이재훈 「순례2」)만 "악령의 창"같이 존재를 찔러대는 통증은 멎지 않는다. 시인에 의하면 우리가 살아가는 시대는 '대환란'의 날이다. "수만의 별을 넘어"가도 안전한 장소는 존재하지 않는다. 악의 암운에 뒤덮인 말세처럼 시 속의 화자는 "나는 눈물도 흘리지 않고 사람을 죽였"(이재훈 「공중정원3」)다는 범죄의 고백을 토해놓고 있다. 모호한 악의 기류에 오염되어 가는 세계의 위험을 보여주는 한 편의 시를 읽어보기로 하자.

맨발로 유리밟는 소리를 듣는다. 유리의 머리가 내 발바닥을 찢는 수런거림을 듣는다. 수행자처럼 온 땅을 모두 밟아보고 싶었다. 하지만 이 땅은 너무 넓어. 내 온기가 기댈 곳은 건물과 건물 사이, 그 사이의 위태로운 희망, 그리고 낯선 꿈들뿐.

내가 밟는 유리의 온기를 기억하고 싶었다. 그 뜨거운 감촉. 두꺼운 군살을 비집고 환한 몸으로 날 찾아오는 신비. 유리를 밟으며 축제를 연다. 붉은 포도주가 흐르는 식탁. 얼굴에 분칠을 하고, 혀에 피어싱을 하고, 히피처럼 연기를 피워올린다. 치렁치렁한 푸른 옷을 입고, 방 안을 빙빙 돈다. 사각사각 유리가 몸 안에서 춤을 춘다. 두려움은 없다. 정작 두려움은 예언자의 눈, 인디언의 귀, 언 고기를 사각거리는 알라스카의 몽골리안을 그리워하는 것. 生의 분노도 잊은 채, 태평하게 먼 이방의 전설을 말하는 내 입술.

_이재훈, 「순례」 부분

시 속의 순례자는 "온기가 기댈 곳은 건물과 건물 사이, 그 사이의 위태로운 희망, 그리고 낯선 꿈들뿐"이라고 말하고 있다. "붉은 포도주가 흐르는 식탁. 얼굴에 분칠을 하고, 혀에 피어싱을 하고, 히피처럼 연기를 피워올"리는 광폭한 유희 속에서도 그는 '그리움'을 버리지 못한다. 세속도시에 파묻혀 환락을 탕진하는 존재에게 "예언자의 눈, 인디언의 귀" 같은 것은 너무나 갈망이 지독해서 도리어 두려워지는 꿈이다. 결국 "生의 분노도 잊은 채, 태평하게 먼 이방의 전설을 말하는 내 입술"은 진실의 땅을 더듬어 찾는 '순례'를 꿈꾸지만 궁극적으로 '관棺' 같은 일상의 공간으로 다시 기어들 수밖에 없다. 하지만 그는 "일상이라는 지능적인 시나리오에 빼앗긴 네 몸을, 경멸한다."(이재훈 「아마도 일상적으로 돌아갈 한 얼굴의 죽음에 관하여」) 결국 이 세계가 부여한 장소에서 지능적인 시나리오에 따라 꼭두각시 배역을 고수해야만 하는 일상의 작동자는 몰록 신의 기계요 사이보그라고 해도 과언이 아니다. 존재의 행동, 사유 모든 것을 세계의 가동 모드로 전환시키는 잔혹한 힘의 지배 아래 존재가 상실한 것은 무엇이고 추구하는 것은 무엇인가 하는 번뇌가 끌려나오는 것이다.

하지만 몰록 신이 요구하는 것은 낙원의 환영 속에 갇혀버린 무뇌아들이다. 어느덧 우리는 번민과 고통마저 잊고 기계신이 요구하는 무뇌아가 되어, 언어와 이미지로 맞물린 밀폐된 세계에서 "길고 긴 트랙"을 맴도는 "제트 열차"처럼 세상의 처음에서 끝이라고 불리는 저만치에 이르기까지, 단절과 지속, 감탄과 찬사, 탄식과 분노를 반복하며 오갈 뿐이다. 박상수의 시는 그런 밀폐된 세계의 환영을 '놀이공원'의 비유를 통해 드러내고 있다.

나는 회전목마 위 구름을 쳐다보는 자, 장미정원에서 비눗방울을 불거나 플라스틱 나비가 날아다니는 광장을 지날 때도, 그런 것이 있다면 과연 곁에 있었다면, 은빛 구조물 사이 리프트 2호가 지나가고 내가 본 것은 무엇이었을까 이미 시간이 지나 말라붙은 흔적 같은 것, 판타스틱 월드 하늘에

남아 있었어 제트 열차는 붐붐 길고 긴 트랙을 돌아 사라지고 어느새 내 곁
엔 부서진 꽃잎 같은 것이 플라스틱 잔해 같은 것이, 나는 땅 위에 내려 귀
를 기울였어 지금 내 곁엔 누군가가, 오래전에 스쳐갔던 풍선과 솜사탕과
초록빛 벤치가 조금씩 낡은 채로, 발자국 소리와 함께, 시월의 햇빛을 받으
며 사람들로 가득한 놀이공원에 서서 나는 움직이지 않았어 모든 것은 궤
도를 따라 움직이고 있었지만 어느 것도 떠나지 못한다는 걸 행진곡이 울
려 퍼지고 인간 수업을 받은 침팬지들이 박수를 치며 지나가는 동안 나는
그렇게 놀이공원에서 떠날 줄 몰랐어.

박상수, 「놀이공원 가자」 전문

마치 길과 산, 구릉과도 같이 우리를 빠져나올 수 없게 하는 이 '인공의
공원'은 "인간 수업을 받은 침팬지"처럼 부자연스럽지만 그곳이 바로 우리
가 살아가는 공간이다. 만화를 구경하는 무뇌아처럼 화자의 어조는 무심하
게 느껴진다. 마치 주말의 의례처럼 들어서는 이 기이한 공간, '보이지 않는
손'에 의해 건설된 판타스틱 월드는 질문하고 절망하는 주체의 '의식'마저
지우며 이미지로 만든 '(비)존재의 집'을 만들어낸다. 보드리야르가 시뮬라
크르라 명명했던 바로 그것 말이다. 우리를 기계처럼 내모는 이 지독한 세
계를 견디기 위해 '나'는 바로 그런 세계와 어떤 식으로든 접촉하지 않을 수
없고, (비록 왜곡과 굴절의 형태일지언정, 분열의 흔적만 남을지언정) 그 속에서 '나'를
감각한다.

하지만 왜 우리는 놀이공원에 있어야 할까. 왜 놀이공원에 갇혀 있어야
할까. "행진곡이 울려 퍼지고 인간 수업을 받은 침팬지들이 박수를 치며 지
나가는" 이 놀이공원은 실제로는 끝없이 진보의 문법을 따라 행군하는, 상
처 많은 이 세계의 카피본이 아닐까. 세상이 너무나 쓰라리기에 달콤하게
만들어놓은 장난감집 말이다. 세계라는 허구의 장난감집 속에 사는 우리가
쓰라린 일상에서 떠나지 못하듯 놀이공원의 아이는 판타스틱 월드를 벗어

나지 못한다.

　실제로 그 둘의 공간은 현대라는 공간을 마주보며 드러내주는 역상문자다. 대도시는 날마다 직장으로 달려가는 군중들로 흘러넘친다. 직업을 갖기 위해 학위를 쌓아올리고, 승진을 위해 감정과 고통을 방치하고, 왜냐는 질문도 하지 않은 채 살아가는 사람들. 우리는 그렇게 세상의 모든 것에 대해 왜냐고 묻는 '나'를 내버리고 살아간다. 그저 이 세계가 멋지다고 말하는 삶을 상속하기 위해 자신의 모습을 버린 채, 위험하고 적대적이며 갈등과 상처로 얼룩진 질서를 따라간다. 그러한 세계의 귀퉁이에 놓여 있는 '놀이공원'이란 세계의 가장 잔혹하고 치명적인 거짓말이다. 잔혹한 세계를 비춰주며 가려버린 거울의 집이 되는 것이다. 그리하여 "모든 것은 궤도를 따라 움직이고 있었지만 어느 것도 떠나지 못한다는 걸" 알면서도 화자는 끊임없는 놀이공원의 미로를 맴돈다. 거기서 침팬지의 놀이를 하고 병정놀이를 하고 인형놀이를 한다. 진짜 우리를 지배하는 이야기의 잔혹함은 가려지고, 세상에는 이야기의 트랙을 맴도는 무수한 이미지들의 환영만 가득하다.

　　　　한 무리의 자동차가 외곽을 달리고 있다
　　　　혜성처럼 환하게 빛을 뿜으며
　　　　어둠을 꿰뚫고 있어
　　　　외곽을 순환하는 빛나는 질주가
　　　　날 미치게 만들어

　　　　(중략)

　　　　중심으로 파고드는 속도를 놓치면
　　　　그것으로 끝이지
　　　　혜성이 충돌할 때

얼마나 아름다운 섬광이 번쩍일까

외곽을 이탈한 속도는

얼마나 평화로운 공중이 될까

한 무리의 혜성처럼 질주하는 속도

거대한 궤적을 만들어

외곽을 이루고 있어

_조동범, 「서울외곽순환도로」 부분

서울외곽순환도로는 현대라는 공간이 만들어놓은 우리 인식의 포뮬러, 컨벤션을 의미한다. 다시 말해 그렇게 살라고 명령하는 이야기의 궤적이라 할 수 있다. 그 궤적을 벗어나는 '탈선'에의 위태로움과 갈증이 조동범의 시에는 잘 드러나 있다. 안전하면서도 불안하고, 원하면서도 원하지 않는 세계, 그것을 '길'이라는 말로 요약하는 것은 너무 거칠지만 어쨌든 존재들은 이 길을 달린다. 그럼으로써 이 길은 다른 길과 교통하는 실핏줄을 심어놓게 되며 그러한 순환을 바탕으로 우리의 일상, 역사, 이야기의 "거대한 궤적"을 만든다. 자동차 불빛들이 만들어놓은 궤적들은 나를 나이게 하는 의미의 틀들, 즉 이 세계가 지시해 놓은 허구의 길이다. 이것들은 물론 개인적인 동시에 집단적인 서사들이다. 그러나 이러한 서사는 허구라 할지라도 주체를 주체로 존재하게 하는 필수적인 허구들이어서 과연 그런 허구가 존재하는지에 대한 질문조차 던져지지 않는다.

이렇게 온전히 존재의 의지와 선택을 삼켜버린 문명 자체의 끔찍함은 그대로 가상공간에 이식되어 있다. 우리가 살아가는 도시처럼, 가상공간에서 우리는 엄청난 용량의 성채를 만들고 거실을 만들고 인테리어를 하고, 업그레이드된 암호로 현관을 만든다. 마치 우리가 살고 있는 세계를 투영해 놓은 듯한 가상세계에의 몰입이 극단화될 때 나타나는 것은 광기 같은 것이다. 때문에 현실과 너무도 닮아 있지만 현실에서는 고요히 억눌려 있는 광기, 가상공간의 가학성/피학성을 우리는 주목해볼 필요가 있다. 가상공간에서 구성된 새로운 실재는 암호로 이루어진 초인종을 누르고, 전자파가 만든 메트릭스 속으로 들어간다. 거기에는 정보의 박람회를 벌이는 맘씨 좋은 방장도, 정보사냥꾼들도 존재한다. 방명록에 흔적을 남기고 떠나는 여행객도 상주민도 있다. 사이버수사대의 수색을 피해 봉쇄된 담장을 뜯어내는 해커도 난폭한 소동꾼들도 있다. 쾌락의 강도는 높아지고 현실에서 억눌린 행동은 폭발한다. 우리는 파시즘과 싸우는 대신 게임 속의 캐릭터와 싸우고, 아바타로 모습을 숨긴 채 말의 발톱을 세운다.

나의 아바타인 고양이
이곳 저곳 하루 수천 곳의 홈피를 돌아다니며
댓글을 다는 고양이

댓글은 나의 영역표시야
마구 달릴 수 있는 드넓은 초원

나는 경쾌하고 발랄하다가도
나의 아가리는 쩌억 하품을 하지
나른함은 나의 생존 비결

나의 아바타인 고양이
시골 고양이인지, 썩은 고양이인지도 몰라
수염이 있는지 없는지
한쪽 눈을 잃었는지도 몰라
나는 다중인격자
나는 습격하기를 좋아하지

악성 리플 고양이가 되고 싶어
너의 영혼을 찢고 싶어

달려, 지붕을 지나
혹성을 지나 골목으로
나의 분신인 고양이
계단을 오르내릴 때
나는 무지개처럼 황홀하지
인간이 쥐로 보이지?

_장인수, 「고양이라는 프로그램」 전문

　가상공간은 존재를 비인간인 기계와 일체화시킨다. 이러한 공간에서 인간의 영혼을 '쥐'처럼 찢어발기고 싶어하는 난폭한 고양이의 욕망은 세계에 대한 적의, 어쩌면 이 현대세계의 특징인 표적 없는 분노와 짝지어져 있다. 얌전한 현실을 벗어던지며 가상공간에서 부활하는 잔혹한 '악플러'는 '영혼'까지 찢어발기고 싶다는 전능성의 욕망을 거침없이 내보인다. 이렇게 기계매체 속에서 분출되는 공격성은 기본적으로 세계가 부과하는 억압과 연관되어 있다. 거칠고 강렬한 본능적 힘을 발산하는 게임공간에서 우리가 전능과 폭력의 환상에 빠져들 듯 "악성 리플 고양이"도 자신만의 '황홀'한 제국을 꿈꾼다. "이곳저곳 하루 수천 곳의 홈피를 돌아다니며/ 댓글을 다는 고양이"의 행동은 "나의 영역표시"를 하는 것이다. 이렇게 가상공간에서 돌출하는 공격적인 행동은 충동과 몰입, 잔혹의 감수성에 의해 지배된다. 실제로 방 안에 틀어박혀 컴퓨터 게임에 탐닉하던 아이가 자신의 동생을 참혹하게 살해한 사건이 발생했듯이, 폭력적이고 엽기적인 행동을 무감각하게 행하고 있는 것이다.

　가상공간은 정확하게 말하자면 고요히 은폐되어 있는 세계의 잔혹을 선명하게 가시화시키는 공간이며 현실의 역반영이기도 하다. 그러한 의미에서 잔혹의 감수성은 이 세계를 정직하게 응시하는 전략이기도 하다. 순수한 질서와 순종과 미덕으로 이루어진 듯한 현실이 총체적인 국면에서 보면 광기의 흐름으로 보이듯이, 현대시에 넘쳐흐르는 엽기적인 상상은 경직된 도덕과 신념으로 무장한 도시의 매끈함 뒤에 자리 잡은 해독되지 않는 상처들을 지시한다고 할 수 있다.

모순과 부조리로 가득한 세계는 달콤한 눈가리개로 자신의 끔찍함을 위장한다. 하지만 오늘날 젊은 시인들의 시에서 발견되는 잔혹의 감수성은 내면의 혼돈과 감각의 잔해들을 더욱 적극적으로 재현해내고 있다. 잔혹의 감수성은 모든 것이 멀쩡하게 가동되는 이 끔찍한 세계에 대한 신랄한 유죄판결이며 아무도 돌아보지 않는 악의 기류에 대한 강렬한 고발이다. "젖과 꿀"이 흐른다던 땅에 몰록 신이 존재했듯이, 어쩌면 풍요와 행복의 수사가 넘쳐흐르는 현대세계에도 새로운 세대를 제물로 호명하는 신이 존재하는지 모른다. 사유도 판단도 연민도 사랑도 허용하지 않는 이 황량한 세계는 무엇을 위한 것인가. 우리는 현대시에 넘쳐흐르는 이 잔혹한 말부림에서, 사악하고 메마른 기후에 먼지처럼 섞여드는 고통스런 질문을 읽을 수 있다.

—「몰록의 아이들」『현대시』 2007년 3월호

현대시와 포르노그래피 신드롬

1. 육체, 일상의 페티시즘

육체에 대한 과도한 숭배는 현대시의 가장 중요한 '증상'이다. 현대의 젊은 시인들이 건설한 언어의 바빌론은, 사랑에 대한 낭만과 순수의 신화를 깨며 욕망을 물질화하는 자본주의의 문화적 판타즘을 드러내고 있다. 일찍이 카프카가 썼던 '어두운 육체'의 마스크가 일종의 '재난'이었다면, 현대의 육체는 오히려 축복이다. 욕망의 내벽에 음습하게 웅크리고 있던 갑충의 이미지는 음습한 도시를 배회하는 폭력배의 가죽재킷, 차가운 금속성의 맨홀 등으로 변주된다. 우리가 보는 것은 '갑충' 같이 징벌 받은 육체가 아니라 무기와 보석으로 휘황하게 장식한 '전시'된 육체의 이미지이다. 성性은 모든 의미의 권위의 복부를 관통하는 차가운 총알이다.

영혼을 죄와 사망으로 유인하던 육체는 시장의 중심이 되어 댄스홀로, 거리로, 헬스장으로 밀려나온다. 술 취한 머리칼을 하고 미친 듯이 드럼을 두드리는 로커의 가슴, 땀과 기름에 번쩍이는 육체미 선수들, 관중을 열광시키는 치어리더들의 현란한 몸놀림 등은 기계적이고 금속적인 문명과 원시성을 생생히 드러내는 이미지들이다. 강철의 글러브를 가슴에 당기는 권투선수 혹은 강속구를 던지는 강인한 팔을 상상해 보라. 제왕의 벨트를 두르고 링을 나서는 구릿빛 육체, 번쩍이는 모델들의 의상에 대중들은 맹목적으로 환영을 불어넣는다. 야성의 전사처럼 그들은 위압적인 근육의 신화를 단단하게 각인한다. 호전적인 육체의 제왕들은 버릇없는 문명의 탕아처럼 여인을 강간하고 교도소의 영웅이 되며 난폭한 젊음을 탕진한다. 거친 드러머의 목소리는 청춘과 망향자의 욕망을 노래한다. 밴드들의 떠들썩한 몸놀림, 불타오르는 턱, 모든 것은 잘리고 흩어진 이미지로 우리 주위를 떠돈다. 육체는 은밀한 개인들의 삶의 코드가 아니라, 자본주의 문화의 가장 극적인 숭배물이 되어 있는 것이다. 현대의 육체는 영혼이나 정신보다 자신을 선명히 드러내는 초상이며, 대중의 눈앞에 번쩍이는 욕망의 거울이자 상품이다. 스타의 육체는 천문학적인 가치를 지니며, 빛나는 아름다움은 스타 숭배의 토대가 된다. 부와 계급과 성공의 신화를 창조하는 것이다. 대중의 페티시즘의 극단에 놓여 있는 그들의 손가락, 머리핀, 바지와 신발, 그 모든 것은 에로틱한 주물이다.

주물적인 대상은 입술, 눈, 턱, 자세, 웃음, 옷 등으로 더 잘린다. 점점 뾰족해지는 육체의 부분과 파편들은, 대중들의 이미지의 소비와 페티시즘과 연관되어 있다. 페티시즘은 하나의 사건이나 의미에 고정되는 것이 아니라 재현되지 않은 사건과 연관되어 있는 무의식의 물질적 형식이다. 간략히 말해 감각을 물질성으로 환원시키는 것이다. 이렇듯 오늘날 자본의 전체적 순환은 쓸모와 교환가치에 의해서만이 아니라 심리구조 속에서 이루어지는 것이다. 이 글은 이러한 자본주의의 문화에서 방류되는 에로틱한 기표들, 특히 포르노그래피가 젊은 시인들의 시와 어떤 연관성을 가지고 있는가를 논의해봄으로써 현대시의 미학적 기류를 점검하고자 한다.

2. 자본주의의 문화전략과 육체기호들

현대문화가 대중을 장악하는 전략은 '노출과 전시'를 이용한다는 점에서 포르노그래피와 소통한다. 안드레 도르킨Andrea Dworkin에 의하면 포르노그래피는 "상업적으로 만들어진 에로틱한 물질"로 정의된다. 포르노그래피란 말은 본래 천한 창부에 대한 글을 의미하는 그리스어 '포르노스pornos'에서 비롯된다. 궁극적으로 포르노그래피가 목표하는 것은 성적인 흥분이기 때문에 특별히 윤리적이거나 미학적일 필요가 없다. 이처럼 포르노그래피와 '에로티카'의 차이는 윤리적/미학적 판단에 뿌리를 두고 있는데, 인간의 의식이 최종적으로 집중하게 되는 것이 섹스냐 혹은 그 외의 의미냐 하는 표현의 목적과 방법에 의해 구분된다. 즉 육체적 기호에 섹스 이상의 특별한 의도나 의미를 부여하는가, 그것을 특별한 의미로 사용하는가 하는 은유의 층이 문제가 된다.

포르노그래피의 작동원리를 살펴보기 위해 우리는 근대의 권력이 정치적 갈등의 집중점인 육체로부터 가능해진다는 푸코의 지적을 상기할 필요가 있다. 정치적 갈등의 집중점인 육체에 기반한 근대의 생체정치학 biopolitics은 탈현대의 시뮬라크라simulacra의 정치학으로 이행한다. 보드리야르에 의하면, 이제 권력은 세계의 물질적 육체로서 존재하는 의미화의 메커니즘 속에 작동한다. 경제처럼 교환가치에 기초한 기호체계는 의미의 기원으로부터 잘려나간 지시적 문맥으로 짜여져 있다. 의미라는 것은, 사실적인 것이 아니라 교환의 관계코드 속에서 만들어진 것이다. 탈현대의 물적 토대는 요구(문맥)와 지시의 꼬임에서 만들어진 기호가치다. 여기서 계급적 부르주아지는 지시 또는 문맥(요구)을 장악하는 그룹이다. 보드리야르의 지적에 의하면, 탈현대 사회의 권력을 특징짓는 것은 기호의 교환체계 속에 만들어진 '코드의 독점권monopoly of code' (Mirror, 127)[1]이다. 가치의 교환 속에 순환적으로 생산되는 '변증법 이후'의 문화는 모든 차이와 갈등을 무화시키면서 더욱 강력한 권력의 구심점을 구축한다. 중요한 것은 '지시의 힘' 속에 밀어넣어진 권력이 육체를 통해 자신의 이념을 실어나른다는 것이다. 육체라는 타자는 단순히 타자가 아니라 그 타자를 끝없이 필요로 하는 중심을 지시함으로써 궁극적으로 지배이념을 전달하는 기표가 될 수 있다. 자본주의 논리 속에 작동하고 있는 육체 이미지에 대한 의혹은 젊은 시인들의 시에서 결코 유예되지 않는 항목이다. 시를 읽어보자.

> 여자의 몸 속엔
> 잘 건조된 브라질산 목재로 된 책상과
> 등받침대가 편안한 의자가 있다
> (중략)
>
> 첫 번째 서랍을 열어본다(Andante)
> 얼룩진 편지, 현금카드, 샤론 스톤 주연의 영화티켓
> 뚜껑이 없는 빨간 루즈와 함께 브래지어 속
> 나의 눈 흰자위만한 바다가 찰랑거린다
> 앙상한 겨울태양, 흔들리며 저녁을 낳는다
> 모래언덕이 있는 해안포구도 보인다, 캄캄

---

1. '사용가치/교환가치/기호가치'와 대응되는 '기의/기표/기호'의 문맥은 상징적인 교환에 의해 만들어진 현대 사회의 문맥이다. 기호의 힘으로부터 이끌어내진 실재의 움직임, 이것이 보드리야르가 지적하는 탈현대의 진짜 움직임이다. 그것은 생산이나 소비에 의해 이루어지는 것이 아니라 바로 시뮬레이션에 의해 이루어진다. 이 상징적인 교환은 권력의 주체와 객체의 혁명이 나타나게 한다. 급진적으로 말해 반대가 아니라 그것이 아닌 것으로 옮겨가는 문맥을 중시할 수 있는 것이다. 이제 권력의 메트릭스는 전지구적 정보망이 된다. 이것은 갈등하고 투쟁하며 진보로 이끌리는 변증법의 모델이 더 이상 탈현대에 들어맞지 않는 이유가 된다. 가치의 교환 속에 순환적으로 생산되는 '변증법 이후'의 문화는 성적인 갈등을 포함한 모든 차이와 갈등을 무화시키면서 더욱 강력한 권력의 구심점을 구축한다. 모든 것은 해피 엔딩으로 이르는 사회의 목적적 이념의 도구가 될 수 있다. 이 새로운 억압과 지배의 출현에 대하여, Cynthia Willet, "Baudrillard, After Hours, and the Postmodern Suppression of Socio-Sexual Conflict" *Cultural Critique*, No.34, Up of Oxford, 1996. pp.143-159 참조.

─불 꺼진 등대는 위험해, 생각하며, 숨을 몰아쉬며

두 번째 서랍을 열어본다(Moderato)
버지니아 슬림 담배와 비사표 성냥이 있다
담배연기로 가득 찬 밀폐된 방 같은 붕긋한 가슴과
불붙은 밤들판도 보인다
신음으로 불타는 여자의 지평선, 또 정육면체
퍼즐처럼 곤혹스런 어지럽게 움직이는
자존심이라는 이상한 물건도 보인다
─자꾸만 거친 숨을 스타카토로 내쉬며

맨 아래 서랍을 열어본다(Vivace), 신경질적으로 잘
열리지가 않는다 다시 힘껏 열어본다 속치마
포장된 스타킹 반지 진주를 박은 목걸이와 함께
프로이트 선생의 성(性)에 관한 연구책자도 보인다
매니큐어 냄새 나는 아스팔트가 보인다 발정의 힘으로
자동차가 달린다 거대하게 돌출한 빌딩들
빌딩은 남근의 상징이다
빌딩 위 하늘로 제트기가 달린다
제트기도 남근의 상징이다
(중략)

여자의 몸 속엔
어지럽게 펄럭이는 하늘이 있다
교교히 꿈틀대는 파란 웃음소리도 들린다
여자의 몸 속엔 언제나

시꺼먼 낮과 환한 밤이 공존한다

반지의 텅 빈 공간처럼 보이며 보이지 않는

반지를 반지이게 하는

여자를 여자이게 하는

총 펜촉 삼각형 그리고 칼의 세계가 있다

잠가진 투명한 공간이 있다

비밀 번호를 알 수 없는

_함기석, 「비밀번호를 알 수 없는」 부분

　이미지 전시장을 방불케 하는 그녀의 몸은 물신화된 자본주의의 몸뚱어리 그 자체다. 화자는 그녀의 '서랍(몸)'을 열어감으로써 그녀에 대한 탐구를 시작한다. 첫 서랍은 "얼룩진 편지" "브래지어" 같은 일상적이고 사적인 이미지로 채워져 있다. 두 번째 서랍에선 "자존심이라는 이상한 물건" 같은, 좀 더 의식적인 차원에서 포착된 그녀가 보인다. 그런데 "맨 아래 서랍"은 "신경질적으로 잘/ 열리지가 않는다." 왜냐하면 그곳에 바로 그녀의 '비밀'이 감추어져 있기 때문이다. 그 세 번째 서랍에서 화자는 "빌딩들", "제트기" 같은 "남근의 상징"을 본다. "여자를 여자이게 하는/ 총 펜촉 삼각형 그리고 칼"에서 은밀한 거세의 위협을 느끼는 것은, 그녀의 섹슈얼한 이미지 이면에서 작용하고 있는 남근적 힘의 위력을 감지하기 때문이다. 무엇보다 중요한 것은 그녀의 육체가 시선의 쾌락 메커니즘으로 가동되는 남근의 이야기를 그대로 재현한다는 점이다. 그녀를 채우고 있는 것은 여성의 섹슈얼리티가 아니라 "발정의 힘"이다. "프로이트 선생의 성性에 관한 연구"에 의하면, 남근적 욕망은 소유하고(상품) 정복하는(전쟁) 것이다. 더욱 강력한 향연을 선사하는 '비아그라'처럼, 더 효과적이고 세련된 방식으로(심지어는 현학적인 방식으로) 자신의 제국을 구축하는 이 막강한 몸이라니! 한편으론 "제트기"가 보초를 서고 다른 한편으론 브랜드로 세계를 정복하는 자본주의의 양면적인 전략에는 궁극적으로 파시즘으로 이르는 남근의 이야기가 고스란히 담겨 있다. 이 남근적 전략을 그대로 재현하는 그녀의 몸은 주체를 작동시키는 기표로서의 타자, 로마로 이르는 아스팔트를 깔아놓고 세계를 점령하는 물신의 주력군 그 자체인 것이다.

타자를 통해 작동하는 권력이란 얼마나 부드러운 것인가? 그것은 더 이상 총칼과 군화발로 윽박지르지 않는다. 안단테→모데라토→비바체로 권력을 순환시키는 것은 패션, 지식, 컴퓨터 같은 것이기 때문이다. 욕망은 매일의 삶에서 출력되는 명령어이다. 니체 스타일의 권력에의 의지가 사라진, 그러나 치명적으로 작동하고 있는 이 남근기계는 끝없이 요구(상품, 문맥)만을 생산해냄으로써, 육체를 그 기계의 일부로 녹아가게 한다. 겉으로는 잘 열리는 '서랍'처럼 보이면서도 치명적으로 "잠가진 투명한 공간"에서 갑자기 화자가 "비밀번호"를 묻게 되는 이유는 바로 여기에 있다.

전통적인 마르크스의 물적 토대에서 이탈한 이러한 이미지와 기호의 소비는 대중들이 원하는 심리적 코드들을 숨기고 있다. 상품의 물질성과 효용을 넘어서 심리적인 호소력을 좇아가는 대중들의 소비는 자본주의 문화의 이념을 확장시킨다. 이미지는 그 자체로 이념을 저장한다. 가령 선탠을 한 갈색의 육체는 근대를 지배해온 의미들의 백색코드를 전복한다.(재즈, 블루스, 랩의 유행같이) 창백하게 덧칠된 입술은 죽음의 이미지에 대한 새로운 관념을 저장한다. 죽은 여인의 헝클어진 머리칼, 더럽혀진 사타구니, 피에 젖은 시트는 모두 죽음의 에로틱한 스펙터클이다. 필요에 따른 소비라는 관념은, 기호의 소비로 이행한다. 육체는 이미 주체, 역할, 계급을 가로지르는 삶의 모드이며, 심미적 영혼과 감수성의 징표이다. 무수한 감각의 거품처럼 육체는 기호와 이미지의 그물망을 따라 이곳저곳으로 흘러든다. 쓸모와 교환에 의해 정의되지 않는 육체기호들은 문화적 이념을 무한히 재생산하는 순환구조를 가지게 된다. 이러한 자본주의 문화에 익숙해져 있는 젊은 시인들의 취향을 고려하면, 포르노그래픽한 장면이 시 속에 돌출하는 것은 놀라운 일이 아닌지도 모른다. 그들의 시에는 비디오나 대중문화에서 빌려온 이미지들, 산만하게 흩어지는 성의 스펙터클이 무한한 이미지의 재고품으로 비축되어 있다. 가령 빅토르 최가 있고 타락천사가 있고, 왕조위가 있고, 스크린과 사진과 만화에서 오려낸 이미지가 널려 있는 것이다.

3. 백일몽, 타락천사, 그리고 포르노그래피

포르노그래피는 의식과 정신 따위를 아예 화면 밖으로 밀어내고, 존재의 물질적인 차원을 텍스트화한다. 그래서 현실로부터 벗어난 순수한 망상의 텍스트일 수도 있는 백일몽을 영사한다. 사회적 원칙과 상식을 전복하고 인종·나이 등의 경계도 없이 표현의 한계까지 밀어붙이는 백일몽적 요소 때문에 서사적 요소는 약화되고 구성은 허술해진다. 포르노그래피는 언어/의식의 지배를 받는 극장, 즉 구성·형식·가면이라는 연극적인 요소를 무시하고 상상의 한계까지 리얼한 이미지를 밀어부친다. 갑자기 발생하는 천박한 로맨스는 포르노그래피의 가장 기본적인 서사구조지만, 그 엉성한 이야기조차 기계적인 섹스를 위한 '변명'에 지나지 않는다. 그러나 섹스는 기계적인 과정에 의해 각기 다른 것으로 상징화된다. 모든 것은 결국 섹스일 뿐이지만 섹스의 다양한 의미와 다양성을 만들어내는 것은 불변하는 초기호의 거대한 맥락 속에 끊임없이 변하는 기호가치를 생산해내는 자본주의의 본질적인 운동방식이다. 육체만이 뒤죽박죽으로 전시되는 장면에는 윤리원칙 혹은 자기인식이 존재하지 않고, 존재하더라고 재미를 위한 액세서리일 뿐이다. 즉 포르노그래피는 철저히 충동의 문법에 따름으로써 담론의 '이성적 질서'를 파괴한다. 단지 섹스의 중단, 관계의 모호함, 우연성 등을 보여주는 텍스트의 열린 상태가 중요한 것이다. 텍스트는 황홀이라는 팽팽한 긴장 상태에서 관계와 매혹에 대한 해명을 삭제함으로써 사건이나 의미를 쌓아올리지 않고, 한 개인의 역사, 즉 순차적인 기억 혹은 시간이라는 선형적 질서와 문맥을 파괴한다. 무한히 계속되는 충동과 욕망의 몸짓은 바로 혼돈과 우연성 그 자체 때문에 질서화된 의식이나 의미의 문맥을 지도화할 수 있는 좋은 거점이 된다. 사회적 문맥과는 상관없이 방류되는 문장들(탄성, 혹은 환희의 감탄사들)은 역설적으로 기존의 문맥이 지니는 '억압적 힘'을 드러내는 것이다.

젊은 시인들의 시는 자주 단단한 구성이나 메시지 혹은 이야기를 구성하지 못한다. 이것이 일어나고 저것이 일어나고 하는 식의 즉각적인 발화는 젊은 시인들의 시에 나타나는 일반적인 징후이다. 긴밀한 구성과 압축성을 포기한 듯한 시편들은 일기와도 같은 주절거림, 조리 없는 몽상에 접근한다. 의미의 중력에 붙들리지 않는 아슬아슬한 언어의 비행술이라고나 할까. 독자에게는 이상한 반복으로 느껴지는, 그러나 시인에게는 특별한 의미가 있는 듯한 자잘한 부분들이 과도하게 부각되어 있다.

포르노그래피는 극단적인 욕망의 흐름을 이미지의 흐름으로 대치한다. 포르노의 잔혹함과 추악함은 텍스트의 측면에서 볼 때 충동적인 발화와 흡사하다. 포르노그래피의 목적은 원하는 것을 껴안게 해주는 것이며 현실에서 재현되지 못할 욕망의 장면들을 확대해서 밝은 빛 속으로 드러내는 것이다. 의식의 가장 후미진 곳에 존재하는 가장 은밀한 상상을 폭로하는 것이다. 포르노그래피는 텍스트적 상상을 허용하지 않을 정도로 시각화되어 있지만 몽정, 수음, 관음증과 같은 독자(관객)의 욕망에 의존한다. 모든 수사적 장치들은 에로틱한 육체를 들춰 보여주기 위한 기계적인 과정이다.

텍스트의 파편, 조각, 범벅으로 구성된 스펙터클은 순수하게 시각적인 욕망의 기표로 이루어진다. 그것은 무의식의 놀이와도 같은 자동기술 또는 환유적 글쓰기와도 닮아 있는데, 그렇게 욕망을 놀이하는 언어는 사회적 질서와 언어에 의해 구축되는 존재의 공간으로 들어오지 않는다. 끝없이 언어에게 장소를 주는 '차이'의 논리에 편입되는 의식적인 글쓰기는 긴밀한 조직으로 압축된 것이다. 가령 언어는 하나의 이미지를 위해 배치되거나 긴장된 메시지를 조직하고 시상을 발전시키기 위해 선택된다. 그러나 젊은 시인들의 시에서 언어는 명료한 이미지로 나타난다기보다 무의식의 스크린에 비치는 흐름과 흡사하다. 그들은 문학적인 수사, 타자의 시선을 위한 옷을 잘 걸치지 않는다. 그래서인지 시는 간혹 천박하고, 얇고, 얼빠진 것처럼 느껴진다. 메시지를 깔끔하게 짚어낼 수가 없을 뿐더러 분석적인 글쓰기가 노리는 '다의성'에 무심한 것처럼 보인다.

　　그런 시들은 대개 딱딱한 형식의 윤곽을 가지지 않는다. 마치 응결된 젤리, 떨리는 푸딩으로 가득한 고무그릇같이 매우 우발적이고 충동적이고 조리 없는 이미지를 나열한다. 내용적인 측면에서 보아도 포르노그래피처럼 죄악이라는 관념이 결여되어 있고 페티시한 쾌락의 대상이 되는 이미지나 언어에 과도하게 몰입하고 있다. 한 편의 시를 예로 들어보기로 하자.

> 남들이 모두(일부분이) 물질적 황홀에 빠져 있을 때
> 나는 항상(가끔씩) 물질적 황홀을 노래했다
> 눈을 뜨면 빛나는 것은 물질들의 예각 혹은 둥근
> 천정의 하늘, 바람의 광장에서 참을 수 없이 가벼운
> 존재들은 새들처럼 재빠르게 황홀 속을 통과해
> 갔다, 나는(우리는) 담배를 피우거나
> 담배를 피우는 女子(男子)를 끊임없이 피워올렸지만
> 비가 오는 날이면 비에 젖은 자지(보지) 끝에서
> 보지(자지)들이 팽이처럼 돌고 있었네(그는 늘
> 우산대 끝으로 돌렸지) 나도 돌았던가 돌고,
> 돌고, 도는 이 가혹한(물질적인) 지구에서
> 나는 아침밥을 먹고 토하고(어지러워) 또 술을 마셨네
> 가끔씩(늘) 악마가(천사가) 내 곁에 있었다(있었나)

혼미한 기억이란 부서진 하늘의 살결이다, 눈발

맨발의 눈들이 달려가고 있는 시린 풍경의 끝

검은 새 몇 마리 조깅하고 있는(있었는가)

희미한 기억의 끝 다 부서진

집들이 다시 일어서고 있다

_박정대, 「물질적 황홀 12-둥근 하늘 아래에서의 生」 전문

현대 건축양식은 골조의 미학이 아니예요

진하게 화장한 음부 같은 거리의 집들

검은 도시의 음부에서 우뚝 발기하는

엠파이어 스테이트 빌딩

구름과 야합할 수 없어요

차라리 풀잎으로 집을 지어요

모든 최후의 폐허 속에서도 인간은 살지요

자, 아이스크림 드세요

연기로 피어오르는 밥짓는 냄새

피아노 소리 메조 포르테

피아노 반주 소리에 맞춰 그년

이상한 노래를 불러요

아흐, 아흐, 좋아요

_박정대, 「이가흔, 내 책상 위의 타락천사」 부분

화자의 시선은 "눈을 뜨면 빛나는" "둥근/ 천정의 하늘" 같은 무의식의 스크린 앞에 사로잡혀 있다. 그 스크린은 아이가 손으로 만져보는 '하늘의 살결' 과도 같은 감각의 세계다. 세계는 황홀하게 육체 속에 삼투된 거품 같은 기류로 감지된다. 얼핏얼핏 흘러가는 현실의 정경은 환상처럼 모호하게

번진다. 화자의 시선은 나르시스틱한 욕망의 거울 표면을 헤매고 있다. 하늘의 살결과도 같은 거울은 몽상의 공간으로 흘러나가는 부정형의 언어공간이기도 하다. 여기서 현실을 삼켜버린 상상의 극점은 상당히 포르노그래픽하다. "비에 젖은 자지(보지) 끝에서/ 보지(자지)들이 팽이처럼 돌고 있었네(그는 늘/ 우산대 끝으로 돌렸지) 나도 돌았던가 돌고,/ 돌고, 도는 이 가혹한(물질적인) 지구에서/ 나는 아침밥을 먹고 토하고(어지러워) 또 술을 마셨네"에서 암시되듯이, 감각은 아득한 현기증 속으로 쓸려 들어간다. '팽이'는 언어화될 수 없는 미분화된 감각의 소용돌이, 페이지 위에 쏟아놓는 황홀한 경험의 중심이다. 끝없이 몽상 속으로 빨려 들어가는 현기증 속에는 "가끔씩(늘) 악마가(천사가) 내 곁에 있었다(있었나)." 이 악마/천사는 가장 내밀한 경험의 침실에 날아와 앉는 포르노그래피의 천사들이다.

시편이 너무 길어 인용하진 못하지만 박정대의 시집 『단편들』 속에 수록된, 무려 24쪽에 이르는 「내 책상 위의 타락천사」는 그야말로 다변적인 시의 가장 지독한 예라 할 수 있다. 시 속의 정경은 흐린 욕망의 스크린처럼 미끄러운 언어를 밀어올린다. 재미있는 것은 시의 마지막 부분에 이가흔(타락천사의 주연 여배우)의 사진이 실려 있다는 점이다. 그녀는 검은 레이온질의 속옷을 걸치고 약간 숙인 머리를 비스듬히 향하고 있다. 시의 각주에 의하면 그녀는 시인의 "자동기술법을 도와준 여인"이다. 그녀는 어두운 환영처럼 페이지 위에 머물러 있다. 그녀는 현실의 시공간의 배면에 응결되어 있는 환상의 이미지이다. 일상의 질서에서 해방되어 있는 이러한 이미지는 결코 세계 그 자체에 기원을 두는 것이 아니다. 그것은 사실의 이미지지만 기본적으로 꿈의 이미지이다. 끝없이 욕망의 상대를 찾아 여행하는 포르노그래피처럼, 이가흔은 영원히 실체화될 수 없는 움직이는 욕망의 아이콘일 뿐이다. 그녀는 아무런 의미에도 이르지 못하는 감각의 신기루 속을 떠돌아다닌다. 환영의 홀로그램과도 같은 그녀에게 건네는 조리 없는 말들로 시는 구성되어 있다. 그의 시는 시선이 떠돌고 있는 어둠 속을 더듬는 유아의 어법 혹은 말을 '아이스크림'처럼 핥아내는 현대시인들의 글쓰기 모드를 잘 드러내준다. 이러한 의미에서 그의 시는 유아적 백일몽의 시선을 영사하는 자막이다.

　더욱 재미있는 것은 이 시에서 이가흔의 사진 밑에, 인어 모양의 부드러운 꼬리(붓이 잘 모아졌을 때를 상상하라)가 단순한 필선으로 그려져 있다는 점이다. 그것은 몽상의 물결로 꼬리를 숨기는 이미지인 것이다. 나는 이 부분이 매우 흥미로운데, 그곳은 바로 시인의 페티시즘이 가장 강렬하고 은밀하게 자리 잡는 부분이기 때문이다. 언제나 가장 강렬한 욕망은 언어 속에 흐리게 지워져버린다. 가느다란 필선은 물질화된 욕망의 얇은 살갗과도 같은 것이다. 이렇게 이미지의 살갗에 접촉하는 가벼운 언어는 현대시인들의 시적 스타일의 한 단면을 드러내준다.

4. '최면'과 포르노그래피, 그리고 현대시의 담화전략

그렇다면 왜 현대의 젊은 시인들은 에로틱한 기표에 과도하게 탐닉하는가. 이에 대해 우리는 의사이며 수학자인 코발레프스카야Kovalevskaya가 남긴 두 편의 최면임상보고서를 참조해볼 수 있다. 그는 일찍이 환자의 이야기에 깊은 관심을 기울이고 두 편의 일지(1888, 1890년 실험일지)를 남겼다. 그녀는 첫 번째 에세이에서, 환자가 최면에 빠져드는 과정을 '극장효과'처럼 관찰했는데, 거기서 관찰자인 의사는 환자의 연극적인 제스처에 잘 속아넘어가기 때문에 관찰자의 역할을 상실한다고 진단하고 있다. 두 번째 일지에서 그녀는 최면을 거는 자와 최면이 걸리는 자는 명백하게 구분되지 않는다는 것을 관찰하고 있다. 관찰자는 자신의 환상대로 환자를 유도하고, 또 환자는 다시 관찰자인 의사를 조종하기 때문이다. 다시 말해 최면은 양자의 욕망이 서로 교섭하는 과정에서 발생한다. 코발레프스카야의 최면에 대한 연구는 배우와 관객이 한 덩어리가 되어 욕망의 블랙홀로 빨려드는 포르노그래피의 서사를 연상케 한다.

　　포르노그래픽한 글쓰기는 욕망의 공간으로 진입함으로써 끝없이 몽상의 넓은 평면으로 미끄러져 확장된다. 마치 최면으로 빨려드는 환자가 그러하듯이 이들의 발화는 무의식의 발화와 비슷한 요소를 보인다. 최면은 가장 극단적인 몽상가의 자전적 형식이다. 최면에 빠진 자는 오로지 자신의 욕망으로 가득한 유아적 공간으로 이끌리고, 그의 어법은 환자를 지켜보는 의사(독자, 청자, 관객)까지도 강렬하게 지배한다. 끝없이 확장되는 몽상으로 빨려드는 환자는 주먹을 휘젓고 소리치며 무언가를 닥치는 대로 잡아뜯는 듯한 몸짓을 한다. 이 손에 잡힐 듯한 환각의 물질성은 중요한 의미를 지닌다. 그것은 순수한 욕망에 대한 몸짓이다. 그것은 마치 잔혹하고 거친 포르노그래피의 몸짓처럼 숨겨진 욕망과 교섭한다. 시인은 최면자의 입술이 그러하듯 현실의 모든 것을 으스러뜨리는 욕망의 기표만을 방류하는 것이다. 최면은 욕망의 비밀스런 비망록이다.[2]

　　이렇듯 코발레프스카야의 최면의 자전적 내러티브에 대한 연구는 젊은 시인들의 거칠고 당돌한 글쓰기를 읽기 위한 유용한 관점을 마련해준다. 환자(시인)는 깊이 무의식에 잠겨들수록 점점 더 거칠고 강력한 분노에 사로잡히는 경향이 있다. 문장은 부조리해지고, 격렬한 행동과 짜증과 격앙에 사로잡힌다. 그는 가닿을 수도 없는 욕망의 장소로 다가가는 것이다. 재미있는 것은 그 최면이 극에 이를 때 목소리는 마약과 술에 취한 듯한 거친 톤을 가지게 되며, 강렬한 행동(주먹질을 하는 등)으로 진입한다는 점이다. 섹스, 격발, 표독과 광폭으로 진동하는 백일몽적 세계는 현대의 젊은 시인들의 시에

---

2. Tr. Sabine I. Golz and Oleg V. Timofeyev, "Hypotism and Medicine in 1888 Paris:Contemporary Observation by Sofia Kovalevskaya", *Substance* 79, 1996, Up of Wisconsin pp. 3~14.

서도 익숙하게 찾아볼 수 있다.

> 오늘 밤 정액 냄새를 맡게 해 줄테니까 시속 백칠십오
> 긴 머리 휘날리며 따라해 봐 엔드리스 레인
> 오오 엔드리스 레인 자 이젠 메탈리카를 들어야 해
> 레드 핫 칠리 페퍼스를 틀어도 좋을 거야
> 빗속으로 시속 백구십 이백 어때 숨쉬기조차 힘들지
> 헉헉 마구 벅차 오르지 그래 달리는 거야
> 볼륨을 조금 디 올릴까 조금만 더 세게 달릴까
> 넌 아주 예뻐 마음껏 소리 질러도 괜찮아
> 그래 넌 이미 찢어졌지 그래서 널 밤새도록 핥아주고 싶었어
> 아픈 데 외로운 곳 너의 상처를 자 끝이라구
> 이젠 돈 크라이가 듣고 싶어 울지 마 곧 끝이야
>
> _김태형, 「메탈 지프」 부분

김태형의 시는 자주 원색적이면서도 난폭한 담화방식을 보여준다. 부분에 대한 과도한 열중, 흥청거리기, 극도의 원한과 열정적인 정조, 광적인 섹스 이미지는 포르노그래피 속의 강간의 스펙터클을 닮아 있다. 비디오테이프의 한 장면을 옮긴 듯한 공격적인 강간은 포르노그래피의 연출된 장면과 유사하다. 난폭한 도취와 광란의 몸짓처럼 "시속 백칠십오"로 가속되는 메탈지프는 욕망의 "엔드리스 레인"으로 빨려 들어간다. 무의식의 "볼륨"은 점점 높아진다. 내부적으로 확장되는 심리공간에서 극단적으로 난폭해진 성적 몽상은 꼬이고 역전하며 가학성을 폭발시킨다. 섹스/글쓰기는 동일한 욕망에 지배받는다. 본질적으로 글쓰기는 언어에 페티시하게 집중하는 시인의 자위행위이기 때문이다.

포르노그래피에서 말이란 이야기의 성격을 가지지 않은 하나의 말장난

같은 것이다. 이러한 지독한 말장난은 시적인 관습이나 틀을 위반하는 조잡하고 거친 문체, 야비하고 상스러운 이미지의 남용, 위험하고 적대적이면서 혼란에 찬 낭비적인 글쓰기와 내통한다. 구어체의 주절거림, 조리 없는 독백, 탈문과 비문 같은 것이 불활성 기체처럼 곳곳에 엉켜 있다. 김태형의 시는 욕망의 극점으로 빨려드는 장식과 과잉의 문체를 보여준다. 허풍과 가스로 가득한 말들 혹은 실없는 재잘거림처럼 시간은 과잉되게 부풀어오르다 갑자기 거품처럼 꺼져버린다. 거기서 우리는 형편없는 시나리오를 가진 포르노그래피처럼, 최면적 망상의 영역으로 빨려드는 시를 보게 된다. 길어질수록 점점 더 나빠지는 시, 말할수록 더 말이 안 되는 최면적인 발화로 다가가는 것이다.

5. 하드코어, 감각의 악귀들

상징주의자들의 문학적 성전과도 같은 로트레아몽의 『말도로르의 노래』는 매우 광기어린 포르노그래피의 한 장면을 떠오르게 한다. 악몽의 잔해 같은 분위기와 괴이하면서도 까다로운 언어들은 상처 입은 꿈을 노래한다. 어린 소녀의 목덜미에 손톱을 박아 살해하는 화자의 부조리한 욕망은, 억제할 수 없는 감각의 탐미성과 강렬한 광기를 보여준다. 그의 시에는 격렬한 열정의 시간을 거쳐온 병든 피가 고여 있다. 열정과 욕망이 남겨놓은 황폐한 광기의 사막에서 성은 감각의 폐허로 조락한다. 존재는 더욱 더 악마적인 자극과 쾌락을 갈망한다. 절망한 영혼이 신을 찾듯이 좌절한 영혼이 섹스를 찾는 것이다. 섹스는 폭력과 공포의 이미지로 비디오 속에 등장하고, 세계에 넘실대는 패도필리아(paedophillia, 어린아이에게서 성욕을 느끼는 소아성애)의 위협에 이르기까지의 지옥 같은 음침한 뉘앙스를 띠게 된다.

밤의 입천장에 박힌 잔이빨들, 뾰족하다

저 아귀에 물리면 모든 罪가 아름답겠다

독사의 혓바닥처럼 날름대는, 별의 갈퀴

흰 독으로 박히는 罪가 나를 씻어주겠다

_신용목, 「별」 전문

포르노그래피의 하드코어적인 가학성/피학성은 신용목의 시에 잘 드러나 있다. "흰 독으로 박히는 죄"는 쾌락에 중독된 흡혈귀의 이빨 혹은 로트레아몽의 섹슈얼한 광기와 닮아 있다. 중요한 것은 성적 쾌락이 '이빨'이라는 가학적인 육체의 표상으로 바뀐다는 점이다. 물론 이빨은 손톱, 성기, 머리칼 등 페티시한 다른 육체의 파편으로 흩어질 수 있다. 이렇게 육체를 부분으로 재현하고 쾌락의 이미지로 덧칠하는 것은, 살아 있는 유기체를 몸짓과 파편으로 해체하는 것이다. 실상 거기에는 현대의 자본주의 문화 전체가 말려드는 심각한 문제가 있다. 부분과 파편과의 결합 외엔 아무 것도 아닌 물화된 관계는 에로틱하다기보다는 포르노그래픽하다.

일찍이 우리 시단에서 이 물화된 관계의 불구성에 대한 시적 담론을 가장 의미 있게 생산한 시인은 단연코 채호기이다. 사랑과 생식이 가능한 성이 아니라 에리히 프롬이 '소도미sodomy'라 언급한 불구적 성이 그의 시에는 가로놓여 있다. 영혼과 정신, 육체는 서로 다른 방향으로 찢겨진 채 달리고 있으며, 번성하는 자본주의는 무한히 소비될 수 있는 쾌락의 파편을 무한생산한다. 인위적으로 성적 상상을 자극하는 광고, 영화, 사진 등에 이르기까지 자본주의의 시스템은 거의 방류의 수준으로 성의 기표들을 쏟아놓는다. '충동의 문법'을 따라 현대인은 철저히 물질을 좇아간다. 갈증과 매혹이라는 에로틱한 유인력은 잔혹하게 파괴되고, 오로지 감각의 교환에 다름 아닌 음란에 우리는 길들여진다. 이러한 시대의 무의식을 재현하는 젊은 시인들의 스타일을 조금 더 깊이 들여다보기로 하자.

너를 사랑한다고 했을 때
  이미 네 기억은 삭제되었구나
  푸른 물에서
  살점들이 떨어져 내리고 빛나는 은빛
  강철이 널 휘감을 때
  나는 붉은 주단이 깔려 있는
  계단을 오르고 있었지

  기억하지
  거리에서 넌 바퀴에 깔려 있었지
  창자가 사람들의 발 밑에 널브러지고
  너의 남은 뼈에서 벌레가 기어나왔지
  흰 가운 입은 자들에게 둘러싸여
  앰뷸런스에 넌 실려가고
  조간신문에 네 얼굴은 관념적으로
  인쇄되어 나왔지
  수술실로 향하는 침대 바퀴소리를
  들으며 넌 깊은 잠을 잤지

  붉은 주단이 깔려 있는 낭하를 지날 때
  방문엔 은빛 케이블이 탯줄처럼
  흘러나와 있었지
  방 안에선 딸각 딸각
  숨 쉬는 소리가 들렸지

  너를 사랑한다고 했을 때

이미 네 몸은 차가워졌구나
사람들은 너의 피로 물든
붉은 주단의 여관을
딸각 딸각
클릭하고 있었지

위의 시는 "붉은 주단의 여관"으로 비유되는 성적 공간, 어쩌면 "은빛 케이블이 탯줄"처럼 늘어져 있는 인터넷 속의 가상공간에 넘실거리는 것일지도 모를 쾌락을 노래하고 있다. 이미 죽어버리고 삭제되어 버린 '너'는 이상한 성적 교살의 장면을 상상하게 한다. 그녀는 단순히 차갑게 응결된 쾌락의 이미지가 아니다. "푸른 물에서/ 살점들이 떨어져 내리"는 풍경, "사람들의 발 밑에 널브러"진 "창자", "너의 피로 물든/ 붉은 주단의 여관"을 통해 보면, 그녀는 '관념' 저 너머에 저장되어 있는 욕망, 궁극적으로는 대중의 꿈으로 불려나온 잔혹의 기표이다. 이 불모화된 쾌락, 섹스와 죽음의 감각은 원초적인 상흔처럼 현대예술 속에 흐릿하게 남겨져 있다.

'억압된 것들의 귀환'이라는 심리분석 용어가 말해주듯이, 난폭한 광기와 욕망의 이미지는 현대시에서 빈번하게 분출한다. 이러한 포르노그래피의 전략은 인식과 지시의 언어에 대한 광범위한 회의와 연관되어 있다. 즉 점점 더 증가하는 감각적인 언어, 명징한 의미로 분석되길 거부하는 시적 스타일은 극단적인 잔혹으로 돌변할 수 있는 충동과 감각을 좇아간다. 이는 표면적으로는 탈정치적으로 보인다. 하지만 극단적으로 잔혹해진 쾌락은 현대문화의 거울효과 혹은 일종의 마취증을 영사한다는 점에서 지극히 정치적인 이야기가 될 수 있다.

이렇듯 비이성적이고 '장소 없는' 욕망의 담화는 실제로 현대문화의 풍경과도 흡사한 바가 있다. 하이힐과 미니스커트로 도시를 휘젓고 남성의 시야를 '공격'하는 마네킹 같은 여자들처럼 그들의 시는 인공적이고 도시적이며 가학적이다. 마치 포르노그래피처럼 현대시 속에서도 육체는 다리, 얼굴, 배꼽 등으로 디자인되어 독자의 욕망을 공격한다. 더 나아가, 육체의 기관성은 금속성으로 바뀐다. 날카롭게 조각나고 분해된 기계성, 금속성의 이미지는 자아의 심리적 육체의 파편성을 '전시'한다. 인공적으로 복제된 육체, 부품으로 잘려나간 기관들, 광택질의 머리칼, 뻣뻣한 동작으로 움직이는 앤드로이드의 이미지들은 꿈의 스크린 속에서 조각과 부분으로 흩어져 방류된다. '딸깍딸깍' 손가락이 선택하는 이미지처럼 끝없이 옷을 바꿔 입듯 기호적 소비를 요구하는 (혹은 연출된) 육체는 섹스 파트너의 미끄러짐, 즉 끝없이 환유를 따라가는 포르노그래피와 유사한 원리에 지배받는다. 극단적으로 분해된 기표들의 조합들은 현대인의 지적인 병증과 자의식의 파산과 결부되어 있다.

　　그러한 파편화는 끝없는 주체/세계의 틈을 벌림으로써 공포의 나락으로 바뀌기도 한다. 사회적 관계를 전복하고 사유의 형식을 공격하는 포르노그래피의 전략은, 하드코어적인 감각을 통해 현대인의 딱딱하고 차가운 심장의 공포를 노래하는 현대시에서 익히 찾아볼 수 있는 것이다. 이렇듯 '감각의 악귀'와도 같은 잔혹한 육체 숭배는 현대시의 곳곳에서 출몰한다. 공적인 자아, 정체성을 무시하는 포르노그래피가 근대의 미학에 승리한 현대의 미학을 대변하듯, 인격적 전체성을 호명하는 사랑이 아닌 부분과 파편, 대체를 요구하는 페티시즘은 오늘날 젊은 시인들의 감수성을 요약한다.

—「포르노그라피와 현대시의 패티시즘」『딩아돌하』 2008년 봄호

에로스인가 카사노바인가

1. 에로티즘을 둘러싼 몇 가지 문제

성을 중심으로 한 담론이, 무의식과 충동, 욕망의 복권 등의 의미를 부여받으며 탈현대 담론의 형성에 주요한 역할을 해왔다는 점은 그간에 많이 논의되었다. 에로티즘은 흔히 '현대성'이라는 문제와 결부되어 토론되어 왔고, 그것이 효과적이고 온당한 미적 구축의 전략으로 사용되고 있다고 보는 데에는 별로 이견이 없다. 하지만 이미 섹스/에로티즘에 관한 담론은 이미 단 하나의 의미체계도 아니고, 바로 그러한 점이 바로 현대시와 에로티즘을 논의하는 데 부딪치는 가장 선차적인 문제이다. 그러므로 일단 에로티즘을 간략하게 정의하고 지나갈 필요를 느낀다.

에로티즘의 문제는 마땅히 섹스의 '가치'를 생산한 인간이란 종족의 문제로 돌아오기 마련이다. 플라톤의 대화편 『향연 Symposyum』에 의하면, 인간의 성은 대단히 의미심장한 비유로 설명되고 있다. "아리스토파네스에게 성이란 결여된 것이 없는 충만한, 전체의 상태였다. 즉 이상적인 것이다. 그의 이야기는 아담으로부터 이브의 분리 이전의 완전성의 상태처럼, 완전히 합일된, 두 개의 반쪽의 완전한 조화로서의 양성을 재현한다. 즉, 성적 분할은 타락의 상태로 인식된다.”[1] 인간에게는 본래 세 가지 성이 있었는데, 태양의 자손인 남성, 지구의 자손인 여성, 그리고 달의 자손인 남녀성이 그것이다. 그 밖의 것도 현재의 인간을 둘 합쳐놓은 상태였으며, 때때로 그들은 신들에게 도전했다. 신들은 인간을 두려워하여 제우스가 그들을 절반으로 갈라놓았고, 이렇게 나뉜 후 인간은 자기의 한쪽을 찾아 도로 한 몸이 되고자 맹렬한 그리움으로 찾아 헤맨다는 것은 잘 알려진 이야기다.

에로스란 바로 이런 ‘결핍’에서 비롯되었기 때문에 우리는 그것을 ‘완전을 향한 욕구’로 해석하고 있지만, 좀 더 좁은 의미에서 에로티즘은 현대라는 역사적 삶의 현상과 불가분의 관계에 있는 일종의 미학적인 이념이라고 규정할 수 있다. 이성에 의해 해석되지 않은 것을 의미의 영역 밖으로 추방한 현대에서 에로티즘은 욕망이라는 ‘현상’을 사적이고 내밀한 관점에서 바라볼 수 있게 한다. 에로틱한 내용들은 궁극적으로 절대적인 무의식의 자유로움 속에서 극단적인 황홀의 형식으로 개인화되고 내면화된다. 섹스는 그냥 단순하게 보면 자연적인 교미를 지시할 뿐이지만(국가적인 의미에서 보면 인력의 생산이고, 관점에 따라 다양한 요소가 강조되어 설명될 수 있을 것이다) 인간이 곤충보다 조금 더 의미 있게 섹스하는 게 아닌가 하는, 인간성에 대한 어떤 상징화를 전제로 한 것이라고 할 수 있다.

바타유의 관점에서 보면 에로티즘의 가장 큰 원리는 상징적 동물인 인간이 설정한 금기를 위반할 수 있다는 데서 발생한다. 좀 다른 각도에서 생각해 보면 에로티즘은 존재의 합리적 규정을 가격하거나 이성적인 꿈꾸기

---

1. Weil, Kari. *Androgyny and the Denial of Difference*, Charlottesville; London: UP of Virginia, 1992. P.17

의 불가능성이라는 현대문학의 역설에서 생겨난다. 모든 욕망과 자연을 꿈의 풍경에서 몰아내는 현대의 독특한 조건 아래서 무정부적이고 낭비적인 자연, 우리가 이성의 타자라고 했던 모든 것들에 대한 전도된 관계 속에서 미를 실현하는 것이다. 그러므로 에로티즘은 우리의 말과 행동을 코드화하는 체제의 바깥 혹은 모서리에 놓인 타자의 시선을 매개로 한 결핍과의 '대화'이기도 하다. 하지만 이러한 원론적인 규정은 현대문학의 현상적인 차원에서 보면 상당 부문 변형 내지는 폐기되고 있는 것이 아닌가 하는 느낌을 지울 수 없다. 이미 엽기적인 요소까지 아우르는 다양한 전략들이 시도된 바 있을 뿐더러[2] 현대에 있어 에로틱한 뉘앙스 또한 너무나 복잡한 소통 속에 만들어지고 '발생'하는 것이기 때문이다.

근대는 모든 것을 포르노그래퍼처럼 물질적으로 이용할 수 있는 주체의 특권을 강화하며 성립되어 왔다. '여기서 생각한다고 생각하는 나'를 출발점으로 설정한 자기중심적 논리는 급진적으로 해체되어 왔지만, 기본적으로 그것은 아직 사회적 관계의 총체 속에 반영되어 있는 강력한 삶의 도식이자 형식으로 남아 있다. 그리고 그런 형식 속에서 에로틱한 텍스트는 문화적/사회적으로 합리화된 코드를 해체할 수 있는 가장 강력한 힘을 발휘해 왔다. 바타유는 『에로티즘의 역사』에서 사드적 광란이 바스티유 감옥의 무참한 고독 속에서 일궈낸 에로티즘의 절정임을 시사한 바 있다. 존재의 자유가 억압된 절대적 결핍의 소산으로 한계 없는 상상력을 추구했다는 이야기다. 하지만 사드의 저작들이 당대에 지독한 외설로 유죄판결을 받았던

---

2. 공식적으로는 윤리적 코드가 온존하지만, 배면으로는 자극적이고 쾌락적인 상업논리가 지배하는 문화구조의 이중성이, 아름다운 성과 추악한 성이라는 이중적 사고를 고착시키는 결과를 낳았다는 것은 새삼스런 지적이 아니다. 현실 이상으로 더 적나라한 외설이 있을까? 김언희가 '선데이 서울'로 묘사한 '똥밭' 같은 문화와, 그 문화의 물질로서 도구화/타자화되어 있는 성의 문제는, 아직도 우리의 비판적 점검을 요하는 문제로 던져져 있다고 볼 수 있다. 최대한의 인내심을 가지고 보아도, 우리의 문화는 아버지의 지원으로 일류 대학을 마친 경영학 박사가 지어놓은 사창가 혹은 호텔이 아닌가? 이에 관하여는 3부의 글 '반미학으로서의 엽기성'을 참조.

것처럼, 에로티즘을 논의할 때 가장 일반적으로 통과해야 할 것은 소통의 장과 연계되어 있는 '외설'에 대한 문제이다. 돌이켜보건대 외설의 문제는 지난 90년대 『즐거운 사라』(마광수)와 『내게 거짓말을 해봐』(장정일) 사건으로 이어진 문학검열의 문제로 이미 논쟁을 거친 바도 있으므로 길게 언급하지 않겠지만, 일반적으로 우리가 '포르노그래피하다/외설스럽다'라는 말과 '에로틱하다'는 말을 구분하는 까닭을 언급하고 지나갈 필요는 있을 것 같다.

일반적으로 '외설'이란 사회적/윤리적 감각에 비추어 불쾌함을 유발하는 소통으로 이해된다. 지난 90년대에 자신의 작품의 무례한 묘사에 대해 장정일은 한마디를 덧붙인 바 있다. "문학이 의사소통이라면 진정한 의사소통은 악과의 대화를 포기해서 안 된다. 진정한 작가는 문학에게만 유일하게 허여된 그 능력과 특권을 자랑스럽고 고통스레 받아들인다. 악과 의사소통하는 문학. 그것은 이미 유죄이다. 사드나 보들레르가 그랬듯이 문학의 유죄성을 벗겨줄 것은 시간밖에 없다."(1996, 『시사저널』 제370호) 이러한 장정일의 언급은 그가 일찍이 '재즈/포르노적 글쓰기'로 정식화(『너희가 재즈를 믿느냐』에서)한 바 있듯 문학적 글쓰기가 유독하고 치명적인 문화의 '모독'적 재현임을 암시하고 있다. 그의 소설적 재현에 대해 전적으로 동의할 수는 없지만, 그의 포르노그래픽한 소설이 외설의 파장을 불러왔다는 것은 에로티즘을 논의하는 과정에서 '외설'의 의미지평 자체가 이미 문화적 장 자체에 침전되어 있는 관습적인 코드와의 불화를 피해갈 수는 없다는 점을 강력하게 시사하고 있다.

여기서 중요한 문제가 제기된다. 왜 어떤 것은 거슬리고, 어떤 것은 거슬리지 않는가? 그것은 직관과 판단의 문제를 다시 우리의 관심거리로 불러온다. 섹스가 일순간에 독자(관객)의 관심을 불러일으키는 이유는 그것이 비평을 넘어서는 원초적 소통이기 때문이다. 즉 섹스는 신념, 의식, 비평의 문제를 가장 약화시키는 '원초적 정보'라는 면에서 존재의 자연에 대한 즉

각적인 반응을 불러일으킨다. 에로틱함 혹은 외설스러움은 우리의 본능적인 직관과 문화적 의식이 상호교섭하는 어떤 지점에서 만들어진다. 성적 정보가 물화된 관계의 공고화나 왜곡된 관계의 고착화에 불순하게 가담할 때 우리는 일반적으로 그것을 외설이라 단정하며, 에로티즘과 구분한다. 에로티즘은 잘못 구축된 존재의 문법을 재구축하는 힘으로서의 자연, 한계적인 의미의 소통방식을 다시 깨뜨리고 반죽하기 위해 의미의 토대(이성과 의식이 주축이 되어 있는)를 전복하는 전략으로 본능이나 욕망의 이미지를 사용하는 것이다.

그렇다면 현대시에 있어 에로티즘은 어떤 양태로 나타나는가? 때로 우리는 시라는 것이 현실의 가장 직접적이고 단순한 문제들에 뿌리를 두고 있다는 사실을 깨닫게 된다. 시와 에로티즘을 살펴보는 가장 효과적인 방법은 가장 단순한 현상으로부터 출발하는 일일지도 모른다. 현실의 단순하고 솔직한 것들에서부터 문제의식을 출발시키는 일. 이 글은 이론적인 논의들을 접어놓고, 현대시에 나타난 '솔직한' 욕망의 코드를 우리 문화의 몇 가지 현상과 결부시켜 점검해 보고자 한다. 좀 더 세부적으로는 사랑이라는 코드에 부착되어 있는 '일탈'에의 욕망, 그리고 연인에 대한 상상에서 나온 다양한 이미지들이다. 「나의 누이 나의 신부 나의 천사」라고 셸리는 노래했다. 그의 시구를 패러디해서 '나의 누이(오빠) 나의 아내(남편) 나의 情婦(情夫)'를 초점 속에 불러오기로 하자.

2. 나의 누이(오빠) 나의 아내(남편) 나의 情婦(情夫)여!

'나는 쓴다'라는 욕망의 흐름을 '나는 사랑한다'라는 말로 '거울을 연구하는 교수' 이승훈은 바꾸어 적은 바가 있다. 인간은 거울을 통해 나라는 주체를 발견하고, 타자, 분신, 그림자, 반영, 동시에 기쁨과 매혹과 욕망을 발견했다. 대상과 주체의 순수한 관계를 가능케 하는 거울은 본질적으로 배타적인 것이다. 하지만 에로티즘은 그 거울, 욕망의 잔상으로 흐려지고 깨어진 거울을 통해 자신의 삶을 마주 대한다. 거기에 비치는 것은 외롭고 텅 빈 모습이다. 그렇다. 우리는 얼마나 슬프고 외로운가? 하지만 어떻게 느낄 수가 있는가? TV는 밤새도록 재잘대고 심야의 개그쇼는 우리를 새벽까지 웃겨주고, 존재의 외양은 얼마나 떠들썩하면서도 현혹적인가? 하지만 우리 곁엔 진정으로 존재를 맞대고 누울 방이 없다. "절뚝거리며 절뚝거리며" 우리는 '당신의 방'을 찾아가지만 "당신은/ 문을 열지 않는다". "그러나 당신의/ 방은 옛날 그대로다."(이승훈 「다시 당신의 방」) 실체는 사라지고 텅 빈 장소만이 시라는 집처럼 남아 있을 뿐이다.

　　고독은 현대의 삶의 순간에 덮쳐오는 끔찍한 진실이다. 어떤 면에서 사랑은 존재의 소외를 온전히 회복하고자 하는 의지이며, 그러한 의지 속에서 우리는 사랑의 찬란함을 발견한다. 한때 우리의 집은 얼마나 아름다웠던가? 한 채의 집은 "세계수"인 "황금나무" 위에 지어진 "금빛 환상"(권혁웅 「황금나무 아래서」) 같은 것이 아니었을까? "저 신성한 이들의 황금시대를/ 기록할 문자가" 우리에겐 없었다. 왜냐하면 그것은 신화의 시간이자 낙원의 시간이기 때문이다. 낙원의 자기충족적인 형식은 근대의 문화 속에 완전하고 행복한 결혼이라는 형식에 반영되어 있다. 그러나 낙원의 역설은 완결된 확정성의 의미를 지향한다는 점에서 변화와 일탈을 포기하는 것이다. 자족적 우주로서 완결된 세계는 근대문학의 이상이자 동시에 문화의 이상이다. 말 그대로 결혼은 잘 빚어진 항아리여야 하고, 그것이 정말로 온당한 것이라면 문학은 잘 빚어진 결혼을 노래해야 할 것이다. 하지만 이러한 자족적인 우주는 이미 확정된 일관성의 담론 안에서만 논리적으로 가능한 것이지 실제로 가능한 것이 아니라는 데서 문제는 발생한다. "나는 왜 고집스럽게 집으로 가야 하는가? (중략) 행복이라는 상징은 얼마나 춥고 배가 고픈가"(최종천 「집」)라고 우리는 묻고 있는 것이다. 이승하는 「사랑의 탐구」에서 말한다.

나는 무작정 사랑할 것이다

죽어버리고 싶을 때가 있을지라도

사랑이란 말의 위대함과

사랑이란 말의 처절함을

속속들이 깨닫지 못했기에

나는 한사코 생을 사랑할 것이다

(중략)

사랑이란 다름 아닌 침묵하는 것

부드럽게 어루만져주는 것

쓰다듬어주면서

네가 하는 말을 다 이해한다고

고개 끄덕여주는 것.

_이승하, 「사랑의 탐구」 부분

위의 시에서 사랑은 완전한 대화이자 소통이다. "사랑이란 다름 아닌 침묵하는 것/ 부드럽게 어루만져주는 것/ 쓰다듬어주면서/ 네가 하는 말을 다 이해한다고/ 고개 끄덕여주는" 실존적 의사소통이다. 그것은 두 사람이 서로의 개성과 자아를 숨기고서 자기 의사만을 전달하는 것이 아니라 각자의 개성과 자아, 상처를 온전히 드러내고 인격을 주고받는 것이다. 이런 대화가 지속될 때 사랑의 경험은 대치 불가능한 절대적인 것으로 남는다. '무작정'이라는 사랑의 에너지는 생을 사랑하고자 하는 에너지의 흐름 그 자체다. 결핍과 단절과 삭제를 통한 지속이 아니라, 자아를 맹렬하게 근원으로 되돌리려는 욕망이다. 그래서 우리는 그러한 근원적인 소통이 가능한 사랑을 꿈꾸며 결혼 속으로 들어가기도 한다.

쾌락 혹은 섹스라고 불리는 것은 웨딩 케이크에 얹힌 크림 같은 것이다. 연인들의 가장 큰 환각은 그들의 성적인 매혹이 지속될 것이라고 믿는 것이다. 그리고 그것이 영원한 사랑의 형식을 보증하리라고 확신하는 것이다. 결혼은 그러한 문화적 환각 속에 만들어진 보편의 형식이다. 하지만 결혼이라는 보편의 코드를 문학이 기피하는 데는 명백히 이유가 있다. 그것은 사랑이라는 이름으로 문화의 기능적 총체성이 구현된 제도가 바로 결혼이기 때문이다. 사랑이 기능적인 코드로 대체되는 것, 성적인 주체라는 것을 부인하는 것에서 출발하는 것이 근대였다. 하지만 사랑의 기능성이 상징적으로 총체화된 결혼의 텅 빔 혹은 가벼움은 근래 우리 문학(소설을 포괄하여)의 심각한 주제이자 실존적 탐구의 주축이기도 하다. 사랑이라는 의미를 상실해 버리고, 내용과 유리된 형식은 공허한 껍질이 된 결혼은 최근의 현대시인들이 두드러지게 자주 다루고 있는 제재가 아닌가 싶다. 그러므로 현대시에서 반복되어 나타나는 결혼의 이미지들을 통해 우리는 에로티즘에 담겨져 있는 모종의 유형과 양상을 발견할 수 있을 것이다.

어쩌다가 나한테 시집을 와
아니 나한테 끌려와
이런 변태적인 체위를 취하게 되었누……

탄식도 이젠 그만

이것이 변태적인 체위가 아니라면
그 무슨 장좌불와, 고행의 요가란 말인가
求法의 면벽좌선이란 말인가 뭔가

밥먹는 것도 말하는 것도
웃는 것도

아내 나름의 고유성, 원래성이 있었을 텐데
가난하다 보니 변형되었구나 왜곡되었구나
그 품위를 잃었구나

하긴
전당포에 외투를 맡긴
마르크스의 아내가 무슨 놈의 품위
(중략)

내가 입다가 안 입는 세무 잠바
그 반질반질 윤이 나는 잠바를 벌써 몇 년째
입고 식당에 가서도 여기 물 한 잔 더 주세요
말을 하지 못 하네 꼭
제 손으로 떠다가 먹는다네 짬뽕은 얼마예요
전화에다 대고 묻는다네 짬뽕을 시킬 때도 꼭
그렇게 짬뽕 같은 말을 한다네 자기 일찍 들어와야 돼
한 번도 안아달라고 얘기한 적이 없다네 나와 함께
호미와 물통을 들고 밭에 갔다오는 아내는
도대체 그 어느 시공에 놓인 여인인지 혹시
가공의 인물은 아닌지 당신
내 아내 맞아? 유방을
만져본다네 음핵은

과연 있는지 용렬한 내 주변의 인물들이
동정하고 찬미해도 아내는
의연하다네 미동도 하지

않는다네 한파주의보 내린
이 얼어붙은 겨울

은행 잔고가 29,109원뿐인 이
무가내하한 불가항력의
겨울
(중략)

이 무슨 지옥훈련, 웨스트 포인트의
애니멀 코스란 말인가 bondage란
말인가 나는

거기다 대고 찍찍
오바이트하듯
射精을 하는가 악마적인

극미주의란 말인가 뭔가
결혼 10년
(중략)

이스터섬의 거석문화 같은
잉카의 황금문명 같은

장엄한
찬란한

아내와 내가 지은
아내와 나의

神殿이여 그 神殿에 銘刻된
神託이여 하꼬방이여 거룩한 城
예루살렘 같은

巢窟이여 洞窟이여
그 國家여
祖國이여
(중략)

「사랑」이여 —

그러면 또 아내는 麗姬처럼
상냥하게 중얼거릴지도 모르지

내 어쩌다가 저 異人에게 끌려와
이런 호강을 하게 되었을까
행복하고 감사하다고

나는 분명 횡재한 여인이고
선택된 인간이라고

나 항상 여기 오래오래 살리라……
(중략)

가끔씩 속으로 남편을
원망한 적도 있는 그 모든 일장춘몽이
아름다운 꿈이었노라고

밥하고 빨래하던 그 모든 일들이
詩人이나 聖者의 그것처럼
소중한 것이었노라고.

나는 결코
'가엾은 아내' 가 아니었노라고.

_김영승, 「가엾은 아내」 부분

위의 시에서 "이스터섬의 거석문화 같은/ 잉카의 황금문명 같은// 장엄한/ 찬란한// 아내와 내가 지은/ 아내와 나의// 神殿"인 집, "거룩한 城/ 예루살렘 같은// 巢窟이여 洞窟이여/ 그 國家여/ 祖國이여"로 거창하게 수식되는 '집' 이, "애니멀 코스"를 살아가고 있음에도 불구하고 "麗姬" 같은 거창한 말로 수식되는 아내처럼 수사와 사실의 상반된 내포(멋지고 신성한 역할자로 수식되어 있으나 실제로는 비루한 처지로 고정되어 있는)를 가지고 있음을 주목할 필요가 있다. 이러한 수사적 장식이, 사회적 질서를 온존시키거나 권력을 배분하기 위한 대단히 음험한 전략이라는 점을 주시하면, 비루한 '호강' 에 길들여진 아내 역시 시인이라는 찬란한 레테르와는 별개로 자본주의 사회의 '밑바닥' 을 살아가는 시인에 동일화된 타자임이 확인된다. 아내가 "고행의 요가" 같은 허드렛일에 붙들려 있는 동안, 그녀의 말은 "밥하고 빨래하던 그 모든 일들이/ 詩人이나 聖者의 그것처럼/ 소중한 것이었노라고" 시인에 의해 "쓰여지고", 바로 그러한 "변태적인 체위"를 그녀는 "행복하고 감사하다고// 나는 분명 횡재한 여인이고/ 선택된 인간이라고// 나 항상 여기 오래오래 살리라……"고 말해주길 화자는 갈망한다. 그런 것들이 바로 이 국가와 문화에 기꺼이 어울리는 존재의 말이다.

하지만 시인이 문제삼고 있는 것은 수식과 실상이 어긋나는 '가엾은 아내'의 비루함이 아니다. (김영승은 그렇게 순진한 시인이 아니다) 시인은 이 세계가 그 무슨 거창하고 장엄한 위악이란 말인가? 라는 메시지를 농조를 통해 던져놓고 있으며, "도대체 그 어느 시공에 놓인 여인인지 혹시/ 가공의 인물은 아닌지 당신/ 내 아내 맞아?"라는 의미심장한 물음까지도 던져놓는다. 자기가 입다 만 낡은 세무잠바를 걸친 아내를 화려한 천재들의 연인의 반열에 올려놓고자 하는 시인의 '꿈'에도 불구하고, 아내는 불세출의 미인은커녕 비루한 이미지를 뚜렷이 이중적으로 전달한다. 그리고 그러한 거창한 수사와 현실의 '들뜬' 허위성에 대하여 시인은 조소에 찬 담론을 펼치고 있다.

결국 아내와 아내를 수식하는 말들, 집과 거창한 성전 같은 말들이 이질적으로 들뜨며 만들어내는 그 틈과 열림 속에서 삶의 허구성은 재현되며, 그것은 '마르크스'적인 시인의 자기초상과 맞물려서 자본주의적 삶의 비판으로까지 나아가는 것이다. 즉 시인/마르크스/아내라는 삼중의 코드가 포개져, 생산의 본토에서 추방당한 타자의 초상을 복원하고 있는 것이다. 이 점에 있어서 김영승은 대단히 선구적으로, 아내를 행복의 성상이나 미덕의 전형이 아니라 위악적인 현실을 비판적으로 '견디면서 투덜대는' '가엾은' 초상으로 바꾸어 적고 있다. 그러므로 다시 분명히 문제되는 것은 현실/시인/아내에 중첩적으로 포개져 있는 현실의 수식과 논리의 문제이다.

여기서 결혼이 대단히 위악적인 코드로 드러난다는 것은 상당히 재미있는 아이러니다. 근대의 이념적 형식 속에 구현된 사적인 낙원으로서의 결혼은 토마스 모어의 '유토피아' 만큼이나 허구적이다. 그것은 현재를 미래의 행복이라는 이념 속에 건설하고자 하는 대단히 실용적인 이야기이다. 현대의 에로티즘은 상당 부분 이러한 이념적인 이야기가 어떤 허구의 논리로 작동하는지에 대한 물음에서 발생한다. 일반적으로 아내(현실의 역할자)/애인

(영감의 대상이자 근원)의 코드는 우리의 문학 속에서 이질적으로 나뉘어 다루어져 왔다. 하지만 김영승의 시는 아내/애인의 코드의 이분항을 해체하는 전략을 현대의 위악성에 대한 비판과 결부시켜 선구적으로 구사하고 있다. 우리가 놓쳐서는 안 될 구절 "당신/ 내 아내 맞아? 유방을/ 만져본다네 음핵은// 과연 있는지"에서 보듯 그는 한 여인이 파괴되고 말소된 곳에 세워진 아내(연인)에 대한 연민, 세계에 대한 조롱을 내비친다.

이 시의 핵심적인 장치는 '중년의 여자' 임에 분명한 아내라는 역할자와 아직도 연인에의 꿈을 투사하고 있는 시인의 욕망을 중심으로 설정되어 있다. 시인의 "가엾은" 아내는 본래 그녀의 '원본' 이 아니다. "나름의 고유성, 원래성"이 변형되고 왜곡된 아내는 한때, "오빠, 옛날하고 똑같다!/ 오빠, 신문에서 봤어/ 시집도 읽었어. 두 권이나!"라고 말하는 "중년의 얼굴에서 뛰어나" 온 사랑스런 소녀였을 테지만, "오랜 세월은 남편이 되고 아이들이 되어/ 네 몸에 단단히 들러붙어/ 마음껏 진을 빼고 할퀴고 헝클어뜨려 놓았"(김기택 「아줌마가 된 소녀를 위하여」)던 현실의 흔적을 각인하고 있다. 그렇게 망가진 아내, "거기다 대고 찍찍/ 오바이트하듯/ 射精을 하는가 악마적인// 극미주의란 말인가 뭔가/ 결혼 10년"이라는 부분은 사랑의 신전에서 이루어지는 섹스치고는 지나치게 권태롭게 읽히지만, 어쨌든 애인도 정부도 아닌 아내가 그렇게 엄청난 경의를 받아본 적은 한국의 문학사 속에 없었을 것이다.

하지만 시인의 시 속에 불세출의 연인으로 '등극' 한 아내는 여전히 비루하며, 이 비루함이 본질적으로 사랑의 형식과 결부되어 있음을 주목하는 것은 매우 중요하다. 크리스테바는 비루함을 '자기애의 위기' 로 규정한 바 있다. 자신의 물질성, 죽음, 짐승 같은 비천함과의 '경계긋기' 를 통해서 반복적으로 자기 정체성을 확보하고자 하는 욕망은, 비루한 잔업이 널려 있는 집에서 이탈하고자 하는 남성적 행동과 깊이 맞물려 있다. 실상 사랑의 거처란 얼마나 속악하고 비루한 곳인가? 그럼에도 불구하고 에로틱한 사랑은 가능할 수 있을까?

벌거벗은 녀석 제 물건 곧추 세우고

침상 위에 점잖게 누워 있다

머리맡에는 알몸의 하녀가

녀석의 머리를 젖가슴으로 받치고 있다

또 다른 하녀가 발치에 서서

시렁 위로 연결된 줄을 당기면

잘생긴 나체의 부인이 망태를 타고

도르래처럼 시렁 위로 올라간다

메주덩이 매달린 시렁 밑에서

막내아들 만들던 아버지 생각난다

하녀가 도르래 줄을 풀면

서방을 하늘처럼 섬기는 부인이

호박보다 더 큰 젖가슴을 하고

터번 쓴 사내의 물건 위로 정확히 낙하한다

막내를 낳고는 젖이 말라붙은 채

디딜방아에 겉보리 찧던 어머니 생각난다

메기수염을 한 힌두의 사내는

인도 대륙의 잘생긴 여인을

망태에 죄다 담고나 싶은지

메기웃음 지으며 물건 뽑낸다

"알몸의 하녀"와 "또 다른 하녀의 시중을 받으며" "잘생긴 나체의 부인"
이 "호박보다 더 큰 젖가슴을 하고/ 터번 쓴 사내의 물건 위로 정확히 낙하"

하는 장면은 대단히 포르노그래픽한 코드를 가지고 있다. "인도 대륙의 잘생긴 여인을/ 망태에 죄다 담고나 싶은지/ 메기웃음 지으며 물건 뽑"내는 남성적 환락의 극치이다. 하지만 강조되어야 할 것은, 관능적인 사내와 풍만한 여인의 섹스신을 재현하고 있는 위의 시가 "메주덩이 매달린 시렁 밑에서/ 막내아들 만들던 아버지", "막내를 낳고는 젖이 말라붙은 채/ 디딜방아에 겉보리 찧던 어머니"의 성적 소통을 환기시킨다는 것이다. 여기에는 생명에 대한 신성한 경외감까지 배어 있다.

실상 에로티즘은 존재의 비밀이 사랑에 있음을 인식하는 것이다. 그러한 의미에서 위의 시는 에로티즘이 왜 기형적이고 파편적인 현대문화에서 소중한 문학적 전략으로 받아들여져 왔는지를 확인하게 한다. 또한 얼마간 인간의 본성에 대한 철학적이고 종교적인 미감까지도 담고 있다. 문학은 자주 날것의 물질을 창조적으로 배열하거나 어떤 통찰의 경험을 표현하기 위해서, 삶의 의미와 관계되는 어떤 국면을 내포하기 위해서 섹스를 다루어야 할 필요를 느낀다. 위의 시는 그러한 삶과 예술적 통찰의 아날로지로서 포르노그래픽한 코드를 사용하고 있다. 즉 이러한 경우, 성에 대한 물음은 존재의 자연성에 대한 물음과 결합될 수 있는 것이고, 특히 존재의 본원성을 말소당한 현대에 있어 이러한 원초적 쾌락을 시 속에 담아내는 것은 성이 일회용 소비물로 폐기되는 현실의 부조리를 '인간적으로' 폭로하는 방법일 수 있기에 다소 '숭고' 하게 읽히지 않을 수가 없다. 결국 위의 시의 에로티즘은 인간의 자연성에 대한 일종의 상징화이기도 한 셈이다.

하지만 신성한 생명 혹은 생명의 소통으로 해석되고자 하는 위의 시의 '의도' 와 '메시지' 에도 불구하고, 힌두 사내는 '물건' 을 뽑내는 성적 영웅의 이미지를 내포하고 있지 않은가? 그것은 대단히 원시적인 수컷의 귀환이고, 독재적이고 귀족적인 환상이 반영된 수컷의 전형으로 읽힌다는 점을 지적하지 않을 수 없다. 더군다나 여성의 몸에 부착된 도르래 줄은 마치 형틀 같지 않은가. 환락에 탐닉한 사내의 성적 노예 혹은 가문의 이름으로 매매된 신부를 떠올리게 하지 않는가. 더 나아가 카마수트라(혹은 중국의 소녀경, 옥방비결, 우리나라 고금소총이나 어우야담 등에 이르기까지. 기회가 닿는다면 노골적으로 논의 해보고 싶다)가 남성 중심의 섹스성전이라는 사실은 위의 시적 상상이나 현대 의 자본주의적 전략과 상통하는 바가 있다는 점에서 그냥 지나갈 문제가 아 니다.

위의 시의 포르노식 '터치'와 관련하여(아니 구별하여) 필자는 일상화된 포르노그래피의 코드가 왜 에로티즘이 아닌가를 짚고 넘어가고 싶다. 각주 에 기록된[3](독자여, 각주로 빼서 미안하다. 이것 또한 모종의 '의미'인 것이다) 포르노그 래피를 보지 못한 자가 있다면 나와보라고 하라.(얼마든지 빌려주겠다) 표면적 으로 보면 지극히 자유롭고 동등해 보이는 세계에서 무엇이 신성한 생의 소 통인 욕망을 물화시키며 동등한 욕망의 재현을 방해하는가. 왜 동등해야 할 쾌락의 권리는 가장 쾌락적인 코드 속에서 파괴되는가. 그렇다면 자, 따분 한 것 말고 재미있는 가정용 포르노그래피를 하나 찍어보기로 하자.[4] 각주 로 빼낸(또 각주로 빼서 미안하다. 이것 또한 이 시대의 완곡한 '의미'인 것이다) 포르노그

---

3. (제목까지 밝혀줄 필요를 느끼지 못할) 가장 재미없는 포르노그래피의 코드는 대충 이렇다: 일대 다의 관 계 속에 한 명의 사내에게 다양한 여성이 성적인 서비스를 하는 내용이다. 소파에 벌거벗고 누워있는 여자 (마치 멋진 명작그림에서 본 듯한 위치를 모사한다)에게 한 사내가 개처럼 엎드려 소파까지 기어오며 여자 를 경배하듯 바라본다. 그러나 결국 그는 '일어서고', 기묘한 숭앙감을 재현하며 페니스를 펠라치오하는 여 자의 '행복한?' 얼굴을 굽어본다. 나는 처음에서 끝까지 여자의 펠라치오로 끝나는 지독한 포르노그래피를 진짜 좋아하지 않는다. 거기에는 에로티즘을 위한 적절한 자리도 장치도 배려도 없다. 더 나아가 한 여자는 남자를 애무하고, 두 여자는 곁에서 자위를 함으로써 시각적 쾌락에 봉사하고, 파티를 주선한 섹스회사 여 사장은 '멋진 밤이야' 주절대며 들어와 파티에 참여한다. 이것은 한 사내가 중심의 위치에 있다는 표면적인 정황 뿐만 아니라, 더 나아가 섹스 속에서의 중심을 만든다. 등장하는 모든 여자는 한 사내와 성적으로 연관 되고, 주인공의 페니스를 펠라치오함으로써 점점 극단적으로 중심화되는 쾌감의 질서에 참여한다. 독재자 의 욕망과 여성의 감각적인 반응으로 가득 찬 장면 속에 결국 재현되는 것은 온갖 미녀들을 휘하에 두고 있 는 거대한 페니스의 세계이다. 성적인 배치를 보더라도 점점 중심화되는 시대의 몸에 비해 여성의 육체는 대단히 주변화되어 가고(그러고도 즐길 수가 있을까?), 오르가슴에 오르는 남자의 입에선 오줌 누는 소리 가 새나온다(프로이트에 의하면 성적인 지배력은 방뇨의 사정거리에 비유된다), 제 능력도 안 되는 수많은 여자 속에 파묻힌 바보 같은 사내의 표정 위에 나는 총천연색 자막을 깔고 싶어진다. 클리토리스도 다양한 긴장과 총체적인 자극을 원한다는 걸 알고 있는가? 다양한 인종과 다양한 나이와 다양한 숫자의 엉덩이를 보여주는 포르노그래피를 제발 좀 소비하게 해다오.

래피를 구경해본 자가 있다면 필자에게 알려다오. 필자가 강조하고 싶은 것은 일단 포르노그래피의 초점에는 이미 너무나 지배적인 가치가 반영된 파괴적인 지시가 있으며, 바로 그런 자본주의의 생산 속에 편재하고 있는 성적인 코드의 문제점은 에로티즘을 논의하는 자리에서 절대로 간과할 수 없다는 점이다. 포르노그래피의 단순한 혼음混淫이나 '일대 다'의 지시, 혹은 중심화된 성에는 엄격한 의미에서 상징화된 에로티즘이 없다. 그것은 남성적 초점 속에 '너와 나'라는 의식을 전복한 물리적 전체주의에 지나지 않는다. 물론 예외적인 아름다운 필름도 있을 수 있지만, 대체적으로 거기에는 타자와의 소통이 없으며(하나의 남근으로 집중되는 몸들만이 나란히 늘어서 있다), 이러한 소통과 대화가 폐기되어버린 세계가 배면으로 깔려 있다는 사실이 바로 에로티즘이 강력하게 문학적 이슈로 돌출하는 중요한 까닭이다.

그러므로 우리는 온전한 존재의 소통이자 쾌락의 형식일 수도 있는 사랑이 어떤 방식으로 타자의 관점에서 읽히는지 다시 주목해볼 필요가 있다. 여기서 시대를 앞서간 탓에 고초를 겪었던 나혜석의 경우를 다시 끌어내보자.

---

4. 자 맨. 저기 포르노그래피와 같은 장면을 연출해보자. 시시한 스트립을 그녀에게 요구하지 말고 그대의 화살이나 잘 이용해봐라. 오색찬란한 야만인의 화살촉처럼 침대를 돌아다니며 춤을 추는 걸 그녀가 맥주캔을 쥐고 침대에 앉아 감상하는 장면은 어떻겠는가. 그러면 그녀는 말해주리라. 그게 다야? 혹은 우우우우. 너 지금 어디 건드렸는지 알아? 좋아 이제 됐어. 자궁 대신 양동이를 던져주고, 열심히 걸레질을 하는 엉덩이를 감상하리라. 그리고 씹던 껌을 건장한 맨의 코 끝에 붙여놓고 열무단처럼 말라빠진 몸매를 과시할 것이다. 그게 아무런 성적 쾌락도 없는 현실 속의 여자가 원하는 포르노그래피가 아닐까? 그녀는 포르노그래피에 나오는 암캐도 아니고, 테크닉도 별로고, 그래서 그대의 손가락과 입술이 필요할 것이다. 이를테면 펠라치오에 대해 더욱 구체적으로 연출해보자. 자연의 수공예품이건 비뇨기과 의사의 솜씨건 그녀는 말한다. 왜 나만 네 아름다운 페니스를 맛보아야 하지? 그저 막대사탕처럼 한번 핥고 그걸로 끝내자. 자 맨. 그녀의 머리만 끌어당기지 말고 그대의 혀를 좀 사용해봐라. 턱이 무덤처럼 얼얼해질 때까지, 여자친구의 환희의 탄성을 들어보면 어떻겠는가. 그대의 입술이 막혀 있는 동안, 그대의 머리 속의 생각을 그녀가 대신 묘사해주고, 관점이 다르다는 건 알지만 그대는 물론 벙어리임을 자발적으로 즐기고, 손가락은 그의 허리에 무언가를 허우적이며 쓰지만, 그건 오직 그대의 생각이지 그녀의 생각이 아니므로 대사가 될 필요까지는 없다. 그녀의 클리토리스를 감동시키는 그대에게 시인이라면 마땅히 노래하리라. 그대의 입술은 정말로 붉구나. 진짜로 장미처럼 아름다워. 한 점 흠잡을 데 없다. 좀 더 시적으로 말하자면, 그대의 입술은 식초처럼 부드럽고, 이빨은 세탁기에서 마악 꺼낸 와이셔츠 같다. 그리고 우우우우 우리가 정말 집에 있는 거지!

친구여, 나에겐 그런 예감이 있다네,

나혜석은 죽어서도 옳게 묻히지 못하여

구천을 떠돌다가

이제 나에게로 와서

내 가슴을 위패 삼아 머물고 있으니

나 또한 미신처럼

그녀의 신위(神位)를 비밀히 모시고 있으니

여자는

왜

자신의 집을 짓기 위하여

자신을 통째로 찢어발기지 않으면 안 되는가,

검정나비처럼 흰나비처럼

여자는 왜

자신의 집을 짓기 위하여선

항상 비명횡사를 생각해야 하는가

_김승희, 「나혜석 콤플렉스」 부분

"노라를 놓아라/ 최후로 순수하게/ 엄밀히 막아논/ 장벽에서/ 견고히 닫혔던/ 문을 열고/ 노라를 놓아주게"라고 절규했던 1910년대의 나혜석은 놓여났다. 그러나 자유와 지식과 사랑과 예술을 호흡하던 그녀는 싸늘한 냉대와 침묵, 가난과 병, 무연고자 병동에서의 처참한 죽음 속으로 놓여났다. 그리고 "사남매 아이들아, 어미를 원망하지 말고 사회제도와 도덕과 법률과 인습을 원망하라. 네 어미는 과도기에 선각자로 그 운명의 줄에 희생된 자였느니라"고 절규했던 나혜석은 김승희 시 속에 하나의 "신위神位"로 남았다.

　사랑이라는 관습의 새장 속은 얼마나 덫으로 가득한가. 날개를 삭제당한 '달걀 속의 생'으로 웅크리거나, 세계로 놓여나는 순간 '비명횡사'를 생각할 수밖에 없는 여자의 사랑은 참으로 고통스런 것이다. 여기서 사랑의 아름다움과 끔찍함은 같이하며, 사랑의 '집없음'을 자각하는 지점에서 이 시는 출발한다.

위의 시에서 분명히 문제되는 것은 온 세상이 남성의 집이라는 인식이다. 성에 의해 자동적으로 안팎으로 나뉜 공간적 배치는 자발적으로 강요된 '감금'이며 푸코의 분석에 의하면 그것은 "빈자, 부랑인. 추방된 사람들"에게 강요된 자본주의적 초기 생산의 모략적 형태이다.[5] 여성의 쾌락은 바로 여전히 공고한 역할적 지시 속에 감금의 벽 속에 혼자 남겨진 고통, 공적인 공간과의 관계와 서서히 단절되는 통증의 문제와 분리될 수 없다. 아마도 결혼 속에서 온전한 사랑이 가능하다면, 문화적으로 강요된 이 무차별한 경계가 파멸해 버린 다음에야 가능하지 않을까? 성적인 방종에 대해 감금의 범위와 정도는 서서히 축소되었지만 여성이라는 의미의 지배력에 의하여 원칙상 그대로 유지되는 현실은 감금의 시대가 여전히 끝나지 않았음을 역력히 예증해준다.

왜 그녀는 "자신의 집을 짓기 위하여/ 자신을 통채로 찢어발기지 않으면 안 되는" 것이며, 왜 "항상 비명횡사를 생각해야 하는가"라고 물었을까.

---

5. "사실 의도적으로 은폐된 것은 빈곤이었다. 인구의 일부는 실제적으로 억압되고 있었으며, 반면에 부는 언제나 유지되고 있었다. 빈자들로 하여금 그들의 잠정적인 빈곤으로부터 벗어나게 하려는 것이 참된 의도였는가"라고 푸코는 묻고 있다.(미셸 푸코. 김부용 옮김.『광기의 역사』인간사랑. 1991. 230쪽) 실제적인 목적은 감금을 수단으로 그들의 노동을 자본으로 편입시키고자 함이지, 자선하기 위함(결혼의 경우 사랑이란 의미로 잉여가 분배된다)이 아니다. 고착화된 부는 순환되지 않으며, 감금된 공간 안에서 이루어지는 노동은 실제적으로 대단히 저열하고 사회적으로 가장 마지막 변두리의 영역에 놓여 있는, 그럼으로써 그녀의 지식의 '재'가 싸구려로 땡처리되는 악순환 속에 놓일 수밖에 없다.(실제로 전철역까지 가기까지 얼마나 기나긴 감금의 덫에 치여야만 하는가. 냉장고와 가스레인지와 청소기를 거쳐……. 매순간의 외출은 덫 같은 잔업과의 격전이고 찢겨짐이 아닌가. 잔업에 대한 대리적인 노동 또한 반드시 여성에게 환유적으로 부과될 뿐. 이 권력적인 치환은 절대로 조금도 바뀌지 않는다) 더욱 잔혹한 것은 그러한 감금이 광인(여성으로 읽어보자)을 다루는 비인간적인 방식뿐 아니라 '감금에 대한 명백한 필요성', '무차별적으로 감금시킨 총체적인 단일성'에 있음을 푸코는 지적하고 있다.

이것은 사랑의 형식에 대한 대단히 실존적인 질문이다. "히스-토리,/ 그곳엔 내가 없다/ 대장장이 남자들만이/ 오늘도 길고 긴,/ 진부하기 이를 데 없는 쇠창살/ 두들기며 짜 맞추고 있을 뿐"(김상미 「히스-토리(His-tory)」)인 세계에서 우리는 인간의 기원이 탄소나 물 같은 것으로 만들어져 있음을, 그리고 동시에 여성이라는 물질로 만들어져 있음을 많이 논의해왔다. 여성의 입장에서 볼 때 결혼은 인간적인 쾌락의 초보적인 재생산이 아니라, 자신이 온당하게 누려왔던 쾌락의 말소를 의미하는 것이 아닐까? 그러나 무한히 개조되고 변화하는 세계 속에서도, 변화를 거부하는 텅 빈 구멍처럼 남겨진 공간이 바로 사랑의 집인 것이다. 이러한 집은 대단히 부정적인 방식의 공포를 불러일으키며, 역할의 섹시즘이 지배하는 집 혹은 사랑에 대한 부정적 이미지로 자주 드러난다.

　여기서 세상으로서의 남편은 대단히 지시적으로 파괴적으로 그려져왔음을 짚어봐야 한다. "그러다가 떡 하나 주면 안 잡아먹지 하는/ 식의 호랑이를 만난 것이라 (중략) // 이젠 없다 없다 없다는데도/ 나는 증조할머니가 아니라해도/ _머리통 염통 콩팥 다 내놓으시지/ _내장도 마저 꺼내놓으시지"(최정례 「햇빛 속의 호랑이」)라고 으르렁대는 호랑이는 그녀의 팔다리를 먹어치우는 제왕이자 삶과 지배자이다. 그저 일상적 서비스의 단순한 요구자로서가 아니라 마침내 그녀의 삶을 먹어치우고 마는 위협적인 욕망의 상징이며, 그녀를 음식 아니면 쓰레기, 병신으로 만드는 세계의 표상이다.

　말하자면 여성의 사랑은 본래의 기원에서 분리되어 다른 주체의 텍스트 안에서 잘못 구축된 욕망이라는 문제를 통과하지 않을 수 없다.(단순히 짝 짓기에 실수했다는 문제가 아니다) 그것은 대단히 사소하고 결정적인 문제이다. 첨단의 두뇌와는 달리 전근대적인 방식으로 대접받는 육체는, 이 문화가 마지막까지 무시하고 있는 영역이다. 그리하여 다양한 힘들이 사방에서 어퍼컷을 행사하는, 그리하여 무너져버린 바로 그곳에서 사랑의 감정은 파편으로 무너져버린다. 그리고 그 파편은 한 채의 집을 지을 벽돌이 된다. 기둥도 벽

돌도 주춧돌도 기둥도 그를 위한 한 채의 집으로. 그들의 육체를 일일이 사용해야 하는 무도한 집채 속에, 온갖 역사의 폐지처럼 관습의 잔해가 널브러져 있는 폐허 속에 거대하게 펼쳐진 시체. 그러므로 사랑은 너무나 억압적인 명사가 되고, "아아, 안간힘 다해 나는 너를/ 사랑한다고 너의 귀에 대고 말해"(김혜순 「핏덩어리 시계」)야 하는 진실/거짓이 되는 것이다. 혹은 "우린 헤어져야만 할까"라고 묻게 되는 의심스런 감정이 되는 것이다.

> 최진희의 「우린 너무 쉽게 헤어졌어요」를 들으며
> 골드만의 「숨은 신」을 읽었네
> 우린 너무 쉽게 헤어졌어요
> 우린 너무 쉽게 헤어졌어요
> 그녀의 목소리는 애절도 하여라
> 숨은 신을 알고 있는 비극적 인간은 희망을 포기하지 않네
> 나는 너를 포기하지 않으리, 쉽게 헤어지지 않으리
> 그런데 비극적 인간의 희망은 이 땅 위에서 이루어지는 것이 아니라네
> 그러면 역시 우린 헤어져야만 할까
>
> _한영옥, 「희극적 인간이 되고 싶네」 부분

자, 그녀의 사랑이 얼마나 에로틱하지 않은가 비평적 조준을 해보자. "네가 나를 사랑한다는 오후 세시의/ 뚝딱거리는 말" 시계(진보하는 역사)소리, 매순간의 박동소리는 사랑이 "정말일까?" 묻고 있는 시인의 말을 대리한다. "최진희의 「우린 너무 쉽게 헤어졌어요」를 들으며/ 골드만의 「숨은 신」을 읽"는 이 통속/고결한 상황의 문제는 결코 대한민국 인텔리 여성의 문제만은 아닐 것이다. 문제는 거창하게 신으로 군림하는 세상이 아니라 "숨은 신"처럼 웅크리고 있는 '여기의 그녀'다. "숨은 신을 알고 있는 비극적 인간은 희망을 포기하지 않"지만, 엉뚱하게도 제목은 "희극적 인간이 되

고 싶네"이다. 비극은 전복을 시도하지만 희극은 서로의 극단적인 차이(개성의 갈등)를 웃음으로 무화 내지는 말소시킴으로써 행복의 변증법 속에 낙관적인 전망을 짜나간다. 불행(노예)과 행복(주인)이 변증법적으로 소통되는 상황, 결국은 코미디 같은 사랑을 만드는 것은 결국 주체와 타자의 차이를 중화시킴으로써 공동체의 가치를 생산하고, 타자를 사회로 곧바로 흡수함으로써 더 집체화되는 획일주의로 치닫는 것이다.

하지만 거대한 신으로의 변증법적 통합과 지양이 아니라 '헤어져야 할까?' 묻는, 즉 차이화, 분리, 전복되고자 하는 그녀의 사랑은 관계적이고 합의적인 방식으로 만들어지지 않는 관습의 공고함 속에 대단히 반역적인 지시를 낳는다. "비극적 인간의 희망은 이 땅 위에서 이루어지는 것이 아니라"는 비극적 진술은, 실제로 사랑의 계약 속에 사랑이 온전히 지속될 것이라고는 상상할 수도 기대할 수조차 없는 현재의 문제를 전달한다. 그렇지 않은가? 여성의 비루한 노동이 남성의 안락과 쾌락을 구축하는 방식으로 소비되는 현실에서, 사랑의 계약은 남성만이 카사노바처럼 욕망의 백주대로를 활보하는 사회적 관계의 모형으로 교묘하게 구성되고 진보해왔다. 더욱 파괴적인 속도와 경쟁을 유도하며 그녀의 '발목'을 잡는 공고한 관습의 덫 속에 방치해 놓았다.

그러하기에 최소한 사랑의 코드 속에서 반복되는 섹시즘의 수사학은 무자비하게 까발릴 당위성이 있으며, 이것이 바로 필자가 거부할 수밖에 없는 포르노그래피의 하잘 것 없는 가벼움이고, 에로티즘의 심각함이다. 그리고 '소통'도 없이 잘못 구축된 사랑의 수사학은 여전히 한없이 '자유롭기만한' 그녀의 이미지 혹은 행복의 가면을 뒤집어쓰고 착실하게 제자리를 지키는 이미지를 고수하기조차 한다. 하지만 "화려하고 음산한 신혼여행에서 돌아온 후 그녀의 병원 안에 장의실이 들어섰다"(조하혜 「동업」)고 주절대는 신부는, "세상을 이해하게 되는 순간" "꽃다발을 버린"다.(이수명 「토요일 오후」) 이러한 사랑 염세주의는 쾌락의 '나머지'로 추방된 그녀가 누렸던 쾌락 혹은 통증의 강도와 정확히 일치하며, 그러한 치명성에 대한 슬픔과 분노는 잘못 구축된 세계에 대한 지극한 환멸과 고통으로 바꾸어 적힐 수 있다. 이러한 의미에서 우리는 사랑의 부재의 이미지를 다시 조심스럽게 해석해야 할 필요를 느낀다.

3. 그리고 우리들의 연인은 어디로 갔나?

우리는 일관성을 생산하는 것으로 자아를 특징짓는다. 그 일탈의 가능성의 자연으로 섹스는 여전히 강력한 폭약으로 남아 있고, 이러한 문제가 에로티즘과 어떻게 관련되어 있는지 숙고해볼 필요가 있다. 오늘날 우리의 사랑은 존재의 융합이라는 말이 무색해질 지경으로, 텅 빈 쾌락주의 혹은 성적 모험처럼 치부되어 있기도 하다. 여기에서 필자는 '에로스'와, '카사노바'를 대비시켜 보아야 할 필요를 느낀다.

"나는 자유인이다"로 시작하는 카사노바(『카사노바』)의 유명한 애정행각은, 남근의 방랑과 모험으로 가득한 낭만적인 무협지라 해도 과언이 아니다. 매혹적인 후작부인부터 글래머 하녀까지 모든 계급과 경계를 무차별적으로 가로질러가는 카사노바의 모험담은 무협지의 전체 플롯, 바로 오늘날 우리의 문화를 에로틱하게 반복하고 있는 것이 아닐까? 이 광포한 색정주의자는 교황정치가 모든 인간을 '남색자'로 만든다고 주장하며 남근적 욕망을 전도하는 데 지칠 줄을 모른다. '멋진 시절'을 회상하는 카사노바에 대한 무한한 비판이 가능함에도 불구하고, 인간애가 깃든 그의 유머와 끼와 철학은 시대의 위악성에 대한 날카로운 통찰을 담고 있다. 어쩌면 에로스라는 사랑의 신과 시대의 위선을 유쾌하게 까발리는 카사노바 사이에 우리의 에로티즘은 어정쩡하게 위치하고 있는 것은 아닐까?

에로틱한 갈망이 문학 속에서 호소력을 발휘하는 데는 분명한 이유가 있다. 주어진 이야기에서 이탈하고자 하는 욕망의 '카오스'는 동서고금을 아울러 늘 문화의 문제였고, 인간이 일대 일의 지시적 관계만이 아니라 다양한 관계의 내포 속에 접촉할 수 있다는 것, 그 무한한 매혹에 대한 갈증은 언제나 남아 있다. 존재는 무한히 펼쳐지길 바라고, 또 새로운 방식(다른 연인에 의해)으로 해석되고자 하며, 바로 이 무한성을 갈망하는 존재의 본능은 일관적이고 한정된 이야기를 대단히 따분하게 여기게 한다. 그렇기 때문에 욕망은 결혼을 뒤흔들 수도 있고 문학은 오직 다른 것을 꿈꿀 수도 있다. 바로 그런 시끌벅적한 소음들은 인간 운명의 무한대의 가능성을 갈망하는 역력한 예증이기도 하다.

숨겨둔 情婦 하나
있으면 좋겠다.
몰래 나 홀로 찾아드는
외진 골목길 끝, 그 집
불 밝은 窓門
그리고 우리 둘 사이
숨막히는 暗號 하나 가졌으면 좋겠다.

아무도 눈치 못 챌
비밀 사랑.
둘만이 나눠마시는 罪의 달디단
祝杯 끝에
싱그러운 젊은 심장의 피가 뛴다면!

_이수익, 「그리운 악마」 부분

내 몸 안에 러브호텔이 있다

나는 그 호텔에 자주 드나든다

상대를 묻지 말기를 바란다

수시로 바뀔 수도 있으니까

내 몸 안에 교회가 있다

나는 하루에도 몇 번씩 교회에 들어가 기도한다

가끔 울 때도 있다

내 몸 안에 시인이 있다

늘 시를

쓴다 그래도 마음에 드는 건

아주 드물다

오늘, 강연에서 한 유명 교수가 말했다

최근 이 나라에 가장 많은 것 세 가지가

러브호텔과 교회와 시인이라고

나는 온몸이 후들거렸다

러브호텔에는 진정한 사랑이 있을까

교회와 시인들 속에 진정한 꿈과 노래가 있을까

_문정희, 「러브호텔」 부분

"숨겨둔 情婦 하나/ 있으면 좋겠다"는 화자의 고백은 생의 비밀과 신비가 사라진 현실에서 "숨막히는 暗號"에 대한 갈망이고, "심장의 피"가 뛰노는 시간에 대한 그리움을 드러낸다. 그러한 면에서 "그리운 악마"라는 것은 어딘가 생의 장소로 도망치고 싶어하는 화자의 강력한 존재의 요구이자 꿈의 암시라고 읽힐 수 있다. 하지만 존재는 워낙 일관적인 이야기가 전복되는 것을 두려워하기 때문에, 시는 그런 악마가 "있으면 좋겠다"고 하는 조심스런 어법을 취한다. "둘만이 나눠마시는 죄" 즉 '교회'라는 금지가 전제됨으로써 에로티즘은 발생한다고 볼 수 있다. 코드화된 삶의 순수한 나머지로써 무감각한 습관 밖의 연인을 찾아 우리의 욕망은 모름지기 지켜야 할 자리에 집중되지 않고, 상상 속의 골목이나 호텔 같은 은밀한 공간으로 숨겨진다. 위의 두 편에 드러나는 '골목'이나 '러브호텔'이 암시하는 것은 온전한 생이 사라져간 '장소'로서의 사랑일 것이다. 하지만 "러브호텔에는 진정한 사랑이 있을까"라고 시인은 묻는다. "교회와 시인들 속에 진정한 꿈과 노래가 있을까"라고 다시 묻는다.

위의 시뿐 아니라, 생의 연인은 쉽게 발견되지 않는다는 절망은 현대시의 저변에 깔린 일반적인 기류이다. "세월이 더러운 여관방을 전전하는 동안" "사랑한다는 말들은 시장을 기웃거렸"(심재휘 「편지, 여관, 그리고 한 평생」)지만 그들이 보낸 편지에는 수신인이 없다. "바다에서 자살을 꿈꾸는 사람들의/ 마지막 처소가 되기도 한 해변여관"에서조차 "자궁은 절대 따뜻하지 않은 곳"(김충규 「해변여관」)임을 시인들은 깨닫는다. "네가 오기로 한 그 자리, 내가 미리 와 있는 이곳에서/ 문을 열고 들어오는 모든 사람이/ 너였다가/ 너였다가, 너일 것이었다가/ 다시 문이 닫힌다."(황지우 「너를 기다리는 동안」)

상징도 은유도 사라지고 영원한 환유만이 맴도는 웅덩이처럼 우리의 사랑은 텅 비어 있다. 왜 우리의 시는 이토록 김빠진 사랑을 노래해야 하는가? 우리의 사랑은 왜 그리 유령처럼 흐릿하고 일그러져야 하는가? 왜 사랑은 신기루처럼 사라져버리는가? 그러한 물음과 배경을 전적으로 배제하고 오늘날 에로티즘을 논의하기는 불가능하다.

그렇다면 우리의 연인은 어디 있는가? 충족되지 않은 사랑, 무한히 덧칠되고 대치되어야만 하는 텅 빈 장소의 이미지는 존재의 소외를 피해갈 수 없는 현대의 본질적인 문제와 연관되어 있다고 할 수 있다. 에로틱한 요소가 문학의 막을 뚫고 나가 본의 아니게 매독을 옮길 수 있는 것도[6] 바로 생의 소통이 파괴된 현대의 문제와 분리될 수 없기 때문이 아닐까? 그렇다면 시인들이 제시하고자 하는 것은 무엇인가? 간통으로 그려진, 즉 틀린 것으로 그려진 것의 행복인가 비극인가? 일반적으로 '로맨틱' 한 문학에서 간통이라는 '부적절한' 관계로 그려진 것들은 피할 수 없는 욕망의 '사고'를 가리킨다. 하지만 '사고'가 아니라 단순한 '유희'일 때 재미는 있지만 '의미'가 없다. 이 사고와 유희의 어정쩡한 중간지대에서 마지막 낭만의 코드마저 해체된 채 우리의 사랑은 얼마나 막가고 있는가?

신바람 이박사의 노래를 들으며 낄낄대며 좋아하는 나이가 되었구나. 그래 빠라빠라 돌려돌려 좋아좋아 미쳐미쳐 배 잠뱅이 좆 튀어나오듯 불쑥불쑥 튀어나오는 추임새에 흥이 나고 어깨를 들썩이는 아 참으로 천박한 심성이여. 그래 누구나 지성을 가장하고 있으며 속으로는 영락없이 천박함을 숨기고 있었구나. 어디 나만 그러랴 뭉크나 샤갈이나 그런 알 듯 모를 듯한 그림을 보며 억지로 의미를 부여하고 어렵게 비비 꼬아 사고하며 그런 애매함을 즐겼는지도 모를 일이다. 그 뿐이랴 베르디의 오페라를 보며 전혀 알아듣지도 못할 이태리 말을 마치 알아들은 척하며 두세 시간 의연한 모습으로 끔찍하게 지루한 시간을 견뎠는지도 모를 일이다. 전 국민이 빠라빠라 돌려돌려 그런 노래를 들으면서 저녁 나절 늙은 여편네 화장 지우듯 가식의 껍질을 한 꺼풀 벗기고 좋아좋아 미쳐미쳐 방방 뛰다보면 그래 어디 말 그대로 안 꼴릴 년놈이 있겠느냐. 아 위대하도다. 신바람 이박사 그대의 반짝이가 유난히 돋보이는 의상처럼 용기 있는 천박함이여.

_김용범, 「빠라빠라」 전문

---

6. 가령 「그리운 악마」에 대해 대한 이승하의 코멘트를 옮겨보자. "꿈꾸어보는 불륜은 아름다울 수 있다? 이것은 꿈이기에 아름다운 시가 될 수 있지만 현실이라면 가십 내지는 스캔들이 될 것이다. 그런데 모든 불륜의 사랑이 다 생에 활력을 불어넣어 주는 것일까? 그렇다면 어디 나도 한 번……" 이승하, 『백년 후에 읽고 싶은 백편의 시』, 시와 시학사. 2002. 268쪽.

너의 우환 서린 뼛골을 한 가마니 추려

악몽 속에서 우직우직 씹히는 그것들을

등짐 지고 우시장에 간다

가슴에 털이 바늘처럼 박힌,

한쪽 눈구멍에 허연 개눈을 박은 포주들에게

너의 최상급 관능의 사골을 선보인다

첫월경처럼 핏기 묻은

토막난 잡뼈들의 사주를 들쳐보며

시정 잡배들이 군침을 흘린다

한 근씩 저울에 달아 고샅길로 가는

내일의 경매에 부친다

그렇게 해서 난 세간에 뜬다

너의 치욕의 살을 발라

너의 탈진한 등을 쳐서

생의 음란한 내막을 갈기갈기 요절내고서야

구천에서 빌어먹을 종문서를 얻는다

_이기와, 「영자야 5 —TV 방송 타는 날」 부분

불모의 쾌락은 언제나 열려 있다. 지적인 통사 속에 구축된 이 제국은 「빠라빠라」 같은 유행가 가락처럼 성적인 해방구를 언제나 준비해 놓고 있으며, 일세의 풍류아들은 바깥을 떠돌지 집 안으로 들어오지 않는다. 세상은 무한한 사랑의 장소를 건설해 놓는다. "빠라빠라 돌려돌려 좋아좋아 미쳐미쳐"처럼 우리의 문화는 욕망의 흙탕물 그 자체가 아닌가. 절대적인 폭력은 이러한 욕망의 회오리에 중독시키는 것, 즉 완벽하게 길들이는 것이다. 타자를 차례차례 박살내고 폭력의 제국을 구축하는 것만큼이나 쾌락에의 '마비'는 전체주의적인 것이다. "배 잠뱅이 좆 튀어나오듯 불쑥불쑥 튀어나오는 추임새에 흥이 나고 어깨를 들썩이"게 하는 외설적인 유행가 가락은 이 시대의 '천박한 심성'을 남김없이 까발린다. 겉으로는 "뭉크나 샤갈", "베르디의 오페라" 같은 아름답고 고상한 수사학(더 나아가 넥타이와 양복저고리의 수사학)으로 치장하고 있으면서도, "가식의 껍질을 한 꺼풀 벗기고"나면 뽕짝가수의 "반짝이가 유난히 돋보이는 의상"처럼 '천박'한 우리의 속물성을 드러내지 않는가? 그렇다. 이 나라는 거의 양조장이거나 양계장이다. 위반이 윤리고 오줌물이 강물이다. "우리 시대라고? 그것 역시 삼중 안전장치를 갖춘 하나의 고려장이라고 나는(필자도) 말하고 싶다. 돈과 유흥과 스포츠로 만든 쾌락의 삼중 안전장치를 잠그고 사람들은 80년대(2000년대) 고려장 속에서 평안히 영면의 삶을 지향하고 있다. 그들의 의미론적 지향은 안락과 풍요(와 쾌락)이다."[7]

그렇게 막가는 문화에서 사랑이 남아 있다면 환영받을 일이다. 그러나 이런 문화나 국가의 재생산을 위해서라면 전혀 무의미하다. 에로스의 정체를 살펴보라고 부추긴 못된 언니들. 그러나 옳았다. 쾌락과 돈의 날개를 달고, 황량한 고성에 프시케를 버려둔 에로스는 어디에 있나? 사방에서 여급들과 창녀를 부르며 한쪽은 불빛이 번성하고 한쪽은 폐허로 남아 있다. 도대체 그들은 무엇을 원하는가? 정신의 환상은 아내를 갖고 싶어하며, 욕망의 방류는 창녀를 원하는가? 그 거칠고 속악한 세계는 궁극적으로 질서와 무질서의 간극에 존재하는 우리 문화의 역력한 실상이며, 남성의 성적 모험의 가능성의 공간으로 공인되고 은폐되고 미화되어 왔다.

하지만 거기서 '뜨는' 이 시대의 연인은 언제나 있는 법. 자신의 오장육부를 다 꺼내놓고 관객을 즐겁게 해야 하는 개그맨 '영자'처럼, "한 쪽 눈구

---

7. 김승희, 「달걀 속에서 꿈꾸는 사람」, 『달걀 속의 생』 시작노트, 문학사상사. 1989.

명에 허연 개눈을 박은 포주들에게/ 너의 최상급 관능의 사골을 선보인" 우시장의 가축들이 있지 않은가. "첫월경처럼 핏기 묻은/ 토막난 잡뼈들의 사주를 들쳐보며/ 시정 잡배들이 군침을 홀"리게 하는 성은, 성의 미개간지로 개척당하고 있는 우리의 불쌍한 '누이'들을 떠올리게 한다. (불타는 집에서 쇠창살을 긁어대다 화장당한 뉴스 속의 어린 창부들을 너무나 아프게 떠올리게 한다) 그들은 "치욕의 살을 발라" "세간에" 뜨고 "빌어먹을 종문서를 얻는다". 그리고 당당히 TV의 스타로 등극하기까지 한다. 여기서 다시 추가되는 문제는, 우리 시대의 특별한 현상인 매스미디어의 문제이다.[8] 상품의 물신적 특성이 사용가치를 완전히 제압하는 현대에 있어 자본주의는 성의 코드를 자주 부추기고 있음을 우리는 잘 알고 있다. 다시 말해 '스펙터클로서의 소비'를 지향하는 미디어의 전략은 '기만적이고 야만스러우며 음란한 측면'을 추구하는 것이며, 그것은 비루하고 고통스러울 수도 있는 '사실'을 완전히 문제 밖으로 패주시키는 것이다.[9] 그것이 주로 '전형화'된 성(개그맨 이영자가 연기하는 고질화된 '신부' 처럼)의 이미지로 다루어진다는 것은 주지의 사실이며, 여기에 현대시가 특별히 에로티즘을 미적 전략으로 차용할 때 유의해야만 하는 심각한 문제가 있다.[10] 성적인 자연을 상실하는 것이 남성에게 수치스런 것으로 여겨지는 문화에서 그 파괴된 성적 '권능'의 해독제로 주어지는 것이 사창가고, 연인이고, 포르노그래피라면 재미가 없다. 문제는 그것이 자연의 선

---

8. 매스미디어를 통해 의심할 여지 없이 성의 가시도는 증대되왔다. 상업적인 이윤을 위해 그것이 얼마나 강력하게 섹시즘을 공고화시키는지는 남성과 여성의 모델로 만들어진 섹스어필 이미지에서 단적으로 찾아볼 수 있다. 육체의 범람은 몸과 관련된 상품의 범람으로 이어진다. 성적인 이미지는 상업적 어필과 동의어로 받아들여도 좋다고 할 것이다. 그 어필의 증거로 '의미심장한' 육체적 아름다움은 명확한 집중을 유도해낸다. 그것은 더 유형적으로 더 고착회된 이미지를 생산하며, 설득력 있는 상업적 호소력으로 보증된다. 아무리 이론적인 설득을 해도 그 호소력의 강도는 제거되기 힘들고, 그러한 공고화에 기대고 있는 의도적인 전달은 우리의 의식 속에 응고된 사물로 남는다. 이러한 매혹이 그냥 사물화된 의미로 다루어진다면 그것은 어떤 문학적인 창조도 이루어진 것이라고 볼 수 없다. 인식의 반응 속에 구축된 이미지는 소비적 수동성의 태도에서 받아들여지는 것이기 때문에 창조라고 할 수는 없기 때문이다.
9. 한스 M. 엔첸스베르거, 「미디어 이론의 제요소」, 『뉴미디어 영상미학』, 민음사 1994. 195쪽.

물인 사랑을 주는 것이 아니라 오히려 쾌락을 해방하며 한편으론 억압하고, 더 나아가 사랑을 박멸하는 방식이다. 가장 위험한 것은 바로 그것이 절대적인 자유라고 선언할 가능성이다. 무엇으로부터가 아니라 어디로의 탈출인가

—『시선』 2004년 봄호

---

10. 존재의 의미를 소거한 채로 물질적으로 육체를 단순히 소비하는 것은 사랑도 에로티즘도 아니다. 어떤 의미가 부여되지 않은 육체를 주는 것(문화적 매춘은 가장 극단적인 물질적 소비이다), 이러한 물화된 관계의 불모성이나 전형성의 해체라는 의도 하에 현대시는 상당히 깊은 탐구를 보여주기도 했다(이에 대한 의미있는 담론을 생산한 시인은 단연코 채호기일 것이다) 그럴 때 에로틱한 욕망은 단순히 욕망이 아니라 질병, 죽음의 이미지와 결부됨으로써 대단히 증상적인 의미를 내포하게 되는데, 일군의 현대시인들이 줄기차게 다루어온 도착과 마비, 일탈성 등은 폭력의 공간으로서의 세계에 대한 근본적인 허무와 회의, 특히 과거의 텍스트에 대한 과격한 반항 등을 에로티즘이라는 문맥에서 반영하고 있음을 필자는 틈틈이 지적해왔다.

에로틱 아우라

1. 광인의 더블베드
−성귀수의 시를 통해 본 판타지의 방향

2. 재림의 성性
−박상순의 시를 통해 본 판타지의 방향

3. 지질학적 육체와 에로틱 아우라
−채호기의 시를 통해 본 판타지의 방향

4. 떠도는 동공
−장경기의 시를 통해 본 판타지의 방향

5. 죽음과 영적 오나니즘
−남진우의 시를 통해 본 도착성의 미학

6. '퀴어'의 감수성
−황병승의 시를 통해 본 엽기성의 미학

광인의 더블 베드
– 성규수의 시를 통해 본 판타지의 새로운 방향

1. 스카이 컬트와 시의 도상학

고대 마야문명의 유적이나 상형문자로 뒤덮인 피라미드의 계단에는, 이 우주와 삶의 의미를 처음으로 구성하고 표상해 내려는 인간의식의 대장정이 엿보인다. 고대인들이 이 혼돈의 세계에서 만들어낸 전지와 신성의 종교는 태양교였으며, 그것은 날마다 떠오르는 태양처럼 어김없는 부활을 약속하는 불멸불사의 상징이었다. 스카이 컬트sky-cult인 태양 숭배는 비옥의 종교인 대지 신앙과 결부되며 역사 속에 탄생한다. 태양과 돌(황금, 다이아몬드)을 대상으로 하는 신앙은 우리가 '아폴론적'이라 이르는 모든 논리, 이성, 윤곽, 지식, 질서에의 숭배와 같은 맥락에 있는 것이다. 캠벨Cambell의 지적대로, 서구 신화의 뼈대를 이루고 있는 기본 모티프는 인도, 중국, 페르시아를 비롯한 동양에서도 동일하게 발견된다. 『리그 베다Rg-veda』 속의 신 슈라Surya는 '미트라Mitra(호흡)의 눈'과 '바루나Varuna(사법)의 눈'과 동일시된다. 동왕공東王公, 조로아스터, 바흐만 또한 태양신 혹은 빛의 신이다. 그 신들은 모든 것들을 내려다보는 전능의 눈과 태양을 신격화한 스카이 컬트의 한 전형을 보여준다.

이집트인의 눈화장은 태양교의 성직자의 악센트를 그대로 지니고 있다. 그 눈화장에는 수학적 공간의 윤곽 속에 가두어진 제의적 순결함, 그리고 대상을 압도하는 광기의 에너지, 광명과 암흑의 지형선이 번갈아 그려져 있다. 파라오는 순수하고 깨끗한 아폴론적인 윤곽에 감금당한 섬뜩한 눈을 숨기고 있다. 그것은 고양이의 눈처럼 혼돈의 어둠을 보존하거나 반사하는 결렬한 눈eye-intense이다. 그러나 그 눈은 인류의 긴 역사를 거치면서 현상계를 인식하는 육체적인 눈과, 영원불변의 세계에 가 닿는 계시적인 눈이라는 두 겹의 눈으로 분열된다. 엄격히 말하자면, 분열된 것이 아니라 그렇게 해석되고 규정된 것이다. 메두사의 눈은 혼돈 앞에서 얼어붙은 세계, 인식의 나락, 근원으로 진입할 수 없는 인간의식의 두려움과 공포를 상징한다. 공포는 실재 앞에서 얼어붙는 것이다. 공포는 자신의 의식이 비어버리고 타자의 영혼이 흘러들어오기 시작하는 그 순간, 주문과 푸함이 터져나오기 직전의 순간이다. 전사는 늘 메두사의 눈앞에 마주선다. 그 잔혹한 눈멈과 죽음을 통과하여 판타지의 황홀경 속으로 들어간다.

우리는 성귀수의 시를 통해 불타는 공포의 눈, 우리가 전혀 비판 없이 악마의 눈이라고 이름 지은 그 메두사의 눈앞으로 이끌려간다. 겹겹의 인식의 장치들과 언어들을 헤치고 들어가야만 만날 수 있는 눈, 육안이 아니라 계시의 눈도 아니라 우주를 향해 첫 시선을 보내던 고대 천문학자들의 그 눈으로만 포착될 수 있는 공포와 황홀의 눈 말이다. 성귀수는 노래한다. "내가 맞서 태양을 바라본다는 것은 태양이 나를 비추는 것이 아니라/ 내가 빛을 헤치며 그의 눈동자를 찾아가는 것"(「태양의 내면화와 내면불꽃의 경험」)이라고.

하지만 도대체 어떻게 죽음의 힘에 삼켜지지 않고, 눈이 찢기지 않고 메두사의 눈을 바라볼 수 있을 것인가? 이 인식의 거대한 흐름 속에서 어떻게 또 다른 인식이 가능하단 말인가? 성귀수는 인류가 "여성의 눈"이라 부른 메두사의 눈을 통해, 카오스의 구멍으로 이어지는 거대한 우주에 그의 시선을 뚫어넣는다. 그 눈은 시인에게 위험한 실명, 상처, 되풀이되는 죽음을 요구하지만 생생한 의식을 가지고 대면해가야 할 세계의 거대한 음부인 것이다. 성귀수는 이글거리는 정오의 태양의 불꽃만이 아니라 자정의 태양, 내면의 불꽃을 찾아가는 강렬한 야경자 혹은 주술사의 눈을 가진 시인이다. 그 불길한 태양 앞에서의 자기해체, 지그재그로 퍼져가는 의식의 파장, 끝없이 환각으로 일탈하는 이미지들은, 완결된 죽음과 재생이 아니라 주체와 언어의 탄생의 도정을 보여준다고 할 수 있다. 아폴론적 하늘은 성의 현기증으로부터 온다. 시인의 "상처받은 눈동자"는 얼음 같은 아폴론주의자의 눈, 가혹하도록 논리적인 눈, 끝없이 혼돈을 패배시키는 눈을 넘어 그 자신의 성을 제물로 바쳐 새로운 인식의 지도를 작성해 보려는 근원적인 눈이라 할 수 있다. 성귀수는 그 눈을 언어로 화장하는 변장술사다. 그는 거대한 무의식의 궁륭을 지배하는 "천정눈의 주인"을 주시한다(「에너지 회로가 저장된 이미지 동력장치」). 그는 황금의 마스크를 쓰고 재생을 염원하며 죽어 있는 태양의 아들인가? 그의 시는 늘 황금빛의 정오, 암흑의 자정, 그리고 그 빛과 어둠의 요철들이 박혀 있는 강렬한 이미지들을 보여주고 있는데, 그것은 단순히 이미지의 문제만이 아니라, 더욱 심층적인 성의 문제와 관련이 있는 것으로 보인다.

하지만 독자의 시야를 무참하게 어지럽히는 끔찍한 레이아웃 때문인지, 아니면 지면종량제와 같은 물리적 제재를 받았는지(그의 시는 상당히 길다) 그의 발표작은 상당히 희소하다. 현재 그의 시에 대한 관심은 거의 공백 상태에 있다고 해도 과언은 아니다. 단 한 편의 평론이 있었지만, 그 글은 "마지막 슬픈 해체의 황제"라는 말로 성귀수를 웃음거리로 만들어놓았다. 안이하다고까지는 못해도 너무나 불성실한 지적이라 하지 않을 수 없다. 적어도 성귀수는 "마지막 슬픈 해체의"라는 세 마디의 관형사로 수식될 만한 시인이 아니기 때문이다. 오히려 그의 시는 고통을 넘어 황홀의 거대한 영역까지 침범하며, 그 속에 가로놓인 의식의 심연 그리고 특이한 양성적 섹슈얼리티의 힘을 언어화하고 있는 독특한 시인이라 할 수 있다.

그의 시는 가로쓰기, 행, 연에 세뇌된 독자들을 우롱하듯 매우 과격한 형식의 실험을 감행하고 있다. 그리고 시를 "언어장치"화하겠다고 맹세까지 함으로써 그를 무시하려는 독자를 공개적으로 깔아뭉갠다. 그의 시를 한 번이라도 읽은 독자라면 "왜 시가 이 지경까지 돼야 하는가"라고 중얼거렸을지 모른다. 일견 그런 불평은 당연하게도 느껴진다. 나 또한 '시운동'의 『해체시집』에서 그의 시를 처음 대했을 때 그 형식의 괴팍스러움에 당황하지 않을 수 없었기 때문이다. 그 괴팍함의 한 예는 그의 사진 속에서도 발견된다. 그의 얼굴은 이글거리는 불꽃 모양의 멋대가리 없는 철제 대문 뒤에 가려져 있다. 그 이상한 사진에서조차도 그의 시적 논리는 빈틈이 없다. 성귀수의 사진은 적어도 그가 누구보다도 끔찍스런 시의 사제임을, 그것도 지옥 같은 불길 속의 고난을 자처하는 불의 사제임을 소리 없이 웅변한다. 그 치열한 장난기를 어떻게 이해해야 할까? 그렇게 괴팍해질 이유가 있는가? 이 질문에 대해서 나는 '있다, 당연히 있다'라는 전제를 가지고 그의 시를 검토하고자 한다.

그의 시적 실험은 상당한 필연성이랄까 절박성까지도 지니고 있다. 버전이 낮은 컴퓨터로는 엄두도 못 낼 성귀수 시의 까다로운 그래픽은, 현대시의 비극적인 정신착란증이 아니라 오히려 명징한 정신으로 기획된 것이라 할 수 있다. 성귀수의 시는 단순히 언어적 해독만이 아니라 시각적 분석을 동시에 요구한다. 말과 행간의 관계는 물론 그것들의 공간적 배치 또한 매우 까다로운 분석의 대상이 된다. 주문처럼 반복되는 말들, 점점 증가하는 여백의 공동, 말의 위치 등은 야간투시경같이 예민한 그의 시각적 판타지를 드러내 보인다. 간혹 활자의 크기나 형태로 강조되는 말들은 언어 밖으로 치밀어오르는 시인의 강렬한 자의식의 부하량을 보여준다. 때문에 그의 시에서 도상학적 해석은 소홀히 할 수 없다. 가령 「흑백언어를 통한 침묵의 반전현상」을 보면, 지면의 이원적 색채공간 자체가 시적 의미를 드러내기 위한 하나의 방법으로 사용되며, 그의 장기라고도 할 수 있는 파격적인 활자의 진행방식을 통해 돌출하는 침묵과 그 침묵이 가까스로 언어로 반전되는 힘겨운 자의식적 싸움을 보여준다. 그의 시는 바로 행위하는 글씨들의 주형이고, 지속적으로 운동하는 의미들의 체계이다. 그것은 궁극적으로 시라는 말로 환원될 수 없는 시, 그 자신이 체계이자 생산의 메커니즘이 되기를 원하는 시인의 강렬한 욕구를 드러내 보인다. 이러한 측면에서 볼 때 그는 매우 강력한 스타일을 지닌 시인이라 할 수 있다.

우리가 알아야 할 것은, 그러한 전략적 장치들의 필요성에 대한 많은 이유들을 그가 갖고 있다는 점이다. 그는 "언어장치를 조작하는 자는 그 장치의 체계와 동同 구조적으로 작동하는 자신의 의식을 체험한다"(성귀수, 시작메모)라고 주장한다. 자신의 의식체계와 완전히 동일한 시적 장치를 만들어내겠다는 그처럼 야심만만한 목표를 염두에 두고 볼 때, 우리는 그의 시가 왜 그토록 까다로운 장치, 기술, 메커니즘을 동원하고 있는지를 얼마간 수긍할 수 있게 된다. 그의 시적 장치는 진행하는 의식의 모형이며, 의식과 함께 작동하는 에너지 회로이다. 한 예로 「에너지 회로가 내장된 이미지 동력장치」는 무수한 회로로 뒤엉킨 말들, 어느 회로를 따라가든지 간에 연결되는 말들의 조합을 보여준다. 동사의 질서를 파괴하고, 말들을 끊어 선으로 연결시킨 그의 시도는 매우 독특하고 강렬하다. 군데군데 건전지 모양의 검은 네모 안에 커다란 말들이 박혀 있는데, 그 속에서 집중되는 강렬한 의미의 부하량은 시인의 섬세하고 치밀한 시적 전략의 일면을 보여준다고 할 수 있다. 그것은 시가 아니라 시가 만들어지는 장이며 "동력장치" 그 자체다. 말은 뚝 떨어지기도 하고 조밀하게 붙여지기도 하면서 의미의 계속성, 지속성에 파열을 일으키는 매듭과 결절로 조직된다. 다방향의 회선들을 따라 독자가 의미의 회로를 직접 작성할 수밖에 없게 된 이 시는, 그만큼 넓고 풍부한 의미파장을 확보한다. 도대체 그는 얼마나 복잡한 배관공사를 했던 것일까? 여타의 시에서도 사각형, 요철, 나선 등의 독특한 형태를 이루는 말들의 조합과 배열은 얼마든지 엿보인다. 가령 「이미지의 점화로부터 내가 일어나는 불길로」에서는 말들이 전체적으로 가스레인지나 스위치와 같은 형태를 이루고 있다. 이미지의 "점화"를 위해 엉성하게 배열된 말들이 겉에 둘러쳐지고 안쪽에는 띄어쓰기도 안 된 조밀한 말들이 바글바글 모여 있다. 그가 이 시에서 "자신을 살라먹는 삶 속에서만이 나를 저지름으로써 스스로 불을 살려낼 수 있을 것"이라고 주장하듯이, 이 시는 형식에 있어서도 "나를 오르가즘화하라"는 그의 시적 명제를 언어적으로 표상한 것이라 할 수 있다.

의미의 전도체가 되어가는 그 무서운 형식들과 언어중독증은 우리를 섬뜩하게 한다. 그는 고대의 천문학자처럼 자기의식의 천문도를 작성하려는 것일까? 우리는 그 대대적인 실험의 의미를 신경을 곤두세우고 읽어야 할 것 같다. 하지만 다시 한 번 물어보자. 그는 왜, 왜 그렇게 심각하게 형식을 손상(구축)해야 하는가? 처음으로, 아주 처음으로 돌아가보자. 인류의 신화가 그 인식의 현기증을 태양과 "성"의 담론으로 변형시켰듯이, 나는 성귀수 시인의 자기의식의 단서를 태양, 눈, 성적인 컬트에서 찾아보고자 한다. 여기서 성은 생물학적, 육체적인 은유가 아니라 모든 의미들의 가능성의 은유이다.

2. 눈과 주물적 이미지

언어는 신(태양)에 의한 거세와 죽음을 간직하고 있는 의식의 매개물이다. 언어로 구성되는 의식은 질서요 구조며 강직이다. 하지만 의식에는 늘 방해자가 끼어든다. 현대의 신경증은 이유도 없고 클라이맥스도 없고 파괴적이지도 않은 긴장, 그러나 점점 더 커지다가 참을 수 없이 커지는 의식의 소음이다. 그것을 병적 증상으로 진단하고 있는 문명의 책략은 이성과 지식과 권력의 단독집권에 의한 담론의 전략임을 푸코가 상세히 밝혀놓았지만, 더욱 근원적인 관점에서 생각해 보면 그것은 정신적 진보, 문명의 진보가 남성을 여성화시킨다는 데서 원인을 찾아볼 수 있다. 남성의 철학자는 강박관념처럼 (크산티페 같은) 여성의 질병을 앓는다. 그것은 성적 '임포텐츠'이며, 여성의 영이 악마화되고 축출되고 쫓겨가는 정신사의 드라마를 보여준다.

정신이 육체를 지배하게 된 것은 여러 문화적 연구에서 익히 밝혀진 그대로다. 중세의 인간심리 해부에 의하면, 인간에게는 머리에 놓여 있는 이성의 영역, 가슴에 놓여 있는 용기의 영역, 복부에 놓여 있는 기쁨의 영역이 있다. 그것은 영혼의 위계이며 동시에 육체의 위계이다. 인류의 문화는 그 가치의 위계가 반영되어 있는 선과 악, 이성과 환상, 여성과 남성, 광명과 암흑, 환희와 비애, 영적 자유와 물적 구속이라는 이원적 대립축을 오가면서 혹은 그 축을 옮겨놓으면서 전개되어 왔다. 특히 성에 있어, 정신의 영성화를 추구하기 위해 플라토닉 성애라는 극단적인 전형까지 만들어왔음은 잘 알려진 사실이다. 심지어 육체적 미가 과장되기에 이르렀던 르네상스 시대에도 육체의 황금분할이라는 기계론적 미, 육체와 정신의 일치라는 형이상학적 미가 육체 속으로 흘러들어가는 것이다. 그것은 이성을 대변하는 머리와 남근적인 페니스와 투쟁하고 있는 현대의 문학논의에 이르기까지, 우리가 결코 벗어나기 어려운 이분법적 인식의 잔재들을 그대로 포함한다. 하지만 그러한 인식론적 전제들은 대립과 상보, 조화 그 이상으로 뒤엉켜 있다. 특히 섹슈얼리티의 경우에는 성이라는 시니피앙의 윤곽을 지우면서 무의식의 침대 속으로 빨려 들어간다. 그것은 눈먼 눈, 눈먼 입술, 눈먼 사랑의 차원에서만이 아니라 이 세계, 혼돈과 질서가 한 덩어리로 뒤엉킨 우주에의 현기증, 그 처음에까지 이르는 것이다. 우리의 "눈동자는 항상 눈동자의 원 안으로 오고 있는 중"(「에너지 회로가 저장된 이미지 동력장치」)이다. 성귀수는 "눈과 태양"의 사제이다.

오늘도젊은사제가도착한신흥

도시는빛이아니라밝혀진어둠

이었다그렇게숱한밤이해체된

뒤그에게허락된마지막밤을그

는불능의밤인데도안아야했다

(중략)

나는 신혼시절 눈에 박차를 단 빛들에

둘러싸여 무참히 추행 당하던 그 환한

밤의 치부를 목격한 자로서

「화성악적으로 투시된 밤의 고해성사」 부분

　"빛이 아니라 밝혀진 어둠"인 세계는 태양의 제국을 가득 채우고 있는
불능의 도시, "신흥도시"의 불야성들이다. 신성하고 순결해야 할 신혼의 침
대에서 "불능의 밤"을 안는 사제의 불경, 빛의 질서를 어지럽힌 자정의 행적
들은 바로 "고해성사"의 요지라 할 수 있다. 이것이 범죄와 정화의 은유로
읽히는가? 아니다. 죄와 순결은 매우 까다로운 말들의 이중진행(커다란 고딕
체 문자와 깨알 같은 명조체 문자)을 통해, 서로의 의미가 역전되고 뒤엉키는 세계
의 분열증식된 이미지들을 표현한다. 물론 그것은 그의 의식의 방사물이다.
여기서 "빛들에/ 둘러싸여 무참히 추행 당하던 그 환한/ 밤의 치부를 목격"
하는 "상처받은내눈동자"는 거세적 죽음의 맥락보다 복잡한 심리적 메커니

즘과 관련되어 있는 듯하다. 왜냐하면 그 눈동자는 "윤간당하는 밤", 신화로 까지 거슬러 올라가는 태양의 전능성, 스카이 컬트의 체계 속에 속하는 모 든 인식들의 치부를 목격하고 있기 때문이다. 그것은 이 세계의 틈이다. "화 성악적으로 투시된" 밤의 정경들은 이성과 육안의 현실의 틈, 즉 의식의 틈 이며(청각의 현재와 시각의 현재는 다르다. 보아야 할 것을 들을 때, 들어야 할 것을 볼 때, 본 질의, 현실의 틈이 나타난다) 빛의 세계 속에 "충혈된 자정"으로 타오르고 있는 메 두사의 눈이다. "숱한 밤이 해체된" 뒤 "내 눈에 보이는 것이 아니라／내 전 존재에 들키는"(「흑백언어를 통한 침묵의 반전현상」), 그 데몬적 밤과의 마주침을 기록하고 있는 것이 바로 고해성사인 것이다. 성귀수의 시는 이 공포와 매 혹의 독백을 화성악적으로 진행시키면서, 시간의 행적, 의식의 행적, 동시 에 우주의 행적까지도 추적하고 있는가? 그렇게 보인다. 사제는 신이 아니 라 혼돈과 황홀의 악마에 지배당한다. 성귀수는 「성좌 콤플렉스」에서 묵시 적 장엄함과도 같이 온갖 성운들이 흩뿌려져 있는 공간을 배경으로, 그의 의식 발생에 대한 하나의 언어적 탐구를 시도한다. 인용하기에 상당한 번거 로운 부분을 삭제하고, 비교적 단정한 진술로 이루어진 마지막 부분만을 옮 겨본다.

———————— 오 마치 물질을 죄어서 잃어버린 질량을 재보듯 이 이 압축된 초고온 시나리오로 나의 기하학적 전체상의 열려 있을 확률이 계산될 수 있다면 층을 이루는 진통 속에서도 나는 흐르는 열을 따라 나선을 그리며 안으로 떨어지는 영점요동들 의 위치를 측정해내야만 한다 지금 빛은 죽음이 흡입하는 거짓 진공의 강력한 아귀로부터 내가 도망칠 수 있는 속도와 운동량 을 갖추고 있다 나의 속으로 무너져 내리기 시작하는 거시체계 의 휘어진 공간으로 광파의 격변이 일으키는 치열한 에너지가 그의 힘찬 외향력을 사방에 방사하려 한다 보라 빛의 출처여 오 감마선 가지들을 달고 회전하는 우주춤의 제왕이여 이제 낡은 시공의 피륙에 찢어진 구멍을 통해 비전을 불러일으키는 나의 파편들을 완벽한 구형으로 흩어지게 하라

_「성좌 콤플렉스」부분

「성좌 콤플렉스」는 인류의 시공간적 기획과 대결하는 새로운 빅뱅의 우주, 빅뱅의 의식을 표현하는 것처럼 보인다. 그는 "영점요동"의 위치에 있다. 시간은 늘 지금으로부터의 시간이며 나는 지금 말해지는 언어로부터의 나인 것이다. 나는 정지된 현재에 놓여 있지 않다. 현재라는 시간을 갖지 않는 시간, 현재라는 공간을 갖지 않는 그 공간은 모든 미래보다 더 먼 미래와 마주치는, 모든 과거보다 더 고대적인 과거로 돌아가는, 영원히 망명하는 시공간이다. 인용된 시의 앞부분에는 온갖 말들로 빡빡하게 채워진 황량한 공간, 위치도 넓이도 중력도 없는 이상한 우주적 공간이 있다. "나의 기하학적 전체상의 열려있을 확률"을 계산해내기 위해 조직된 일종의 판타지의 천문도라 할 수 있다. 그러므로 이 시 속에서 아무리 수학과 과학에 뛰어난 독자라도 얼떨떨해할 현상들이 포착되는 것은 당연한 일이다. 그는 "낡은 시공의 피륙에 찢어진 구멍을 통해 비전을 불러일으키는 나의 파편들을 완벽한 구형으로 흩어지게 하"는 "자폭"하는 기하학의 공간을 엄청나게 현학적인 공식(그 공식이 맞는지는 모르지만)으로 표현한다.

　기이한 글자가 빽빽이 부조되어 있는 고대의 비문처럼, 이 시는 어떠한 의미구도로도 읽힐 수 있는 수많은 말들을 검은 배경 속에 흩뿌려놓고 있다. 하지만 그는 "죽음이 흡입하는 거짓진공의 강력한 아귀로부터 내가 도망칠 수 있는 속도와 운동량을 갖추고 있"는 말들의 정확한 의미경로를 알고자 한다. 하지만 그것은 하나의 위치에 고정될 수 없다. 그것이 별들의 운행을 문자그림으로 "성좌"화한 천문도에 대한 "콤플렉스"인 것이다. 오직 그는 모든 의미의 생성 문법을 시로써 드러내고자 하는 것일까? 그것은 합리와 추론의 기하학적 욕망이라기보다는 혼돈을 질서화한 힘에 대한 또 다른 정복이라 하지 않을 수 없다. 그 정복자는 태양을 이 세계의 중심에 위치시킨, 거세된 자아가 아니다. 그는 "감마선 가지들을 달고 회전하는 우주춤의 제왕"이다. "그의 힘찬 외향력을 사방에 방사"하는 거대한 자궁을 가진 양성합체의 자아이다.

　여기서 그의 결혼에 대한 콤플렉스는 매우 다양한 의미를 시사한다. 서구문화의 철학적 관점에서 보면 사랑하는 결혼 속에서 자아와 무의식의 방사물은 안정된 합체를 이룬다. 플라톤적인 전통에서 볼 때, 영과 육체는 하나의 단일성Unity 속에 밀접하게 상응한다. 영과 영의 결합으로 이루어진 결혼은 플라토닉 러브가 제도화된 흔적이다. 결혼이라는 성곽을 구축하고 있는 것은 이성, 법칙, 규범, 균형, 조화, 관례 등이다. 그것은 아폴론적인 존재의 선, 자아의 안정, 영적인 건강을 전제한다. 하지만 무의식의 분광들은 늘 안정된 자아에 상처를 입힌다. 그 분광에 완전히 지배당할 때 수없이 분열 증식하는 자아가 생겨나다.

지금 나는 내가 죽었다는 것을 혼자만 아는 사람이다

태양의 제일 징그러운 곳을 응시하면서

내가 다시 태어나는 사람이 두 눈을 감겨주는 나는
그 사람의 비밀이다
다시 태어난다는 생각이 아무것도 모르는 세상을 위해서
시체바꿔치기하는

나는세상의 비밀이다.

웅웅거리는 파리떼들의 태양환풍기
지저분한 구석에서 그 여자와 접신행위를 하면서
나 자신을 겁주고 싶었지

과거시인은

시머리에 빗질이나 하고

그 여잔 죽어있었지 눈조리개만활짝 열린 채

_「태양의 내면화와 내면불꽃의 경험」 부분

위의 시를 통해 보면 성교는 일종의 '접신행위' 다. "내가 다시 태어나는 사람이 두 눈을 감겨주는 나" 혹은 '그녀' 는 천사면서 흡혈귀angel-vampire인 성적 방사물, 자아 속에 숨겨진 유령, 성전환의 자기 이미지이다. 성적 전환이 이루어지는 샤먼들은 남성의 영 안에 여성의 영Female spirit이 자리 잡고 있음을 보여준다. 샤먼은 무의식의 영역으로 떨어지면서, 성을 가로질러 시간과 공간을 명령한다. 샤먼이 나르시시즘의 영역으로 빨려들 때 보는 것은 바로 자신의 무의식인 영, 욕망의 환타지이다. 성귀수 시에서 성적 에너지의 방사물은 늘 성(결혼)의 죽음을 통과하며 살아나는 불꽃의 이미지로 암시된다. 가령 "일요일은 결혼식/ 장님가수는 태양 위에서 노래 부르고/ 나는 다락방에 혼자 숨어서 몰래 세계를 귤껍질 까먹고 있었지// 지나간 나날의 광대들은 나를 아주 질긴 가죽북 두드리며 지나가버리고/ 사랑과 고통이 어떤 생각 속에서 죽어가는지를/ 나는 일일이 지켜보았지// 언젠가 내 안에서 기쁜 아아취를 이루던 불줄기/ 너무나 아름다워/ 그녀가 두른 허리띠로 목매달아 죽고 싶던// 내 가슴 속에는 가슴 속에 불을 품은 전사가 있어 끊임없이 나에게 싸움을 걸어온다"(「태양의 내면화와 내면불꽃의 경험」)와 같은 구절들을 통해 볼 때, 불꽃은 죽음 공포와 결부된 메두사의 머리칼, 아아펩Aapep의 뱀 같은 허리띠와 연결되어 있는 것이다. 그것은 "나는 나를 오르가즘화"하는 자아의 양성성과 굳게 결부되어 있다.

신화적으로 볼 때 메두사의 불길 같은 머리칼은 대지와 초목의 성장을 상징한다. 빛의 왕권은 "눈조리개만 활짝 열린" 죽은 태양의 눈(메두사)을 숨기고 있다. 그러나 "다시 태어난다는 생각이 아무 것도 모르는 세상을 위해서 시체바꿔치기"하는 자는, 내면의 불꽃을 응시하는 눈을 가진다. 하지만 그는 "내가 죽었다는 것을 혼자만 아는 사람"이며 세상의 비밀이다. 그는 자신에게 자신의 죽음을 바치고 있는 자, "나 자신에게／ 남색질 당하는 자세를 견디고 있"(「원심분리중인 의문부호」)는 성도착자이고 광인이다. 그 광기의 "미친 언어체인"은 끝없이 자신으로부터 "더빙"되는 자아 이미지를 영사해간다.

이제부터 상영되는

　너의 이 시각언어들우

　　내가 하는 말은 말이 나를 끌고 가려는 끝까지를 통과하는 동안에

　　통과되는 **말을 따라가려는 나를 의미하려고 한다**까지를

　　　　　　　　　　　　　　　　　영상화해낼 것이다.

(중략)

너는 너의 그 깊은 **오호래!**의 후광 한가운데에 멈춰있다

(중략)

　　　　　너는 독백을 원한다

　　네가 마지막으로 증언해야 할 화자가 거기에 있다

　　　　결국은 네가 돌아가야 할

　　　그 발화기원에 불을 켜두어라

(중략)

언젠가 너는 너 자신의

부서지는 눈동자를 보게 될 것이다

자신의 청각영상에 사로잡힌 채 침묵하는 푸른 다이아몬드의 폭발음

(중략)

　　　　　　　　　　　　네 눈은 닫혀 있다

틀린 철자체가 네 촉각만을 교정하고 있다

　　　　　　　거친 철자들이 너의 이름을 철거하고 있다
자신보다 무거운 철조끼를 걸친 철자들이 지금 너의 죽음을 타자하고 있다

_「더빙되는 존재」 부분

"이제부터 상영되는 시각언어"는 밤의 태양인 "오호라!의 후광 한가운데에 멈춰 있다". 거기서 그는 "부서지는 눈동자" 눈멀어가는 존재의 "발화기원"을 본다. 나는 "자신보다 무거운 철조끼를 걸친 철자들"이 아니라 "침묵하는 푸른 다이아몬드의 폭발음"으로 증명되어야 한다. 그것은 거세되지 않은 언어, 나르시스트의 거울에서 반사되는 이미지들이다. 자아의 탄생, 남성은 여성의 사슬을 끊어버리면서 시작된다. 그러나 자아라는 분할의 금이 생기기 이전에 그는 어머니의 영역, 우먼 엔비Woman envy의 영역, 나르시시즘의 이미지 속에 있다. 그 이미지는 결코 완전하게 영사되지 않는다. "눈은 닫혀 있"고 그것은 주물적 이미지를 통해서만 간신히 포착된다. 태양, 부싯돌, 빛, 열, 글씨 등의 주물적 환상에 사로잡힐 때 그는 "지독한 어둠의 동공이 바로 빛의 집결지"(「에너지 회로가 저장된 이미지 동력장치」)가 되는 것을 본다. 하이데거와 크리스테바는 이 주물에 대한 많은 숙고를 했는데, 그것은 전통적 내러티브, 독지주의에 반대되는 것이다. 그 주물적 이미지는 바로 "더빙되는 존재"의 "틀린 철자체"이며, "언젠가 너 자신의/ 부서지는 눈동자를 보게 될" 암흑의 태양이다.

너도불능의밤이화

하면네충혈된자정

을더이상응시할수

가없는태양장애자

_「흑백언어를 통한 침묵의 반전현상」 부분

태양은 성귀수 시의 대표적인 주물적 이미지라 할 수 있다. 태양 앞에서 그는 늘 넘쳐흐르는 자의식 속으로 빠져든다. 하지만 불꽃은 늘 공포와 결부된다. 그는 "태양장애자"이다. "공포태양의 경기 속엔 반전된 홍채가 도사리고 있다"(「에너지 회로가 내장된 이미지 동력장치」). 공포태양은 "밤의 태양"인 "오호라"의 세계, "태양의 성금기"를 당한 세계이다. 태양장애자는 "시신경의 현란한 위치에 의해서만 포착되는" "맹점의 위치"(「에너지 회로가 저장된 이미지 동력장치」), 즉 그가 앞의 시에서 "충혈된 자정"이라 말한 태양의 부재를 본다. 태양은 결코 완벽한 태양이 아니다. 때문에 그는 태양이라 불리는 것, 태양이라는 말이 지시하는 태양이 아니라, "내전체를불/ 러일으키기위하여/저작은부싯돌속으/로들어가길원하"는 것이다.

태양 앞에서 끝없이 눈멀거나 죽는 것은 진정한 내면의 빛, 열, 불꽃을 탈취하기 위한 일종의 제의적 도정이라 할 수 있다. 그의 글씨들은 금지된 눈, 메두사의 눈, 태양 밖의 태양으로 나아간다. 언어는 늘 새로운 의식의 기선基線이다. "내가 쓰고 있는 이 글씨들이 끊이지 않는 행렬"(「걸어가는 글씨들」)은 "나를 쓰고" "나의 침묵을 다 외우면서 가는", 행위하는 에너지의 벡터에 다름 아니다. 움직이는 주체는 완벽한 자아의 의미를 가질 수 없다. 그는 글쓰기라는 메커니즘을 통해 자기의 '전제 없음'으로 고통받는, 오직 내가 되기 위해 도망치는, 끝없이 "자신의 붉은 인육을 뜯어먹으면서/그 파르스름하게 인광을 튀기며 내게/ 뜯어먹히는 자로 변신"(「원심분리중인 의문부호」)한다. 그것이야말로 존재의 실천이고 확장의 수행이다. "걸어가면서 나를 쓰고 나를 데리고/ 의미가 열리는 곳 침묵이 자기를 벌리고 있는 곳으로 걸어들어가"는 글씨들은 "행진하여 작문하는 동작의 대칭형으로 작동되는 문장이 진행"되듯 수많은 침묵들을 데리고 간다. 그것은 무의식이 의식과 서로 소통해 나아가는 과정이며 "과거의 흔적만이 존재하는 영원한 부재의 현재"이기도 하다. 어쩌면 시란 거세된 언어가 아니라 거세되지 않은 침묵, 그 침묵의 혼돈을 정복하기 위한 언어의 대장정이 아닌가?

3. 제의적 양성으로

시적 창조와 자기분석은 성귀수 시의 궁극적인 원동력의 두 진행축이라 할 수 있다. 그의 시에서 포착되는 태양, 눈, 불 등의 주물적 이미지들은 의식과 무의식, 분할된 양성의 점선이 든 이미지다. 성귀수는 늘 주물적인 이미지들을 통해 태양의 금지를 넘어서는 내면의 불길을 포착한다. 언어는 야경꾼의 야간투시 장비이다. 무한 글씨의 행렬 속에서, 그 의미들의 추진과 분열 속에서 자기를 불러일으키는 그의 시는 태양에의 컬트, 그러나 신성이 아니라 자신의 숭엄으로 불탄다. 그것은 정오와 자정의 동시적 태양, 끝없는 죽음을 거쳐가는 자의 언어적 행군이다. 그것은 광대한 우주, 거대한 혼돈을 처음으로 문자화하는 자의 아찔한 자의식의 불길처럼 느껴진다. 그의 시는 그 의식의 발생과 자기증명, "스스로의 한계를 문제내는" 자기극복자의 진술이다.

그의 시에서 무엇보다 가장 인상적인 것은 강력한 자기부정의 에너지이다. 그의 시 「추진과 파장」에서는 비행자의 "로저"라는 말과 함께 "승리"라는 말이 주문처럼 반복되고 있다. 비행자의 거대한 활공은 "죽음을 건 공중제비로 직진하는 초고속 문장", "활공하는 안구의 항적"(「에너지 회로가 저장된 이미지 동력장치」)이며, 정오의 태양만이 아닌 "자정의 태양"까지 조준하는 그의 이중적 비전을 포함한다. 그러나 그 비전은 신성하면서도 반역적인 "비밀"이다. 그 비밀의 행적들은 곳곳에서 문장의 정열을 파열시키는 듯한, 수없이 싸우면서 흩어지고 갈라지는 문체와도 긴밀한 관련을 갖는다. 시 곳곳에서 대상의 묘사에서 멀어지며 무의식으로 유입되는 주물적 이미지들은 종교적 양성성, 통과제의적 양성의 비유에 묶여 있다. 그것은 자기애를 나눈 무의식의 반신이며, 머리와 페니스가 제거된 자기원형적 이미지들이다. 또한 독특하게 출현하는 호모섹슈얼한 이미지 혹은 강간치사인지 폭행치사인지 모를 성도착적 이미지들은 그의 의식에 그림자를 드리우고 있는 성,

희생되어 있는 성, 양성애의 코드이다. 그것은 "나의 죽어감을 생활할 줄 아는 자"의 부활의 이미지이며, 침묵과 부재로써 잊어버린 의식의 또 다른 세계이다. 그의 시 속에는 늘 "침묵으로 분한 무성언어의 명연기에 환청의 기립박수가 요란!"하다.

그의 시는 그 전체가 그림글씨며 하나의 아이콘이다. 그것은 우주의 의미를 처음으로 탈취하는 천문력과 같다. 그 천문력에는 빛과 어둠이, 남성과 여성이, 의식과 무의식이, 부활을 염원하는 미라의 황금빛과 흑색이 교직되어 있다. 성귀수는 그 이중적 비전을 완벽하게 통제하며 생성하는 프로그램을 꿈꾸는 것일까? 어떠한 의미에서 보면 그것은 기하학보다 더욱 권력적이다. 하지만 완벽한 권력은 오히려 꿈의 통로가 된다. 의식에 대한 완전한 지배는 몽상의 통로이다. 완벽한 독재자는 꿈을 꾸기 시작한다.

그는 자신의 눈만으로 모든 것을 보지만, 그가 보는 것은 대상이 아니라 바로 그 자신이다. 성귀수는 시작 메모에서 "문제는 바로 나라고 말하는 바로 이 자다"라고 언명한다. 그의 시는 바로 자신의 침묵과의 대결이며, 말해진 나와의 교전이다. 그리고 메두사의 눈 속으로 끌려들어가는 고통의 순간 분출한다. 그 경악의 흥분을 제거하면서 감행하는 형식 해체는 연금술적 장인의식의 놀라운 집중력으로써 다시 통합된다고 할 수 있다. 그의 시는 "언어의 유전공학자가 기호 DNA들 간의 다양하고 완벽한 결합가능성을 연구, 작성하여 제출해놓은 한 편의 실험보고서"(시작 메모)이다. 그 편집광적인 유전공학자는 '광인'이라는 말을 들어도 기뻐하리라. 신은 신 외에 아무 것도 아니라는 인식의 오만을, 시는 실험 이외에 아무 것도 아니라는 역설로 읽어내는 것일까? 그렇다고 해도 그는 자신을 괴롭히는 문제를 풀기 위해 독자들을 너무 괴롭힌다. 하지만 우리는 지금도 '언어조립공장'에서 대부분의 시간을 보내고 있을 그가 일사병으로 요절하지 않는 이상 그 충격을 견디어내야만 한다. 비록 그의 시가 독자들에게 공손하지 않다 해도, 독자들의 무지를 아프게 건드린다 해도, 우리는 그의 괴팍스런 시를 더 이상

못 본 체할 수 없다. 왜냐하면 그의 시는 바로 시라는 것 자체에 던져지는 반시, 말이라는 것과 맞서는 저항언어, 그 모든 의미를 포함하고 있기 때문이다.

우리는 메두사의 마법에 걸린 세계, 그 우상의 언덕, 죽어버린 황금들, 고고학적 잔해물이 널려 있는 태양의 식민지에 다시 다산, 비, 대지, 창조의 힘을 불러내야 한다. 그의 시는 자아를 불사르면서 끝없이 침묵과 체위바꿈하는 언어들을 통해, 창조의 양성의 자궁으로 들어가는 제의적 도정을 보여준다. 영웅들의 도시가 무너진 뒤에, 총독과 귀족과 관리와 아버지의 권위가 무너진 뒤에, 그 언어의 침대에는 아버지인 나와 죽어버린 나의 유령들과 자매혼들이 나란히 함께 누워 있다. 그곳에는 환영의 정부인 남색가가 야경꾼의 눈을 치켜뜨고 내면의 태양을 바라보고 있다. 그는 그래야만 했던 것이다.

—『현대시』 1996년 5월호

재림의 성性
– 박상순의 시를 통해 본 판타지의 새로운 방향

1. 잔혹한 극장

글을 쓴다는 행위는 박상순에게 있어 자신의 죽음을 쓰는 것이다. 죽음이야말로 그의 시를 요약할 수 있는 '검은 프로필' 이다. 도대체 어디서 비롯되었는지 모를 살해의 기억, 어쩌면 백일몽적인 환각일지도 모르는 죽음의 감수성은 박상순의 시를 관통하고 있다. 그의 시 속에는 거대한 굴뚝, 변전소, 공장들이 나치의 소각로처럼 음산하고 끔찍하고 황량한 공간으로 펼쳐져 있다. 그의 시는 고백할 수 없는 범죄자의 어떤 두려움에 사로잡힌 과민함 혹은 광인의 강박증 같은 것을 숨기고 있다.

의식의 촘촘한 짜임 속에 그로테스크하게 빛나는 일탈의 이미지들은 언어에 지워져 멀어져가는 근원적인 공간으로 독자를 안내한다. 거기서 우리는 세계가 지워버린 여자들 혹은 '엄마들' 을 숨기고 있는 가로수의 숲을 본다. 숲은 축축한 물기로 아름답게 빛난다. 물속에는 죽어버린 여자들이 놓여 있다. 여자들은 아프거나 죽거나 버려져 있다. 강변에는 산 자/죽은 자를 가르는 무시무시한 금기의 단층이 뻗어 있다. 기차가 달려가고, 모든 것이 창백하게 죽어 있는 겨울이 있다. 여기서 낡은 유년의 극장에는 조명이 켜진다. '고백' 해야 한다. 독백처럼. 내가 엄마를 죽였다고.

이런 엄마 살해의 모티프는 에로티즘과 죄의식에 관한 프로이트의 논의에서 해독의 실마리를 끌어낼 수 있다. 프로이트의 심리학에서, 엄마에 대한 아이의 집착과 욕망은 아버지 살해의 충동 혹은 아버지에 대한 공포스런 모방이라는 오이디푸스기에 대한 해석을 낳는다. 이렇게 공격적이고 난폭한 아이의 욕망에 대한 관점은 순수한 유년기의 기억을 통해 아이를 신성화한 루소의 낭만주의적 관점과 반대 입장에 놓여 있는 해석이다. 하지만 루소의 고백록을 통해 보면 일견 그의 성은 순수해 보이면서도 어딘가 피학적인 측면을 발견할 수 있다. 루소의 성적 정체성을 극단적으로 확대하면 우리는 가학/피학적인 심리에 투영된 순수의 관념을 만날 수 있다. 특히 사드는 유년을 '순수와 빛' 의 상징으로 본 워즈워스와 블레이크와 동시대에 글을 썼으나, 성을 파괴적인 배덕의 극장으로 만들었다. 인간의 성에서 소돔과도 같은 악마성을 보았던 사드의 범죄적이면서도 순수한 감수성은 박상순의 시적 정조와 일말의 연관성을 가진다.

박상순은 사드, 루소, 프로이트 모두를 결합시킨 다중인격적인 유아를 '주인공' 으로 빈번히 그의 극장에 올려놓는다. 아이에겐 세계가 아직 구성되지 않는다. 아이는 무섭게도 자신의 욕망만을 연기한다. 아이에겐 본질도 언어도 없고, 차가운 나르시스트의 거울만이 있는 것이다. 프로이트는 그의 『토템과 금기Totem and Taboo』에서 두 단계의 나르시시즘을 상정한다. 1단계 나르시시즘에서 아이의 관심은 성숙을 일으키는 외부세계의 대상으로 확장되는 것이 아니라 완전히 자기에게로 향한다. 하지만 2단계 나르시시즘은 병리학적 상태와 상응한다. 리비도는 외부 사물과 분리되고 배타적으로 자아에게 재고착되는 것이다. 박상순 시의 다양한 이미지들을 벗겨보면 바로

2단계의 나르시시즘이라고 할 수 있는 아이의 모습이 나타난다. 시 속의 다양한 나 혹은 "우리는 우리에게 보여줄 영화만을 만든다."(「우편영화제작소」)

박상순의 시는 범죄자의 유아적 신비를 가지고 있다. 유아성은 성적 관계의 코드이며 동시에 양성적 이분법에 기초한 문화의 배면에 가려진 리비도의 얼굴이기도 하다. 아빠와 엄마라는 이분법적 도식으로 썬 지배의 논리는 물론 아이에게 적용되지 않는다. 아이에게 오히려 욕망의 절대신은 엄마이다. 엄마와 함께 침대에서 잠드는 아이의 심리는 '근친상간' 이리는 문명적 금기 속에 억압되고, 프로이트는 그것을 유아의 통과제의의 이야기로 다시 썼다. 프로이트의 오이디푸스 콤플렉스는 아이에게 심리적인 '체벌'을 가하는 생물학적 메커니즘이 있다. 강한 아버지의 욕망에 의해 거세되는 아이의 성에 관한 이야기는 다윈의 '동물왕국' 이야기의 심리적 변용이며, 아이는 성을 금지당함으로써 자연에서 문명으로 이행한다. 이렇게 아이와 아버지의 성의 충돌과 적대감, 힘 센 아버지에 의한 가족적인 금지는 박상순의 시를 가로지르는 심리적 문맥이다.

우리는 박상순의 시에서 혈족적인 지시들 혹은 그 대리물인 기표들을 발견한다. 소녀, 자네트, 마라나, 비에 젖는 처녀, 오필리아라는 이름을 가진 여자들은 농경적이고 고대적인 엄마들이다. 그녀들은 아이의 욕망을 불러내고, 강력한 도취와 환각을 선사하는 여성 디오니소스들이다. 또 그의 시에는 "검은 머리, 흰 얼굴, 검은 눈, 하얀 어깨/ 흰 줄과 검은 줄이 가로로 이어지며 만들어진 소녀"(「소녀를 만나다, 스탬프를 찍다」)가 있다. 아버지의 논리의 창살과도 같은 흑백의 분할선 뒤에 그녀들은 갇혀 있다. 그녀의 정체성을 규정하는 창살은 신화적 기원으로 소급되는 정체화의 금이다.

어둠과 기억 속에 갇힌 그녀들의 이미지는 박상순의 시에서 광폭한 자연 혹은 무덤과 연관된다. 엄마를 자르고 죽음 속에 밀어넣는 그 공격적인 행위들은, 프로이트가 제시한 유아의 심리적 강박과 사회구조에 대한 알레고리와 긴밀히 연관되어 있다. 아이가 엄마를 죽이고 얻게 되는 사회적 정체성은 욕망을 억압함으로써 얻게 된 아버지의 언어, 즉 파괴의 게임을 지속하고 있는 주체의 공간을 지시한다. 왜 엄마를 희생물로 바쳐야만 하는지 묻지 않은 채 아버지의 권력은 지속된다. 하지만 아이는 '왜'라고 묻는 무서운 능력을 지니고 있다.

　박상순 시에 등장하는 주인공은 '나' 혹은 '아이'라고 불린다. 그의 시에는 아이의 필화 같은 그림글씨가 많이 뒤섞여 있는데, 이는 유아심리학자들이 '두족류頭足類'라고 부르는, 커다란 머리와 팔다리만이 그려진 독특한 아이의 그림이다. 일단 그의 시는 상식에 위반된다. 백일몽적인 이미지들의 교차 속에서 커다란 위험에 스치는 듯한 존재의 경련, 무의식의 종유굴로부터 흘러내린 이상한 신경다발, 정상인과 광인 사이의 이상한 긴장, 보복과 증오와 갈증, 재림교회의 성과 같은 이상한 금기의 분위기를 발견한다. 박상순의 시는 철저히 백일몽의 영역에 있다. 깨어 있는 자의 꿈은 더욱 파괴적이다. 마치 초현실주의자들의 작품처럼 그의 시에는 죽음의 현실을 일깨우는 비극적 감각이 스며들어 있다. 박상순은 '나'라는 비극을 연기하기 위해 '아이'라는 마스크를 사용한다. 역사를 거절하는 몸짓으로서 시간을 소거한 유아의 극장으로 돌아간다. 유아의 기억은 엄마에의 죄의식을 동반한 제의적 구조 안에서 이해된다. 나는 박상순의 시의 본령을 성적인 제의, 가장 단순하고 순수한 곳까지 침입해 있는 성, 그로부터 도망치고자 하는 성의 드라마로 읽어보고 싶다.

2. 무서운 엄마, 그리고 학살의 드라마

프로이트가 간파했듯이 심리분석과 극장 사이에는 신비한 끈이 있다. 드라마적 재현의 텍스트들은 꿈의 재현성과 완전히 같은 것은 아니지만 판타지와 비교될 수 있다. 물론 판타지의 구조와 극장의 구조 사이에는 불가피한 차이가 있다. 하지만 판타지에는 연극의 플롯과 같은 장치들이 개입한다는 측면에서 유사성을 가진다. 판타지는 커튼 공간에서 일어나는 행동을 묘사하는 극장의 형식이다. 판타지는 무의식의 거미줄로 재작업을 한다. 판타즘은 환상의 세계, 일반적 의미에서의 상상적 행위가 아니라 특별한 이미저리의 생산이다.[1] 하지만 벌거벗은 진술의 연속인 독백과 마음의 진술 사이에 차이는 없는가? 당연히 있다. 그 차이의 간격이 극도로 좁혀지는 지대는 유아적 웅얼거림, 그림조각의 세계이다. 유아의 시간은 역사 이전의 시간으로 소급된다. 아이는 아직 '사실화' 되지 않은 매일매일의 꿈의 목격자이다. 언어를 인식한 훨씬 후에 그는 유년을 발견하고 번역하고 기억한다. 듀이에 의하면 인간은 본질을 가지고 있지 않다. 만약 아이가 존 로크의 견해대로 본래 백지상태tabula rasa이고 외부의 인상이 감각에 의해 감지되는 것이라면, 내성작용에 의해 의미화된 기억은 프라이가 말한 육체적 지식bodily knowledge[2]으로 각인된 것이라 할 수 있다. 아이의 경험이 버클리의 주장대로 인식하는 것이든, 아니면 물질적으로 각인되는 것이든, 아이는 세계가 가장 원초적인 방식으로 상연되는 극장이다. 아이는 극장이다.

　　박상순의 시는 아이의 눈을 통해 가족의 드라마를 읽어내고 있다. 그 드라마는 프로이트의 극장에서 본 것처럼 우리에게 익숙한 것이 아니다. 그 낯선 틈새는 바로 프로이트와 사드 사이에 가로놓여 있고, 또 사드와 루소 사이를 가로지르는 금이다. 루소의 마조히스틱한 순수, 프로이트의 공격성, 사드의 죽음에의 취향 등은 박상순 시의 나르시시즘 속에 감춰져 있다. 하지만 박상순 시에 드러나는 나르시시즘적 응시는 자기에게 이르는 것이 아니라 자기보다 먼 곳, 자연, 우주, 신화로 흘러나간다. 거기서 우리는 인류

---

1. Jean Laplanche and J.-B. Pontals, The Language of Psycho-Analysism trans. Donald Nicholson-Smith. N.Y. : Norton, 1973, p.314.
2. Northrop Frye, Fearful Summetry, A study of William Blake, Princeton University, 1974, p.9.

학적 분석이 보여주고 있는 욕망의 금지 이전의 세계를 본다. 신화소의 가장 기본적인 단위는 '오이디푸스와 엄마의 결혼' 혹은 '신성한 근친상간' (『리그 베다』는 인류의 탄생을 신성한 남매. 야마Yama와 야미Yami의 결합으로 설명한다)과 같은 것이다. 그의 시에서 빈번히 발견되는 가족적인 광경은 아빠/엄마라는 기호체계가 파괴되는 이상한 징조를 보여주고 있다.

　　　　2년 뒤

　　　　여섯 명의 아이들이 있었다
　　　　나는 일곱 번째 아이로
　　　　그리고 첫 번째 사내 아이로
　　　　초대되었다

　　　　첫번째 여자 아이가 장롱 속에서
　　　　기다란 빵을 꺼냈다
　　　　두번째 여자 아이가 나를 일으켜 세웠다
　　　　세번째 여자 아이가 물을 떠왔다
　　　　네번째 여자 아이가 나의 머리를 빗겼다
　　　　다섯번째 여자 아이가 창문을 닫았다
　　　　여섯번째 여자 아이가 나를 쏘아보며 말했다

　　　　　　　　　　　　　　　　　　　　　　　_「빵 먹어」

　　　　나는 기다란 빵을 먹으며
　　　　피를 나누는 맹세를 했다
　　　　그리고 다음날
　　　　기다란 빵 두 개를 품에 넣고

도망을 쳤다

위의 시는 아이들이 소꿉놀이를 하는 광경을 묘사하는 듯한 인상을 준다. 여자 아이는 사내아이(나)의 머리를 빗겨주고 물을 떠주고 빵을 먹으라고 준다. 일곱 번째로 소꿉놀이에 낀 아이(나)는 불현듯 아가의 역할을 맡게 되는 것 같다. 이것은 무의식적으로 반복 재현된 가족의 그림을 우리에게 보여준다. 거기서 아이는 공포를 느낀다. 공포는 빵으로부터 온다. 빵은 자라고 움직이는 것이기 때문이다. "검은 빵이 자란다/ 나는 한 귀퉁이를 떼어내 올라앉는다/ 내가 앉은 빵도 무럭무럭 자란다/ 나는 다시 한 귀퉁이에 검은 꽃을 심는다/ 검은 꽃이 자란다"(「검은 식탁」)는 환상은 아이가 세계 이전의 시간과 문득 만나게 되는 매개가 된다. 즉, 빵은 농경적인 자연으로부터 문명으로 옮겨져 온 것이다. 하지만 빵은 '검고' 무서운 것이다. 클리토리스를 잘라내는 문화의 관습이 보여주듯이, 이러한 여성—자연에의 공포는 농경민들의 신화 속에 잘 드러난다. 길들여지기 이전의 여성과 자연은 본질적으로 야수적이다. 사드의 『침대에서의 철학Philosoph in the Bedroom』에 의하면 "자연은 잔학이다. 잔혹성은 자연이다."[3] 사드의 잔학한 자연은 바로 이빨과 발톱의 핏빛으로 물든 다윈의 자연이다. 흥미롭게도 아이는 "빵 먹어"라는 말 속에서 공포를 느낀다. 엄마—자연의 고리는 세계 밑에 흘러가는 암흑의 강물처럼 끝없는 죽음의 물결무늬를 펼쳐보인다. 숨결과 몸짓, 소름끼치는 시체로, 육체의 파편으로, 세계의 밤보다 더욱 어두운 곳으로 향하는 엄마들이 있다.

---

3. Camille Paglia, *Sexual Personae*, vintage books A Division of Random House, Inc. New York, 1991, p.235에서 재인용.

그녀가 아픈 날, 나는 항아리를 만든다. 그녀의 이름을 새기고 그녀의 노래를 묻고 마침내 그녀를 묻고, 미술대학을 다닌 솜씨로 뚜껑을 밀봉한다.

(중략)

나른 긴 줄에 묶어 책꽂이 뒤로 끌고 가는 가로수, 나를 잡아먹는 가로수, 온몸이 다 항아리처럼 불어난 나의 가로수

_「자네트가 아픈 날2」 부분

나는 시간을 만든다. 허리를 만들고 앞가슴을 만들고, 머리를 만든다. 나는 그녀를 만들었다. 진흙으로 뭉쳐진 그녀를 다 만든 뒤 두 손을 털며 문 밖으로 나온다. 그녀는 흙반죽 어지러이 흩어진 작업대 위에서 쉬임없이 허둥댄다.

_「나는 시간을 만든다」 부분

기차가 놓여 있었습니다. 겨울. 그곳이 물속이라면 비단옷에 지느러미를 단 내 어머니가 흘러가고 있겠지요. 내 동무들도 퉁퉁 불어 흘러가고 있겠지요.

그리고 나도 퉁퉁 불은 소년, 한 소년이 될 수 있었겠지요. 흘러간 어머니를, 흘러간 내 동무들을 김 서린 차창을 통해서라도 알아볼 수 있겠지요. 만나볼 수 있겠지요. 그런데, 겨울. 내 몸 속의 겨울.

그곳이 물속이라면 흘러가는 내 목소리도 들리겠지요. 하지만 오늘 나는 아버지를 만나서 고백해야 합니다. 강변의 어머니를, 강변의 동무들을 내가 몽땅 물속으로 밀어넣었다고 고백해야 합니다.

_「빵공장으로 통하는 철도로부터 21년 뒤」 부분

위의 시 속에서 자네트는 아픈 여자―항아리―죽은 여자―가로수로 교묘히 바뀌어 적힌다. 그녀는 죽은 엄마이다. 엄마는 고대문명의 진흙의 여신처럼 다시 빚어진다. 화자는 "진흙으로 뭉쳐진 그녀를 묻고", "뚜껑을 밀봉"한다. 엄마는 어둠으로, 위협적인 힘으로 항아리 속에 '밀봉' 되어 있다. 하지만 항아리는 밑바닥 없는 무의식의 그릇과도 같은 것이다. 그녀는 "검은 산 같은 항아리"(「나무를 뱉어내는 항아리」)인 자연으로 열린다. 그녀는 가로수이고 숲이며, 그 숲은 황폐한 도시의 길가에서 자란다. 그 길 위에서, 너무나 느려 움직이지 않는 듯한 물빛을 바라보는 시인의 눈빛을 떠올려보자. 기기서 정신은 숨 쉬지 않는다. 화자의 시선은 흐릿한 물결 속에 던져져, 물 밑에서 움직이는 검고 빛나는 눈빛 같은 것과 마주치는 듯하다. 바람에 들어올려진 베일처럼 물결은 여자들의 죽음을 드러내 보인다. 엄마는 콘크리트로 메워진 검은 물 속에 유영하고 있다. 엄마의 시체들은 강기슭에 쌓이고 그 길은 "내 허리에서 쏟아지는 붉은 길, 푸른 길, 갈색의 길, 노란 길"(「마라나, 포르노 만화의 매혹적인 여주인공·2」)로 이어진다. 꼭대기부터 뿌리까지 쪼개진 길, 상처처럼 육체에서 흘러나온 길, 죽은 엄마의 시체가 놓여 있는 길에서 살아간다는 것은 스스로 범죄자가 되는 것이다. 그는 "강변의 어머니를, 강변의 동무들을 내가 몽땅 물속으로 밀어넣었다고" 고백해야 한다. 살인자로서의 자의식은 시인의 역사적 문화적 정체성이다. 하지만 문득 어둠이, 자네트가, 시인을 '책꽂이(문화적 자의식인) 뒤로' 끌고 간다. 거기에는 자신을 잡아먹는 가로수가 있다. 잔혹한 자연―엄마의 고대적 영혼이다. 늘 그의 현실에는 한 개의, 두 개의, 여러 개의 얼굴을 가진 여자가 있다. 이상한 아름다움을 지닌 다음의 시를 보자.

언제부턴가 오후 2시에서 3시 사이에 마라나는 누웠다. 시간에 눕고 먹구름 속에 눕고 봄빛과 가을빛에 누웠다. 나는 그녀를 통해 사라지는 세계를 본다. 사라져가는 세계의 폭풍에 취해 그녀가, 흰 천 위에 나뒹굴 때

나는 피를 뽑는다. 그녀의 옷가지를 허리에 둘둘 감고 오후 2시에서 3시를 넘기며 이 세계의 끝에 쓰러진 그녀의 피를 뽑는다. 어느날 강변에서 그녀가 내 허리에 규산(硅酸)을 바르던 그때처럼.

「마라나, 포르노 만화의 매혹적인 여주인공 · 1」

이 시에서 엿보이는 판타지의 도약은 놀랍도록 아름답다. 빛나고, 기화하는 무의식의 흐름이 마라나의 육체를 관통한다. 엄마―악마―자연의 모습이 마라나의 모습 뒤에 오버랩된다. 마라나의 누드는 "시간에 눕고 먹구름 속에 눕고 봄빛과 가을빛에 누웠다." 보라. 흰 천 위에 놓인 현대의 누드는 유대인의 시체처럼 아마포 위에, 요람의 강보 위에 누워 있다. 이 매혹적인 육체로부터 그는 도망칠 수 없다. 그녀는 빛나는 백일몽처럼 시간을 역류하며 나체의 여신들을 데리고 온다. 화자는 "그녀를 통해 사라지는 세계를 본다." 마라나의 육체는 "이 세계의 끝"에 실루엣과 같은 무의식의 선을 그려낸다. 시원의 시간은 그녀의 육체를 통해 열린다. 마라나의 성적 포즈는 "포르노 만화의 매혹적인 여주인공"이라는 제목처럼 문화의 스펙터클과 쉽게 어우러진다. 마라나의 몸은 탈색된 머리카락, 보라색 마스카라, 핑크빛 입술 같은 포르노그래픽한 풍경을 넘어 고대의 소돔으로 돌아간다. 마라나는 현대문명의 표징이면서 그 사라짐의 금(강변)과 마찰한다. 마라나는 뛰어들고 싶은 육체, 엄마의 육체로 변화한다. 놀랍게도 거기에서 "나는 피를 뽑는다. 그녀의 옷가지를 허리에 둘둘 감고 그녀의 피를 뽑는" 사도/마조히스틱한 행위는 궁극적으로 여자―자연―엄마의 제물이 될 수밖에 없는 존재의 제의를 표징한다. 사드의 제의는 황홀하게 존재를 강탈하고 다시 모든 것을 나누어준다. 딸기와 포도와 수박과 모든 것을.

그녀의 그것이 자꾸 늘어나
그 속에서 별이 지고

그 속에서 비 내리고
딸기밭이 생기고
포도밭이 서고
옥수수가 자라고

별자리도 커지고
빗방울도 커지고

수박처럼 큰 딸기
집채만한 포도알
옥수수도 커지고

나는 수박만한 빗방울에
얼굴을 맞아
눈 못 뜨고, 눈 못 뜨고

_「그녀의 그것이 자꾸 늘어나」 전문

1

주홍색 열매를 뿌리며 그 여자는 죽었다
나는 쓰러진 꽃나무 위에 앉아 있었다

2

나의 일곱번째 어머니가
나의 일곱번째 여행지에서 꽃나무처럼 쓰러졌다

3

재림의 성性 _149

쓰러진 꽃나무 속에서
나의 여덟번째 어머니가 목을 매달게 되는
미래의 소리가 들렸다

_「4시간 동안의 침묵」 부분

그녀의 "그것"은 딸기밭, 옥수수, 수박, 별들을 키운다. 그녀는 "쓰러진 꽃나무" 어디서나 자란다. 세계의 표면 어디에나 스며나온다. 세계와 겹쳐져 있으면서도 보이지 않는 엄마, 세계가 사라지며 언뜻언뜻 보이는 소녀들. 「홀로 걷는 사람, 소녀를 만나다」에서도 우리는 소녀를 본다. 하지만 화자는 아무런 말도 그녀에게 던지지 못한다. 소녀와의 만남은 매일 꿈꾸어보는 수수께끼 혹은 사라져버린 엄마의 유령과의 마주침이기 때문이다. 그녀는 문득 나타나고 흩어지는 신기루처럼 나무들, 공장들, 발전소들, 굴뚝으로 가득한 이 세계에 출몰한다. 다시 여자는 세계 뒤로 사라지고 숨어버린다. 거기서 화자는 그녀의 옆모습, 입술, 그녀로부터 퍼져나온 알지 못할 길, 시간, 공간으로 망명한다. 화자의 눈은 미묘한 색채와 물활론적 뉘앙스를 지닌 세계에 마비된다. "눈 못 뜨고, 눈 못 뜨고" 그는 본다. 꽃나무에는 엄마의 영이 깃들어 있다. 존재는 엄마를 흘러나가 꽃나무에 이른다. 엄마는 농경적인 일종의 씨족적 코드이다. 죽은 엄마는 공포와 문명의 열매이다. 굴뚝, 변전소의 세계 밑에는 엄마가 파묻혀 있다. 엄마가 죽은 곳에 세계가 있다. 아이는 죽음/죽임의 기호로 관계된 세계의 극장을 가족을 통해 본다.

나는 내 몸 속에서 뛰어나왔다
할아버지가 몽둥이를 들고 내 뒤를 쫓아왔다
할머니가 내 앞을 가로막고 있었다
나는 할머니를 밟고 언덕을 내려갔다

할아버지가 몽둥이를 땅에 놓으며

쓰러진 할머니를 일으켰다

(중략)

쓰러진 할머니가 일어나

할아버지의 몽둥이를 들었다

아버지가 몽둥이를 든 할머니를 가로막았다

할머니가 아버지의 머리통을 몽둥이로 내리쳤다

아버지가 쓰러지며 할아버지를 밀쳤다

할아버지가 아버지의 몸에 깔려 쓰러졌다

(중략)

나는 방바닥에 쓰러졌다

나의 이마에서 피가 흘렀다

큰 쥐가 방안을 맴돌며 뛰어다녔다

나는 방문을 닫고 불을 질렀다

나는 몸 밖으로 뛰어나갔다

_「나는 더럽게 존재한다」 부분

아이는 아빠/엄마에게서 본질적인 폭력, 힘만을 본다. 그리고 그 자신 또한 "할머니를 밟고" 있는 폭력에 연관되어 있다. 폭력적인 관계의 역전 속에서 우리는 세대(시간)와 양성의 싸움을 본다. (프로이트는 부모의 교접행위를 본 아이는 '상처입히는 것'으로 여긴다고 분석한다) 아이의 의식에 질서와 구조를 부여하는 조부모/부모, 아빠/엄마의 도식은 폭력의 관계로 바뀐다. 폭력 속에서 아이는 자기(언어)에게로 들어가지 못하고 "몸 밖으로 뛰어나갔다." 극장 속의 광경은 애욕적이고 이기적인 프로이트의 성을 넘어 "머리통을 몽둥이로 내리"치는 광폭으로까지 이른다.

사도/마조히즘적 관계로 꼬여 있는 위의 가계는 성을 통해 역사를 보았던 푸코의 금언을 떠올리게 한다. "성은 권력이다. 역사는 기호 같지 않고 전쟁 같다. 의미와 연관된 것이 아니라 권력에 연관된다."[4] 달리 생각하면 원시적인 폭력과 지배의 도식으로 그려진 이 가족적 초상은 고대의 싸움의 재현―재연이라고도 할 수 있다. 「멍이와 망이와 달과 나」에서도 (이 작품은 '해와 달이 된 오누이' 처럼 민담 속에 스며든 우주발생론의 알레고리를 시로 쓴 것이라 할 수 있다) "멍이는 마침내 망이를 밀고/ 계단 아래 콩콩콩 쓰러지는 망이"(「멍이와 망이와 달과 나」)가 존재한다. 멍이는 망이를 "계단 아래" 암흑의 세계로 밀어뜨린다. 박상순은 아이의 성 안에서 죽음의 역사를 본다. 두렵게도 살 속에서 본다.

엄마는 죽었다. 그러나 시인은 엄마의 주물을 아주 안전한 곳에 숨겨놓는다. 박상순의 시에서 자주 발견되는 주물적 취향은 매우 미묘한 분석거리를 제공한다. 젖꼭지를 가지고 노는 아이, 육체를 캐비닛이나 장롱 속에 넣어두는 사람, 두개골을 장대 끝에 매달아놓는 토템적이고 주물적인 아이들은 이상한 상처의 느낌을 독자에게 전달한다. 한 편의 시를 예로 들어보기로 하자.

여인이 머리에 붕대를 감고 집으로 돌아왔다. 여러 개의 방 중에서 한 개의 방을 택한 뒤, 여인은 피 묻은 옷을 벗었다. 옷을 벗던 여인은 젖꼭지 한쪽이 없어진 걸 알게 되었다. 여인은 자전거 앞으로 달려 나왔다. 떨어진 젖꼭지를 찾아 쓰러진 자전거 주위를 맴돌았다. 꼭지를 잃은 여인의 가슴이 출렁거렸다

개미 한 마리가 여인의 젖꼭지를 굴리며 마루 밑으로 들어왔다. 나는 개

---

4. Foucault, *Truth and Power, in Power/knowledge*, ed. Colin Gordon, New York, Pantheon Books, 1980, p.114.

미에게서 젖꼭지를 빼앗았다. 반항하는 개미를 잡아 내 입 속에 털어넣어
버렸다. 나는 여인의 젖꼭지를 마루 밑에 파묻기로 했다. 여인의 어머니가
나를 이 마루 밑에 묻어버린 것처럼

_「폐허」 부분

아이와 엄마의 욕망은 분리되지 않는다. (아이는 엄마를 욕망한다. 동시에 엄마
의 욕망은 아이가 아이로 있는 것이다) 엄마의 육체, 엄마의 거울, 모든 곳에서 아이
는 떠나지만 다시 엄마의 몸으로 되돌아온다. 이 시의 앞부분에 의하면, 아
저씨는 아이가 갖고 노는 자전거를 아주 싫어한다. 아저씨는 아이를 감싸는
여인에게 상처를 입힌다. 아이는 자전거를 굴리며, 굴리기를 욕망하며 마루
밑에 숨어 있다. 그곳에서 아이는 피투성이가 된 여인의 젖꼭지를 가지고
논다. 젖꼭지는 봉오리가 맺힌 분홍빛, 핏빛 대지의 흔적이다. "젖꼭지를 마
루 밑에 파묻기로 했다. 여인의 어머니가 나를 이 마루 밑에 묻어버린 것처
럼"이라는 구절이 보여주듯, 그의 시에서 젖꼭지, 꽃봉오리 같은 것들은 상
상의 폭발을 일으킨다. 그는 "봄꽃처럼 터져나온 내 심장이 너(엄마)의 손을
잡는 꿈"(「지난밤, 한 남자가 말했다」) 혹은 "망치를 꺼내/ 가을 꽃, 보랏빛 꽃술
한 가운데/ 뻣뻣한 내 다리를 때려박"는 환상에 사로잡힌다. 그것은 대지에
자신의 육체를 나누어주는 디오니소스제, 광기의 카니발과 연관되는 것이
다. "골반을 뭉개버렸다/ 심장을 뜯어냈다// 뭉개진 네 골반을 손가락에 묻
혀/ 벽에 발랐다"(「벽에서」)와 같은 몽상은 사드의 비밀스런 제의를 연상시킨
다. 육체를 절단하고 피를 마시고 살을 깨무는 사드의 제의는 아즈텍, 마야
의 제의와 동일한 것이다. 피비린내 나는 제의들, 지하의 공동묘지들, 뼈가
든 항아리들은 인류문명의 뿌리이며, 여성살해의 흔적들이다. 우리는 그곳
에서 유아적 사디즘과 광적인 에로티즘의 원형적 형식을 발견한다. 언제나
성은 고대의 종교에서 신비의 핵이지만 박상순의 시에서 성은 새로운 제의
의 광경으로 변용된다.

우리는 거대한 굴뚝의 마을을 건너갔다 그가 내 아버지의 무덤을 찾아냈
다. 내가 무덤을 파헤치고 그가 내 아버지의 머리를 잘라냈다

나는 그의 어머니의 무덤을 찾아주었다. 그가 뚜껑을 열었고 나는 그의
어머니의 머리를 땅 끝에서 떼어내 그의 손에 넘겼다. 우리는 하나씩 빈통
을 들고 굴뚝의 마을로 되돌아왔다.
　(중략)

나도 가지 끝에 내 아버지의 머리를 꽂아 하늘 높이 들었다. 내가 웃었
다. 그가 웃었다. 우리는 함께 굴뚝 위로 올라갔다. 그가 사다리를 치웠고
내가 먼저 나뭇가지를 입에 물고 트럼펫처럼 불어대기 시작했다.
　(중략)

하지만 나는 불었다. 끊어진 그의 소리가 우리의 이복동생들의 아우성에
뒤엉켜, 아직 남아 있는 내 음악을 방해했지만, 나는 불었다. 끝까지 굴뚝
위에 앉아서 두 대의 트럼펫을 불었다

「트럼펫을 불어라」 부분

굴뚝. 한없이 황량하게 치솟아 있는 이 남근적인 기둥 위로 올라가 "나
뭇가지를 입에 물고 트럼펫처럼 불어"대는 아이는 황폐한 세계 위에 새겨진
신 또는 아버지의 연대기를 넘어 고대의 시간으로 망명한다. 아이는 "가지
끝에 내 아버지의 머리를 꽂아 하늘 높이 들었다." 아이는 세계의 폐허 뒤에
흐르는 너무도 아름답고 기이한 정적 속에 있다. 차디찬 도취 같은 무언가
가 느껴진다. 인간이 세우고 또 세웠던 창백한 저녁도시를 배경으로 레퀴엠
과도 같은 트럼펫 소리가 울려퍼진다. 세계의 '방해'를 벗어나 처음으로 아
이의 자유로운 놀이가 시작되는 것이다. 트럼펫 소리는 세계에서 빠져나온

시원의 밤과의 대화이며 끝없는 공포와의 대화이다.

부모라는 기원을 상실한 아이는 세계의 '공백'과의 합류점에 있다. 아이는 끝없이 자신에게 '죽음'을 살게 했던 아버지의 무덤을 '훼손'함으로써 그로부터 주어진 자아, 말, 모든 것을 부인하고 '내 음악', 즉 순수한 기호로 향한다. 밤하늘의 무한한 공백 속에 울려 퍼지는 트럼펫 소리는 아이의 울음소리를 닮은, 아무 것도 가리키지 않는 기호이다. 그것은 박상순의 시에 곧잘 삽입되는 그림글씨같이 철저히 기호(크리스테바가 정상적 언어의 바깥에 있는 것으로 말한)이다. 언어는 이제 순수한 놀이를 위한 장난감이 된다. 시 속의 화자는 쓴 나를 오려내고 말들을 잘라낸다.

나는 오직 나만을 사랑했다. 나를 닮은 모든 것을 잘라냈다. 나의 누이, 나의 형제, 나의 어린 아버지, 나를 닮은 증명사진, 내 양말, 나의 장갑, 모든 것을 잘라냈다. 나는 거대한 가위였다. 톱날이 달린…… 그래서 나는 웅덩이가 되었다…… 울고 있는 나의 누이, 외눈박이 내 형제, 풍선을 든 나의 아버지, 나의 거울, 나의 문, 내 하늘과 붉은 구름, 내 곁의 모든 것을 웅덩이에 처넣었다. 가위도 처넣었다. 웅덩이 속에

나는 오직 웅덩이만을 사랑했다. 닭털을 든 나의 누이, 닭발을 든 나의 형제, 솜사탕을 핥아먹던 나의 어린 아버지, 누이의 눈, 형제의 팔, 아버지의 손가락이 웅덩이 속을 떠다녔다. 나의 양말, 내 장갑, 내 모자를 틀어쥔 잘려진 닭발들이 웅덩이 속을 떠다녔다

_「나는 오직 나만을 사랑했다 1」 부분

오직 "나만을 사랑하는" 자는 자기만을 가지고 논다. 하지만 나는 내가 아니라 "나의 누이, 나의 형제, 나의 어린 아버지, 나를 닮은 증명사진, 내 양말, 나의 장갑, 모든 것"과의 관계이다. 나는 내가 되기 위해 의존해온 모

든 관계들을 잘라낸다. 그것은 관계로부터의 단순한 도피가 아니라 관계된 모든 세계로부터의 도피를 의미한다. 오로지 텅 빈 유리수반처럼 '고여 있음' 외에 아무 것도 아닌 웅덩이는, 이제야 자아라는 가면 뒤에 숨겨진 아이의 얼굴을 반사한다. 거기에서 우리는 죽어버린 엄마들을 보았다. 반쯤은 감추어지고 반쯤은 떠오르는, 꽃술처럼 아름다운 소녀들을 보았다. 그 무의식의 웅덩이에서 떠오르는 것은 눈을 '찌르는' 반짝거림 같은 '부서진 자아'의 이미지들이다.

> 떨어진 다리 하나
> 떨어진 다리 두울
>
> 떨어진 다리 세엣
> 백까지 쓰고
>
> 아직 남은 두 다리로
> 불까지 *끄고*
>
> 하나까지 다시 센다
> 하나까지 뒤로 쓴다
> 거꾸로 센다

_「자네트가 아픈 날 3」 부분

> 나는 포장지만 뜯는 사람
> 썩은 복도에 앉아 너를 만난다
>
> 내 손에는 꽃과 열매, 내 손에는 나

너는 매일 나에게 포장되어 오지만

나는 매일 포장지만 뜯는 사람

내 얼굴도 뜯어내서

도대체 이게 뭐야

이건 뭐야?

뭐야. 뭐야. 뭐야.

_「포장지를 뜯는 사람」 부분

"나"를 뜯어내고 잘라내면서, 화자는 "도대체 이게 뭐야/ 이건 뭐야?/ 뭐야. 뭐야. 뭐야"라고 묻는다. 아이의 물음이다. 화자는 "별 하나 나 하나"를 또박또박 세어가는 아이의 놀이를 통해 자아의 잠 속으로 들어간다. 존재가 사라지고 세계가 사라진다. 그는 "하나까지 다시 센다/ 하나까지 뒤로 쓴다/ 거꾸로 센다." 화자는 모든 의미로부터 뒷걸음질치면서 의미의 공백이었던 기억의 심연, 웅덩이로 돌아가는 것이다. 그곳에는 '오필리아'의 머리칼이 욕망의 은빛 실과 함께 얽혀 있다. 시작도 끝도 알 수 없는 무한한 아이의 우주와 언어에 걸러져 보이지 않는 자기가 있다. 언어를 지우고 자르고 찢어버리며 그는 지워진 것, 잘려나간 것, 아픈 것과 함께 떠내려가고 있다. 죽어버린 세계 위에서.

아이의 성은 아빠의 세계로 솟아오르지 않고 물 밑의 뿌리처럼 심연을 향해 자란다. 거기에는 죽은 엄마의 몸이 세계의 전역만큼 펼쳐져 있다. 그에게는 비상이 없다. 하얀 새의 죽음, 하얀 장의차의 행렬, 자의식의 그림자만 쌓여 있다. 그것이 '나'의 "끝"이다. 죽음이다. 언제나 박상순은 죽음을 쓴다. 그는 세계의 강요 속에 썬 자아의 죽음을 다시 읽게 만든다. 아이와 엄마의 얼굴을 지우고 학살하며 만들어진 세계에서 박상순 시의 화자들은 모든 관계와 기원을 부인한다. 존재는 오직 그런 부정의 방식으로 드러나는 것일지도 모름을 박상순의 시는 일깨워준다. 시 속의 화자들은 시간의 흐름을 거슬러 세계의 처음을 되사는 것이다. 그것은 역사적 흐름에 대한 거절이며, 세계의 자명성에 대한 부인이다. 그 시간의 가역성이 현실화되는 곳에 유년의 극장이 가능해진다. 박상순 시에 제목 혹은 부제로 덧붙여져 있는 시간적 기표들은 자신을 극장으로 불러내는 호출의 기표이다. 그의 시는 세계로부터 비쳐오는 빛이 아니라 심연에서 퍼져나온 역광선 속에서 자기 살해적인 이미지들을 끝없이 놀이처럼 내보인다. 박상순의 시는 아이와 범죄자의 언어처럼, 부인되고 지워진 세계의 영역에서 소통된다. 웅덩이처럼 고여 있는 무의식의 하늘, 죽음으로부터 재림한 언어는 이긴 자에 의해 이름 지어진 자를 죽인다. 아버지의 이름으로가 아니라 아이의 이름으로.

—『현대시』 1996년 7월호

지질학적 육체와 에로틱 아우라

– 채호기 시를 통해 본 판타지의 새로운 방향

1. 사탄의 눈

기독적 문맥에서 육체에 대한 숭배는 사탄, 죄, 죽음이라는 지옥의 삼위일체의 논리로 인해 축출당한다. 하지만 이러한 재현의 과정은 애초부터 모순성을 안고 출발한다. 왜냐하면 그 코드가 신의 절대성에 근거하는 것이 아니라, 그 신이 원래부터 정의로운 신이라는 배타적 해석의 보편성에 근거하고 있기 때문이다. 그 보편의 논리로 구축된 의미화의 과정은, 사탄의 부정적 이미지가 투영되어 있는 육체의 타자화의 역사와 절대로 무관할 수 없다.

'이브Eve'라는 밤의 육체 혹은 사탄의 부정적 이미지는 밀턴의 『실낙원』에서 천사적인 '하늘의 빛light of heaven'을 상실한 어두운 육체성으로 암시되는데,[1] 이러한 어두운 육체의 이미지는 궁극적으로 죽음과 조락으로 이르는 인간 존재의 자연성이 부정과 악의 코드로 바뀌어 적힌 것이라 할 수 있다. 육체는 '욕망'이라는 운명을 벗어나지 못한다. 기독담론에서 말하는

'사탄Satan'은 바로 욕망의 극장을 지켜본 최초의 관음증적 관객이다. 그는 에덴이라는 천국이 지옥에 의해 파괴당하는 것을 보고, 즐겼다. 놀라운 일이 아닌가? 신의 시선이 아니라 또 다른 시선, 즉 아담과 이브의 욕망을 꿰뚫는 또 다른 시선이 가능하다니.

사탄의 관음증은 욕망의 무대를 구성한다. 그의 눈은 시를 바라보는 시인의 눈이며, 모든 자막, 스크린, 그림, 포르노그래피를 바라보는 관객의 눈이다. 예술적 관음증은 성적 긴장에서 생겨나는 것이다. 이 시대의 포르노는 가장 말썽 많은 관음증의 극장이다. 생각하지 않는 머리, 기괴하게 확대된 페니스와 클리토리스는 지옥 같은 정념의 알레고리를 구성한다. 거기에는 오직 몇 마리의 정자와 난자가 있을 뿐이다. 포르노가 보여주는 쾌락/고통이라는 육체의 법은, 검열자(신)의 시선을 뭉개버리면서, 신의 욕망이 아니라 자신의 욕망을 보라고 가르친다. 포르노는 육체의 지성소에 난입하며 이성의 신상들을 부순다. 데카당스라니! 그것은 눈과 머리의 질병이지 문화의 질병이 아니다.

채호기의 시는 마치 사탄과도 같은 관음증적 사악함을 가지고 있다. 그의 시는 세계를 지배하는 관념의 무력함을, 자기 수음적인 육체의 이미지들로 비추어낸다. "시가 삶의 불투명성과 싸우려면 몸의 비이성적인 속성을 제것으로 해야 한다"고 채호기는 주장한다. 육체는 그의 시학 용어이며, 판타지의 질료이다. 그의 시적 판타지는 우연성과 즉물성, 다양한 통감각적 지각에 상당 부분 의존하고 있다. 시 속의 육체는 생물적인 전율과 매혹을 빚어낸다. 자연은 살아 있는 모든 것을 생물학적 필요성에 복종시킨다. 생물은 휴머니즘에 대항하는 폭력성을 자연의 권능으로부터 물려받았다. 사

---

1. 니콜슨Nicolson은 사탄을 가리켜 "어떤 언어 속에서도 가장 위대한 창조물의 하나"라고 언급한다. 이에 관한 흥미로운 논의는 한규조, 「사탄과 인간의 타락을 통하여 나타나는 삶과 죽음의 패러독스」, 『밀턴 연구』 한국 밀턴 학회, 1992 239~251쪽.

랑과 폭력은 갈라지지 않는다. 자연을, 성을 사회화시키는 것이 어떻게 가능할까? 포르노는 문명 속에 분출하는 생물적 에너지의 통로이다. 우리가 그것을 '외설의 쓰레기'로 무시하건 말건, 신성모독의 에로틱한 미학은 언제나 이 세계에 흘러다니고 있다. 불행하게도 우리는 자연과 성에 적대되는 곳, 섹스의 카오스가 끝난 곳에서 살고 있다. 신성한 휴머니티의 이름으로 자연을 찢어버린 곳에서 문화의 관념을 찾고 있다. 하지만 예술가는 사탄의 눈으로 다시 문명의 지옥을 본다.

잘 알려진 대로 90년대 채호기는 '게이'라는 퍼소나를 시적 마스크로 사용했다. 퍼소나는 그리스 로마의 극장에서 행위자가 사용했던 탈이지만, 심리적 관점에서 생각해 보면 무의식을 왜곡하고 변질시키는 정체성 탄생의 알레고리라 할 수 있다. 탈은 공적으로 사회, 극장, 허구에 종속된 얼굴이다. 하지만 탈은 보이는 자 뒤에서 들리는 자를 드러낸다. (보이는 자는 퍼소나, 탈이지만 들리는 자는 전 퍼소나이다.) 희생된 목소리가 있는 것이다. 이 제의적 희생 위에 문명은 쌓아올려진다. 사회는 마스크의 공간이며 제의적 극장이다. 이 사회적 탈이 '사회계약론'처럼 이성적 관계에 기반하고 있다는 것은 분명한 일이다. 제의적 플롯은 모방되고 복사되며 서구문학의 전범이 되었지만, 이 시대의 예술은 다시 모방에서 제의로 통로를 판다.

비극은 남성적 문학양식이다. 오이디푸스의 몰락을 장대한 스케일로 기록한 비극은 아폴론적 남성의 규범과 거리가 멀지 않다. 가장 흥미로운 비극의 특징은 페니스의 발기처럼 클라이맥스로 치닫는다는 점이다. 드라마틱한 클라이맥스는 남성적 오르가슴의 극치이다. 오이디푸스는 인간에 관한 수수께끼를 풀어야 했다. 반인반수의 스핑크스를 죽음에 이르게 한 오이디푸스는, 이성적이고 논리적인 인간의 승리를 선명하게 드러내는 모티프다. 지혜를 무기로 오이디푸스는 왕권을 얻지만 결국 그는 근친성교에 의해 파멸한다. 성은 "흠 없는 문명인"의 아킬레스건이다. 그것이 자연의 알파—오메가이다. 오이디푸스의 파멸은 무엇을 의미하는 것일까? 유리피데스의 메디아Medea나 페드라Phaedra를 보자. 페드라는 남성적 관계의 불화로부터 탄생한다. 힙폴리투스Hipplytus는 그에게 욕정을 품은 계모를 겁탈하려 했다는 아버지의 비난을 받는다. 재미있는 사실은, 아버지의 법(근친성교 금지)이라는 플롯이 페드라의 전략에 말려들었다는 점이다. 자연인 성은 피할 수 있는 것이 아니다. 남성은 간단히 여성에게 돌아간다. 여성의 정체성은 신비가 아니라 진실이며, 자연의 리얼리즘이기 때문이다. "내가 내 몸에서 탈출하기 위해 너의 입으로 났지만, 나는 네 몸 속에 오래오래 남아있기를 원"(「너의 입」)하는 시인은 몽유병자의 이야기를 쓰고 있는 것이 아니다. 행동은 다시 운명이라는 기원으로 돌아온다. "결국 그녀는 그가 깨뜨리고 나온 자궁이었다."(「서른아홉 살의 암살」)

사회적 정체화의 비극과 심리적 자연 사이의 간극에 '게이' 가 있다. 게이는 단순히 여성의 몸을 모방하는 자가 아니다. 또한 게이와 레즈비언들은 육체적 의장과 화장으로 꾸며진 배우들이 아니다. 이분법적 성이라는 탈의 죽음을 통해 '양성' 이라는 자연으로 돌아온 제의자들이다. 양성은 생물학적인 양성성bisexuality 혹은 양성인androgyny의 개념이 아니라 남/여라는 관계를 해체하고 전복하는 인간 심리의 모호성을 강조하는 것이다. 원래 인간이 양성적 존재였다는 관념을 엿볼 수 있는 여러 가지 고대의 담론들이 있다. 플라톤의 대화편 『향연』에 제시된 인간양성론과 마찬가지로, 성서의 창세기에서도 아담은 이브를 수태한다. (하지만 가슴이라니! 우리는 늘 탄생의 진실을 배꼽, 다리와 같은 거짓말로 가린다) 힌두신 비슈누, 시바, 인드라, 락시미 모두 양성신이다. 인도의 창조신화에 의하면, 태초에 이 세계에는 아트만Atman(자아)만이 홀로 푸루사purusa의 형태로 존재했다. 그에게는 '쾌락' 이 없었으므로 스스로를 남편과 부인으로 나누어 무수한 쌍둥이들을 낳는다. 결국 창조는 근친상간적인 자아의 교합으로부터 비롯된다. 존재의 분리는 창조와 쾌락에의 욕망으로부터 온다는 것을 여러 문화구역의 신화들이 보여주고 있으며, 이것은 인간의 무의식을 바라보는 풍부한 시각을 제공한다. 하지만 양성인은 문명사 속에서 지옥의 아수라asura인 '도착적' 성으로 암살당한다.

　　남성의 역사는 빛의 역사다. 스카이 컬트의 체계에서 보이는 고대적 이념은 태양신의 파라오적 권력으로 성의 분화를 기획하고 해석한다. 수많은 여성신이 암흑과 하계로 숨어든다는 사실에서 우리는 신의 싸움으로 은유된 성의 기호적 위계의 발생을 본다. 여성은 남성의 독이며 욕망이기 때문에 문명의 하계에 가두어진다. 하지만 욕망(원죄)의 독이 묻은 사과를 맛본 아담은, 금욕의 폭군인 신의 섭리대로 근대라는 이성의 식민도시를 세우게 된다. 아폴론적인 미와 명료성으로 치렁치렁 장식된, 인류의 문명사는 성적 기호의 위계적 싸움의 과정이다. 하지만 인간은 기호적 위계 이상의 더 거대한 위계성에 복속된다. 인간에게는 곤충 같은 생물학적 위계가 있다. 생물학이 우리의 운명을 숨긴다 해도 예술은 그 운명을 드러낸다. 권력은 결코 사회에 의해 생산되는 것이 아니라 자연이 스스로 기획하고 행사하는 것이다. 언제나 자연은 '육체를 통해' 생명까지도 탈취할 수 있는 무서운 권능을 드러낸다.

　　『슬픈 게이』 이후에 발표된 채호기의 시편들은 이 육체성의 언어를 더욱 더 자유롭게 미학적으로 실험하고 있는 듯한 인상을 준다. 그의 시는 잘 알려진 대로 세기말적인 그로테스크를 가지고 있다. 시인이 주장하고 있는 몸의 시학은 사실상 많이 이야기되는 것 같으면서도 아직 한국의 문학풍토에서 생경하고 불경스럽게 느껴지곤 한다. 하지만 분명히 미학적 차원에서 접근해야만 하는 이런 상상력을 우리 시의 새로운 가능성으로 주목해야 할 것이다. 이제 그는 언어로 육체의 형태를 빚고 거기에 이미지를 바르고, 신비로운 후광을 입힐 것이다. 독자는 그곳으로 걸어갈 것이다.

2. 킬러—흡혈귀

채호기의 에로티시즘은 현실에 대한 철저한 절망에서 탄생한다. 제도권 밖에서 자아를 설정한 그의 특이한 자의식이 개입되어 있겠지만, 그가 가장 극렬한 방법으로 에로티시즘의 새로운 가능성을 모색하고 있다는 점에 주목해야 할 것이다. 그의 시를 '죽음의 시학' 이라는 개념 아래 불길하고 퇴폐적인 것으로 인식하는 이들도 있을 것이다. 그러나 채호기 시의 그 '죽음' 의 저변에는 거대한 순환의 에너지가 있다고 본다. 그것은 본질적으로 생명적인 것이며, 존재의 심층에 대한 암시를 주는 것이다.

그의 시에서 도덕적인 지성은 삶 그리고 존재의 일부분이다. 그의 시에는 영적인 육체가 있으며, 그것은 에너지의 흐름 또는 무의식의 흐름을 좇는 언어적 육체이기도 한 존재이다. 이것은 매우 감각적이면서 지성적인 것이라고 본다. 또한 어두우면서도 건강한 것이다. 건강한 사유는 흐름과 변화를 억압적으로 통제하지 않으며, 끝없이 반응하고 무언가를 일어나게 하는 것이다. 명령받는 대상자로서가 아니라 스스로의 흐름에 의해 움직인다. 그 내면의 움직임과 자발적인 정적, 깊은 곳에서 흐르고 움직이고 있는 그 미묘한 문체의 율동은 육체적인 것이기도 하다. 이것은 육체를 세세히 묘사하고 하는 식의 섹슈얼리티보다 더욱 깊은 곳에서 만들어진 섹슈얼리티라고 할 수 있다.

젠더는 사회적 구조 안에서 만들어진 코드의 언어다. 하지만 채호기는 젠더가 아니라 섹스, 섹슈얼리티 자체에 관심을 가지고 있다. 이것은 매우 원초적인 생성과 전복의 에너지이다. 시라는 언어적 구축의 힘과 그것을 파괴하는 이 이중적 힘에 의한 창조, 그것이 바로 에로티시즘이 가져올 수 있는 풍요인 것이다. 욕망을 배제하는 데서 문화는 벼려진다. 남성의 갈망은 하나의 강력한 문화적 에너지로서, 남성은 그에 대한 원칙과 규준을 세우는 조정자이다. 그러나 여성의 문화는 심리적이고 영적인 침잠을 요구한다. 십대의 소년들을 보면 얼마나 불안정하고 유약하고 상처받기 쉬운가. 성은 일종의 에너지다. 주의, 이념, 기구, 이론이 벽이라면 그것을 깨는 에너지다. 그것을 심각하게 우스꽝스럽게 이야기할 수도 있고, 깊고 느리게 생각할 수도 있고, 빠르게 지나쳐갈 수도 있다. 채호기는 세상과 사회에서 잃어버린 것만을 보기를 주장한다.

루소가 "자연으로 돌아가라"고 외치면서 염두에 둔 것은 인공을 가하지 않은 자연 그대로의 자연이었지만, 아이러니하게도 그 자연은 철저히 관념적인 것이었다. 계몽주의적 자유와 개성을 가능케 한 자연은 철저히 남성주의의 원리가 되는 플라톤적 자연이기 때문이다. 예술이란 인간과 자연의 영혼이 합쳐져 이루어진 것이라고 본 워즈워스 역시 플라톤적인 이성적 자연의 모티프에 기반하고 있다. 근대가 바탕으로 하고 있는 자연의 관념이야말로 자연이 아니라 해석된 자연이다. 이들의 자연관은 문학적 상징과 원형의 체계를 건축적으로 구성한 아폴론적 전제 위에 쌓아올려져 있다. (성적 정복은 자연 정복의 연대기와 일치한다.)

하지만 심미적 자연과 도덕적 자연은 실제의 자연과 아무 관계가 없다. 문명이 찬미하는 자연의 관념을 벗겨내면 자연은 결코 유순하지도 이성적이지도 도덕적이지도 않다. 오히려 자연은 폭력적이고 공포스런 것이다. 고대인들은 피의 제의를 통해 자연의 사악함을 달래고자 했다. 여신 칼리Kali는 칼로 잘라낸 머리와 거기서 떨어지는 피를 받는 해골의 잔을 들고서 인간의 희생제의를 주재했다. 인도의 종교적 도상에서 그녀는 목에는 머리통으로 이어 만든 목걸이를 두르고, 허리에는 손을 이어 만든 치마를 걸치고 있으며, 검붉은 혀를 가진 섬뜩한 여신으로 그려진다. 난폭한 것이 사악한 것인가? 아니다. 자연의 사악성은 윤리적 의미에서의 악과 다르다. 그것은 선악 이전의 리얼리즘이기 때문이다.

채호기의 시는 언어를 벗겨내고 자연을 보여주는 포르노이다. 포르노는 섹슈얼리티의 위대한 생물학적 개념화다. 여성에 의해 경험되는 남성의 쾌락은 위대한 자연의 리얼리즘이다. 이 시대의 발기한 칼날, 페니스의 화신은 '킬러'이다. 그에게는 권총과 강철 칼이 들려져 있다.

그는 포옹할 손이 없다.
한 손은 팔목에 감쪽같이 연결된 권총, 한 손은 찌를 곳을 향해 곤두선 강철칼이다.

(중략)

그는 겨냥한다.
이글거리는 태양을
태양처럼 이글거리는
너의 눈을, 너의 눈
에 비친 그 자신을.

_「살인청부업자의 고독처럼」 부분

'킬러'는 공격성의 화신이다. 메두사의 머리를 잘라낸 페르세우스로부터 흡혈귀, 드라큘라, 현대의 스타에 이르기까지 우리는 길고 긴 킬러의 목록을 추적할 수 있다. 엄마로부터 태어난 소년들의 최초의 수훈은 엄마를 떠나 사냥꾼이 되어 동물을 죽이는 것이다. "태양처럼 이글거리는/ 너의 눈" 즉, 열정과 권력으로 불타는 메두사의 눈을 피하면서 그녀의 머리를 자르는 페르세우스는 남성성의 승리라는 통과제의를 징표한다. 하지만 그가 잘라낸 것은 바로 "너의 눈을, 너의 눈/ 에 비친 그 자신"이다. 자신이 죽인 것은 타자가 아니라 바로 자신 속에 들어 있는 여성이다. 남성 속에서 여성은 도려낸 동공, 잘려나간 음부, 상처로 살고 있다. 가령 소녀에 대한 제식적인 할례는 소녀 안에 있는 '남성'(공격과 저항의 힘)을 제거하는 것이다. 양성적 존재는 문명적으로 사악한 존재에 속하지만, 입 안에 페니스를 박고 있는 여성 혹은 권총을 물고 자살하는 남성은 가장 빛나는 양성애적 순간을 이미지화한다.

　　이성이 구축한 근대의 역사는 질서와 정상성, 위대성의 승리로 요약될 수 있다. 하지만 무엇이 그렇게 위대했단 말인가? 도시를 공포와 피의 도가니에 빠지게 한 흡혈귀의 모티프는 문명을 자연의 한가운데로 밀어놓는다. 킬러는 도시의 외곽에서 도시의 심장으로 온다. 드라큘라는 에로티시즘 속에 출몰하는 남성의 야수적 유령을 보여준다. 드라큘라의 이빨자국이 매독에 대한 공포를 은유한다는 사실은 과히 놀랄만한 해석이 아니다. 성을 억압한 중세의 제국에서, 아마도 그는 욕망의 침실로 은밀히 불려가는 남창이었을 것이다. 킬러는 이제 수동화된 근대인의 몸을 입고 스스로의 야수성을 '몽상' 한다.

　　　그리고 그들 사이는 끝이 났다.

　　　그 때문에 아픈 그녀는

　　　불행하게도

　　　총알에 뚫린 피 흐르는 그의 구멍이었고

　　　칼에 베인 그의 상처였고

　　　잘라버려야 할 썩어가고 있는 그의 환부였다.

　　　결국 그녀는 그가 깨뜨리고 나온 자궁이었다.

　　　기차에서 내렸다. 그는 곧 사십이 될 것이다.

　　　그의 과거는 모두 벗겨져 버렸고 질식할 것 같은

　　　하얀 알몸이 미래의 쟁반 위에 놓여졌다.

　　　그는 이제 해가 지는 거리에서 오돌오돌 떨면서, 갓 태어난 어린애처럼

　　정처없었다

「서른아홉 살의 암살」 부분

여자를 "암살"하는 행위는 위의 시에서 "하얀 알몸이 미래의 쟁반 위에 놓여"지는 제식으로 알레고리화된다. 하지만 시인은 "아픈 그녀"가 "총알에 뚫린 피 흐르는 그의 구멍이었고/ 칼에 베인 그의 상처"임을 본다. 이 자기거세적 상처는 일종의 무의식적 성전환, 혹은 양성적인 자각으로부터 비롯되는 것이다. 남근 할례와 마찬가지로 아직도 중동지역에서 자행되고 있는 클리토리스 절단은, 양성성에 대한 문명인의 공포가 어떤 폭력을 행사했는지를 보여주는 좋은 예이다. 남근처럼 발기하는 음핵을 거세하는 여성 할례는 여성에 의한 남성 거세에의 두려움을 이중으로 반영하고 있다. 테베스의 왕 펜테우스가 디오니소스의 하녀인 메나드에 의해 수족이 잘리고 어머니에 의해 머리를 잘리는 사건은, 권력과 열정에 불타는 여성(메두사)에 대한 남성의 공포를 신화적으로 상징하고 있다.

흡혈귀의 눈은 자기 독소적이다. 욕망에 사로잡힌 악마는 끝없는 미의 이미지를 본다. 킬러의 눈은 육체를 염탐하는 사탄의 눈빛이며 아름다움에 사로잡힌 시인의 눈빛이다. 시인의 머리를 끊임없이 어지럽히는 미는 자기애적 욕망의 통증이다. 다시 말해, 언어가 차단하고 금지하는 무의식과의 합일을 의미한다. 예술 속에서 '여성'이 언제나 문제적인 영역으로 남아 있는 이유는 무엇일까? 여성의 존재는 길들여질 수 없는 자연, 완전히 자연이기 때문이다. 자연은 시작되고 끝나고 또다시 반복되는 주기를 여성에게 부여했다. 여성의 생물학적 주기는 역사를 넘어서는 자연의 리듬이며 사이클이다. 여성의 생리혈은 달의 경수이며 호르몬의 파도이다. 늘 여성적 의미와 연관되는 'Moon', 'Month'는 같은 말이다. '달', '月' 또한 같은 말이다. 동서양이 같다. 같은 세계이다. 여성은 자연의 달력이다. 채호기는 "몸의 시계"(「춤」) 소리를 듣고 있는 것일까?

자연을 심미적 형식으로 변화시킨 것은 언제나 육체의 이미지였다. 인류가 지녀온 대지에의 컬트는 여성의 육체를 지리적으로 표상한다. 여성의 가슴, 허리, 엉덩이를 계곡이나 대지의 능선처럼 묘사하는 것은 우리에게 낯설지 않다. 더욱이 세계 자체가 거대한 대지의 요니yoni라고 하는 관념은 아직까지 인도인들의 의식 속에 뿌리 깊게 남아 있다. 요니는 불교의 연화문, 혹은 힌두교의 얀트라yantra(신비한 도상들)로 표현되기도 한다. 특히, 음陰의 원리를 우주적 섭리로 받아들이는 밀교의 사원은 그 전체가 요니로 상징화된 건축물이다. 요니는 물론 남근인 링가linga와 함께 다산 숭배의 흔적이지만, 남근 숭배가 거대화(신격화)의 과정을 거치는 것과 상반적으로 여성의 요니는 음부陰部라는 지옥의 상징으로 변형된다. 성의 쾌락을 경험하는 여성의 바기나vagina는 악마의 이빨, 독, 거미의 입을 가지고 있는 것으로 인식된다. 여성적 충만함은 남성의 에너지를 고갈시키고 남근을 죽여버리기 때문이다.

성교는 남성의 심리적, 영적, 육체적 죽음이다. 아가페적 사랑은 성적 공포에 의해 만들어진 가장 이성적인 성애의 형식이다. 하지만 여성의 흡혈성(피를 모아 생명을 잉태하는)은 사악한 것이 아닌, 자연의 힘이다. 현대의 스펙터클 속에서 우리는 다시 흡혈적인 여성을 본다. 그녀는 사탄의 노예이며 이 시대의 새로운 토템이다. 자연에서 문명으로, 카오스에서 질서로, 감정에서 이성으로, 복수에서 정의로 진보한 이 시대에!

채호기의 시에서 우리는 놀랍게도 흡혈귀에 먹히는 육체를 본다. 웬일일까. 채호기의 시에는 재난(에이즈)으로 망가져가는 육체의 이미지를 생생하게 찾아볼 수 있다. 그는 "에이즈"라는 말을 일종의 제의적 은유로 사용한다. 에이즈가 표상하는 죽음의 체험은 흡혈귀에 먹히기, 일종의 미적 체험과도 같은 것이다. 에이즈의 침입은 자연성, 근원성과의 "소통"을 위한 자기봉납의 과정으로 변화되어 간다. "유혹적인 붉은 살의 꽃"(「에이즈 2」)이고 "빨간 수술을 가리고 있는 여린 꽃잎들"(「에이즈 2」)로 비유되는 에이즈는 생명/죽음의 두 영역을 포개는 소리없는 붕괴의 내향적인 흐름을 이룬다. 그의 시 속에서 육체는 망가지고 뭉개져 자연으로 흘러나간다. 지질학적 흙처럼. 지진하는 산맥, 포효하는 바다, 화산처럼, 재난과 잔혹으로 상처 입는

다. 사랑이라는 고통 속에서. 그의 언어는 고통의 입자 하나하나를 탐지하
듯이 육체의 세부들을 묘사한다. 거기에서 몇 개의 두드러지는 이미지를 끌
어내보자.

비의 주검들이 흘러 쌓이는
병든 저수지에
썩어들어가는 물의 살
이끼처럼 푸른 박테리아꽃

너와 나의 가학적인 사랑처럼
지류支流에서 혈류血流로 흘러드는 페스트

병든 내 몸에 항체처럼 네가 있듯이……

_「병든 저수지」 부분

구역질나는 하늘로 낮별처럼
가서 반짝이는 눈빛, 죽음이 겨냥하는
탄력 있는 솟아오름
눈동자의 발바닥 몸에 있으니
하늘에 형안炯眼의 발자국 없어라
여름밤 실꾸리처럼 엉켜 광란하는 날벌레들
에이즈 생산하는 몸에 달린 에이즈 먹는 입

_「에이즈 1」 부분

　육체는 "병든 저수지"이며 죽음의 페스트가 흘러드는 공간이다. 채호기
의 시에서 육체는 에이즈와 아무런 이질감 없이 섞여버리는 경우가 허다하

다. 에이즈라는 말이 환기하는 윤리적 정치적 관념의 색채는 이 시와 아무 관련이 없다. 에이즈는 그저 병, 자연, 이상의 것이 아니다. 단지 우리가 관심을 가지고 볼 것은 이 '치명적인' 질병에 제의적 의미가 투사되어 있다는 사실이다. 다시 말해 에이즈는 보이지 않았던 너(항체)와의 만남을 가능하게 하면서 자아를 자연(죽음)이라는 근원의 대지로 되돌려준다.

그러므로 자연은 "에이즈 생산하는 몸에 달린 에이즈 먹는 입"이다. 에이즈/페스트는 나를 먹으면서 뱉어내는 자연의 요니이다. "하늘로 낮별처럼/ 가서 반짝이는 눈빛, 죽음이 겨냥하는/ 탄력 있는 솟아오름"의 발기된 이미지는 언제나 죽어가는 몸으로 돌아온다. 여기서 눈동자, 몸, 입은 연결되어 있다. 이 신비로운 이미지의 고리를 보라! 결국 눈은 "먹는 입"이다. 이 "먹는 입"은 단순히 에이즈라는 것에 머무르지 않고 잔혹한 죽음의 자연에까지 연결되어 있다. "먹는 눈" 또는 "먹는 입"은 불길한 "메두사의 눈"이며, 자연인 "동물의 눈"이다. 먹는 눈은 "실꾸리처럼 엉켜 광란하는 날벌레들"처럼 자연의 고리에 얽혀 있다. "하늘에 형안炯眼의 발자국"이란 없다. 이 불길한 생물학적 눈은 현대의 포르노 속에 살아 있다. 포르노의 누드는 존재의 거울과도 같은 육체의 "검은 스크린"(「검은 창-1995. 12. 23」)이다. 현대의 환락은 관음증적 아이섹스eye sex에서 온다. 현대의 에로티시즘은 불타는 메두사의 머리칼로부터 차갑고 빛나는 목덜미의 아름다움으로 이행한다. 포르노의 시선은 채호기의 시를 관통한다.

하지만 시선이란 자신의 욕망을 보는 것이다. "너의 눈은 외부가 보이지 않는다"(「국도」). 시선은 몸 속으로 깊이깊이 들어간다. "너에게 외부는 말 없는 창에 비치는 구름과 국도와 들판의 일부, 시선이 너의 뇌를 잡아당기고 있어 너의 귀는 뺨 속으로 깊이깊이 침몰"한다. 시인의 시선은 "목이 깊이 파인 빨간 블라우스에 팬티"를 넘어 육체의 내면세계인 자연을 본다. 채호기의 시에서 가장 깊은 통증을 구성하는 것, 그렇다, 거기를 지나쳐선 안 된다고 나는 중얼거린다. "항문에 이르는 창자의 길고 긴 국도"를 더듬어가

는 시선은 "너의 몸에서 죽음을 가려주"는(「사랑의 얼룩」) 곰팡이빛 얼룩을 본
다. 세계는 부식하며 시시각각 불어나는 흐름과 닮아간다. 그 물과 피가 세
계의 전역을 감염시키고 있다. 그곳에서 알 수 없는 아픔이 작렬하기 시작
한다. 나는 그의 시 속에서 현대인의 불행한 자의식을 따갑게 느낀다.

　　하얀 언덕, 나무들은 깊이 숨어 있고 풀도 없는 매끄러운 언덕, 하얀 눈
이불이 너를 잠재우고 있다, 이 뜨거운 날들의 너의 차가운 잠, 내 손이 그
언덕 위를 뜨거운 바람처럼 불어내리면 어둠 속에서 하얗게 떨리는 눈까풀
처럼 드문드문 반짝이는 언덕, 깊이깊이 숨은 나무들은 심장에 뿌리박고
피를 길어올린다, 피를 담고 있는 푸른 잎잎들, 그리움은 햇빛처럼 순간순
간 반사되고 뜨거운 입김을 참지 못해 붉게 충혈되는 푸른 입술들, 바람에
쏴아아 하고 입술 나부끼는 깊이깊이 숨은 나무들, 버번콕 같은 너의 몸
　　내 육체와 영혼의 모든 것,그곳에 잠들다, 영원한 출렁임 속에, 굳지 않
는 피의 충격 속에—

_「네 입술로/ 잠든 내 피를 깨워다오」 전문

"내 육체와 영혼의 모든 것"은 "영원한 출렁임 속에,/ 굳지 않는 피의
충격 속에" 잠들어 있다, "나무들은 심장에 뿌리박고 피를 길어올린다, 피를
담고 있는 푸른 잎잎들, 그리움은 햇빛처럼 순간순간 반사되고 뜨거운 입김
을 참지 못해 붉게 충혈되는 푸른 입술들"은 상당히 감각적인 몽환의 대지
와도 같다. 모든 것이 부드럽게 조락하고 꺼져든다. 멸망하고 도취하는 디
오니소스적 육체같이. "버번콕" 같은 몸은 흐르는 것, 분비하는 것, 보드라
운 진흙들로 가득 채워져 있다. 간단히 말하자면 이 육체는 생물학적이고
지질학적인 것이다. "숨결처럼 퍼지는 핏줄 속으로 수많은 고기들이 헤엄치
는 그곳. 파란 바다 맥박 같은 해조음의 리듬, 들숨 날숨 교차하는 고동 구
름 같은 귀를 두드리는 그곳. 깊이를 알 수 없는 푸르디푸른 너의 등"(「너의

등」)의 이미지는 자연의 형상과 완전히 동일하다.

채호기에게 있어 육체는 늘 "차가운 잠" 혹은 마하칼라mahakala (대흑大黑)의 힘에 노출되어 있다. 너의 육체는 "내 육체와 영혼의 모든 것"을 봉헌하고 얻어지는 죽음의 잠 혹은 "살갗을 쾅쾅 두드리는 붉은 피의 맥박,/ 피로에 지친 이마를 감싸는 젖빛 허공"(「너의 품」) 속으로 사라진다. 그러므로 "너"를 찾는다는 것은 존재를 상실하는 심연 속으로 꺼져드는 것이다. 어둠의 심연과도 같이, 그의 시공간은 색채적 화려함을 잃어버린 기이한 느낌을 준다. 흐릿한 죽음의 황혼에 감싸인 공간으로 언어가 밀려들어 얇은 이미지들을 띄워놓는다. 그가 늘 황혼 속에서 마주치는 고통은 바로 육체로부터 흘러나온 것이다.

검은 스크린에 도망치는 비릿한 삶의 내장이 고스란히 상연되다. 입고 있던 생을 침착하게 벗고 숨소리 거친 검은 창으로 들어가다. 검은 창은 통로다. 이 세상에서 너를 지우는, 너를 무한히 팽창시켜 검은 방이게 하는 구멍이다. 밤은 잉크병. 잉크병 안에서 검은 눈을 반짝이는 너를 끄집어내어 녹색 비로드 의자 위에 앉히다. 기차는 달리다. 종이 위를 달리던 검은 글자들이 너의 검은 눈 안으로 사라지다. 의자의 뼈가 너의 몸 속으로 점점 더 깊이 파고들어오고, 마침내 기차가 저물어가는 너의 몸 속을 달리다.

_「검은 창―1995. 12. 23」 부분

"검은 스크린", "삶의 내장", "숨소리 거친 창", "검은 방", "잉크병", "검은 눈", "너의 몸"으로 돌아오는 이미지의 연쇄는 악마적 나르시시즘의 차가운 흐름 또는 끝없이 붕괴로 빨려 들어가는 기억의 침실과도 같이 느껴진다. 채호기는 "잉크병 안에서 검은 눈을 반짝이는 너를 끄집어내어 녹색 비로드 의자 위에 앉히"고 "종이 위를 달리던 검은 글자들이 너의 검은 눈 안으로 사라지"는 것을 본다. 아니마의 출현과 더불어 글쓰기가, 세계가 펼쳐진다. 이토록 아름다운 이미지가 있는가! "너"는 글쓰기 속에 들어오는 뮤즈이며, 동시에 "나"라는 존재를 형성시켜가는 대지의 영과도 같은 것이다.

　　여기서 채호기의 문체는 완전히 무의식의 흐름을 따르는 듯이 보인다. 도취와 통증에 물든 언어는 리드미컬한 파동으로 굽이친다. 어쩌면 그것은 "숨소리 거친" 육체의 움직임일지도 모른다. 채호기는 그 율동에 의한 특별한 에로티시즘을 창조한다. 채호기의 시에는 에로티시즘의 클라이맥스가 없다. 오직 지평, 돌기, 파문이 있다. 어디서 끝날지 모르는 모호한 긴장, 감각의 파문이 있을 뿐이다.

　　고통은 흔해빠진 말이오. 그러나 내게 고통은 당신의 몸이오. 그때부터 "고통"이란 말은 촉감과 색깔과 분명한 형태를 가진다오. 당신의 긴 목 아래로 물먹은 모래더미처럼 흘러내리는 영원히 굳지 않을 것 같은 흰 살갗의 밝은 햇볕. 젖가슴 아슬아슬한 위를 나르는 작은 새 같은 빨간 점. 물론, 당신의 젖가슴은 컴컴한 꿈 같은 구석에서 나의 손이 재빠르게 스쳤을 뿐, 나는 보지 못했소.

_「가벼운 편지」 부분

채호기에게 있어 고통은 "촉감과 색깔과 분명한 형태를 가진" "몸" 같은 것이다. 그런데 재미있는 것은 이 몸이 "머리 속에 들어 뇌신경을 또각또각 밟고 다니는 것" 혹은 "시각이나 촉각이 아닌 살 속에서 꿈틀거리는 힘의 감각, 목적도 없이 방향도 없이 살아 뜀뛰고 있는 내 몸에서 뿜어져나오는 어떤 운동"(「너」)과도 같은 질료이고 에너지이기도 하다는 점이다. 즉, 채호기의 시에서 몸은 그의 글쓰기를 가능하게 하는 힘인 것이다. 그 힘이 "젖가슴"으로 은유되고 있다는 사실에서 우리는 '아니마'라는 말을 빌려와 해석할 수 있는 양성성을 발견할 수 있다. "물먹은 모래더미처럼 흘러내리는 영원히 굳지 않을 것 같은 흰 살갗"에 대한 몽상은 늘 자아 속의 아니마와 조우하게 만든다. 채호기는 "끔찍하다./ 내 살 속에 사람이 들어 있다./ 현미경을 갖다대면 얼룩균처럼 보이는/ 눈에 보이지 않는 것이 나였다"(「내가 나를 모른다는 것은 희망적이다」)는 사실을 발견한다. 결국 나의 살 위에 피어나는 죽음의 곰팡이인 에이즈는 자신의 영적 질병인 아니마이며, 자신을 자연으로 되돌려주는 힘인 것이다.

3. 몸 속의 눈

욕망의 초상(이미지, 우상)을 만드는 자는 신에게 대적하는 자였다. 로고스적 존재인 신은 무수한 환영을 만들어낼 수 있는 욕망을 금지시키지만 자연은 성 안에서 인간을 전복시킨다. 행동이 아니라 에로티시즘 속에서. 그렇다면 우리는 섹슈얼한 공간, 자연의 영역에 사는 것이다. 성은 결코 '악'이 아니다. 오히려 선이고, 기쁨이다. 인도의 에로틱한 종교화들은 존재를 충만하게 하는 경험으로서 성을 받아들였음을 보여준다. 이처럼 채호기의 시를 읽을 때 인도의 도상들에서 엿보이는 신비로운 육체들을 기억할 필요가 있다. 힌두 신들은 마음의 눈으로 포착되는 우주적 진리에 대한 상징적 표상이다. 여기서 육체는 일종의 영적 체험, 내관內觀적 지혜를 드러내는 은유가 된다. 이들은 결코 육체를 죄악시하지 않았고, 오히려 숭배했다. 물론 이러한 그림들이 '에로티시즘'이라는 말로 한정하는 요소만 담고 있다고 말하기는 어렵다. 하지만 우리는 거기서 채호기 시가 드러내고 있는 미의 특질 같은 것을 발견할 수 있다. 그 모호한 매혹의 실체는 바로 이 때문에 가능한 것인지도 모른다. 인도의 눈은 하늘과 밖이 아니라 아래와 안으로 향한다. 그들의 육체는 복잡하고 미묘한 곡선, 흐르는 옷자락, 눈두덩 넓은 달 같은 눈썹, 자연의 영이 깃든 듯한 손가락을 보여준다. 기하학적 조형미를 지닌 그리스적 육체보다 한결 부드럽다. 화염배광火炎背光에 감싸인 나체는 부드럽고 아름답다. 흐르고 더 흐른다.

우리는 채호기의 시에서 흐르는 육체를 본다. 그것은 인도의 음화들에서 본 듯한 에로틱한 아우라를 두른 육체이다. '나'라는 존재를 허물면서 육체는 타자의 존재 속으로 스며든다. 분리될 수 없는, 오직 서로의 겹침 속에 존재하는 육체의 이미지는 동양적 에로티시즘과 미적인 동질성을 지닌다. 가령 '침대의 육체'를 "침대와 공기와 너와 내가 뒤섞인 최초의 몸, 하나의 에너지. 사랑의 감각! 사랑의 신경! 사랑의 살!"(「침대」)로 보는 것은, 인도의 도상들이 보여주는 것과 같은 우주춤의 육체를 떠올리게 한다. "손이 흘러 넘치면 눈이 된다. 몸 밖의 사물을 포착하는 눈이 아니라 살과 근육과 뼈와 피 속에 살아 꿈틀거리는 감각을 포착하는 눈!"(「너의 손」)은 인식의 눈과 감각의 육체를 결합시킨 "제3의 눈"과 다른 것이 아니다. 무수히 분열하는 손바닥에 달려 있는 힌두 신의 눈은 플라톤적 눈(사랑은 플라톤적 관념을 성에 투영한 것이다)과 사뭇 대비적이다. 이들의 눈은 환희로 충만하다. 유리같이 투명한 이데아를 겨냥하지 않는다. 채호기 시 속의 육체는 외계가 아니라 자신의 몸 속으로 돌아가는 눈을 감추고 있다.

손의 깊음. 손가락들의 울림이 층층으로 쌓인 우물의 얕은 깊이. 손의 물바닥에 마음의 얼룩들이 여러 색깔의 그림자들로 빛난다.

(중략)

손이 넘치면, 뱀이 되어 파고 든다. 송곳이나 드라이브가 되어 뚫고 조인다. 기계가 되어 욕망을 만들어내고 성기가 되어 생명을 생산해낸다.

그러나 무엇보다 손이 흘러넘치면 눈이 된다. 몸 밖의 사물을 포착하는 눈이 아니라 살과 근육과 뼈와 피 속에 살아 꿈틀거리는 감각을 포착하는 눈! 눈길은 거리를 두지만 손길은 강한 접착력으로 언제나 붙어버린다.

네 손에 붙어버린 내 몸, 내 몸에 붙어버린 네 손,

_「너의 손」 부분

구두를 떼어내고 너의 발가벗은 발을 따스한 손으로 감싸 뺨에 댄다. 너의 발에 입술을 대고 너의 발을 입 안에 담는다. 놀란 너의 눈이 잘 맞지 않는, 불편한 새구두를 쳐다본다. 동시에 화분처럼 너의 뿌리를 감싸며 꽃핀 너의 눈을 본다. 햇빛이 연방 프래시를 터뜨리며 그 순간을 채집한다. 시간이 점점 속도를 줄이고 끝의 입구가 아련히 꽃과 구두에 반사된다.

―「너의 발」부분

채호기의 시에서는 손과 발 등의 신체기관에 관련된 이미지가 풍부하게 발견된다. 손과 발은 동양적 성애 속에서 매우 특별한 부분이다. 한복과 기모노의 복식에서 여성의 손은 가려진다. 신부의 손은 더욱 그렇다. 동양의 에로티시즘은 감금된 발, 전족의 관습 속에서 가장 잔혹한 형태로 나타난다. 그 발을 입 속에 넣고 유희하는 광경은 중국인의 세련된 성애의 표현이었다. "너의 발가벗은 발을 따스한 손으로 감싸 뺨에 댄다. 너의 발에 입술을 대고 너의 발을 입 안에 담는" 행위는 동양인의 양성애적 무의식을 놀라울 정도로 유사하게 보여준다. "입 속으로 얼음 같은 칼날처럼 너의 혀를 찔러 넣"(「첫밤」)듯이, 중국의 남자는 자신의 입(자궁) 속에 여성의 발(페니스)을 받아들인다! 둘이면서 하나인 존재, 머리이면서 손인 존재, 그것은 환희로 가득한 인도의 종교 도상의 그림들처럼 양성의 신비로운 이미지로 나타난다. "네 손에 붙어버린 내 몸, 내 몸에 붙어버린 네 손"은 양성이 분화되지 않은 전사前史적 에로티시즘을 창조한다.

언제나 '너'는 나에게로 겹쳐진다. 너와 나의 겹쳐짐 속에서 채호기는 "손의 물바닥에 마음의 얼룩들이 여러 색깔의 그림자들로 빛"나는 것을 본다. 존재하는 세계와 잠재성의 세계 사이에 채호기의 시는 놓여 있다. 그것은 질병과도 같은 욕망에 고통받는 근대인간의 운명이며 속성이다. 자아의 그늘을 인식하는 우리의 의식과, 자아의 원형을 인식하게 하는 비개인적 무의식의 관점에서 채호기의 시를 읽을 수 있다. 모든 인간은 하나의 '자기'

안에 죽어 있는 무수한 인간으로서 태어난다. 실상 나라는 것은 아찔하도록 어두운 흐름이다. 흐르고 있는 나로부터 도망치기 위해 나를 짠다. 이 짜여진 나, 관념과 의식으로 만들어진 '나'의 한계를 찢어내면서 그는 나의 어두운 흐름을 응시하는 것이다.

신은 인간이 하나이길 원하지 않았다. 우리가 창조적인 만큼 존재로부터 더 많은 존재가 태어나는 것이다. 무수한 탄생의 이미지를 감추고 있는 어떤 자아의 원형에 대해 채호기는 이름을 붙인다. '수련'이라고. 시적인 자연에는 자아가 없다. 그것은 모든 것이고 아무 것도 아니다. 시인은 자기정체성을 가지지 않는다. 그는 끝없이 다른 인격과 육체로 채워진다. 우리 몸에 속한 모든 원자와 세포처럼 우주 속에서 분열하고 소멸하고 다시 채워지는 것이다. 존재의 근원으로 가는 그 문을 여는 순간을 채호기의 시는 매우 섬세하게 표현하고 있다. 탄생은 하나의 사건이 아니라 과정이다.

안개 낀 새벽에 공기는 수련처럼
희게 빛나다가 물처럼 푸른 두께로
출렁인다. 수련은 창틀 없는 유리처럼
푸른 깊이의 메아리. 물이 저 밑바닥의
내면으로부터 물풀을 흔드는 물고기
헤엄치는 푸른 혀로 푸드덕 말을 할 때
솟아오르는 커다란 공기 구릉—수면을 깨뜨리는

흰 포발 흰 파편은 수련.
물—말이 깨어져 날카롭게 빛나는 흰 수련!

수련 주위의 보이지 않는 저 공기는
수련의 생각들이다.

우리가 글자를 읽어나갈 때

우리 주위에서 태어나는 파동들처럼.

_「수련」 부분

　"수련"은 생각과 느낌이 태어나는 순간의 "파동"을 시인에게 건네준다. "수련"은 미의 우주가 탄생하는 순간의 비밀을 감추고 있는, 원형으로 소급되는 시어다. "수련 주위의 보이지 않는 저 공기는/ 수련의 생각들"인 것처럼, 수련은 시인에게 단순한 언어로 표현할 수 없는 우주를 열어 보여주는 원형의 기호와도 같은 것이다.

　실상 어떤 원형어를 통해 우주를 표현할 수 있다는 생각은 낯선 것이 아니다. 단단한 기운인 지地와 물 기운인 수水와 불기운인 화火와 움직이는 기운인 풍風과, 장애 없는 기운인 공空의 5대大가 모든 순환적 기호의 자륜字輪이 된다는 생각 또한 에너지의 변전이 우주의 순환을 이끌어낸다는 오륜五輪 사상에 기반하고 있는 것이다. 이 빛의 바퀴는 과거 현재 미래에도 소멸되지 않고 온 누리에 빈틈없이 존재한다. 우주의 상징인 금륜도金輪圖는 모든 우주의 생성과 변전의 의미를 포괄하는 만다라 혹은 '卍' 자로 상징된다. 신비로운 순환을 상징하는 만다라는, 융의 『만다라의 상징주의The Symbolism of Mandala』에 의하면 영혼의 초상이자 정신의 영역의 재현이다. 마치 서구에서도 소크라테스 이전의 철학자들이 존재의 본질적 요소에 대해 사고했듯이.

　힌두인들은 영혼의 재래와 환생과 환신을 믿는다. 세계는 여신 마야의 베일과도 같은 환착이다. 사실은 영원히 도망치는 것이다. 불교적 사유에서는 자기도 영혼도 신도 없지만, 존재의 5원소를 믿는다. 육체, 감각, 인식, 이성, 직감 같은 것들로 가득한 "수련"은 비어 있으면서도 동시에 충만하다. 빈 것은 형식이고 형식은 빈 것이다. 인간이 사용하는 말이란 이 우주적 운명의 일부분일 뿐이며, 그 기호의 시원성은 언제나 말 속에서 현재 시재로 진행되고 있다.

　시인의 눈은 단순히 언어를 의미로 박제시키는 것이 아니라 그 언어의 표피를 넘어 언어가 가닿고자 하는 근원을 좇아간다. 눈은 몸 속으로 함몰되면서, 인식(눈)과 감각(손)의 빗금을 지워버린다. 성의 쾌락을 거부하는 눈은 자연으로부터 분리된 세포이다. 성은 존재의 기쁨을 위해 관념의 거리를 두지 않는다. "눈길은 거리를 두지만 손길은 강한 접착력으로 언제나 붙어버린다". 그렇지 않은가? 육체는 자신의 욕망을 또 다른 육체에게 부여하며 자신을 얻게 된다. 채호기는 이 아름다운 욕망의 흐름을 읽은 것일까? 그는 "내가 내 몸에서 탈출하기 위해 너의 입으로 났지만, 나는 네 몸 속에 오래오래 남아있기를 원한다."(「너의 입」) 채호기의 시는, 육체 속에 드러나는 아니마의 주현제主顯祭 를 통해 새로운 자연의 대지로 독자를 인도한다. 분리된 존재는 하나로 다시 썩어야 한다. 그것은 저주가 아니라 축복이기 때문이다.

―『현대시』 1996년 8월호

떠도는 동공
－장경기의 시를 통해 본 판타지의 새로운 방향

1. 확산된 이미지들

눈은 인식의 체계성 속에서 구성되는 '주체화'의 편집증적인 출발점이다. 눈은 정지와 거리와 얼어붙음, 일종의 포착과 꿰뚫음의 미학을 구성한다. 지적이고 기구화되고 객관화되고 개인화된 근대인의 초점은 대상을 만들고 한계를 부여하고 포착하고 인식하고 재현하는 시선, 즉 강력한 남근적 서술의 중심적인 초점을 반영하며 타자의 가치들과 지식을 지배해왔다. 하지만 이성의 세기 끝에 피어난 '병든 꽃'인 세기말의 예술은 끝없이 표준화된 의미로부터의 일탈을 기획한다. 희미한 광기와 확산된 이미지들, 불안에 방해받는 광경, 경련하는 심장들, 으깨어진 머리, 시들어가는 꽃들은 세기말의 예술에서 찾아볼 수 있는 가상 일반적인 미석 풍경들이다. 그것은 근대의 문화를 지배해온 지적 병증과 매끈한 언어의 거울, 개인주의적인 자의식의 지배에서 벗어난다. 초점이 사라지고 구도가 망가지며, 리얼리티가 파괴된

다. 데카당티즘은 콜라주, 파편화, 매뉴팩처, 그 당돌한 아방가르드적 장난
기를 넘어선 '치명성'을 추구한다.

　　그러한 이상한 장난기에 속아 넘어간 하나의 사건을 나는 잊을 수 없
다. 그것은 얼마나 괴이한 해프닝이었던가? 1994년 『또 다른 변신을 향해
서』라는 시집을 헌책방에서 발견하고 흥분했던 적이 있다. "사후 60년 만에
발간된 천재 시인 이상의 시로 쓴 일기"라는 부기가 달려 있는 시집 속의 발
문에는, 관훈동 한 고가의 화재현장에서 발견된 이상李箱의 108편의 시들
이, 박제된 한 천재의 심리과정과 '미래문명비판적인 모더니스트'로서의
진면목을 드러내고 있다는 내용이 담겨 있었다. 이 시집의 필자가 장경기라
는 것을 나는 우습게도 1995년이 되어서야 알게 되었다. 슬프게도 그것은
이상의 시집이 아니었지만, 그렇게 이상한 놀이를 한 시인의 시에 대한 놀
라움은 이 글을 쓰게 된 하나의 동기이기도 하다.

　　장경기는 세기말의 해커다. 해커는 자신의 흔적을 남기지 않는다. 문화
의 시스템을 파괴하고 기억의 파일을 손상하며 불온하기 짝이 없는 혁명을
꿈꾼다. 일찍이 그가 가짜 이상의 시집으로 독자를 훔쳐보며 희롱했듯 그의
시는 끝없는 시선의 놀이를 한다. 거기에는 알 수 없는 익명의 아이디로, 세
상이 끝날 것이라 선포하는 사이비 메시아의 사이버 놀이도 포함된다.

　　앞서 언급한 괴이한 해프닝처럼 그의 독특한 시적 이력도 현대시인들
의 밟아온 일반적인 궤도에서 멀리 벗어나 있다.[1] 공포와 호기심을 가지고
두리번거리는 아이처럼 그의 눈은 명료한 목표, 하나의 대상에 초점을 맞추
지 못한다. 세계에 공포를 느끼면서도 끝없이 매혹되는 신경증자의 눈빛처
럼 그의 시의 이미지는 때로 지나치게 예민하고 과민하게 빛난다. 세기말의

---

1. 그는 화가였고, 영화광이었으며, 포르노그래피의 대본작가이기도 했다. 직업적인 이력으로 보면 그는 일관
　성이나 진보라는 관념에서 참 멀리도 떨어져 있는 것이다. 즉 중단, 파열, 갈등으로 얼룩진 그의 삶의 시간
　혹은 충동의 목록들은 시, 그림, 필름에 이르기까지, 혹은 그의 직업적인 경력에 철저히 스며들었다.

예술에서 극히 '정상적'인 미의 범주와 윤리의 법령은 무력하다. 나는 그의 시편들이 그다지 빼어난 작품들이라고는 생각하지 않지만, 언뜻언뜻 이상한 빛을 내뿜는 괴기스러움은 우리 시의 독특한 시대적 징후를 보여주고 있다고 믿는다.

2. 해리되는 풍경들

장경기가 동인으로 참여하고 있는 '소멸의 지평선' 동인은 그의 시를 말하는 데 하나의 실마리가 될 수 있을 것이다. 장경기, 김재혁, 최춘희, 주병률로 구성된 '소멸의 비평선'은 동인지『우리는 이제 소멸의 지평선을 넘어간다』의 표지 이미지에서부터 독특한 색깔을 나타난다. 동인지의 앞면에는 안창홍이 그린 '잠'이, 그리고 뒷면에는 '고통받는 새'라는 표제의 그림이 그려져 있다. 앞의 그림에서는 기이한 대머리의 사람이 해골 가득한 들판으로 열려진 창가에서 잠들어 있다. 뒤의 그림에서는 새가 붉은 신경과 복부의 내장을 드러낸 채 가시와 십자가에 결박되어 있다. 공포와 불안이 깃들어 있는 잔해와 상처, 그 원색적인 핏빛은 너무나 황량해서 바라보고 싶지 않은 세계 또는 기괴한 악몽 같은 공간을 보여주는 듯하다.

　　장경기의 상상적 밑그림을 살펴보기 위해 나는 좀 더 동인지를 세밀하게 들춰본다. "소멸의 지평선 제1선언문"에서 그들은 "논리 이전의 무의식 세계, 전언어적 공간"을 주시하며 입체파, 추상화 등의 기법과 홀로그램, 컴퓨터 그래픽, 그리고 동양사상에 관심을 두고 있다고 밝히고 있다. 그것들은 (그 발생의 기반은 상이하지만) 의미 중심의 언어, 관념 표현으로서의 예술, 기계론적 결정론, 이성 중심주의의 형이상학이라는 거대한 카테고리를 파괴한다는 측면에서 보면 일종의 상대주의적 맥락에 있는 것이라 할 수 있다. 이러한 사고체계들이 우회적으로 강조하고 있는 세계인식의 패턴을 문학과 연결시켜 보면 시의 비논리성, 역설, 자유정신들을 반영하는 것이 된다.

　　이러한 동인들의 색깔처럼, 말 혹은 문자라는 것에서 퍼져나오는 환상, 의식이 아니라 무의식에 의해 배열되는 자동기술적 이미지들, 거기서 오는 의미의 낯섦은 자주 장경기의 시에서 드러난다. 그의 시는 시공간 속에 점멸하는 홀로그램처럼, 동시에 마우스에 의해 여러 각도에서 불려나온 화상처럼 세계라는 파괴적인 이미지를 다각도로 영사한다. 그것은 현실에 또 다른 현실을 중첩시키며 세계의 의미를 새롭게 가시화한다. 그의 시 속에서 우리는 에로틱한 살냄새와 피비린내 나는 테러와 광기로 물컹거리는 세계를 만난다.

　　　생애 낸, 그의 유일한 명령자는
　　　저 심연으로부터 들려 오던 비밀스런 소리였다.
　　　그의 生은 비좁은 畵室 속의 뒤척임이었으나
　　　그의 魂은 황량한 처녀지를 질주하는 野生이었다.
　　　그의 눈빛이 닿으면,
　　　벌판은 한순간 휘황한 리듬의 불꽃으로 타올랐고
　　　숨쉬는 것들은 정수리를 꿰뚫는 전율에 소름이 끼쳤다.

　　　가랑비처럼 생애 내내 적셔 오던 우울로
　　　죽음이 물컹거리는
　　　늙은 神의 젖가슴을 초조히 더듬어야 했던 순간에도
　　　푸른 신경의 떨리는 손은
　　　희디흰 화폭에 광폭한 사막을 낳았다

_「夢想의 피 7」 부분

　　　오! 누나의 姦淫을 품는다

禁斷 같은 아비의 주검이 물컹거리는
노오란 陰部 속
흐드러지는 살빛 노을을 지나

_「姦淫」 부분

형수는 내가 손끝으로 만진 후로
아이보다 더 작은 모습으로 졸아들어,
비스듬히 누워 있소

_「형수님 생각」 부분

그 길바닥에 나의 주검이 으깨어진 채 드러눕고
피가 홍건하게 번져도 나는 몰랐다, 나의 주검을

_「금성 아파트」 부분

그 늙은 새디스트의 파란 입가에 희미하게 번지는 광기

_「새벽」 부분

魂은 몸뚱아리 속에 억류된 광란이었다

_「파란 인광」 부분

광란, 근친상간 등의 이미지는 장경기의 시 전체에서 원색적으로 반복되고 있다. 독자는 "그의 눈빛이 닿으면,/ 벌판은 한순간 휘황한 리듬의 불꽃으로 타"오를 정도로 탐미적이고도 그로테스크한 세계로 빠져든다. 그 속에서 한 사내가 근친상간에 열을 올린다. 오늘도 그는 "姦淫을 품는다". "禁斷 같은 아비의 주검이 물컹거리는/ 노오란 陰部 속/ 흐드러지는 살빛 노을을 지나" 누나 또는 형수와의 근친상간적 망상에 시달리는 화자는, 너무나

예의바른 이 세계, '아비의 주검'으로 대변되는 의식, 질서, 도덕 등을 전복하고자 하는 욕망에 체포당한다. 그 은밀한 몽상의 세계에서 그를 타이르는 것은 근엄한 아버지의 목소리가 아니다. "그의 유일한 명령자는/ 저 심연으로부터 들려 오던 비밀스런 소리"다. 그 비밀의 목소리를 드러내는 것이야말로 무의식의 해방이고 인습적 금기와 억압에 대한 파괴 욕망의 표출이라 할 수 있다. 그의 시에서 빈번히 드러나는 사디스트, 광인, 성도착자 등의 이미지들은 이성의 그늘, 인간의 심층에 자리한 어두운 힘들을 표상하며, 동시에 이 세계의 공포, 죄의식, 충격적인 황폐함과 교차한다. 늘 "몽상의 피"를 흘리며, 심지어 죽음의 몸짓까지 불사하는 마조히스틱 경향은 히스테릭한 살의와 사디즘적 착란으로 물든 세계에 대한 역반응이다. 장경기는 성이 대변하는 본능의 세계 혹은 주체의 마조히즘을 통해 악몽과도 같은 원시주의적 광란을 표현해 낸다. 그것은 어쩌면 세기말의 불안한 악몽, 죽음이 삼투되어 있는 삶, 질서와 혼란이 뒤엉켜 있는 세계의 본질적인 형상이 아닐까?

더 눈여겨보아야 할 것은 장경기의 시에서 드러나는 독특한 신의 이미지이다. 시인은 로고스의 상징인 신에게 욕망, 성, 심연의 이미지와 맞물리는 '젖가슴'을 콜라주한다. 거기서 우리는 외연과 내포를 비틀어가며 독특한 의미의 균열을 만들어내는 장경기 시의 전략을 발견할 수 있다. 그것은 물질/정신, 현실/비현실 등의 이분법을 파괴하는, 혹은 현대성에 대한 비판적 관점에서 반논리, 반언어, 반의식적 시쓰기를 추구하는 것이라 할 수 있다. "늙은 神의 젖가슴을 초조히 더듬어야 했던 순간에도/ 푸른 신경의 떨리는 손은/ 희디흰 화폭에 광폭한 사막을 낳았다"라는 진술 속에서 우리는 광폭한 사막으로 변해가는 세계의 허무, 확실성을 획득하지 못한 채 떠도는 말들, 기이한 환희를 목격하게 된다. 그것은 언어적 퇴행의 공간이라 할 수 있는 무덤과 자궁 속의 음산한 열락과 포개진다.

거리에 서면

끼익―아 진저리나는 괴이한 금속성의 소리들,

돌진해오는 출퇴근용 전철,

끼익―나의 입 속으로 한꺼번에 처넣어지고

거대한 괴물을 삼킨 입은 무덤이 되어

목젖 밑에서 괴이한 비명 소리를 흘려내야 하오.

어느덧 눈자위에 붉고 가는 신경의 잔뿌리들이 무수히 자라나고,

싸늘한 조각도를 거머쥔 섬세한 손은

다시 나의 몸을 조각조각 그어대며

파란 물감을 세세히 스며들게 하오.

시퍼런 죽음의 그림자가 점점 짙게 드리워지고 있는 게요.

바람도 햇빛도 깃들이지 않는 지하 어둠 속에 나를 눕히려는 게요.

「신경과민 ― 몽상의 피.13」 부분

　그의 시에는 무의식의 공간이라 할 수 있는 무덤/자궁 같은 육체 혹은 성적으로 주체화되지 않은 '태아'의 상태로 퇴행하는 화자가 자주 등장한다. 그것은 행동하지 못하는 성이며 엄마에게 묶여 있는 성, 몽상하는 성이다. 거기에는 남근적 선망과 거세의 죽음이 개입되어 있는 언어발생의 알레고리가 깔려 있기도 하다. 즉 자궁은 일종의 언어적 통과의례의 의미를 내포함과 동시에 "박쥐의 아랫배처럼 볼록이는" 번뇌의 습기, 그리고 미래의 불길함에 대한 세기말적 감수성이 동시에 깃들어 있는 공간이라 할 수 있다. 시인은 남성의 영역이라 할 수 있는 머리와 페니스가 제거된 세계로의 퇴행을 통해 "목젖 밑에서 괴이한 비명 소리를 흘려내"고 있는 문명의 폭력, 역사와 이념을 암시하는 '동굴 밖의 깃발'에 대한 환멸감을 표출한다. 그것은 「신경과민」에서 드러나는 것처럼 '거리' 즉 집단적인 마취로 우리를 이끄는 이념, 이성의 권력이 지배하는 세계에 대한 비판으로 이어진다. 하지만 화자

가 돌아가고자 하는 곳은 백주대낮의 '거리'가 아니라 "바람도 햇빛도 깃들이지 않는 지하 어둠"의 세계이다. 그곳은 생명이 하나의 존재로 방출되기 전의 유명계幽冥界, 곧 죽음도 삶도 아닌 중음신의 세계, 정착도 이탈도 하지 못한 부유의 세계라 할 수 있다. 시인은 이 세계라는 공간 속에 늘 몽롱한 환상의 후광을 씌워놓음으로써 현실과 비현실의 명암을 전도시킨다.

이러한 흐릿한 몽상의 공간은 "병실의 아이"라는 익숙한 코드를 떠올리게 한다. 아이의 과민함과 순수는 아버지의 법이 지배하는 세계의 '질병'이자 흔적으로 남는다. 그러한 의미에서 세계는 아이에게 철저한 폭력, 악이된다. 화자는 세계로부터 동떨어진 방 안에서 과도하게 컴퓨터에 탐닉한 아이처럼 "신경그물 위에서만 살아가는 신경거미"(「97. 신경거미3. 내가 산산히 해체되려는게요」)처럼 날카로운 감수성과 적의를 가지고 세계를 경계하고 있다. 행동이 거세되고 감각의 거미줄에 얽혀 있는 과민증자에게 현대 세계는 괴물처럼 거대한 모습을 드러낸다. 우리의 뇌가 연결되어 있는 거대한 인공지능처럼 악령의 중추신경계는 세계 끝까지 확장되어 있다. "이윽고 거대한 손이 나를 원심분리기에 넣고 스위치를 누르오./ 순간 온몸에 산산이 뻗쳐 오르는 오르가즘의 전율 아, 알 수 없는/ 또 다른 나로……변신해가는……. 이 괴이한 희열……"(「45. 내 자신도 알 수 없는 괴이한 나로」)이라는 구절이 시사하는 것처럼, 우리의 존재감은 모니터에 떠 있는 환상만큼이나 공소하게 즉각 증발해 버린다. 그에 맞춰 세계는 시간이 대체하는 영원한 복제화처럼 제거할 수도 멈출 수도 없는 불연속을 지속해간다.

아이는 세상에서 분리되어 있지만 신경거미가 되어 또 다른 몽상의 세계를 빨려들고, 그 완벽한 몽상의 풍경들은 이 세계의 잔혹함과 치명성을 전달하는 은유로 바뀌어간다. 장경기는 그런 방식으로 세상에 대해 말한다. 마치 아이의 신경증에 세상의 모든 통증이 스며들어 있다는 듯 소리 없이 모든 시간이 부스러지고, 바라보는 모든 것이 주름져간다. 거기서 우리는 일종의 은폐된 상충성의 충돌, 고요히 억눌려진 광기 같은 것을 발견한다.

불현듯 세상을 잃어버린 아이의 텅 빈 눈망울, 허무의 악령에 점령당한 노쇠한 눈망울을 독자는 보게 된다. 육체와 정신은 와해되기 시작하고 모든 것이 탕진과 고갈과 죽음의 그림자로 뒤덮인다. 흐릿한 유령과 밤의 정령들이 서서히 움직이기 시작한다. 세기말의 시간은 낯선 균열로 해리되는 이 기이한 악령의 공간 속에 있다. 데카당티즘은 죽음의 부력으로 의식의 수면 위에 떠올라, 한 세기의 문화에서 피어오른 독버섯같이 현란한 곰팡내를 풍긴다. 낡은 뼈와 퇴화된 세포들, 불빛에 탈색된 머리칼들, 창백한 얼굴에 붉은 입술은 그로테스크하다. 극단적인 매혹이 불길하듯이. 모든 것이 표준과 어긋나기 시작한다. 이렇듯 데카당티즘은 매혹적인 섬뜩함과 무의식의 유령이 지배하는 영역이다. 세기말의 공간은 죽어가는 문명에 대한 가장 강렬한 은유다.

일몰이 불길하게 징조하는 세기말의 공포는 그의 시 속에 밀어닥친다. "단순한 고깃덩어리로, 마네킹, 스테인리스로, 박제가 되어가는 모습으로, 애벌레로, 알 속으로 퇴화되어가는 모습으로, 부식된 모습으로, 뼈만으로, 다리가, 팔이, 가슴이, 목이 토막토막 해체된 모습으로, 기형으로, 돌연변이로, 극단적으로 신경만이 예민해진 존재로, 신경다발만으로 진화된 신경더미로 그리고 이것들은 다시 부피와 두께를 상실하면서 그림자로, 마침내는, 입자로, 파동으로, 기호로, 정보로 변신해가며" 도시 속을 질주하며 출몰하는 존재가 현대인인 것이다. "이러한 풍경을 추적하고 묘사해가는 것이 바로 나의 詩作이며, 앞으로도 계속하고자 하는 작업이다"라고.

그렇다. 장경기는 이상의 해학적인 어법, 자폐적인 어눌함을 삼키고 있는 듯한 독특한 문체를 구사하고 있다. 동물의 아가리에서 흘러나온 쓰디쓴 타액 같은 문체, 잦은 쉼표로 동강난 듯한 끔찍스런 언어들은 곱사등이처럼 꼬부라지고 뒤틀리면서 끝없이 백일몽적 이미지를 영사해낸다.

장경기의 시에는 이상한 악몽들과 황량한 고독감, 포학의 본능을 예감케 하는 어떤 특성이 있다. "한 순간, 하얀 빛이 가슴을 자르고, 도려내진 가슴에서 커피색 핏물이 치덕치덕 흘러내"(「41. 게로이드 1」)리듯, 현실의 어두운 균열 속에 스며드는 기괴한 이미지의 목록들이 있다. 이것은 세계를 구축하고 있는 부르주아지의 이념에 반역하는[2] 극한성과 치명성의 이미지들이다. 다분히 세기말적인, 독버섯처럼 퍼져나가는 악몽과 광기, 그 사이로 비치는 끔찍한 일그러짐, 창백한 죽음의 일몰 속에 서서히 또 하나의 세계가 일어서기 시작한다. 천둥 같은 북소리가 스크린에 울리고 피의 참수가 행해지는 끔찍한 컬트영화처럼 기괴한 이미지는 시 속을 흘러간다.

그러다 문득 하나의 이미지가 거대한 신상처럼 우리를 지배한다. 새로운 계시를 선포하는 종교처럼 우리의 의식을 갈가리 찢어놓는다. 세기말의 언어는 이상한 사원의 첨탑처럼 솟아 있는 송신탑들, 궁전처럼 진좌한 카페 테라스로부터 흘러나온다. 신의 권위는 조롱되지만 아직 종교는 굳건한 문명 뒤에 버티고 서 있다. 우리는 상품을 예배하고 스타들을 경배한다. 스타라는 제왕들은 수천의 군중들을 향해 계시를 내린다. 괴물 같은 외설이 넘쳐흐른다. 욕망과 부정과 폭력이 끓어오른다. 무너지고 갈라지고 신음하는 세계에서 표랑하는 무리들을 우리는 본다. 그렇다. 욕망의 격류가 건조하고 딱딱한 도시에 넘쳐흐른다. 재앙으로 행진하는 이성주의자들의 무덤처럼 안락한 쿠션들, 폭주하는 회선은 현대의 풍경을 가로지른다. 스크린 속, 브라운관, 모니터 속에서 우리는 파괴적인 자극을 필사적으로 빨아들인다. 존재는 급격히 싸늘하게, 꺼져버린다. 그 휑뎅그렁한 독방에 틀어박힌 존재는 약물, 도취, 우울 속으로 가라앉는다.

눈이 부시오

---

2. "억압된 상상은 포르노나 순진한 낭만적 상상력으로 분출된다. 그것은 사실주의 문학이 거부하거나 억압했던 삶의 영역을 폭발시키며, 현재적 (부르주아지의) 사실이라는 이데올로기의 컴퍼스 밖으로 밀려난 이념의 확장을 수행한다. (중략)판타지는 사실이 아니라 서술되고 알려진 사실에 의해 카테고리화된 사실의 극한을 지운다." Anne Crannyr Francis, *Feminist Fantasy, Feminist Fiction*, Polity Press, Oxford, 1990, P.75.

......

아직도 눈이 부시오. 좀 더 작은 창구라면 좋겠소

......

그래도 눈이 부시오, 사면 벽에 커튼을 두르오.

......

좀 더 작은 방이라면 좋겠소

......

그래도 여전히 눈이 부시오

_「75. 태아 속의 안식」

동굴 속으로 깊숙이 걸어갈수록
녹슬어가는 시간의 토막들이 거미줄에 걸려
더러는 거미에 삼켜지고
더러는 퇴색한 흔적으로 남아졌어.
그러다 문득 빛줄기 하나가 어슴프레 비쳐오더니
치덕치덕 습기찬 바다 위로 살빛 젖가슴이 봉긋 솟아났어.
가느다랗게 드러누워 있는 희디흰 알몸뚱이 위로
나는 어그적 어그적 올라갔어

벌건 시간들이 사타구니를 지나
다시 시룩시룩 꺼져가고
촉촉한 감미로움이 지나간 자리에
덧씌워지는 주름살

_「98. 길」 부분

화자는 내면의 "동굴 속으로 깊숙이" 잠겨 들어간다. "그래도 여전히 눈이 부시"다. 화자는 "문득 빛줄기 하나가 어슴프레 비쳐오더니/ 치덕치덕 습기찬 바다 위로 살빛 젖가슴이 봉긋 솟아"나는 것을 본다. 꿈지럭대는 세계가 이상한 주름으로 솟아오른다. 끈끈이 함정과도 같은 비밀의 시간들이, "덧씌워지는 주름살"로 그를 감싸안는다. 세계는 딱딱하게 고정되어 있지 않다. 오히려 점액질의 거미줄처럼 달라붙는다. "동굴" 같은 세계는 존재를 향해 천천히 좁혀오고, 급기야 존재에 스며든다. 문득 무서운 공포가 스쳐가고 기이한 안온함이 되돌아온다.

어둠은 "몽상의 피"를 양육하는 인큐베이터이다. 자기만의 독방에 "태아"처럼 웅크린 극단적인 퇴행 속에 시인은 "퇴색한 흔적들"로 가득한 세계의 둥그런 분묘를 본다. "시간의 토막"들이 여기저기 무너져 있는 방에서 시인은 시간의 "사타구니"들을 하나하나 더듬으며, 존재를 괴물처럼 집어삼키면서 "시룩시룩 꺼져가"는 생체적인 세계를 본다. 언제부터인지 인간이 "어그적 어그적 올라가는" "길"은 이 세계의 지시된 의미망에 다름 아니며, 그런 괴물 같은 세계에서 공포에 사로잡힌 동공은 그의 의식을 강박하는 무서운 세계를 본다. 떠도는 동공들의 원환의 궤적처럼, 그의 시는 현실의 공간과 원형적 공간을 둥글게 맞물려 놓는다. 약물중독자의 텅 빈 동공처럼 장경기의 시에는 초점이 맞춰지지 않은 세계, 끝없이 수축하고 확장하는 공간이 있다. 초점은 인간과 사물에 맞춰지지 않고 기괴한 세부나 전체로 확산된다. 몽롱한 환각은 현실에 있어 가장 치명적인 독이다. 정신분열증자들의 경련하는 동공은 데카당트한 시인의 자기초상이다.

그해 여름 처음으로
눈동자가 비어있는 사람이 하나 생겨났다.
채워도 채워도 여전히 비어 있는
그의 눈동자의 공허는 더욱 커져갔고
사람들은 그에게서 블랙홀을 보았다.

보이는 무엇이든 빨아들이며, 날로 거대해가는 블랙홀은
사람들을 하나둘 삼키며 더욱 거대해져 갔고
그만큼 단단하고 거대한 콘크리트 건물에 또아리를 틀었다.

_「66. 눈동자가 비어있는 사람이 하나 생겨났다」 부분

문득 거대한 눈동자 하나가 부리부리 나를 째려보는데
눈꺼풀이 열릴 때마다
눈썹들이 문어발처럼 흐물거리더니
불쑥, 쓰레기통……속에 맥주병을 눈썹끝으로 돌돌말아 움켜쥐었어

_「71. 맥주병」

사랑한다.
빈번히 나를 삼키는 그 어두운 너의 눈동자를.
내 손을 타고 흘러내리던 너의 피를.
그 죽음의 순간에도 감겨지지 않고 나를 지켜보는.
네 눈동자 속으로 나는 빨려 들어간다.

_「73. 너를, 너를 사랑한다」

"눈썹들이 문어발처럼 흐물거리더니/ 불쑥, 쓰레기통……속에 맥주병을 눈썹끝으로 돌돌말아 움켜"쥐기도 하고, "어두운 너의 눈동자"가 그것을 바라보는 존재를 집어삼킨다. 동공이 없는 눈, 살아 움직이는 눈썹은 세계를 바라보는 시야를 좀먹는다. 거대한 구멍이 세계에 뚫려 있다. "사람들을 하나둘 삼키며 더욱 거대해져"가는 "블랙홀"이 세계에 또아리를 틀고 있다. 거대한 욕망의 궁륭에서 태어나 그곳으로 빨려 들어가는 세계는 연골로 이루어진 거대한 생물처럼 끝없이 살아나 꿈틀거린다. 사물을 하나의 의미로 도려내고 박제하던 동공은 점점 확대되어 거대한 우주까지 집어삼킨다. 이

제 주체의 시선은 단순히 현실을 재현하는 도구가 아니라 욕망이 누전되는 무의식의 응사로서 존재한다. 세계는 작품의 가장자리까지 밀려나고 아예 시선에 노출조차 되지 않는다.

눈은 분리의 포착이며, 지적인 관념을 받쳐주는 가장 기본적인 인식의 토대였다. 언제나 눈은 통제와 윤리의 시작이며, 재현의 시작이다. 눈은 지적인 인식의 도구, 다시 말해 리얼리즘의 도구가 된다. 그러나 산재하는 환각들, 파열하는 피사체는 끊임없이 흔들리며 사실적인 시선의 초점으로부터 벗어나버린다. 무엇에 관해 집중적으로 쓰려고 하면 할수록, 대상은 오히려 흔적 속으로 방산되어 나간다. 블랙홀의 어둠이 창백한 세계의 표면 위에 드리워진다. 이제 우리는 서서히 벌어지는 분명한 틈들, 미끌거리는 말들, 욕망의 끈적임을 본다. 초점이 흐려질 때 세계는 뿌리 없이 떠오르고 녹아 시들고 만다. 오직 남아 있는 것은 "기억의 고집"일 뿐이다.

장경기는 이 환각적인 세계를 사실과 유리된 채 떠도는 이미지로 포착해 낸다. 현실로부터 삭제된 세계를 현실의 전면에 밀어올린다. 다분히 초현실적으로 보이는 이러한 이미지는 현실을 구성하는 범주에 대한 반역이며[3] 근본적으로 표준화된 세계를 모방하길 거부하는 아이의 감수성에서 비롯되는 것이다. 간혹 그의 시에서 분출하는 가학/피학적인 이미지는 이 세계의 기형성에 대응하는 심리적 이미지이며, 그러한 의미에서 그의 시에는 세계에 대한 고발의 메시지가 겹쳐져 있다.[4]

---

3. "리얼리즘의 관습은 현시적 부르주아적 현실을 구성하는 카테고리를 코드화하는 텍스트를 구축한다. 판타지의 텍스트는 철학적 절대성 또는 필할 수 없는 상식이 아닌 자의적 구축물로서 그러한 카테고리를 벗겨내고 이데올로기적으로 확정된 그것을 폭로한다." Anne Crannyr Francis, P.76.
4. "작가가 텍스트적으로 구축한 또 다른 세계에는 어쩔 수 없이 그 자신의 시회에 대한 코멘트인 함축 또는 노출이 있다. 그것은 현재를 구성하는 담화의 반영물이다. (중략) 그러나 판타지적 진실은 지식의 진실성 같은 것과는 분명히 다른 것이다. (중략) 텍스트라는 이차적 세계는 이미 낯설어지고 독자가 참여하기 두려워한 행동의 영역 속으로 진입한다." Ibid, P.77.

싸늘히 꽂히는

네 각이 진 그림자의 날카로운 키스.

뇌신경들은 수풀처럼 자라나며 너를 만지나니.

내 어둠에 손을 넣어 으스러뜨리는 너는 누구인가.

_「서시」 부분

괴이한 일이오

뒤통수가 움푹 패이기 시작했소.

누군가 거대한 발자국을 새기는 게요.

누군가 나의 머리를 밟으려는 게요.

들리오.

발자국 소리가 들리오.

거대한 발자국들의 소리가 점점 크게 들리오.

_「13. 자화상 3-뒤통수가 움푹 패였소」 전문

아이의 머리 속에서는 원폭이 터진 게요.

하얀 빛이 뇌를 조각조각 베어내고

아이의 머리 속 세포세포마다 적시오.

(중략)

……눈을 감으면 나의 머리 속에서는 지금도 검은 비가 내리어 나의 온 생각들을 치덕치덕 적시오.

_「43. 아이의 머리 속에서는 원폭이 터진 게요」 부분

두개골 속에는 놀랍게도 원폭의 재앙이 가득하다. "아이의 머리 속 세포세포마다 적시"고 있는 "검은 비"는 세계사적 재난들이 입증하고 있는 근대의 광기를 환기시킨다. 머리는 재앙으로 가득한 "검은 상자"(「47. 벽」)다.

딱딱한 존재의 가면 같은 두개골 속에서 뇌수가 액화된 가스처럼 부글거린다. 송곳 같은 두통이 "뒤통수"를 긁으며 내려간다. 끝없는 망상이 두개골 속에 갇혀 소용돌이 치고 있다.

한때 두개골 숭배자들의 세계는 완벽했다. 파괴된 의미들은 즉각 새로운 의미들로 완벽하게 닫혀졌다. 모든 것이 차분하고 억제된 관념으로 이기적인 자신을 고수하고 있었다. 하지만 이성은 이성 안에서 인간을 전복시킨다. 그것이 이성주의자들의 운명이고 근대의 숙명이다. 우리는 아직 "두개골 속에 갇혀 있"(「48. 거울」)다. 하지만 거기서 "사소한 강박감에 뾰족해져 있는 나의 두개골을/ 조각도 삼아 거대한 콘크리트 속으로 파고 들어가오.// (중략) 건물들을 깎아세우고, 거리를 만들고, 습기찬 하늘을 만"(「6. 우울한 몽상 (1)」)드는 불온주의자가 존재한다. 늘 "정신이란 것은 흰자위에 번"(「68. 정치 회담」)지는 것이므로 장경기는 세계를 지워가는 눈, 전율하고 착란하는 기관적인 눈을 통해 세기말의 풍경을 재현해 낸다.

3. 생체적 시간으로

장경기의 시에서 빈번히 드러나는 '머리'에의 강박증은 존재의 거세된 욕망의 차원에서 더욱 본질적인 해석을 얻을 수 있다. 프로이트의 『메두사의 머리medusa' s Head』에서 거세된 머리는 남성 거세와 명백히 관련된다.[5] 두개골에는 정욕이 없다. 그러나 갑자기 뒤통수가 움푹 파이거나 머리 속에서 "신경의 수풀"이 자라나는 환각은 거세된 머리, 즉 메두사의 머리칼과 결부

---

5. 머리와 관계된 시각상은 프로이트 성이론의 중요한 기반이 된다. 메두사의 머리에 비유하면, "목베기는 거세하기와 같다. 메두사에 대한 두려움은 어떤 장면과 연관된 남성들의 거세에 대한 두려움이다." ed. Philip Rieff, *Sexuality and the Psychology of Love*, New York Macmillan, 1963, PP.212.

된 거세공포와 관련된다.[6] 장경기의 시에는 이 거세된 주체의 편집증적 욕
망을 집요하게 파고들어가는 이미지들이 있다.

푸르스름한 빛이 연하게 감도는 방안엔

아이와 형수님이 인형마냥 놓여 있소.

형수는 내가 손끝으로 만진 후로 아이보다 더 작은 모습으로 쫄아들어

비스듬히 누워 있소.

여러 날, 그런 상태로 있기에

어머니가 형님에게 눈짓으로 왜 그러냐 물으매,

형님이 '동생이 만져서' 하며 말꼬리를 흐리는데,

그나마 형수님 모습은 아예 보이지 않게 되었소.

녹아 사라진 게요

(중략)

거울 속에는 또 하나의 검은 거울이 보이오.

그 거울 속에는 또 하나의 검은 거울이 보이고

그렇게 몇 번이나 계속된 후에야

녹슬은 구리 거울 하나가 보일 게요.

표면의 녹을 닦아내면

파리한 소녀 하나가 드러날 게요.

_「9. 형수님 생각」 부분

6. 처음으로 여성의 거세를 발견하는 어린 아이처럼 메두사의 머리칼/뱀은 두 가지를 시사한다. 그것은 페니
스의 거세공포에 대한 두려움이다. 그러나 여기서 페니스는 남성만이 아니라 인간 전체와 관련된 거세 갈
등을 폭로한다. 프로이트의 분석과 관련하여, Lady Montagu's의 머리칼에 대한 일반적으로 악마화된 시각
은 메두사의 머리칼과 결부된 거세공포와 연계된다. Inge E. Boor, Cultural Critique, *Despotism from
Under the veil* Winter 1995-6 P.65.

'형수'에 대한 화자의 몽상은 매우 치밀하게 주목해야 할 부분이다. 시인은 "아이와 형수님이 인형마냥 놓여 있"다는 환각에 사로잡힌다. 형수라는 금지된 욕망의 대상을 바라보는 존재에게 "푸르스름한 빛이 연하게 감도는 방"은 어느새 "검은 거울"로 바뀌기 시작한다. 거기에 "파리한 소녀"가 욕망의 이미지로 놓여 있다. 그러나 언제나 의식은 즉각적인 검열로 욕망을 살해한다. '아이'라는 거세된 성, '인형'이라는 죽어버린 육체는 욕망의 억압에 실패한 자, 즉 문명적 정체화에 실패한 나르시스트적인 유령이다.

이처럼 장경기의 시에서 드러나는 광폭함과 유약함은 언제나 나르시시즘적 의미와 통합되어 있다. 양성적 인간은 나르시스틱하다. 사디스틱한 동시에 마조히스틱하다. (남성 드라큘라, 혹은 그에 의해 죽임당한 여성들, 즉 흡혈귀의 좀비적 이미지는 악마숭배적인 나르시시즘을 재현한다) 거울 속의 소녀를 바라보는 화자의 시선은, 어쩌면 '형수'가 아니라 자신의 양성적 무의식을 바라보는 것이다. 우리는 자연적인 존재를 남성과 여성 같은 의미로 나누곤 한다. 세계에 거세된 언어들이 또다시 우리의 의식을 잘라내버린다. 하지만 존재란 하나의 기호에 빳빳하게 고정되지 않는다. 특히 성은 기호화된 공간을 넘어서는 자연의 영역으로 확장된다. 다스려지지 않는 욕망은 악마적이다. 선악이라는 이분법 속에서의 악마가 아니라 숨겨진 유령이라는 의미에서 악마적이다. 장경기의 시에서 형수와의 결합(만짐)을 몽상하는 존재는 형수가 형의 아내라는 제도적인 논리를 거부한다. 장경기는 존재의 윤곽을 세계로부터 도려내면서, 끈질기게 '밀실'이라는 악마적인 공간 속에 밀어넣는다. 타자의 시선이 지워진 자리, 그곳에선 오직 어둠 속을 떠다니는 욕망의 세포핵 같은 눈만이 열리게 된다. 시선이 지워진 곳, 그러나 그 속에서 또다시 무한히 확장되는 시선은 더욱 강력한 환각으로 확장된다. 화자의 시선을 계속 따라가보자.

그러다 모니터 화면의 구석구석으로부터

요염한 빛줄기 하나가 생겨나더니
긴 혀를 날름거리고 핥고 삼키기를 수개월,
이끼 긴 하늘이 이윽고 자신의 거대한 음경을 씰룩거리자
수억의 정충들이 분수처럼 내뿜어졌소.

지상에 뿌려진 정충들은
붉은 쇳녹을 먹고 섬짓섬짓 자라나 콘크리트 건물로, 아스팔트보도로,
광장으로 넘쳐흐르며
괴이한 모습의 두발몸뚱어리, 곧 사람으로 자라났소.
화려한 어둠을 향해서만 달리는 문명의 계단을
회오리치듯 기어오르며

「44. 하늘로 턱뼈가 올라가고 있소」

일찍이 세상이 어미의 어두운 질 속, 거대한 터널이던 시절에
앞서지 않으면 아니된다는 강박감으로 질주하다
단 하나 유일하게 난자 속으로 기어들었던,
난자 속에 웅크린 채
어미의 거대한 질 속이 잔인한 살육의 터널로
수억 정충의 시체더미로 변해가는 모습을 지켜봐야 했던 정충들.

이제 두발몸뚱어리로 변신한 정충들은
다시 화려한 난자를 열망하며
저마다 고도로 농축된 욕망의 엑기스가 되어
지하도로, 빌딩으로, 골목으로 질주하고 있소.

「65. 화려한 난자」 부분

눈동자 없이 검은 눈의 창문들,

그늘에 덮인 아파트 담벼락 아래 길로 지나다니는

나의 모습을, 말없이 지켜봐 왔던 저 창문들,

언제나 정적만이 또아리를 틀고 있는 창문들이

나의 비명소리로 파드드 떨리라는 것을

나는 예상하지 못했다.

(중략)

아파트 낡은 창문에서 마침내 비명소리가 들려오고

그 길바닥에 나의 주검이 으깨어진 채 드러눕고

피가 흥건하게 번져도 나는 몰랐다, 나의 주검을

_「2. 금성아파트」부분

　　모니터 앞에서, 아파트의 창 뒤에서, 화자는 "지하도로, 빌딩으로, 골목으로 질주하고 있"는 군중들을 응시한다. "난자" 속으로 기어들기 위해 달리는 "정충"들의 치열한 전투를 본다. 콘크리트 건물과 아스팔트 보도가 헐떡대며 사람들을 쏟아내고, 다시금 그들을 삼켜버린다. 통제되고 조직화된 일상이란 욕망의 '소용돌이' 속으로 돌진하고 있는 전쟁터와 다르지 않다. "어둠을 향해서만 달리는 문명의 계단"은 "어미의 거대한 질"과 겹쳐져 떠오른다. 난자와의 "화려한" 결합을 꿈꾸는 정충들이 "막힌 골목" 속을 "질주"하는 "아해"들처럼 생존의 사투를 벌이고 있다.

　　이러한 광경은 문명 속에 발견되는 원시의 이미지라 할 수 있다. 근대주의자들의 플롯에 따라 끊임없이 '진보'하고 있다고 해석되는 세계의 원초적 생존게임 속에 모두가 "욕망의 엑기스"가 되어, 숨막히는 욕망의 블랙홀로 빨려드는 것이다. 이러한 세계에서 시인은 "아파트 낡은 창문에서 마침내 비명소리가 들려오고/ 그 길바닥에 나의 주검이 으깨어진 채 드러눕고/ 피가 흥건하게 번져"가는 것을 본다. 기분 나쁜 피냄새가 세계 속에 배어

든다. 세계의 질서에는 난폭한 자연의 논리가 뒤섞여 있다.

눈꺼풀 속에는 수많은 면도날이 자라나
눈을 뜨려면 눈동자 속으로 일제히 파고드오.

거리에 서면
끼이익—아 진저리나는 괴이한 금속성의 소리들,
돌진해오는 출퇴근용 전철,
끼이익—나의 입 속으로 한꺼번에 처넣어지고
거대한 괴물을 삼킨 입은 무덤이 되어
목젖 밑에서 괴이한 비명 소리를 흘러내야 하오.

_「4. 신경과민(1)」 부분

90년 예수강림을 알리는 스티커가
전철에, 벽에 힐끔힐끔 돋아나기 시작했다.

4인조 탈주범이 일가족 4명을 생매장시켜
인간의 잔인성에 또 하나의 기록을 갱신하고
시민들의 감정을 그만큼 무뎌져갔다.

_「61. 1990년 늦가을」 부분

　　전철은 "거대한 괴물을 삼킨 입"처럼 "괴이한 금속성의 소리"를 토해놓
는다. "눈꺼풀 속에는 수많은 면도날이 자라나/ 눈을 뜨려면 눈동자 속으로
일제히 파고"든다. 도시는 악몽의 불길로 넘실거리는 말세와도 같으며, 역
사란 사악한 시간이 차오르고 있는 악의 도정이다. "예수강림을 알리는 스
티커"가 "힐끔힐끔 돋아나기 시작"할 때, 범죄자는 "인간의 잔인성에 또 하

나의 기록을 갱신"한다. 이러한 현실 자체의 가학성, 무서운 세계의 억압 속에 해체되는 존재의 강박증, 갑자기 터져나오는 일탈성은 장경기 시의 중요한 특성이다. 장경기의 시에서 신과 범죄자는 가장 극단적인 나르시시즘에 빠져 있는 존재의 가면이다. 신성을 모방하면서도 악의 논리에 오염된 존재일 수밖에 없는 현대인의 개인주의는 늘 강력한 자기숭배의 컬트와 결합되어 있다. 하지만 자기중심적인 개인이면서도 기계의 부품일 수밖에 없는 현대인의 운명은 거대하고 동시에 왜소한 신성과 범죄성을 포개놓는다.

그의 시 속에는 늘 이상한 불안감이 깃든 폭력적인 이미지가 밀어닥친다. 거대한 공포가 세계를 삼킨다. 마치 우리는 결코 공포로부터 자유로워질 수 없고, 자아는 언제나 불안한 욕망 위에 세워진 가건물이라는 듯 말이다. 너무나 완벽한 의지와 자유에는 언제나 근대의 냄새가 난다. 공포로부터 벗어나기 위해, 인간의 이성을 신봉하고 징벌과 경계를 받아들였다. 하지만 그토록 매혹적이었던 근대의 플롯은 얼마나 엄청난 재앙을 가져왔으며, 이성적 질서와 윤리적 의지라는 것은 얼마나 허약했던가? 근대주의자들은 존재의 근원적인 폭력성을 통제하고 질서화했다. 하지만 그토록 신성했던 이성의 지반이 무너지면서 우리는 무참한 도륙과 재앙으로 가득한 난폭한 세계를 본다. 문명은 결코 완벽하게 모든 것을 길들일 수 없었다. 아무리 공포와 폭력과 범죄를 제거하고, 섹스와 사디즘을 금지된 영역 속에 묶어놓아도, 폭력과 사악함은 우리가 제거할 수 없는 유전자의 명령이며, 이것은 역사와 문화 속에서 입증되는 사실 그 자체이다. 자연의 유전자를 가진 괴물의 자궁처럼 난파된 영혼들로 가득한 세계에서, 세기말의 예술은 이성주의자들이 삭제했던 무의식과 자연의 힘을 고스란히 물려받는다. 바로 "몽상의 피"로. 몽상의 피는 사회가 제거할 수 없는 자연의 파시즘, 시인의 이마 위에 찍힌 "카인의 표지"이다.

데카당티즘은 우리의 의식이 현상되는 암실이다. 그것은 현실의 도덕적 질서와 이념적 의미들에 배리됨으로써 역설적인 시대적 가치를 부여받는다. 그것은 때로 존재의 완전성이 해체된 시대의 또 다른 영적인 격류이며, 오컬트적 초상동이다. 고갈되고 탕진된 의미의 폐허를 놀이하는 반항과 독설의 언어들은 이렇게 문화의 표층 밑에 소용돌이치고 있다. 장경기의 시에는 이러한 공포스럽고 파괴적이며 치명적인 감수성이 담겨 있다. 딱딱한 관념의 콘크리트 덩어리가 아니라 피와 뼈로 엉켜 있는 거대한 생물 같은 세계를 본다. 그 전율과 공포는 새로운 미적 쾌락을 산출하는 열정의 표현이며, 어쩌면 의미에 훼손되기 이전의 자연, 거세 같은 변형이 존재하기 이전의 존재, 번역과 해석이 존재하기 이전의 세계와 접촉하는 것이 아닐까? 시인은 말한다. "이런 곳이 그립소./ 괴이한 어둠만이 있는."(「57. 녹색광선」). 한 세기의 일몰이 도착하듯 날마다 공포는 정확히 도착한다. 이성주의자들의 논리는 결코 완벽하지 않다. 생각 속에는 생각이라 우기는 망상이 들어찬다. 우리가 머리로 만들어낸 생생하고 소름끼치는 세계가 펼쳐지기 시작한다. 갑작스런 폭력이 세계를 관통한다. 폭력의 낙진이 세계를 덮는다. "일찍이/ 누가 무뇌아를 양산했던가"(「63. 강박감」). 육체와 정념을 배반하고 폭력과 광기를 제거하며 거대한 기형성의 세계를 건축해낸 이성주의자들은 새로운 몽상의 공간인 독방에 칩거한다. "작은 방"에 유폐된 몽상가의 텅 빈 눈망울에서 우리는 세계의 격렬한 파산을 본다. 이 뇌사적 경험은 바로 데카당티즘의 숙명과 직결되어 있다.

최근 장경기는 '멀티 포엠'이라는 장르를 실험하고 있다. 그것은 "정신문화의 피라미드의 정점에서, 모든 매체가 종합되어 빚어낸 꽃으로서, 영상, 음, 문자, 그 외에 새롭게 등장하는 모든 매체들을 포용하는 새로운 시"라고 '멀티포엠 선언문'은 밝히고 있다. 모든 것이 불온하며 동시에 정당하다. 세기말의 예술은 그 자체로 낡은 예술의 죽음을 역설하며 탄생하는 제의적인 판타지이다. 풀려버린 동공, 착란하는 언어들은 명료한 인식과 진보적 행동을 거부하며 원형의 자연 혹은 문명의 금기 주위를 맴돈다.

―『현대시』 1996년 10월호

죽음과 영적 오나니즘

– 남진우 시를 통해 본 도착성의 미학

1. 신성의 그늘, 세기말적 도착

대지에 몸을 눕힌 첫 인간의 잠은 데카당스의 가장 시원적인 이미지이다. 푸른 낙원에서 뛰놀던 아담은 지치고 피로해졌다. 신의 축복으로 가득한 낙원에 조락과 고갈의 냄새가 스며드는 것이다. 존재의 환상을 억누르던 빛이 사라지며 음울한 일몰이 무의식의 풍경처럼 펼쳐진다. 아담은 잠들어 있는 동안 여성의 영인 아니마를 수태하고 있는 양성인이었다.

아담의 잠으로 소급되는 가장 내밀한 양성성의 꿈은, 상상적 영역에서 드러나는 창조의 권력과 생물학적 사실성을 넘어서는 영적인 완전성을 징표한다. 아담은 본다. 그의 눈 앞에서 갑자기 흐릿한 이미지가 생겨나고 그 이미지는 또다시 어떤 얼굴로 변해간다. 그는 놀란다. 누군가가 누워 있는 자기를 내려다본다. 여자의 나직한 목소리는 아담의 고막 속으로 흘러들어가, 그의 존재 안에서 신비로운 울림을 만들어낸다. 아담은 그 소리를 자신의 목소리라고 생각해 본다. 그들은 닮았다. 아니다. 이 말은 옳지 않다. 그들은 섞여 있다. 그들은 죽음의 시간까지 나란히 손잡고 뻗어나간다. 여자는 아담의 모호한 심리적 아우라를 두른 여신이며, 그의 욕망을 은유하는 거울이었다. 하지만 환영처럼 일어난 존재와 마주치는 순간 분명 아담은 공포에 사로잡혔으리라. 곧이어 알 수 없는 통증을 느낄 것이다. 물론 아담은 자신이 어떤 상처를 입었다는 사실을 기억하지 못하리라. 그는 한 방울의 피도 흘리지 않았으며 조금도 찢어지지 않았다. 하지만 아담은 무언가를 잃어버렸음을 느낄 것이다. 왜냐하면 신의 손가락이 그의 늑골을 빼내갔기 때문이다 육체와 영의 한 부분을.

아담의 상처는 창조의 무의식에 대한 이중의 읽기를 가능케 한다. 첫째, 아담의 상처는 그가 부여받은 남성적 정체성의 대가였다. 성이 없던 아담은 상처를 통과하여 '남성'이라는 최초의 정체성을 부여받는다. '잠'이라는 죽음과 '깨어남'이라는 재생의 의례를 통과하여 남근적 신성, 진리, 언어의 공간으로 들어서는 것이다. 둘째, 아담의 상처는 매혹적인 존재의 탄생을 가능케 한 출구였다. 여자를 뱉어낸 그의 상처는 어쩌면 무의식의 흡혈귀가 깨문 자국과도 같은 것이다. 하와라는 매혹적인 영적 분신을 통해 죽음은 존재 속으로 흘러 들어온다. 악은 아담의 가장 사랑스런 반영적 이미지를 통해 그의 운명 속에 들어오는 것이다. 사탄[1]의 질투는 그의 영적 아니마를 통해 아담의 오이디푸스적 주체를 교란시켜 버린다. 아담은 아버지의 영예를 상속받을 자였다. 하지만 사탄은 아담이 태어나기 전에 존재했던 버림받은 장자이자 그의 형이었다. 카인과 아벨이 그렇듯이 아담의 형은 자신이 질투하는 아우를 죽인다.

---

1. 헤브루 텍스트에서 기원한 '사탄Satan'이란 말은 내면을 시험하는 자라는 뜻을 갖는다. 그리스 말로 '사타나스Satanas'는 신에 의해 인간에게 주어지는 시험을 의미한다. 다른 말로 '데이몬damon'은 헤브루 텍스트들로부터 다양한 악령을 의미하는 것으로 쓰이곤 했다.

절대신인 아버지의 논리를 위반하는 사탄의 욕망과 타락이라는 모티프는 근대 심리학의 강력한 패러다임이 된다. 사탄은 아버지의 권력이 아니라 욕망으로 아담을 지배하고 파괴한다. 사탄은 모든 욕망의 은유이다. 사탄의 만족은 금지에 묶여 있는 오이디푸스적 주체를 파괴하는 자유에서 온다. 그러나 자유의 결과는 사망과 지옥이라는 고통이었다. 의심, 절망, 고뇌로 가득 찬 눈먼 욕망의 비극, 하와의 아름다움에 눈먼 아담은 바로 사랑이라는 심리를 통해 죽음과 만난다. 스스로의 영적 분신에게 매혹된 아담은 죽음에의 욕망을 소유하는 존재의 숙명을 받아들인 것이다.

사악함은 아름다움을 통해 흘러 들어온다. 매혹과 탐미는 같은 은유의 궤적을 그리는 것이다. 여자는 아담의 존재를 지배하고 변형시킨다. 매혹은 존재의 심장을 가격하는 죽음의 통로이다. 남진우가 그의 시집『죽은 자를 위한 기도』자서에서 의미심장하게 암시하듯, 감미로운 꿈과도 같은 자기 살해의 몽상은 바로 끝없는 아름다움에 매혹된 시인의 초상으로 읽힐 수 있다. 매혹과 이끌림, 덫과 상처는 바로 자신의 영적 이미지 앞에 마주 선 자의 필연적인 운명이라 할 수 있다.

이러한 자기에의 매혹은 자위적 글쓰기의 행위와 분리될 수 없다. 사실상 모든 창조라는 것은 내면의 자기를 이끌어내는 행위이며, 이러한 의미에서 그것은 일종의 수음적인, 영적인 오나니즘onanism(영적 수음, 성교)으로 이끌리는 것이라 할 수 있다. 하지만 시인은 나르시스의 운명이 암시하듯이, 스스로의 욕망이 투영된 이미지를 통해 자신의 죽음으로 이끌려간다. 남진우의 시집『죽은 자를 위한 기도』에는 이러한 내용을 암시하는 시인의 단상이 실려 있다. "자기 살해의 꿈보다 더 감미로운 꿈이 있을까. 칼날이 심장을 관통할 때의 섬뜩함만이 인간에게 주어질 수 있는 유일한 축복이지 않을까. 오직 죽은 자만이 성스럽다." 분명 그렇다. 죽음은 매혹이다. 죽음에의 매혹은 주체, 의식, 신성을 파괴하는 또 다른 영적 신성의 그늘에 놓여 있는 것이다.

남성의 영적인 가면은 도덕/정의/이성이다. 하지만 그러한 일반화된 규준을 버리면서 운명처럼 받아들일 수밖에 없는 영의 죽음을 통과해 그는 창조의 무의식인 양성성을 불러낸다. 아버지의 신성을 모방하지 않는 자는 언제나 틀림, 빗나감, 즉 일종의 도착성의 영역에 놓여 있다. 도착성은, 넓은 의미로 이해하면 주체와 의미와 범주를 파괴하는 경계의 죽음이다. 언제나 도착성은 분명한 남자/여자, 삶/죽음 등의 추상화되기 전의 의미의 질료로, 즉 창조성의 꿈으로 우리의 의식 밑바닥에 가로놓여 있다. 이러한 의미에서 도착성은 사악함이 아니다. 악이 '타락'이라는 인간적 의미와 결부될 때 악은 스스로의 본질을 잃어버린다. 윤리적 목적을 위해 선전되는 악의 이미지는 언제나 악마성의 본질에서 미끄러진 것일 수밖에 없다.

카시러Cassirer가 그의 『상징적 형식에 대한 철학The Philosophy of Symbolic Forms』에서 틸리히의 말을 빌려 언급한 바에 의하면, '악마적'이라는 것은 "상황적인 무엇인가가 비상황적인 의미로 고양되어 가는 것"이다.[2] 이러한 각도에서 보면, 도착은 상황적 문맥에서가 아니라 철저히 내적인 자의식의 문맥 속에서 의미를 얻는다. 도착은 단지 성적 약호에 대한 위반이 아니라 정체성의 신화를 구축하는 모든 이야기로부터의 망명이다. 프로이트에 의하자면, 도착은 성을 넘어 훨씬 광범위하고 본원적이고 일상적인 것이다. 프로이트는 『페티시즘Fetishism』(1972)에서, 도착이 오이디푸스적 가족의 규범 속으로 통합되기 전의 모자관계에 상징적 토대를 두고 있다고 암시한다. 이러한 의미에서 보면, 도착은 주체의 규범화와 경직화를 거부하는 본질적이고 근원적인 욕망인 것이다. 글쓰기의 차원에서 도착은 단지 주체의 경계를 파괴하는 양성성의 문제에 한정되지 않고, 갑자기 넘치거나 고갈되는 정서, 희미한 자기 경련과 착란, 물적 페티시즘을 포괄하는 다양한 전략으로

---

2. Douglas, *Terrible Honesty*, p.57, *The Death of Satan*, Harper Collins Canada Ltd, 1995. p.189에서 재인용.

실현될 수 있다. 가장 극단적인 도착은 생자와 사자의 경계를 넘어서는 영적 소통이다.

이러한 도착성을 강렬하게 드러내고 있는 남진우의 시는 세기말의 꽃처럼 피어난 자유주의자들의 악마성을 상기시킨다. 세기말 시인들의 가장 강렬한 미적 전략이기도 했던 도착성은, 주체의 욕망을 과도하게 억압하고 조종하는 병리학적 형이상학에 대한 반격의 의미를 띤다. 이러한 도착성을 가장 급진적으로 미학화한 선례를 우리는 사드로부터 찾아볼 수 있는데, 사드는 『소돔의 나날Days of Sodom』에서 자아 탄생을 위한 낭만주의적 제의를 오이디푸스적 금기의 해체라는 원형적/악마적 영역과 결부시킨다. 도착의 진폭이 극단적으로 강화될 때 그는 세기말의 악귀와 결합하는 죽음의 향연을 독자에게 선사한다. 남진우의 시적 취향은 사조적 흐름에서 보더라도 세기말적 미학의 변용이라는 측면에서 세 가지 중요한 의미를 획득한다. 첫째 사회적/윤리적으로 규범화된 미적 가치에 대한 저항이라는 측면, 둘째 장식적이고 불균형한 의식 과잉이 초래하는 스타일의 측면, 셋째 끝없이 반복되는 심리 공간의 패러디라는 측면에서다. 나는 '도착성'을 중심으로 한 남진우 시의 몇 가지 특징적인 상상력의 방식에 대한 지적을 하는 것으로 이 글의 주제를 삼고 싶다.

2. 달의 눈 : 몽유병적 도착

신이 생명의 입김을 불어넣은 존재가 지치고 고갈된다는 것은 악마적이다. 태양같이 존재하는 분명한 빛 아래 일하고 행동하고 질주하던 존재는, 피로한 몸을 침대에 눕히려는 평온한 시간에 의식에 가려진 유령들이 서서히 존재의 표면에서 벗겨져 나오는 것을 본다. 매일의 잠은 최초 사망의 기억으로 우리를 인도한다. 죽음은 언제나 일몰의 시간에서 둥글게 휘어져 그에게로 돌아온다. 아리스토텔레스에 의하면 "비전은 우리의 눈이 닫혀졌을 때조차 나타난다."[3] 막 잠들려는 존재의 영육을 해리시키며 얇은 눈꺼풀의 달, 푸른 장송의 물결들이 깨어난다. 우리는 그의 존재 안에 사자들의 영역이 존재함을 깨달으며 놀란다. 죽음의 윤곽이 현실 안에 스며들어가 있음을, 그 영역이 세계로 확장되어 현실을 지배하고 있음을 깨닫는다.

> 마당 가득
> 달빛 속에서 죽은 자들이 일어선다.
> 손을 앞으로 뻗은 채 죽은 자들이 나를 향해 걸어온다.
> 마루를 넘어 방안으로 스며드는 달빛
> (중략)
>
> 나는 죽은 자들에게 붙들려
> 마루를 지나 마당으로 내려선다
> 정원 저편 서늘한 어둠 속으로 번져가는 희미한 불꽃
>
> 내 발등에 찰랑이며 스러지는 달빛, 사방 가득
> 풀벌레 소리가 일제히 끓어오른다
>
> _「밤」부분
>
> 죽은 자를 태운 배가 이 밤 내 집 앞에 도착했다
> 사나운 바람에 찢기고 부러진 돛을 거느리고
> 그 배는 내 머리맡에 닻을 내렸다

---

3. De Anima, 3, Andrew Delbar co, *The Death of Satan*, p.167에서 재인용.

긴 밤 내 잠을 감시하는 저 葬送의 배 한 척

죽은 자에게 내가 건네줄 말은 무엇인가
집은 밀려오는 바람에 갇혀 아득히 먼 바다를 항해하고
나는 물결에 시달리며 불빛 한 점 보이지 않는 막막한
바다를
나는 홀로 헤매며 추위에 떨고 있었다

(중략)

이 밤 죽은 자를 태운 배가 내 집 앞에 도착했다
새벽이 오기 전 그 배에 불을 질러
더 먼 바다로 떠나보내야 한다
그 배가 삐걱이며 내 잠속으로 가라앉아버리기 전에
죽은 자들과 한 모든 계약을 끝마쳐야 한다

_「검은 돛배」 부분

운명의 지시처럼 "달빛 속에서 죽은 자들이 일어선다." "마당"이라는 존재의 뒤뜰에 잠들어 있던 사자들이 그의 잠 언저리에 와 있다. 죽음의 바다를 떠다니는 유령선과도 같은 "긴 밤 내 잠을 감시하는 저 葬送의 배 한 척"을 화자는 응시한다. 세계를 떠도는 몽유병자의 긴 잠처럼 "검은 돛배"는 물, 흐름, 바다의 이미지를 따라간다. "물결에 시달리며 불빛 한 점 보이지 않는 막막한 바다를" 끝없이 헤매고 있다. 세계는 거대한 물이다. 죽음을 잉태하는 양수와도 같다. 이토록 어둡고 황폐한 바다는 우회적으로 세기말적 악마성의 징표와 연계되어 있다.[4]

모든 존재는 태어나는 순간부터 죽음을 향해 항해를 한다. 인간은 누구나 영적인 동시에 생물학적인 부름을 받고 있다. 신과 인간 사이에 가로놓인 생명의 계약은 욕망에 의해 파괴되고 죽음의 계약으로 바뀌어버린다. 계약이 성립되는 순간 인간은 그 계약의 희생물로 정해진 것이다. 그러므로 계약과 원죄의 상처는 동시에 온다. 그 계약(제도의 기원인) 자체가 이미 상처였던 것이다. 욕망은 비밀스런 저주와도 같이 죽음을 선택한다.

과연 욕망이라는 것이 그런 것일 수가 있을까. 그럴 수가 있다. 날마다 "죽은 자와의 계약"은 일몰의 시간에 돌아온다. 한 세기의 일몰은 죽음이 집행되는 시간이다. "춤추는 밀랍 인형들/ 저주받은 사원/ 흡혈귀의 내습/ 버림받은 여인의 처절한 복수/ 보름달이 뜨면 늑대로 변하는 신사/ 끝없이 이어지는 저 괴물의 계보학"(「공포영화와 함께 이 밤을」)은 세계 곳곳에 창궐한다. "시체들/ 시체들/ 머리카락을 곤두세운 채 문드러진 손톱으로 끝없이 벽을 긁어대는/ 막막한 밤의 저 길 잃은 유령들이/ 사방에서 몰려와 내 목을 조"(「살아 있는 시체들의 밤」)르는 좀비적인 환상이, 막막한 피로 혹은 가위눌림으로 존재를 사로잡는다. 잠들 때 혹은 깨어날 때, 우리의 두 눈은 운명의 어둠과 합해지기 시작한다. 문득 아주 고요한 시간 "땅거미가 칭칭 온몸을 휘감고 내 안으로 기어들어온다."(「땅거미 속으로 저무는 풍경」) 남진우의 시는 죽은 피와 죽은 살들, 살아 있는 자의 기묘한 선혈의 냄새를 간직하고 있다. 거기서 그의 시공간은 물이라는 원형적인 상징에 접근한다. 물에의 매혹은 그의 시에서 가장 두드러져 보이는 요소들 중의 하나이다.

　　검은 물
　　나는 마셨네 웅덩이에 고인 검은 물을

---

4. 보들레르의 『악의 꽃Flower of Evil』(1857)은 그의 스승 고티에르에게 헌정되어 있다. 보들레르가 그의 이차적 자아로 여긴 포의 영적인 아버지는 콜리지였다. 콜리지, 포의 영적인 취향은 그의 스승 고티에르를 통해 보들레르의 악마주의적 시를 잉태시켰으며 그의 악마화된 시는 지난 세기말의 데카당티즘의 시학으로 알려져 있다. 포가 그의 작품 속에 끌어들이고 있는 콜리지적 자연은 거칠지만 숭배적인 것은 아니었다. 그것은 넓디넓은 바다의 잔혹함, 끝없는 매혹의 공간과 같은 것이다.

두 손을 모아 검게 빛나는 물을 떠올렸네

검은 물은 피처럼 끈적거리고 한량없이 어두웠네

그 누구의 심장에서 흘러나온 물인지

검은 물 속엔 그 물을 마시려 몸을 굽힌 내가 비치고

저무는 숲을 헤매다닌 바람의 갈피도 엿보였네

검은 물 검은 물 속에

「그때 그곳에서」 부분

"검은 물은 피처럼 끈적거리고 한량없이 어두웠"다. 끈적거리는 물이 소유한 부드러운 수용성은 신비롭게도 사로잡는 덫으로 변화한다. 끈적거리는 검은 물은 동물적이고 흡혈적이다. 끌어당기는 물은 자기에서 시작해 자기에게 이끌리는 양성성의 이미지, 자기 수음적인 나르시스틱한 이미지에 접근한다. 피의 끈적임에 사로잡힌 자의 눈에 "그 누구의 심장에서 흘러나온 물인지/ 검은 물 속엔 그 물을 마시려 몸을 굽힌 내가 비치고" 있다. "달빛도 녹지 않고 엉겨붙어 무겁게 고인 검은 물 속에/ 내가 누웠네 가슴에 칼을 꽂고 누운/ 내 부릅뜬 눈에 어두운 하늘이 비치고/ 그 하늘 아래 고개 숙인 내가 보였네"라는 부분에서 엿보이는 흐릿한 자기분열적 이미지는 나르시시즘적 황홀로 전이된다. 언제나 흐르고 퍼져나가고 스며드는 것들은 유약한 내면성의 양성적 내포를 가지고 있다. 어쩌면 자궁의 붉은 물을 닮은 "웅덩이"는 양성인의 자기수태적인 수음성 혹은 창조의 공간으로 변화한다.

그러므로 자신의 의식 속에 고인 물을 '마시는 것'은 바로 존재를 고갈시키고 파먹는 창조의 의식에 매혹된 자이며, 내면에 비친 자기 이미지를 끌어내기 위해 생을 포기하는 자이다. 존재의 목적인 생명을 스스로 반납하는 나르시스는 심리적 사탄인 자신의 이미지에 지배당한다. 그는 바로 자신의 피를 먹는 자이며, (레위기 계율에 의하면 신의 종족은 피를 먹는 것이 금지된다) 자기애적 욕망에 눈먼 자인 것이다. 이 자기 매혹의 황홀은 언제나 죽음으로 이어지는 불경한 금지의 영역 속에 있다. 마치 신의 계율을 받아들고 온 모세가, 황금송아지의 상징으로 자기 욕망을 불러낸 이들을 저주했듯이. 하지만 매혹에 지배당한 자의 눈은 원형적인 악마적 아름다움을 본다. 사자들의 까만 눈빛, 그들의 눈은 젖어 있다. 얇디얇은 눈꺼풀에 반쯤 덮여 있다. 그 흐릿한 몽유의 공간에서 존재의 유령들이 흐릿하게 움직이기 시작한다. 죽음의 물이 나르시스의 시선을 빨아들이듯, 화자의 시선을 끌어당기는 이 끈적거리는 웅덩이는 제물을 마비시키는 흡혈귀의 눈망울과 닮았다. 흡혈귀의 매혹적인 응시는 대상을 마비시킨다. 공격의 힘은 눈 속에 있다. 이 나르시스틱한 물 혹은 검은 물의 이미지는 웅덩이 바깥에 존재하는 자아의 의식, 그리고 웅덩이에 반영된 무의식의 이미지를 동시에 포괄하는 가장 빛나는 양성성의 징표라 할 수 있다. 남진우의 시에서 이러한 피와 죽음에의 매혹은 좀 더 공격적인 가시의 이미지로 빈번히 나타난다.

밤마다 나는 비명을 사냥한다
사랑하는 여인의 흰 목덜미에 날카로운 송곳니를 처박고
거기서 흘러내리는 향기로운 피를 마시며
나는 밤마다 울음운다

(중략)

오 말들이여
죽고 난 뒤에도 살아서 지상을 떠도는
말의 순결한 영혼들이여
그대 목덜미에서 흐르는 피는 얼마나 따스한가

피 묻은 입술로 속삭이는 사랑은 얼마나 달콤한가

_「흡혈귀」 부분

어디서 이토록 몰려오는 것일까

밤이 되도록 내 곁으로 달겨드는 가시고기들

내 몸의 살갗을 찌르고 들어와 박힌다

찢긴 자리마다 핏방울 번져나온다

(중략)

물살에 깎여 서서히 내 몸은 유선형이 되어간다

가시만 남은 몸으로 나도 마침내

불빛 한 점 보이지 않는 어둠 저편으로 자맥질해 들어갔다

살아 있는 그 누군가의 가슴에 처절히 가 박히기 위해

그의 살갗을 뚫고 거기서 피어나는 핏방울을 핥기 위해

_「내 그물로 오는 가시고기」 부분

"가시"는 사랑하는 존재를 상처 입히고 다시 자신과 타인의 몸을 물어뜯는다. 가시에 상처입은 자신이 또다시 가시고기가 되어, "그 누군가의 가슴에 처절히 가 박히기 위해/ 그의 살갗을 뚫고 거기서 피어나는 핏방울을 핥기 위해" 유영해간다. 상처에 의해 또다시 상처를 주는 존재로 변화되어간다는 위 시의 메시지는 흡혈귀의 모티프를 변용한 것이라 할 수 있다. 이러한 의미에서 '상처'는 존재를 공격하고 변화시키는 어떤 의미심장한 '한 순간'을 징표한다.

문제는 '가시'가 낸 상처가 전염적인 것이며, 이 세계에 떠다니는 검은 물 혹은 독과도 같은 것이라는 점이다. 여기서 우리는 남진우 시의 가장 아름답고 매혹적인 비밀을 엿볼 수 있게 된다. 이 흡혈적인 상처 혹은 황홀한

찔림은 남진우의 시에서 글쓰기의 희열과 밀접하게 결부되어 있는 듯이 보이기 때문이다. 흡혈귀는 "죽고 난 뒤에도 살아서 지상을 떠도는/ 말의 순결한 영혼들"이다. 시에 의하면 글쓰기란 "피 묻은 입술로 속삭이는 사랑"을 수행하는 것이다. 그렇지 않은가? 시인의 입술은 상처처럼 벌어지며, 언제나 언어는 거세와 죽음의 상처를 더욱 커다랗게 벌려놓는 것이다. 하지만 상처를 통해 흐르는 말들은 매혹적인 것이다. 시인의 매혹적인 입술은 상처입은 제물, 갈라진 고기처럼 피(언어)를 흘리고, 그 매혹적인 입술에는 죽음의 이미지가 늘 포개져 있다. 시인은 "문득 책을 펼치다/ 날선 종이에 손을 베인다/ 얇게 저민 살 끝에서 피가 번져나"(「책 속의 칼」)오는 것을 본다. 그리고 '작은 전율'에 사로잡힌다.

언어는 존재를 찌르고 상처 입히는 악마 같은 것이다. 프로이트가 강조하는 대로 언제나 언어는 악마적인 요소와 융합되어 있다. 언어를 구축하는 신성의 보이지 않는 한 면에는 욕망과 고뇌의 징표들이 자리 잡고 있다. 남진우의 시는 늘 존재의 죽음과 욕망의 출혈, 그러한 이미지에 지배당한 자의 도착성을 재현한다. 더욱 눈여겨보아야 할 것은 남진우의 시에서 이 최면적인 상처는 곧잘 달의 이미지와 결부된다는 점이다. 커다란 만월의 눈동자는 부드럽게 빛난다. 만월이 환기하는 것은 흡혈귀의, 죽음의 눈이다.

밤 하늘에 둥근 유골 단지가 떠 있다
유골 단지에서 뼛가루가 쏟아져 나와 사방에 흩날린다
아우성치듯 봄밤의 거리를 떠도는 꽃가루들

박하 향기나는 달빛을 마시면
몸 속에 꽃가루가 들어찬다 숨쉬는 것조차 힘겨운 이 밤
내 죽음을 예고하는 꽃가루의 소용돌이
밤 하늘 여기저기 상처처럼 입벌리고 있는 묘혈들이

저마다 푸르스름한 빛을 뿜어낸다

죽음의 힘으로
한사코 자신을 밝히는 저 목마른 존재들
달빛을 다 퍼내고 난 뒤
유골 단지는 텅 빈다

_「달」 전문

죽은 자들로 가득 찬 몸을 일으켜
창가로 걸어가보면 멀리 밤 하늘에 떠 있는
차가운 달의 심장

대지 저 밑에서
죽은 자들의 손톱과 머리칼이 소리없이 자라듯
나는 이 밤
그들의 말이 두근대는 심장을 지긋이 누르고
어둠 저편에서 나를 지켜보고 있는 누군가의 눈빛을
막막히 마주보고 있다

_「죽은 자를 위한 기도」 부분

위의 시편들에서 드러나는 음산한 달빛의 이미지는 불길하게 빛나는
흡혈귀의 눈이며 죽음의 눈망울을 떠올리게 한다. "유골 단지"에서 쏟아지
는 달빛, "뼛가루"처럼 떠도는 "꽃가루들", 묘혈 사이로 사자들의 유령이 떠
돌고 있다. "유골 단지에서 뼛가루가 쏟아져나와 사방에 흩날"릴 때 세계 곳
곳에는 "죽음을 예고하는" 혹은 "죽음의 힘으로/ 한사코 자신을 밝히는 저
목마른 존재들"이 가득하다. 섬세한 "꽃가루"가 흩날리는 '봄밤'의 정경 속

에 "숨쉬는 것조차 힘겨운" 세계가 펼쳐지는 것이다. 죽음을 향해 기우는 세계, "푸르스름한 빛을 뿜어내"는 묘혈들은 '상처'처럼 입을 벌리고 있다. 그곳에서 화자는 "어둠 저편에서 나를 지켜보고 있는 누군가의 눈빛을/ 막막히 마주보"며 "죽은 자를 위한 기도"를 올린다. 바로 "죽은 자들로 가득 찬" 자신에게 바쳐지는 예배인 것이다. 달빛을 응시하는 화자는 나르시스틱한 흡혈귀의 시선에 붙들린 자와도 같다. 그는 오직 자신의 무의식에 기댄 자의 몽유병적 도착의 순간을 그려낸다. 잠들지 못하는 눈망울을 닮은 이 몽환적인 달빛은 거대한 죽음의 영처럼 지상에 깔린다. 달빛이 지배하는 시간은 전신을 서서히 마비시키는 불면 혹은 삶 속의 죽음의 시간이다. 우리의 의식의 껍질을 가볍게 떠밀면서, 너무나 흐릿하고 먼 존재들이 다가온다. 몽유병자는 시체들, 유령들, 사자들의 목소리에 불려나간다.

그들로부터 전화가 온다
이미 죽은 다들 땅속에 묻혀 뼈와 해골만 남은 그들이
전화선을 타고 내 귓속으로 찾아온다

고딕체로 떠오르는 저 부음란의 주인공들이
녹슨 문을 밀어제치고 쇠사슬을 쩔렁거리며
납골당의 이끼 낀 돌계단을 밟고 올라온다
시체 태우는 냄새와 함께 울리를 전화벨 소리

_「목소리」 부분

몽유병자는 자신의 내면에서 흘러나온 세계 속을 떠돈다. "부음란의 주인공들", 즉 사자들의 호명에 이끌리는 화자는 흡혈귀의 암시에 걸린 존재처럼 무의식의 영역 속에서 흘러다닌다. 바로 이 순간은 삶과 죽음의 경계가 허물어지는 도착이 발생하는 지점이다. 남진우의 시에는 사자와 생자의 경계가 지워진다. 인간계와 동물계, 식물계와 영계 모든 것의 경계가 흐려지며 뒤섞인다. 시인은 의식을 뚫고 들어오는 흐릿한 죽음을 본다. 모호하게 번져가는 빛무리들, 상처와 황홀이 같이하는 이미지를 본다. 이 시집에는 경탄할 만한 아름다운 시 한 편이 수록되어 있다. 읽어보자.

> 돌 속에서
> 뱀은 잠든다 둥글게 제 몸을 감고서
> 뱀은 먼 바다 떠오르는 해를
> 꿈꾼다
>
> 차가운 피가
> 더욱 차갑게 응결되고 나면
> 잠자는 뱀의 아가리에서
> 붉은 빛이 뻗어나와
> 돌 속을 환히 밝힌다
>
> 웃음짓는 돌 하나
> 산정에 놓여 있다
>
> _「햇무리」 부분

    햇무리는 햇빛과 달빛의 아름다움을 동시에 지니고 있다. 햇빛이 자욱하고 희미한 습기처럼 퍼져나오기 시작한다. 신기루와도 같은 태양의 아우라가 날카로운 광선의 윤곽들을 몽롱하게 휘어뜨리고 있다. 그 햇무리를 시인은 '뱀'이라는 은유와 결합시킨다. 그것은 놀라우리만치 낯설면서도 자연스럽다. 햇무리는 신성과 악마성, 햇빛과 달빛이 결합되어 있는 양성성의 이미지라 할 수 있다. 남진우는 언젠가 '시운동' 동인지에서 이 뱀의 양성성의 징표에 주목한 바 있다.[5] 양성성의 징표인 뱀은 잔혹하고 징그럽다기보다는 매혹적이다. 우유처럼 흘러내린 부드러운 빛은 잔혹한 뱀과 같이 존재를 휘감는다. 잠자는 뱀의 아가리에서 뻗어나온 붉은 빛은 "돌 속을 환히 밝히"는 언어(나는 그렇게 읽고 싶다)의 빛과 연관된다. 세기말의 미학은 모든 것이 불투명한, 양성적 인간의 경험과 맞닿는다.

3. 심연, 공간적 페티시즘

세기말의 시적 테마는 진보와 완성을 향한 미래가 아니라 과거와 기억이라는 심연의 공간에 남겨져 있다. 일몰의 피로가 밀려올 때 자아의 유령은 일어난다. 남성적 기투와 행동이 마비되면서 존재는 무의식의 그늘 아래 있는 아이로 돌아간다. 아이에서 성인으로 이르는 시간의 규칙은 파괴되고, 모든 공간이 원형의 어둠 속에 가로놓인다. 이 시공간적 도착은 관습화된 의식에서 이반된 새로운 공간을 밀어올리는 가장 창조적인 글쓰기의 전략이기도 하다. 남진우가 (김현 비평에 대한 메타비평에서) "검은 심연은 여전히 우리 앞에 있고 우리는 나침반도 항해도도 없는 상태에서 그 불확실한 영역을 통과해야 한다. 세기말의 우리 문학은 이 심연과 정직하게 대결하는 데서부터 아마도 자신의 진로를 찾을 수 있을 것이다"[6]라고 언급한 바 있듯, 그의 시 또한 시인의 심연과도 같은 심리 공간을 패러디한 기이하고 불길한 빛들로 가득 차 있다. 흐릿하게 번져가는 전율과 유동, 착란하고 경련하는 감수성, 뇌빈혈 혹은 뇌출혈적인 섬세함은 남진우 시의 정조와 스타일을 요약한다.

그러한 시적 특질들은 정신적인 것이라기보다는 기관적인 유동성을 지

---

5. 남진우, 「男女兩性의 神話」, 『시운동』9집, 한국문연, 1987.
6. 남진우, 「공허한 너무도 공허한」 『문학동네』, 1995년 봄호.

닌, 육체적이고 에로틱한 스타일을 극단화한 것이라 할 수 있다. 잘 알려진 대로 세기말의 에로티시즘은 '유기체'라는 조화와 인공의 미학에 기괴한 변칙을 만들어냈다. 기관성이 극단적으로 강화되면 형식의 일그러짐, 과도하게 부풀거나 텅 비어버리는 신경성의 이미지, 심리적 모호성과 불균형을 드러낸다. "잠이 들면/ 내 몸 속의 온갖 내장들이 빠져나가/ 허공을 둥둥 떠다닌다/ 뇌와 간과 심장과 쓸개 기다란 창자가/ 모락모락 김을 내며/ 형광등 아래를 한없이 부유한다"(「잠」)는 기이한 환각적인 경험 또한 이러한 맥락에 있는 것이다. 언제나 기관적인 미학은 육체의 운명인 질환적인 것으로 나아간다. 죽음의 반점이 피어오른다.

남진우의 시는 공포 혹은 질병으로 창백해진 세계, 피 흐르는 죽음을 드러내기 위해 열리는 균열들, 숨겨진 상처들을 따라간다. 남진우의 시 속에는 분명한 의미론적 메시지나 특별한 사건이 없다. 오직 모든 것은 그의 심리공간 속에서 일어나는 환상일 뿐이다. 사물과 접촉하는 심리적인 순간을 매개로, 이를테면 파리, 창, 활자, 모니터 등에 의해 촉발되는 환상은 진창, 웅덩이, 묘혈, 납골당, 장지와도 같은 황폐한 공간으로 페티시하게 스며든다. 모든 공간은 음습한 대기로 가득 차 있고, 날마다 죽음은 존재 곁으로 떠내려온다.

매일 밤 익사체가 떠내려온다
어둠을 타고 흘러내려오는 저 길 잃은 영혼들
눈을 뜨고 죽은 사람도 눈을 감고 죽은 사람도
잠시 우리 집 창가에 머물렀다 떠난다

깊은 밤 전등을 끈 채
창가에서 담배를 피고 있노라면 그들은
뭔가 내게 들려줄 말이 있다는 듯이

유리창에 붙어 입술을 달싹거린다

그 어떤 위안도 희망도 소용없어진 내게

그들은 읽을 수 없는 문장을 전해주고 간다

(중략)

별똥별 하나 내 이마에 금을 그으며 떨어지는 밤

나는 다시 잠자리에 든다 흔들리는 방 흔들리는 거리를 지나

죽은 자들에게 이끌려 나는 한없이 어두운

밤의 밑바닥을 정처 없이 떠내려간다

……누군가 창문 저편에서 · 나를 지켜보고 있다

「우리 시대의 표류물」 부분

　죽은 자들의 기억과도 같은 무수한 익사체들은 "그 어떤 위안도 희망도 소용없어진 내게" "읽을 수 없는 문장을 전해"준다. 시인의 언어는 "한없이 어두운/ 밤의 밑바닥을 정처 없이 떠내려"간다. 언어가 되지 못한 문장, 주체가 되지 못한 존재는 일종의 도착성의 영역에 놓여 있다. 몽유병자의 웅얼거림처럼 그의 시는 유연한 언어의 흐름을 따라간다. 악마의 유혹이 아담의 잠을 전제로 하듯, 남진우의 시에서 사자들과의 만남 또한 일몰의 공간을 필요로 한다. 남진우의 시집 자서에는 "요즘 들어 저물녘의 풍경이 자주 머릿속에 떠오른다. 어스름에 잠긴 스산한 풍경이 눈앞에 선연히 떠오르곤 한다. 내가 줄곧 걸어온 이 길이 다하기 전에 나 또한 그렇게 저물리라. 저물어 그 어딘가로 정처 없이 떠내려갈 이 몸, 아득한 기억의 저편"이라고 말하고 있다. 이 '저물녘의 풍경'의 기이한 아우라는 바로 남진우 시의 감수성의 근원이라 할 수 있다. 시들어버린 가슴과 불모의 자궁에 드리워진 매장지의 어둠은, 흐릿한 달빛의 옷깃으로 돌아온 아들을 안아준다. 빛이 아니

라 심연에 바쳐진 아이가 있다. 달빛은 때로 순수한 매혹과 감정에 이끌려
온 아이를 제물로 요구하는 악마적 제의의 이미지로 시 속에 나타난다.

네가 태어났을 때
그 어떤 동방박사도 우릴 찾아주지 않았지
황금과 몰약을 바친 사람도 없었어
그러나 너는 단 하나뿐인 이 세상의 마지막 구원자
너의 웃음 속에 세상은 매순간 새로 태어나고 있기에

잠자는 너를 안고 창가로 다가간다
발뒤꿈치를 들고 경건히
밀려오는 달빛에 너를 바친다
오, 달빛 속에서 누부시게 끝없이 타오르는 너

허공 저편에서 너는 운다 너무도 뜨거운 달빛이
너를 태우고 너를 한없이 높이 들어올리기 때문에
말구유처럼 둥근 달 속에 울려퍼지는
네 울음 소리

손을 뻗어 잠자는 너를 어루만진다
푸른 어둠 속, 고요히 번져가는 지옥의 불꽃들
이 밤이 다 가기 전 나는 먹을 것이다
달빛에 잘 구워진 너의 찬란한 살을

_「燔祭」 부분

달은

녹슨 청동 항아리를 기울여

하늘에서 대지로 투명한 젖을 부어내린다

잠자는 네 이마와 가슴에 서늘하게 흐르는 달빛

네 몸 곳곳에 깃들인 새들의 지저귐

(중략)

네 품에 안긴 네 얼굴이

피를 흘리며

달빛 아래 눈부시게 타오르다 스러진다

_「혼례의 밤」 부분

위의 시편 속에 암시되는 '번제'는 달이라는 악마의 눈 혹은 어두운 대지처럼 저주받은 여성성의 가슴에 바쳐진다. "달은/ 녹슨 청동 항아리를 기울여/ 하늘에서 대지로 투명한 젖을 부어내"리는 모성의 그늘인 것이다. 신성의 아버지가 아니라 모성적 공간을 향하는 제의는 기본적으로 도착적인 것이다. 이러한 제의적인 도착은 아버지의 정체성을 모방하기 전에 엄마의 지배 밑에 있는 아이의 원초적인 기억으로 소급된다.(아이는 엄마의 옷을 감고, 엄마의 침대에서, 잠든 엄마의 머리칼을 만지며 논다) 모든 남성의 의식의 터널 끝에 엄마라는 욕망의 공간이 있다. 하지만 이 욕망의 제의는 "지옥의 불꽃들"을 위한 것일 수밖에 없다. 달빛은 존재를 "피를 흘리며/ 달빛 아래 눈부시게 타오르다 스러"지게 한다. 이러한 자기 공양적인 번제는 일종의 영적 신비로 들어가기 위한, 가학적이고 피학적인 미학과 결부되어 있다. 사드에게 있어 삶이란 잔혹한 상처의 향연이었다. 매혹과 피흘림, 죽음과 상처는 그에게 가장 신성한 사랑의 표현이었다. 남진우의 시에 있어서도 "가시 돋친 혀로 사랑하는 이의 얼굴을 핥고/ 가시 돋친 손으로 부드럽게 가슴을 쓰다듬은 것"이 바로 사랑이며, "그녀의 온몸에 피의 문신을 새기는 일"(「어느 사랑의 기록」)은 그 사랑을 '기록' 하는 행위이다. 피학적인 황홀의 극치를 이루는 상처, 흡혈적인 유인력, 피의 문신과도 같은 글쓰기는 남진우의 미적 세계관을 뚜렷이 요약한다. 언제나 사랑의 상처는 오랜 죽음의 기억과 공포를 떠올리게 한다. 신성에 거역한 악한 신부들, 신의 아들이면서 여인에게 매혹됨으로써 신에 대적하는 자, 땅에서 나와 땅으로 돌아가는 자, 천상이 아니라 사망의 그늘로 돌아가는 자는 욕망이라는 악에 물든 모든 존재의 운명을 보여준다. 그 운명을 수락하는 순간이 바로 인간적인 역사의 기원이 된다. 다시 말해 인간의 역사는 원죄의 상처를 짊어진 죽은 자의 역사이다.

죽은 자들로
죽은 자들을 장사지내게 하라
죽은 자는 두려움이 없으니 그들은 우리의 풍요로운 식탁과
안락한 집에서 너무 멀리 떨어져 있다

죽은 자들로 하여금 땅을 파고
죽은 자들을 묻게 하라 죽은 자들의 머리맡에
꽃을 뿌리고 죽은 자들과 더불어 춤을 추다가
그들끼리 어울려 잠들게 하라

한번 죽은 자는 마침내 죽고
영원히 죽어 있으니 그곳에선 아무도 헛된 영생이나 부활을
꿈꾸지 않으리라 다만 땅속에 갇혀
오그리고 떨며 제 몸이 부스러져 삭아가는 것을
흙과 먼지와 검은 물이 되는 것을
잠자코 지켜보고 있으리라

_「증언」 부분

영적인 생명을 상실한 자들의 저주받은 죽음은 "다만 땅속에 갇혀/ 오
그리고 떨며 제 몸이 부스러져 삭아가는 것을/ 흙과 먼지와 검은 물이 되는
것을/ 잠자코 지켜보고 있"다. 기독적인 맥락에서 보면, 언제나 죽음은 영적
인 승리와 같이할 때 영웅적인 것으로 해석되었다. 역사는 영웅을 둘러싸고
그를 죽이려는 자들(사탄) 속에 영웅을 탄생시킨다. 그러나 스스로 욕망의
상징인 사탄적인 죽음을 스스로 갈구하는 자는 영웅적이지 않다. 스스로의
쇠멸과 덧없음을 찬미하는 자, 운명에 대적하지 않고 그에 순응하는 자의
죽음은 세기말적 허무주의의 냄새를 짙게 풍기고 있다.

생물학적/영적 뿌리가 동시에 인간의 존재의 본성을 구성한다면, 이 생
물적인 죽음도 신성한 것이다. 비록 우리가 영혼의 불멸을 꿈꾼다 해도 존
재가 안치되는 곳은 영혼의 방이 아니라 죽은 말들, 사자들의 매장지이다.
시인은 말한다. "구덩이를 파라/ 네 몸을 옮겨 심을 준비를 하라/ 네 몸을
가르고 일제히 피어날 풀과 꽃들이/ 깊고 어두운 땅 속에서 설레이고 있다"
(「식물인간」)고. 존재는 그의 본원적 토양인 자연의 "검은 물"로 돌아간다. 다
른 각도에서 보면, 이러한 죽음의 제의는 늘 시인의 글쓰기의 문제와 결부
되어 있다. 악은 「요한계시록」에서와 같이 권력의 왕자로 드러난다. 존재적
측면에서 악은 우상이라는 신념의 차원, 즉 언어적 형태로 나타나는 것이
다. 이제 탈현대의 담론들은 신성한 텍스트들 속에 숨겨진 악 또는 침묵과
죄악에 대해 묻기 시작한다. 사악함 또한 신성한 텍스트의 한 부분임을 이
제 우리는 쓰기 시작했다. 죄악이었고, 죄악이 되어가는 것들은 무엇인가?
도대체 무엇이 신성이었던가? 우리의 이름 안에 무엇이 있는가? 이러한 질
문에 대해 시인은 그의 글쓰기와 관련된 하나의 알레고리를 제시한다.

말고기마저 팔려나간

그 푸줏간엔 이제 아무 것도 걸려 있지 않다

천장에 매달린 쇠갈고리가 음산한 빛을 흩뿌리고 있을 뿐

푸주한만이 긴 밤 식칼을 갈며

내일 아침 길을 잃고 이곳에 들를 재수 없는

또 다른 말을 기다리고 있다

_「푸줏간에 가다」 부분

생명의 언어(말)을 죽이는 "푸주한"은 언어적 권위와 신성에 대한 반역자라 할 수 있다. 늘 언어에는 종교적이고 윤리적인 토대가 있었다. 의식과 언어, 성적 금지와 공포의 심리는 서로 연결되어 있다. 우리가 부여받은 하나의 이름, 하나의 기원, 단 한 줄의 자아는 아버지 신에 의해 쓴 텍스트다. 하지만 그러한 텍스트를 학살하고자 하는 그는 심리적 십자가인 징벌을 스스로 받아들인다. 이 시는 결국 언어적 초상일 수밖에 없는 자아의 제의를 '푸줏간'의 알레고리로 다시 쓰는 것이다.

궁극적으로 창조라는 것은 세상의 금지와 명령이 빚어낸 언어를 살해하는 것이다. 죽음의 제의야말로 시시각각 글쓰기 속에서 일어나는 가장 본원적인 사건이다. 이러한 의미에서 사자의 유령들은 언제나 글쓰기의 공간에 맴돌고 있다. 그 매혹적인 죽음의 한가운데 서 있는 시인은 모든 창조의 은유가 태어나는 존재의 '상처'를 본다. 언제나 창조의 욕망에는 상처를 통해 자신의 영을 불러내고, 사랑하고, 교미하는 자기수음적인 도착성이 겹쳐져 있다. 언제나 예술이 기억하는 것은 존재의 상처다. 우리는 상처를 통해 가장 본원적인 자신의 밑바탕에 도달하기 때문이다. 시인은 본다. 상처가 사방으로 퍼져나가 세계 전체를 채운다. 첫 아담이 그랬듯 그 상처에 대해 우리는 알고 있는 것이 없다. 알 수 없는 통증이 퍼져나가는 동안 그 아픔에 대해 써내려갈 뿐이다. 우리는 상처의 빛이 퍼져가는 바로 그 순간을 통해서 자신에게 미끄러져 다가간다. 남진우의 시는 시공간을 통과하지 않는, 오직 상처와 경험과 인식을 통과하는 영적인 자서전이다.

—『시와 사상』 1997년 봄호

'퀴어'의 감수성
– 황병승의 시를 통해 본 엽기성의 미학

1. '시'라는 현장

촬영 현장을 구경하는 군중이 있다. 그들은 군중의 왕처럼 들어서는 배우들을 감싸고, '컷!' 사인을 외쳐대는 연출가를 흥미롭게 바라본다. 카메라를 보고, 장비를 보고, 배우들이 던져놓은 가방도 봉고차도 엿본다. 그들은 브라운관 혹은 스크린에 등장할 장면의 여백을 훔쳐보는 것이다. 실상 대중이 보고 싶어하는 것은 '나머지'이다. NG 장면을 모아 방영해 주는 프로그램들은 무대에서 제외된 것, 사실에서 밀려난 사실을 갈망하는 대중의 심리를 꿰뚫고 있다. 잘 구성되고 편집된 무대는 대중에게 분명한 캐릭터와 배우의 이미지를 각인시킨다. 하지만 그것으로 대중은 만족하지 못한다. 현실은 완성되지 못했고, 현실의 외곽에서 떠도는 잉여가 현실을 완성한다. 코디네이터는 바쁘게 움직이고, 막간마다 배우들은 땀을 닦아내고 화장품을 챙긴다. 대중들은 언제나 사실이 되지 못한, 연기로 인정받지 못한 그런 나머지를 사실로 놀이하고 싶어하는 것이다. 촬영장 구석에서 얼빠진 표정으로 졸고 찡그리고 땀을 닦고 오줌 누고 하는 장면들은 다 어디로 휘발하는가!

어쩌면 현대의 젊은 시인들이 상식 밖의 화자 또는 지나치게 적나라한 화자를 통해 자신을 놀이하는 것은, 현실이라는 무대 뒤를 보는 재미를 제공하기 때문인지도 모른다. 즉 언어가 지시하지 못하는 '나'라는 존재가 어떻게 등장하게 되었는지, '나'라는 사건의 복선들을 더듬는 재미 말이다. 본래 시인은 시에서 일정한 태도와 목소리를 지니는 시적 화자로 변형되어 등장한다. 화자, 즉 퍼소나는 원래 연극용어다. 그 퍼소나는 대체적으로 시 속의 정황과 어울리는 목소리를 가지고 있으며 그것에 어울리는 역할을 한다. 그런 화자를 공들여 만들어 세우는 시는 너무 작위적인 무대 같기도 하다. 하지만 화자가 진짜 적나라하게 자신이 꿈꾸는 장면을 만들기 위해 다중적인 역할을 해야 하는 이상한 시가 있는데, 때로 그런 시는 현실에서 붕 떠버린 기괴한 환상 그 자체의 난장으로 보이기도 한다. 그 대표적인 경우는 무수한 악플이 달려 있는 '미래파' 시인이라 할 수 있을 것인데, 그 중에서도 가장 독특하고 난해하고 다중적인 목소리를 울려내는 시인은 아마도 황병승이라 할 수 있을 것이다. 그의 시를 비판하건 옹호하건 간에, 그의 시는 우리가 상속받은 시적인 규정을 가격하는 기이한 충격을 건네주고 있다. 시적 스타일도 대단히 낯설거니와 도대체 그의 시는 무엇을 말하고자 하는가? 왜 이 수많은 캐릭터가 등장해야 하는가? 무엇을 노리고 있는가? 하는 질문이 언제나 따라오기 때문이다.

황병승 시의 화자들은 도무지 이해되지 않는 '여장'을 하고 있는 가짜 남자들인데, 당신이 보는 나는 거짓이고 진실이 아니라는 주장을 한다. 내가 '남자'이고 '검은 바지를 입은 소년'이라는 건, 당신들이 나에게 붙여놓은 악플이라는 식이다. 그는 우리가 익숙하게 접해왔던, 잘 분장된 한 명의 화자가 주인공 노릇을 하는 서정시의 무대로 들어가려 하지 않는다. 오히려 그의 시는 도대체 누구인지 모를 무수한 화자들을 끌어들이고, 그 화자들의 복장과 메이크업은 물론 주위에 널린 허접한 운동화, 메이크업의 소도구를 탐색하며 '나'라는 존재의 분장과 메이크업을 발가벗긴다. 이 글은 황병승의 시를 통해 젊은 시인의 시적 감수성의 일단과 스타일, 그것이 노리고 있는 의미를 살펴볼 기회를 제공하고자 한다.

2. '나'라는 코스메틱

자신의 성적 정체성을 '커밍아웃' 함으로써 자신에게 붙어다닌 부정적인 함축을 거절하고, 당당히 문화적 주체로 소속되고자 하는 욕망을 표명하는 경우를 우리는 근래에 종종 목도하고 있다. 정상적인 성과의 차이와 변이에 의해 특징화된 '퀴어queer'는 그 자체로 존재하는 것이 아니고 우리가 정상적이라 하는 범주와 분리될 수 없는 '나머지'이다. 쾌락과 고통, 사랑과 폭력, 권력과 저항이 있는 가능성의 영토로서, 적어도 공적인 시선을 벗어난 영역을 암시한다. 즉 기존의 중심무대를 점거하고 있는 남자/여자라는 주인공이 아닌, 그 의미의 영역을 위반하는 잡종적 존재라고 할 수 있다.

현대의 문화에서 그런 잡종적이고 경계적인 존재가 커밍아웃을 하는 것은 별로 특별한 일이 아니다. 하지만 시인이 굳이 시 속의 화자에 대해 무언가를 '커밍아웃'한다는 사실은 복잡한 해석을 요구한다. 과연 현대시에서 표현하지 못하거나 주장하지 못할 것이 있겠는가 하는 점을 상기할 때도 그렇다. 그럼에도 불구하고 시인이 뭔가를 커밍아웃하겠다면, 그것은 무엇 때문일까? 마치 '나는 게이/ 레즈비언이야'라든지 '사도마조히스트야' 또는 '성전환했어', '동성애자야'라고 말할 때 사람들이 느끼는 당혹감처럼, 낯선 '나'를 좀 이해해 달라는, 그렇게 낯선 나의 화자들도 결국 내 시를 이

해 못하는 '너' 때문에 생겼다는 선포가 아닐까? 황병승의 '커밍아웃' 부터
살펴보기로 하자.

나의 진짜는 뒤통순가 봐요

당신은 나의 뒤에서 보다 진실해지죠

당신을 더 많이 알고 싶은 나는

얼굴을 맨바닥에 갈아버리고

뒤로 걸을까 봐요

나의 또 다른 진짜는 항문이에요

그러나 당신은 나의 항문이 도무지 혐오스럽고

당신을 더 많이 알고 싶은 나는

입술을 뜯어버리고

아껴줘요, 하며 뻐끔뻐끔 항문으로 말할까 봐요

부끄러워요 저처럼 부끄러운 동물을

호주머니 속에 서랍 깊숙이

당신도 잔뜩 가지고 있지요

부끄러운 게 싫어서 부끄러울 때마다

당신은 엽서를 썼다 지웠다

손목을 끊었다 붙였다

백 년 전에 죽은 할아버지도 됐다가 고모할머니도 됐다가……

부끄러워요? 악수해요

당신의 손은 당신이 찢어버린 첫 페이지 속에 있어요

자신의 진짜를 "뒤통수" "뒤" "항문"으로 말하는 화자의 진짜 손은 "당신이 찢어버린 첫 페이지 속에 있"다. 이 찢어버린 페이지는 물론 활자 속에 박제되지 못한 잉여, 무의식의 센터포드가 되는 부분이다. 커밍아웃은 바로 우리가 노골적으로 얼굴, 존재, 진실이라 하는 담론들과 어긋날 수밖에 없는 '나'에 대한 선언이다. 좀 더 자세히 보자면 화자는 "저처럼 부끄러운 동물을/ 호주머니 속에 서랍 깊숙이/ 당신도 잔뜩 가지고 있"다고 말한다. 단지 "부끄러운 게 싫어서" 그러한 자신을 커밍아웃하지 못하고 "썼다 지웠다"하고 있을 뿐이다. 이런 문맥을 통해 볼 때 화자가 말하고자 하는 것은 나의 치부 또는 약점을 통해 드러나는 것이 바로 '당신'이라는 주장임을 알 수 있다. 언제나 존재 속에 잠재되어 있던 괴물 같은 나가 등장하는 것은 "당신이 찢어버린 첫 페이지"가 바로 시로 형상화되고 있기 때문이다.

그렇다면 그의 시는 이 세계라는 의미무대가 찢어졌기 때문에 쓸 수밖에 없는 나머지의 놀이이다. 즉 자신을 굳이 커밍아웃해야 하는 시인은, 누군가를 '퀴어'로 만드는 세계의 논리와, 존재를 구성하는 '정상/비정상성'의 감각을 문제삼고 있다고 할 수 있다. '성'이라는 가장 수치스러운 스캔들의 형식을 빌려 '나'의 물질적 바탕이 된 의미들의 허구성과 부조리함을 분명히 노출시키자는 것이다.

이러한 문맥에서 본다면 성적 표상들은 황병승의 시에서 반드시 필연적인 요소는 아니다. 단지 그의 시에서 성은 '나'라는 지시의 바탕에 대한 폭로를 극대화하려는 전략의 일부분이다. 마치 포르노그래픽한 표현이 사회적 행위와 충돌하고, 그럼으로써 끊임없이 규범적이고 윤리적인 규범의 지도가 그려지듯이, 그의 시는 모든 위반적이고 불온한 언어의 전시를 통해 규정된 의미지도에 대한 반격을 수행하고 있는 것이며, 무의식의 허방으로 숨어버린 '나' 라는 기의를 성적인 상상으로 놀이하고 있는 것이다.

그의 시에서 성은 중요한 코드지만 시인은 그것을 에로틱한 도발로 단순히 박제시키지 않는데, 이는 그의 시가 남자와 여자(의식과 무의식) 사이에서 춤추는 상상의 '왈츠' 라는 인식구도에서 출발하기 때문이다. 화자는 시 속에서 하나가 아니라 수많은 복제 화자로 등장하며 이러한 잡다한 목소리로 시적 현실은 묘사되거나 진술된다. 즉 '나' 는 그, 그녀 등의 3인칭으로 등장하는 복제화자의 목소리에 포개져 있으므로 함부로 '나' 를 규정해선 못쓴다는 식의 메시지를 보낸다. 그러한 언어놀이는 우리에게 낯설고 이상한 충격을 가한다. 한 예를 보자.

나는 다릅니다 나는 생각이 있어요 붓질을 잘 하면 도배사 하지만 글을
배워서 서기(書記)가 되지는 않을 거예요

이소룡 청년 차력사인 아버지의 쉴 새 없는 잔소리에 머리가 늘 깨질 듯
이 아팠다 쌍절곤 휘두를 힘도 없다 가끔 정키 씨를 불러 리밍*을 시켰다

저팔계 여자 벽을 따라 게처럼 걸었죠 귀에는 이어폰을 꽂고 볼륨을 높였
지만, 녀석들의 킬킬거리는 소리가 땅 파는 기계처럼 내 몸을 흔들었죠……
그러나 더는 울지 않는 여자, 거리의 핌프들에게 심한 모욕을 당한 뒤 방
문을 걸어 잠그고 날마다 순돈육 소시지를 먹었다

그리고 겨울 날개를 가진 짐승들은 모두 남부 해안으로 떠나고 이제 비
유 없이는 한 발짝도 전진할 수 없는 계절

_「에로틱파괴어린빌리지의 겨울」 부분

위의 시는 필자가 인용한 것보다 훨씬 길다. 여러 텍스트들이 버무려진

상당히 복잡한 콘텍스트를 담고 있다. 어떻게 읽어야 할까. 난점은 제목에 서부터 발생한다. "에로틱파괴어린빌리지의 겨울"이라니! 이런 제목은 시의 제목이 가지는 압축성과 해독의 실마리라는 규정 등을 완벽하게 무시하고 있다. 또한 시의 등장인물도 너무나 많다. 시 속의 화자들은 수많은 텍스트(이소룡 영화, 서유기, 힙합가요 등)의 쓰레기통 속에서 뒤져낸 듯 다양하고, 여러 가지 잡다한 말들은 마치 형식이라는 깡통스팸처럼 잠시 응고되어 있을 뿐이다. 이야기도 황당하기 그지없다. 하지만 시 속의 화자는 "나는 다릅니다 나는 생각이 있어요"라고 말한다. "붓질을 잘 하면 도배사"가 된다는 식의 뻔한 문법을 그는 거부한다. 시는 "글을 배워서 서기(書記)가 되"는 것이 아니라 없는 글, 안 쓰여진 글, 표현되지 않은 구멍을 탐색하는 것이라는 문맥에서 보면 말이 안 되는 것은 아니지만, "아버지의 쉴 새 없는 잔소리에 머리가 늘 깨질 듯이 아팠"던 소년은 길을 가고 싶어한다. 이소룡처럼 쌍절권을 휘두르는 일, 눈이 핑핑 돌게 하는 일, 겁주는 일, 땅파는 일, 여자가 되는 일, '저팔계'가 되는 일……. 그것은 아무튼 사람들에게 심한 모욕을 받고 "날마다 순돈육 소시지를 먹"다가 결국 '저팔계'가 되는 소녀처럼 말을 먹어치우다가 말의 스팸이 되는 시인의 길일 것이다. 그래서 "이제 비유 없이는 한 발짝도 전진할 수 없는 계절"이 오고, "죽음도 삶도 아닌 세계, 붉은 해초들이 피어오르는 환각 속에서/ 미스터 정키는 끝없이 헤엄쳐 나간다."

위의 한 편의 시에서도 보이듯이 그의 시에는 잡다한 배역이 등장하고, 뿐만 아니라 쌍절권, 이어폰 등의 소도구가 등장한다. 왜일까? 마치 배우들이 잡다하게 벗어놓은 의상, 구두, 메이크업 소도구들을 보며 배우가 무엇을 걸쳐입고 어떤 캐릭터로 등장하는지를 궁금해하듯, 황병승의 시에서 우리는 '나'가 걸치거나 벗어놓고자 하는 이미지들을 다양하게 구경할 수 있다. 그의 시를 보면 화자의 분장법이 언뜻 보인다.

웃으면 좋다는 거고 인상 쓰면 싫다는 거지 어렵게 생각하는 습관을 버려

문어는 만화에서처럼 코가 달렸고 먹물을 발사하지

언젠가 나는 소문이 싫어 고양이 수염을 잠깐 달았지만
그림자에 지나지 않았어 아직은 별명을 쓰는 친구들이야 모두들 체스를
좋아해
앞치마 두른 동물들은 모두 일하러 가고 이렇게 큰 풀밭은 처음 봐
나른한 텐트 속에 버려진 네 두 다리는 꼭 투명한 푸딩 같구나
언젠가 너도 꼬리를 감추고 잠깐, 흔들린 적 있겠지
늙은 마초(macho)들! 앞에서 멍청하고 냄새나는 여자애들과
시키면 시키는 대로 손잡고 노래 부르던 시절
그땐 얼마나 얼굴이 화끈거리던지 그림자에 지나지 않았어

꼬리도 없는 고양이를 왜 핑키라고 하니?!
고양이는 그렇게 키우면 못써 고양이는 꼬리지
체스판 위의 말을 한 칸씩 옮길 때마다
어색한 수염을 하나씩 떼버린다면, 웃음거리가 되겠지 당장은
별명을 쓰는 친구들이야 전쟁이 필요한 녀석들이지 다행히 체스를 좋아해

「핑크트라이앵글*죠 소년부 체스 경기 지門」 부분

화자는 "웃으면 좋다는 거고 인상 쓰면 싫다는 거지 어렵게 생각하는
습관을 버려"라고 일갈한다. 그것은 거의 문법에 해당되는 이야기다. "시키
면 시키는 대로 손잡고 노래 부르던 시절"의 문법에서 벗어나 남들의 "소
문"에 오르내리지 않으려고, "고양이 수염"을 달기도 했지만 그것도 화자의
"그림자에 지나지 않"는 것이다. 화자의 친구들(결국 자신의 거울인)도 진짜 정
체를 드러내지 않고 "별명"을 쓴다. 모든 이름은 가명이고, 정체는 영원히
드러내지 않는다. 오직 이미지의 시위만이 존재할 뿐이다. 하지만 그 이미

지들은 위의 시가 내보여주듯 엄청난 말들의 "체스경기"일 뿐인데, 그 체스는 "어색한 수염을 하나씩 떼버"리는 그러나 "웃음거리"가 될 놀이이다. 그런 놀이말은 체크무늬 동선을 따라 움직일 뿐 어떤 관념을 저장하거나 메시지로 고정되지 않는다. 오직 상대와의 밀고 밀림의 '경계싸움' 뿐이다. 마치 '어디까지가 나지?' 하는 물음을 묻듯, 그는 '어디까지가 시라고 하는 거야?' 라는 질문을 내던지고 있는 듯하다.

이런 시적 스타일은 은유나 대치, 압축과 상징 같은 서정시의 모범적인 형식과 스타일에서 멀리 떨어져 있다. 질서 잡힌 감성과 시적 균형은 근본적인 도전을 받고 있으며 이는 물론 적지 않게 황병승이라는 시인의 개성 때문이기도 하지만, 그보다는 시에 밀치고 들어오는 잡다한 콘텍스트들과 여타 장르에서 방류된 이미지들 때문이기도 하다. 물론 이전에도 시의 경계 바깥에 있는 요소들이 시적 표현의 전면적으로 등장하는 경우는 많았다. 시 속에 주변적인 장르, 이를테면 만화콘티, 팝송가사, 잡다한 재담 등이 시의 담화로 끼어들기도 했다. 이는 분명 우리가 기존에 질서 있게 파악해온 시적 표현의 범주들을 혼란케 하는 것이다.

시적 표현의 경계들이 급격하게 허물어지면서, 다른 장르적 표현들과 다양하게 버무려진 시는 우리가 항상 적법하게 서정시의 요소라고 생각했던 자아의 세계화라는 규정을 점점 더 왜소한 구석으로 밀어내고 있다. 도대체 '나'가 없는데 나의 주관을 어디에 투사해야 하느냐 하는 식이다. 때문에 화자라는 가면은 점차 넓은 콘텍스트로 대치되고, 끝없는 환유, 유예만이 '수염'을 붙이고 떼듯 반복되는 것이다. 다양한 재담들이 믹스된 그의 독특한 발화처럼 시 속의 화자도 일단 당신들에게 이런 이미지를 내보이고는 있지만 '그것만이 나의 다는 아니야'라고 주장하고 있는 듯하다.

그대가 욕조에 누워있다면 그 욕조는 분명 눈부시다

그대가 사과를 먹고 있다면 나는 사과를 질투할 것이며

나는 그대의 찬 손에 쥐어진 칼 기꺼이 그대의 심장을 망칠 것이다
열두 살, 그때 이미 나는 남성을 찢고 나온 위대한 여성
미래를 점치기 위해 쥐의 습성을 지닌 또래의 사내아이들에게
날마다 보내던 연애편지들

(다시 꼬리가 자라고 그대의 머리칼을 만질 수 있을 때까지 나는 약속하지 않으련다 진

실을 말하려고 할수록 나의 거짓은 점점 더 강렬해지고)

어느 날 누군가 내 필통에 빨간 글씨로 똥이라고 썼던 적이 있다

(쥐들은 왜 가만히 달빛을 거닐지 못하는 걸까)

미래를 잊지 않기 위해 나는 골방의 악취를 견딘다
화장을 하고 지우고 치마를 입고 브래지어를 푸는 사이
조금씩 헛배가 부르고 입덧을 하며

도마뱀은 쓴다
찢고 또 쓴다

포옹을 할 때마다 나의 등 뒤로 무섭게 달아나는 그대의 시선!

그대여 나에게도 자궁이 있다 그게 잘못인가
어찌하여 그대는 아직도 나의 이름을 의심하는가

_「여장남자 시코쿠」 부분

화자는 '시코쿠'라는 자신의 이름을 의심하지 말라고 말한다. "열두 살,

그때 이미 나는 남성을 찢고 나온 위대한 여성"이었다. 사내아이들에게 연애편지를 쓴 적도 있다는 것은 남들은 거짓이라 생각하는 그 여성이 바로 화자의 한 면이기 때문이다. 그런 "진실을 말하려고 할수록 나의 거짓은 점점 더 강렬해"진다. 이렇게 안팎이 거짓과 진실로 겹쳐 있는 화자는 근엄한 활자의 집 "필통에 빨간 글씨로 똥이라고" 쓴 낙서와 닮아 있는 것이다. 알맹이의 진실이 껍데기를 만드는 게 아니라 '껍데기'가 진실을 만든다. "화장을 하고 지우고 치마를 입고 브래지어를 푸는 사이/ 조금씩 헛배가 부르고 입덧을 하"는 화자는 정말 '자궁'까지 가지고 있는 여자 시코쿠인데, "어찌하여 그대는 아직도 나의 이름을 의심하는가"

이렇게 시인이 성의 의미론적 경계론은 흔드는 것은 '여장남자' 즉 게이적 표현이 이분법의 토대 아래 성립된 인식의 스펙트럼을 넓히는 역할을 할 수 있기 때문이다. 이러한 퀴어의 감수성은 새로운 방식으로 일어나는 '나'라는 말의 무의미함을 독자에게 각인시킨다. 원래 주체의 위치는 성적 위치(남자/여자)를 모방한다. 하지만 시 속에 나타나는 '나'와 '너'와 같은 성적 기호는 지시하는 것이 아니다. 그것밖에 없는 것이다. 그것은 주체가 모방하는 문법이 무의미함을 지시함으로써 상식적인 재현법을 이탈한다. 그의 시는 어떤 성적 주체가 되기를 거부하는 텅 빈 의미, 불가능한 혼돈과 부조리의 말을 보여줌으로써 '나'라는 기호가 의미(진실)를 지시하는 것이 아니라, 그 지시법밖에 없음을 보여준다. 이러한 스타일은 그의 다른 시에서도 나타나는데 이를테면 이런 식이다.

뜨거운 세상이 소년을 달구었는지
소년이 세상을 뜨겁게 달구려 했던 건지 어쨌든
세상을 조금 알 것만 같던, 솜털 수염이 막 나기 시작하는
한 소년이 야구를 합니다
소년의 아버지의 머리통이 담장을 넘어가고

소년은 배트를 던지며 퍼스트 베이스를 향해 달려갑니다

땀이 비 오듯 쏟아집니다 이리저리 둘러보지만

그러나 퍼스트 베이스는 어디에

_「四星將軍協奏曲」 부분

야구를 하며 땀흘리며 달려가는 소년은 "퍼스트 베이스"를 찾지 못한다. 이렇듯 아버지의 인정을 받기 위해 아버지의 룰(야구)에 따라 달려갔건만 소년은 마침내 가야 할 곳을 찾지 못한다. '나'라는 지시의 허구성을 보여주는 '나' 혹은 '그대'의 위치는 궁극적으로 욕망의 기원, "퍼스트 베이스" 혹은 "욕조"로 소환될 수밖에 없는 영점으로 귀환할 뿐이다. 끝없이 화자는 남자/여자라는 안정된 코드에 착지하지 못하고 혼란과 부조리로 가득한 첫 위치로 돌아온다. 「여장남자 시코쿠」에서 보이듯 욕조의 "사과"가 죄악, 범죄, 금기, 거짓의 표상이라면 "칼"은 규범, 명령, 진실의 표상이지만, 사과를 먹든 칼을 쥐든 어느 쪽 하나를 화자는 선택하지 않는다. 욕망은 '질투'를 부르고 규범은 '심장'을 망치므로 어떤 것도 온전한 '나' 안정된 '나'의 논리가 못되기 때문이다. 즉 진실/오류라는 이분항으로 존재하는 사실, 중심과 토대를 지시하지 않는 퀴어의 문법을 고수하고 있는 것이다. 섣불리 성적 중심을 갖지 않음으로써 주체의 형이상학으로부터 꺼져버림으로써 담론으로 구축되지 않는 말은, 차이와 대상화를 가능케 하는 의미의 끈으로 묶이지 않는다.

어떤 의미화의 가능성도 받아들이지 않는 이러한 스타일의 목적은 (그것이 의식한 것이든 아니든) 현실의 문법을 뒤흔들어 다양한 분리와 배타성, 정상의 영역을 강제하는 형식들에 맞서고자 하는 것에 있다. 그의 낯선 언어는 상식적인 문법에 직면함으로써 그것이 지닌 편견과 동시에 두려움을 거울처럼 비춰낸다(놀랄 것 없이 그러한 이탈은 격분과 논란을 이끌어내기 쉽고 사실상 이것이 시적 이탈이 지닌 목적이다.) 그러한 언어놀이가 우리에게 기괴하고 일그러진 낯선 것으로 여겨지기에 그의 시가 '엽기적' 이라는 평을 받게 되는 것이다.

3. 춤추는 괴물

이미 황병승에게는 '미래파' 라는 재미있는 주석(황병승은 분명 '미래' 라는 말을 가장 재미없어 할 시인일 터인데)이 붙어 있는데, 그 범주로 묶인 여타의 시인들에 비해 그의 시는 압도적으로 독특하다. 황병승의 시는 '그대' 라는 말을 통해 대단히 발랄한 말놀이를 하는 재능을 거침없이 내보인다. '그대' 는 물론 '나' 의 이미지들이며, 잠시만 내보이는 '나' 의 짝퉁들이며 모델이며 샘플이다. 하지만 구경꾼(독자)은 그것이 진짜 배우며 등장인물이며 화자라고 착각한다. 황병승의 「혼다의 五 · 世界 살인사건」은 그러한 관객들을 철저히 조롱하는 하나의 '사건' 을 작업하는데, 인용하기에는 시가 너무 길기 때문에 간단히 요약한다면 다음과 같다.

우선 이 시에는 "히데키는 죽을 고비?를 여러 차례 넘긴 신사복 모델처럼 호리호리하나 어딘가 공포에 질린 듯한 표정을 지닌 중년의 사내. 노리코를 버리고 리사와 동거중이며 렌에게 휘파람 부는 법을 배우고 있다" 라고, 등장인물의 간단한 인상착의와 내력 등이 소개되는데, 마치 희곡이나 시나리오상의 인물소개 지문이다. 이러한 배역구성의 지문은 '리사' '카즈나리' 등 시 속에 등장하는 모든 인물들에게 다 들러붙어 있다. 마치 영화를 보는 관객에게 리얼리티를 느끼게 해주겠다는 듯! 더 재미있는 것은 그렇게 공들여 소개한 인물들조차도 그가 연기하고자 하는 캐릭터의 짝퉁 이미지에 불과하다는 식의 장치가 삽입되어 있다는 점이다. 이를테면 "그녀(리사)는 TUNA라는 글자가 박힌 티셔츠 두 벌을 가지고 있다"라는 구절에서 엿보이듯, 그녀가 선택한 다른 이미지로 덧칠되어 있다. '카즈나리' 의 경우 "복수, 라고 파랗게 새겨진 팔뚝을 내보이기 위해 그는 사부로를 폭행한 적이 있고 얼마 전 미호를 강간"한다. 텍스트 속에서 일어나는 사건도 '내보이기' 위해, 즉 구경꾼의 시선을 위한 이미지의 시위임을 그의 시는 보여주고 있다. 이러한 시선이 얼마나 중요한 것인지 "미호는 잘 때도 보라색 비로드 블라우스를 걸친 채 잠자리에 들었다." 그리고 그리고…… "그리고 나, 나는 지금까지 열거한 이들의 정원을 관리하는 사람이다 이름은 혼다"이다. '혼다'는 등장인물들의 동작을 연출한 PD쯤에 해당하지만, 그는 궁극적으로 자신의 욕망의 장면을 찍어낼 뿐이다. 결국 이 시는 '혼다'의 이야기가 되는 셈이다. (제목에서도 암시되듯!) 그래서 시의 마지막 부분에 가면 "TUNA라는 글자가 박힌 티셔츠 두 벌을 불편하게 껴입"는 것은 '나'가 된다.

이렇듯 황병승의 시는 '나'를 무한증식시키고, 그렇게 해서 등장하게 된 모든 화자들은 그의 무의식의 '맵'을 보여주게 된다. 「앨리스 맵map으로 읽는 고양이 좌座」도 무의식의 반죽 속으로 기어들어간 나의 몽상을 그려내고 있다.

그래서 그래서…… 여름으로부터 겨울로 넘어가는 계절 너와 나의 앨리
스 맵을 펼치면, 당신은 검은 왕관 검은 드레스를 차려입고
　　당신의 이름일랑 까맣게 잊었다네, 잊어버리려네
　　당신과의 한때 불장난일랑 무덤 속의 여왕으로 남겨두고…… 왈츠!
　　왈츠를 추는 말쑥한 차림의 도둑고양이들을 바라보며, 당신은 드레스를
쥐었다, 놓았다 목을 쳐라! 목을 놔둬라……

「앨리스 맵map으로 읽는 고양이 좌座」 부분

이 시에서 '당신'이라고 불리는 폭군여왕은 곧 화자의 무의식인데, 마치 앨리스가 폭군여왕을 구경하듯이 화자인 '나'는 '당신'이라는 폭군여왕을 구경하고 춤추고 놀이한다. 결국은 자신의 머리통 속에서 벌어지는 상상의 놀이를 구경하고 있는 셈이다. '당신'은 검은 고양이의 제복을 입고 매혹

적인 '왈츠'를 춘다. "앨리스 맵을 펼치면, 당신은 검은 왕관 검은 드레스를 차려입고" 춤을 춘다. "드레스를 쥐었다, 놓았다 목을 쳐라! 목을 놔줘라……" 외치는 무서운 폭군여왕은, 그의 다른 시를 통해 보면 언제나 '나'의 얼굴을 비춰보는 거울이었던, 그러나 "다정함"이 없는 '누이'들의 모습(「너무 작은 처녀들」)으로도 등장한다. 그러나 모두 자기가 원한 '놀이'만 하면서 모든 놀이규칙을 변덕스럽게 뜯어고치는 욕망의 은유이다. 그런 폭군여왕과의 '불장난'은 곧 몽상의 공간으로 들어가는 놀이규칙을 따른다. "그래서 그래서……"라는 이성의 인과율과는 달리, 욕망의 놀이는 부조리한 의미의 '구멍'으로 빠져버린다. 이렇듯 시인은 자신의 무서운 무의식의 분신인 폭군여왕과의 춤을 통해 상상력을 발동시키고 예술적인 창조를 한다. 그는 창조의 '자궁'을 몽상의 '머리' 속에 소유하고 있다. 육중한 몸집을 지닌 폭군여왕의 이미지는 게이적 감수성 그 내부에 웅크리고 있는 욕망의 폭력이며, 무의식의 수준에서 보면 소년을 지배하는 무서운 엄마다. (언제나 무서운 엄마는 "내 엄마 맞아?" 묻게 하는 새엄마다) 그래서 '새엄마'가 죽어서 그는 슬프다.

호주머니를 잃어서 오늘밤은 모두 슬프다

광장으로 이어지는 계단은 모두 서른두 개

나는 나의 아름다운 두 귀를 어디에 두었나

유리병 속에 갇힌 말벌의 리듬으로 입 맞추던 시간들을.

오른손이 왼쪽 겨드랑이를 긁는다 애정도 없이

계단 속에 갇힌 시체는 모두 서른두 구

나는 나의 뾰족한 두 눈을 어디에 두었나

호수를 들어올리던 뿔의 날들이여

새엄마가 죽어서 오늘밤은 모두 슬프다

밤의 늙은 여왕은 부드러움을 잃고

호위하던 별들의 목이 떨어진다

검은 바지의 밤이다

폭언이 광장의 나무들을 흔들고

퉤퉤퉤 분수가 검붉은 피를 뱉어내는데

나는 나의 질긴 자궁을 어디에 두었나

광장의 시체들을 깨우며

새엄마를 낳던 시끄러운 밤이여

꼭 맞는 호주머니를 잃어서

오늘밤은 모두 슬프다

_「검은 바지의 밤」 전문

위의 시는 "나의 질긴 자궁을 어디에 두었나"라는 물음처럼 자신의 욕망, 몽상의 파트너, 폭군여왕을 잃어버린 의기소침한 소년으로 돌아온 '나'의 심리적 정황을 전해준다. 환상, 꿈, 광기, 상상력을 잃어버린 시간을 '나'는 "슬픈 밤"으로 경험한다. 남들의 눈에 '바지'를 입고 있는 '나'는 남자이지만 그런 시선과 이름만으로 '나'를 말할 수 없다. 나는 내 속에서 춤추는 괴물이며 몽상 속에서만 존재하건만, 폭군 엄마의 아들(창조물)이건만, 내부에 웅크린 무의식인 '나' 즉 '새엄마'를 잃어버리고 현실의 '광장'으로 가고 있다. 그건 진짜 '나'가 아니라 광장의 문법이 고정시켜놓은 이미지, 짝퉁 '나'인데 말이다.

이렇듯 '나'라는 바지, 오직 바지를 입었기에 남자로 등장하는 '나'는, 자신의 분신인 파트너, 폭군여왕, 엄마를 잃어버린 재미없는 밤을 본다. 몽상의 나라를 통치하는 나의 별인 여왕은 어디로 갔나. 그런 껍데기의 이미지로 존재하는 나의 진실을 커밍아웃하고자 하는 욕망은 늘 그의 시에 깔려 있는 밑그림이다. 즉 '나' 안에 웅크리고 있는 괴물과 더 이상 놀이를 하지 못할 때 화자는 의기소침해진다. 나의 코스메틱인 현존하는 남자(바지, 기표)는 현존하지 않는 폭군여왕(드레스, 기의)을 지시하기 위해 존재하고, 그녀를 만나기 위해 언어를 다시 세팅해야 한다.

　내면의 괴물인 여왕을 찾아 시인은 촬영현장을 옮기듯 수많은 계절, 장소, 텍스트, 노래, 게임을 찾아다닌다. 백지에 가설무대와 '텐트'를 세우고 해체하고 이동한다. 하지만 기표와 기의가 영원히 만나지 못하고 미끄러지듯, 바지와 드레스의 사이의 간극에서 게이적인 감수성은 폭발하고 상상의 놀이는 또다시 시작된다. 완전한 포개짐도 완전한 분리도 없이, 간혹 기표와 기의의 간극이 벌어지면 그의 시는 백일몽의 정점까지 치솟고("나는 나의 뾰족한 두 눈을 어디에 두었나"가 암시하듯), 그 간극이 닫히면 유희는 사라지고 슬픈 소년의 밤이 시작된다. 같이 놀아줄 엄마도 파트너도 장난감도 없는 외로운 아이처럼 말이다.

　이러한 점에서 황병승의 시적 감수성은 처음부터 성의 재현 그 자체에 놓여 있다고 보기는 힘들다. 현실에서 자못 괴상해 보이는 백일몽의 방출을 통해 '당신들이 생각하는 나와는 달라, 내가 누군지 모르겠지만 아무튼 이런 식으로 놀아, 그래서 나의 시도 이렇지'라는 식의 전언을 그는 커밍아웃한 것이다. 그는 언제나 하나의 화자, 주인공의 목소리로 주관적 정서를 말하기보다 의식의 간극이 열리면서 괴물처럼 튀어나오는 찰나적이고 무서운, 궁극적으로 '나'라는 기호로 체포되지 않은 상태의 그 무엇을 표현하고 싶어한다. 그런 상상력을 발동하지 못하는 나는 곧 죽은 자요, 그렇게 살아온 32년의 시간은 "계단 속에 갇힌 시체는 모두 서른두 구"다. 그러므로 타자의 시선이 구성하는 '나' 혹은 '바지'라는 환상, 동시에 무대에는 등장하지 않지만 '나'를 구성하는 괴물적인 그 무엇을 그는 열심히 표현하려 하는데, 이것은 결국 자아를 자아로 존재하게 하는 세계라는 형식, 그리고 '검열'과 관련되는 중요한 문제이다.

　마치 남들의 시선에 맞춰 제대로 연기해야 하는 촬영현장처럼 나는 '광장'을 걷고 있지만, 그 광장에서 나의 목소리는 "유리병 속에 갇힌 말벌"처럼 튀어나오지 못한다. "호수를 들어올리던 뿔" 같은 괴물도 나타나지 못한다. "밤의 늙은 여왕"을 "호위하던 별들의 목이 떨어진다." 그것이 바로 "검은 바지의 밤"이다. 당신들은 괴물도 안 나오는 그런 밋밋한 심야영화를 원했고, 욕망의 검열이 제대로 지켜지는 홈드라마를 구경하고 싶었느냐는 조소와 비아냥이 들리는 듯하다. "광장의 시체들을 깨우며" 무서운 "새엄마를 낳던 시끄러운 밤"은 분명 공포와 쾌락이 진동하는 장엄한 무대극일 터인데, 정말 평온한 시민광장만을 바란 거니? 광장에 가득한 시민들처럼 얌전하게 계단을 오르내리는 그런 나를 바란 거니? 남들은 배우처럼 분장한 화자를 내세우지만, 난 그딴 거 재미없어, 보여줄게. 우리가 부끄러워하던 NG 장면들, 항문까지 까발려서 말이야. 전면이 후면이고 무대가 곧 나머지야. 촬영현장처럼 한꺼번에 보라구. "그래서 그래서" 시인은 이런 지독한 허방으로 빠져버린 거 아니니! 하지만 "그대들은 그걸 모른다, 라는 말밖에 할 수가 없구나"(「왕은 죽어간다」)라고 중얼대는 그의 시는 정말, 엽기적으로 웃기게 심각한 이야기를 하고 있는 것이다.

—『한국문학평론』 2000년 가을호

여성시의 가면 

1. 여자인가 죄인인가 광인인가
　　-여성주의 비평을 말하다

2. 용과 스핑크스, 그 언어의 신화
　　-김인희의 시세계를 중심으로

3. 반미학으로서의 엽기성
　　-김언희의 시세계를 중심으로

4. 거즈로 만들어진 가면
-김종미 · 안현미 · 이근화 · 김지혜의 시를 중심으로

여자인가 죄인인가 광인인가
– 여성주의 비평을 말하다

1. 상처로 들어가는 문

문득 떠오르는 두 가지 문제로부터 여성주의 비평의 문제들을 논의해 보자. 우리는 다음과 같은 언급을 깊이 있게 생각해볼 필요가 있다고 믿는다. "기쁩니다. 눈물이 솟구칩니다. 메말라 버석거리던 눈에, 뜨거운 눈물을 되살려주셨습니다. 세상에 이런 일, 이런 날도 있을 수 있구나. 놀랍고 두근거리고 얼떨떨합니다."[1] 이것은 이향지 시인의 현대시 작품상 수상 소감문의 첫 부분이다. 우리는 왜 이런 설움어린 수상소감을 들어야 하는가. 또한 "최근 이향지 시인이 보여주는 일련의 작품들은 우리에게 삶 자체의 깨달음에서 우러난 새로운 미적 감동을 보여준다. 무슨 말이 더 필요하랴. 40대

---

1. 이향지, 「뼈에 새기는 감사」, 『대해 속의 고깔모자』, 2003.

후반 늦깎이 시인으로 시단에 나와 온갖 수모를 다 겪으며 잠시도 쉬지 않고 밑바닥을 기어 이순에 이른 이 시인에게 이 상은 너무 적다"(원구식 「견자의 눈」)라는 심사평에서 우리는 한 여성시인의 현실적 경력이나 나이 등이 문학적 인준의 안 보이는 배경적 구조를 이루고 있음을 새삼 확인하게 된다.

여기서 우리가 포착할 수 있는 문제는 무엇일까? '40대의 늦깎이 시인'은 젊은 여성시인이 아니다,라는 생물학적 지시를 가지고 있는 것은 아닌지? 그리고 그것은 사적인 차원을 넘어서는 공적인 선호와 호감의 문제가 아닌지 하는 의문을 우리는 피해갈 수 없다. 여성의 생물학적 나이가 문학적 인준에 있어서 어떤 문제와 연관되어 있다는 사실은 새삼스런 것이 아니다. 여성문학에서 '젊음'이라는 것은 특별한 부가가치가 된다는 것도 모르는 이가 없다. 그것은 충분히 소비될 만한 경제적 가치가 있는 것이다. 그러나 우리가 주목해야 하는 것은, 그런 가치를 뒤로 하고 그녀를 수상자로 초대했다는 사실이다. 물론 그런 '분위기'의 장벽을 긍정적으로 파기했다고 해서 함부로 페미니즘적 문제로 논의할 수는 없다. 그러나 분명히 그렇게 될 수 있다. 대체로 한 여성시인을 문화적으로 재현할 수 있는 '교수', '학자', '아름다움', '젊음' 등의 외적 가치들을 지우고, 문학작품 그대로를 환경적 지시와 분리하여 볼 수 있을 만큼 우리가 성숙했다는 점은 분명 정치적이고 문화적으로 받아들일 수 있는 문제이다. 그것은 나이 든 여인을 문화의 뒤쪽으로 '치워버리는' 한심한 주류문화에 대한 반격이며, 문학판의 자각적인 의지의 표현이다.

그렇지 않은가? 한 여성이 가장 강고하게 짊어져온 역할, 다시 말해 그녀가 '40대의 늦깎이 시인'이 될 수밖에 없었던 이유와 역할을 사회적 정체성의 '가치'로 인정하지 않고, 도리어 '수모'일 수 있는 '말소'로 보상해왔다. 그리고 '밑바닥을 기어오른' 비루한 여성적 역할로부터 빠져 있는 '젊은 독신'을 선호해왔다. 젊음이란 것은 남성보다는 여성에게 공공연한 등급이며, 독신이란 바로 사회적 활동의 가능성을 의미하기에, 고의적으로 일거에 뜰 수 있는 '상품'을 물색해온 문학판의 분위기를 누가 모르겠는가? 마치 역사적으로 여성 예술가를 고급 매춘부쯤으로 여겨왔던 것처럼, 『렌의 애가』의 성공이 '그녀의 연인이 누구인가?' 하는 저널리스틱한 관심과 결부되었던 것처럼, 여성의 문학은 늘 문학 외적 환경에 큰 영향을 받아왔고, 심지어 그것이 작품의 해석과 평가에 관여해 오기까지 했다. 좀 각도는 다르지만, 여성의 특별한 캐리어리즘에 의존한 포커스, 가령 공간적으로는 대학이나 출판사와 같은 문학기구, 시간적으로는 호의적인 문학적 '기회' 속에서 초기부터 시세계를 찬찬히 논의받았던 시인들에게 문학적 평가가 집중되는 현상까지도 발견할 수 있는 것이다.

여기서 우리는 여성주의 비평이 크게 부각시켜온 중요한 문제를 포착할 수 있다. 간단히 말해 여성의 말이 존재하는 '환경'이라는 문제다. 그런 생태적 조건들에 대한 관심은 여성주의 비평에 필수적으로 전제되어온 사항이며, 그런 환경 속에서 일그러졌을 수도 있는 말에 대한 혹독한 점검은 치열하게 병행되어 왔다.

우리는 그러한 텍스트적 점검에 여성주의 비평이 얼마나 민감해질 수 있는지 또 하나의 예를 가지고 논의할 수 있다. 2002년 봄 한명희의 시집 『두 번 쓸쓸한 전화』(천년의 시작)의 시집 해설문을 둘러싼 오프라인의 잡음이 있었다. 이숭원의 시집 해설문과, 그 해설을 문제삼은 최인자의 서평은 여성주의 비평이 가진 나침반을 명확히 보여준다. 이 시대의 시집이라는 것이 얼마나 간난한 처지에 놓여 있는지를 잘 아는 한 중견비평가의 호의적인 해설은 나무랄 바 없었다. 그것은 오히려 나날이 협소해지고 있는 시현장의 문제와 결부되어 있으며, 그 글은 지나치게 '남성중심적'이라거나 이미 덕담비평이라는 악명이 붙어 있는 비평적 폐습과는 아무런 관계가 없다. 다만 시인에 대한 애정어린 시선과 간난한 처지에 놓여 있는 시집을 가급적 호의적으로 조명해 보려는 따스한 해설자의 의도와, 그러한 '따스함의 무의식'에까지 문제적인 렌즈를 들이대고자 하는 여성주의 비평이 긴장과 불화를 이룬 것이다. 그 일부분을 들여다보기로 하자.

시집 『두 번 쓸쓸한 전화』의 해설이 너무나 자명한 진리를 선언하듯이, 우리에게 전하는 첫 마디는 이것이다. '한명희는 여자다. 그것도 노처녀다.'

어쩌면 남자들의 무책임한 농담처럼 혹은 모욕처럼 여겨질 수도 있는 이 문장을 진지하게 받아들여 보자. 해설자는 자신도 모르게 가장 보수적인 단언을 통해 첫머리부터 대단히 과격하고 급진적인 제안을 하고 있다. 그 것은 이 시집에 실린 시들을 이해하는 데 가장 결정적이고 우선적인 코드가 바로 시인의 '성 정체성'과 '성적 경험'이며 그 코드를 통해 한명희의 시들을 읽어보자는 제안이다.

뒤이어서 해설자는 대뜸 '노처녀'가 노(No)처녀냐 혹은 노(老)처녀냐 하는 낡은 말장난을 늘어놓는데, 그 요지는 이 시를 쓴 시인이 그냥 결혼만 하지 않은 노처녀가 아니고, 첫 번째 시집이 나왔던 6년 전이나 두 번째 시집이 나온 지금이나 변함없이 '처녀'라는 말의 정결성(?)을 그대로 간직한 '노처녀'라는 것이다. 그러므로 이 시인의 처녀성은 한 걸음 더 나아가서 첫 번째 시집인 『시집 읽기』와 두 번째 시집 『두 번 쓸쓸한 전화』를 이어주는 묘한 고리가 된다.

결국 시인의 시는 '여자이며 노처녀'로 규정되는 시인의 처녀성에 대한 고백이며 증명으로 받아들여진다. 그녀의 시는 그녀의 정결한 처녀막으로 규정된다. 이 처녀막은 6년이란 세월에도 불구하고 첫 번째 시집과 두 번째 시집 사이에 여전히 걸쳐 있으며 두 시집에 동일성과 지속성을 부여한다. 그리고 변함없는 것, 파손되지 않는 것으로 그녀를 감싸며 격리하고 봉인한다.[2]

---

2. 최인자, 한명희 『두 번 쓸쓸한 전화』 시집 해설("그 여자는 거기 없었다") 『시인세계』 2003년 봄호. 문학세계사.

위의 비평은 '성'이라는 문제에 아직도 여성주의 비평이 얼마나 민감해질 수 있는가를 보여준다. 또한 여성적 독법이 아니라면 검출되지 않았을 지극히 예리하고 예민한 문제를 건드리고 있다. 최인자의 글에는 천사 같은 여성의 순결을 에로틱한 관념의 정점에 등극시킨 오랜 정신의 버릇과 해석의 관례가 문제로 놓여 있고, 더 나아가 파괴된 순결, 즉 여성의 육체에 대한 거대한 독백 혹은 독법의 문제가 암시되어 있다. '처녀'는 일종의 남성적 정신 속에 안치된 성상적 이미지이다. 하지만 남성의 이야기 속으로 공주처럼 걸어 들어가는 정숙한 처녀는 결국 파열될 수밖에 없는 찢김, 상처로서 존재할 수밖에 없고, 더 나아가 그런 파열은 당연한 것인데도 그것이 마치 불온한 무엇인 것처럼 부인되고 덧칠되고 있다는 사실에서 한 젊은 평론가의 문제의식은 발생한다.

최인자가 지적하고자 하는 것은 '처녀'라는 것이 한명희의 시가 여성의 상처를 말하기 위해 걸쳐 쓴 가면이며, 바로 그것으로부터 또 다른 이야기를 짜낸 한명희 시의 어떤 부분을 간단히 놓칠 수는 없다는 이야기일 것이다. 물론 그녀의 예민한 지적은 꽤 온당하긴 하지만 다른 각도에서 보면 위험한 오독의 가능성을 예비하기도 한다. 왜냐하면 첫째, 한명희 시의 화자와는 반대로 시인이 '처녀'임을 강조한 이숭원의 해설문은 '낙태' 등의 문제를 다루고 있는 시인의 '위험한' 위치를 오히려 세심하게 고려한 논의일 수도 있는 문제이며, 따라서 여성의 성을 함부로 '씹어대는' 남성 중심적인 문화로부터 한 시인을 보호하기 위해 의도된 오류일 수 있기 때문이다. 둘째, 궁극적으로 시란 말을 찢고 나오는, 의미에 더럽혀지지 않은 이미지의 처녀수태와 같은 순간일 수 있기에 처녀라는 말은 여전히 유효한 은유일 수 있다는 것이다. 그럼에도 불구하고 최인자의 지적은, 여성주의 비평이라는 것이 남성이 무의식적으로 재현하는 언어적 관습과 어떤 차원에서든 무관해질 수 없음을 의미하며, 역설의 방식으로 존재하는 언어에 대한 예리한 이면읽기가 여성주의적 관점으로부터 가능해질 수 있음을 시사한다. 실상

이러한 '뒤집어 읽기'는 대단히 중요한 문제이며, 바로 그것이 여성의 '상처'와 진실로 들어가는 주요한 여성주의 비평의 전략이라는 점에서 적극적으로 고찰해볼 필요가 있다. 나는 이 글에서 여성주의 시비평의 문제에서 가장 중심적인 것으로 보이는 세 가지 관련 주제들을 살펴봄으로써, 그간의 현장에서 느껴졌던 여성주의 시비평의 문제와 남성과의 관련으로서의 문제 그리고 여성주의 시비평의 비전을 짚어보고자 한다.

2. 여성주의 비평, 현장의 문제

여성문학의 약진으로 기억되는 90년대의 문학판은 과연 그러했던가. 이미지는 그렇다. 어떤 콤플렉스처럼 들러붙어 있던 '여류'라는 말 대신 '여성시'라는 말이 보편화되었고, 베스트셀러 현상 등과 같이 양적으로도 페미니즘 방향으로 움직여온 듯하다. 그런 분위기는 국가문화의 일부분인 미디어나 법조항 등에도 흡수된 듯하다. 마치 특급의 영화배우를 세워놓은 듯한 대박영화처럼. 그러나 그러한 주역의 위치를 살펴보자. '5%'! 이것은 여성이 정치·경제·사회·문화 등 모든 분야에서 차지하는 역할 비중을 나타내는 수치다.

　이러한 수치는 일견 문학판에서만은 예외적으로 보이는 것 같다. 하지만 그럴까? 교수, 편집위원, 아직도 이 문화의 특별한 생산자의 위치에서 본다면, 문학판에서 여성의 위치라는 것도 '5%'의 양념 수준을 넘지 못하는 것은 아닐까? 여성의 문학이란 것은 여전히 놀라운 소비재일 뿐이다. 같은 졸업장을 받고서도 어느 순간 생산자와 소비자로 갈리는 산업적인 피라미드 구조는 책을 구입하는 비영리적인 집단으로서의 여성독자, 그리고 문학창작의 교육을 '받는' 하부집단으로서의 여성으로 주요한 분할을 형성한다. 하지만 시각적인 풍경은 마치 여성주도적인 듯한 기묘한 분위기를 연출하고 있고, 이러한 표리부동한 이중적 구도 아래서 우리의 시비평은 권력이나 정치 같은 문제들에 식상해하는 기미가 역력하다.

우리가 너무나 잘 알고 있으면서 동시에 쉽게 간과하고 있는 사실은, 여성주도적인 상쾌한 문화적 이미지에 가려진 열악한 문학기구의 문제이다. 아니, 그런 문제를 환기할 필요성조차 제기되지 않은 채 미학적인 문제에 치우친 나머지(미학이 곧 당대의 말들의 권력 속에 구축된 대단히 정치적인 것인데도) 그런 암울한 측면들을 간과하고 있다는 사실이다. 그리고 우리가 그런 문제를 선뜻 환기하지 못하는 가장 큰 이유는 마치 여성주의를 투쟁 일변도로 밀고나가는 자기연민의 신념이나 정치적 이념쯤으로 매도하는 분위기가 존재하기 때문이다. 하지만 과거나 지금이나 무엇이 다르다고 말할 수 있겠는가? 여성주의 비평이 여성의 말과 소통 그리고 어떤 변화를 목표로 하면서도 그런 문제제기의 당위성을 간과하고, 심지어는 그런 당위성을 환기하는 것조차 철지난 것으로 매도하는 분위기는 이미 오래 전부터 존재해왔다.

이미 수많은 비판에 노출되어 있는 페미니즘의 정치성은 무효한가? 절대로 아니라고 잘라 말하고 싶다. 문학을 생의 방편으로 삼을 수 있는 터전도 대학 강단이나 출판사 같은 곳이라는 사실을 모르는 이는 없다. 진지하게 말해서 문학지식의 생산자인 강단, 출판사와 같은 영리구조 속에서 여성의 자리는 여전히 협소하다. 그런 숫자에 비해 터무니없이 비대해 보이는 여성 창작인구는 오늘날 여성주의 비평의 생태적인 조건에 대한 중요한 암시를 던져준다.

이것이 필자가 서론에서 지적한 문학적 인준이나 읽기의 방식과는 어떻게 관련되는 것일까? 우선 문학기구적 관점에서 보자. 전시대엔(멀지 않은 80년대까지만 해도) 지식을 무시할 수도 있는 일종의 예술적 특권이 시인들에게 주어졌다. 혁명적이고 급진적인 천재들이 대학원에 가지 않아도 괜찮은 시대, 그때는 시에 필요하지 않다고 판단하면 학위를 포기할 수도 있었다. 그러한 세대가 곧이어 도착한 박사학위 소지자들에게 퇴각당하고, 신속하고 기민하게 경력을 향해 나아가는 입시형 재원들에 의해 보충되는 것이다. 민주주의의 관념을 익숙하게 익히고, 강고한 가부장적 관습에 이질감을 느끼는 대학인구들이 '여성주의 비평'에 호의적인 장을 마련하는 데 적지 않은 역할을 했음을 부인할 수는 없다. 그럼에도 불구하고 여성적 관점을 온당하게 주장할 수 있는 대학인력의 두드러진 불균형, 문학지식의 생산자인 위치에 홍일점처럼 안배되어 있는 여성인구의 유별난 '소수성'을 보면 현실적 참여를 부르짖어왔던 초기 페미니스트들의 슬로건이 아직도 유효함을 입증한다. 계속적으로 문학기구로부터 버림받은 결과는 어떠한가? 이에 대해 흥미로운 자료가 있었다. 『시인세계』 2002년 가을 창간호에는 「한국 현대시 100년-100명의 시인 · 평론가가 선정한 '10명의 시인'」에 관한 설문조사 특집이 있었다.

> "설문 결과 1표 이상 얻은 시인은 총 73명이었고, 그 중 여성시인은 김남조(5표) 시인을 포함 7명에 불과하여 아쉬움을 남겼다. (중략) 아쉬운 점이라면 백년 가까운 우리 현대시사를 대표하는 '10명의 시인' 중에 여성시인이 없다는 것이다. 사실 열 사람 안이 아니라 한 표 이상의 표를 받은 여성시인을 찾기가 어려웠다. (가장 많은 표를 받은 여성시인은 김남조로 5표이다.) 여성시인들이 문학적인 평가에서 손해를 보고 있는 것은 아닌지 알 수 없으나, 훗날 다시 이런 설문이 있을 때 여러 명의 여성시인이 당당하게 자신의 자리를 차지할 수 있게 되기를 기대해 본다."[3]

---

3. "참고로 설문에 응한 시인들과 평론가들의 설문응답 결과를 시인 쪽과 평론가 쪽으로 각각 나누어 보면, 먼저 시인들은 서정주(46표), 김소월(43표), 김수영(42표), 정지용(41표), 백석(34표), 김춘수(28표), 한용운(27표), 박목월(25표), 이상(24표), 신경림(15표)을 "10명의 시인"으로 추천하였다. 반면에 평론가들은 김소월(44표), 서정주(40표), 정지용(39표), 김수영(35표), 한용운(29표), 백석(29표), 이상(24표), 김춘수(20표), 윤동주(19표), 박목월(18표) 순으로 꼽아 시인들의 추천과는 조금 다른 견해를 보였다.

이러한 지적은 곰곰이 생각해볼 거리를 던져준다. 우리의 현대시사를 주도해온 대표성 있는 시인들이 한국시의 '정체성'을 만들고, 그러한 정체성을 모방하며 새로운 문학이 시도된다는 점을 우리는 심각하게 받아들여야 한다. 이미 만들어진 시스템 자체가 그렇게 움직여가도록 하기 때문에, 문학기구로 수용되고자 하는 '정치적 의향'은 여전히 필요하며, 그것은 현대비평이 자주 인용하는 이론의 '실행'적 측면을 적극적으로 수행해온 여성주의 비평의 잠재적 가능성이다.

다시 한 번 강조하지만, 여성 문학인구에 비해 제도적 수용은 아직도 터무니없이 미약하며, 그것은 여성적 공감력을 가진 문학을 미학적 표준으로 동등하게 밀어 올리고자 하는 비평이 어떠한 덫에 부딪쳐 간단히 좌초해 버릴 수도 있다는 말이다. 그리고 그런 문학기구들이 수행하는 '선택과 해석'이 다시 문학적 기류를 조장하게 된다면, 여성의 말의 참여할 수 있는 공적인 장을 확보하는 것은 여전히 긴요하며, 바로 그 때문에 문학기구 속에 수용된 여성 비평가들의 등장이 곧 여성주의 비평의 득세와 궤를 같이 함을 지나칠 수 없다. 마치 문학사의 호주제에 도전하듯 제도권 내의 소수자로서의 역할을 선배 여성 비평가들은 격렬하게 수행해냈지만, 그럼에도 불구하고 주류적인 생산자의 위치에서 소외되어 있는 현실은 여전하다. 전시는 되지만 권력은 없는 이율배반적인 현상이 해소되어야만 우리는 온당한 수준의 여성주의 비평의 성과를 누렸다고 말할 수 있을지 모르겠다.

오늘날의 여성주의 비평의 자리는 그렇다. 껍데기는 마치 여성문학의 잔치판처럼 보이지만 실제로는 그렇지 못한 상황 속에, 특별한 소수자인 여성 비평가들은 다소 의도적으로 뭉칠(?) 필요가 있었고, '여성의 말'에 특별한 포커스를 맞춰왔다. 그리고 그곳에서 특별한 이슈들을 제기해 왔다. 언제나 나는 그들을 우리 문학의 전위그룹으로 손꼽는 데 주저하지 않아왔다. 문학이 얼마간 표현의 한계를 극복해서 인간의 상상적 현실을 더욱 확장시키는 것이라면, 그 표현의 중요한 가능성을 열어주는 역할을 여성주의 비평은 분명히 담당해 왔고, 김승희, 정효구, 김혜순, 김정란과 같은 훌륭한 선배 비평가들이 페미니즘의 정체성을 가진 렌즈로 얼마나 많은 담론들을 우리의 관심 속에 던져놓았는지는 평가되어야 할 항목이다. 그들의 비평은 현대성의 가장 치명적인 부분을 공격하며 창작뿐만 아니라 읽기로서의 실천을 빛나게 수행해 왔다. 또한 "나는 페미니스트는 아니지만……" 하며 마치 신앙고백처럼 조심스럽고 불안하게 이야기해야만 했던 페미니즘에 대한 공포를 상당 부문 불식시키고, '금지된 딸'의 이미지를 해체하는 역할을 담당해 주었기에 오늘날 우리는 페미니즘이라는 말에 조금 더 친숙하게 다가갈 수 있다. 분명 그들은 여성적 삶의 부조리에 대해, 치욕에 대해, 교묘하게 가려진 추악함들에 대해 비평적 공간을 열어주었다. 족장의 권력 아래 음흉하게 이미지 관리를 하며 숨겨오던 것들을 폭로하고, 비판적인 글쓰기 또는 논쟁적인 글쓰기로서의 페미니즘적 감각을 유지해왔다.

그런 힘찬 배움들이 차세대의 여성 비평가들에게 무진장한 힘을 부여해 주었음은 틀림없다. 하지만 시 장르에 집중되어 있는 비평가들 중 여성주의 발언을 직접적으로 표명하는 이들은 많지 않다. 문혜원, 고미숙, 정끝별, 이혜원, 허정, 이선이, 김혜영, 변지연, 엄경희, 김수이, 한혜련 등의 젊은 비평가들은 여성주의 비평을 적극적으로 표방하지는 않지만 파괴적인 남성 중심적 지시를 가질 수도 있는 것에 대해 분석과 해석의 방식으로 온건하게, 우회적으로, 치밀하게 여성과 관련된 다양한 이슈들을 밀어올리고 있다. 그들의 정치적 감각은 문화적인 방식으로 대치되는 추세이고, 한결 더 자유로워 보인다.

이제 현대의 여성 비평가들은 더 이상 어떤 불화를 일으킬 만큼 '소수자'가 아니다. 동시에 웬만해서는 자신의 문학적 정체성을 규정하기 위해 페미니스트라는 말을 사용하지도 않는다. 무언가를 방어하거나 비호하기 위해 군이 페미니스트임을 표명해야 할 필요도 없다. 그러나 비록 그들의 문학적인 이슈나 스타일은 달라도 그런 차이성을 불식시킬 만한 공통항은 여전히 '여성주의'로 존재하며, 동시에 문학의 가장 생산적인 장 한가운데 들어서기 위해 써야 할 가면 또한 아직도 존재한다. 그 까닭을 나는 몇 가지 짚어보고 싶다.

나의 강의경험으로 보아, 오늘날 여성운동사에 대해 잘 알고 있는 학생들은 거의 없다. '여권'이라는 말은 명백히 초기 페미니스트들의 문제뿐만 아니라 오늘날 여성의 구체적인 삶의 문제임에도 불구하고 젊은 세대는 공공연히 그들의 과격함을 비판하고, 상관없는 체한다. 공언하기를 싫어한다. 그러나 정말로 현실에서 남자만큼 자유롭게 살 수 있다면, 이 국가의 슬로건인 민주주의에 따라 자신이 응당 확보할 수 있는 기회와 정체성을 사수할 수 있다면, 나 또한 이런 질문을 피하고 싶다.

하지만 여성적 경험은 마치 고아원에서 태어나 낯선 집에 입양된 아이처럼 두 개 이상의 세계를 경험했다는 사실과 절대로 무관해질 수 없다. 그것의 치명성을 굳이 강조해야 하는가? 남성이 지옥처럼 여기는 실업을 자발적으로 강요당하고(권고사직이라 치자), 자신의 혈연이 아닌 자에 의해 가족관계가 규정되는 등의 '이식'의 경험은 평생 일관적이고 안정적인 가족과 제도에 속해 있는 남성과 너무나도 다른 것이다. 법과 제도에 의해 '자식이 된' 그러나 사실상 그런 제도의 찌꺼기로 존재하는 '타자'로서의 경험은 그 무엇으로도 달랠 수 없는 쓰라리고 무자비한 상처다.

오늘날 여성주의 비평이 정말로 진지하고도 심각하게 받아들여야 할 문제는, 바로 그런 가장 기본적인 '상처'의 문제를 말소하고 페미니즘을 교조적인 무엇으로 경멸하면서 말들의 변두리를 돈다는 데 있다. 비판적인 논의를 일부러 피해가고, 상쾌한 기류에 실려 부드럽고 우아한 베드신을 연출하고 싶어한다. 동시에 에로스의 무정부적 파워로써 자본주의의 부르주아적 기류에 실려, 먼 허공에서 번쩍이는 욕망의 불꽃놀이를 하는 것이(물론 자신은 말뚝에 묶여) 여성의 문학으로 오도되기조차 하는 것이 현재의 실정이다.

그런 보수적인 에너지가 무엇을 창조할 수 있을까? 나는 페미니즘을 격정하는 게 아니라 문학 때문에 걱정한다. 자유의 의지는 근본적으로 문학을 관통하는 것이다. 마치 생산적인 대화가 무한정 열려 있는 듯이, 평등한 지형이 보장되어 있는 듯이, 우리가 배우고 약속받은 것들이 모두 지켜지는 듯이, 거대한 스튜디오에서 조작되는 필름들이 선전하는 이미지가 바로 자신일 수 있다는 듯이! 그러면서 함부로 앞 세대의 여성주의 비평이 비장하게 제기해왔던 이슈들을 가뿐히 내팽개쳐 버린다. 정치적인 것이 무슨 미학적 한계인 양(비정치적인 글쓰기가 있던가) 철딱서니없는 논의까지 하는 형국이다. 지극히 개인적인 성적 질서와 경제적 질서, 사회적 질서가 일치하는 이상 페미니즘의 정치성은 문학이 공적인 정체성을 확보하는 환경적 문제로 인식되어야 할 만큼 충분히 당위적인데도, 자신의 문학이 마치 무슨 오해라도 받는 양(그렇게 세계의 문제가 농축되어 있는 엄청난 칭찬이 없는데도) 여성주의 문학으로 해석되는 것을 주저하고, 심지어 자신은 여성주의자가 아님을 강조하는 기이한 정치수까지 두는 표정들도 역력히 존재한다. 하지만 그러한 표정들이 역설적으로 가르쳐주는 것은 아직도 여성주의를 표방하는 것이 얼마나 여성 자신에게 해로운지, 여성주의에 대한 부정적인 관념이 얼마나 많은 것을 제한하는지 하는 문제이다. 여자들마저 피해가고 있는 여성주의라면 굳이 더 말할 것이 무엇이 있겠는가?

　더욱 심각하고도 치명적인 문제는 여성주의 시비평이 지나치게 여성 비평가에 의해 장악되어 왔다는 사실이다. 페미니즘 이론이 세계와 갖는 복잡한 관계와 비중은 안중에도 없이, 페미니즘을 특수한 것으로 찌그러뜨리고, 소수 과격분자의 문학이론으로 '구역화' 하는 분위기는 참으로 위협적이다. 하지만 생각해 보라. 근대의 모든 이론의 핵심에는 '자아' 라는 것이 놓여 있다. 그리고 그 자아가 '나' 와 '너' 라는 말로 간단히 분할되지 않음을 인식한 지점에서 현대비평은 출발한다. 그 자아라는 것에 대한 치열한 관심 속에 현대 페미니즘 이론은 진행되어 왔고, 심리·문화·역사적으로 남성에게 스며들어 가는 여성인 '나' 에 대한 질문은 너무나 중요한 골자다. '나'

의 타자들로 존재하는 영역들을 '여성성'의 범주로 자주 다루어온 궁극적
인 이유도, 남성의 무의식 속에서 발생하는 '여성'이라는 관념과 밀접하게
연관되어 있기 때문이며, 그러므로 여성의 말이 곧 남성의 말과 얽히고설켜
있고 동시에 한몸이라는 점을 우리는 무시하고 있다.

3. 남성이 빠진 여성주의 비평—섹시즘 혹은 비겁한 중도

거두절미하고, 남성 비평가들은 여성주의적인 이슈를 꺼내기를 주저한다.
여성주의 비평은 대화와 소통을 지향하고자 함이지 혼자 떠들어대고자 함
이 아니다. 여성적 정체성을 가능케 했던 남성적 토대와 자기의식에 대한
질문을 동시에 요구하는 것이다. (차라리 비평이 아니라, 채호기의 「슬픈 게이」 같은 시
가 '영웅'도 '기사'도 아닌 남성성에 대한 새로운 자기규정이라는 점에서 대단히 여성주의의 비
평적 소통으로 받아들여질 수 있다) 실제로 우리의 비평은 대체로 여성에 얽혀 있
는 남성에 대한 논의는 빼고, 여성성에 대해서만 질문해 왔다. 비평적 주제
또한 사랑, 육체 등에 지나치게 집중되어 왔다. 거기에 역사와 정치적인 문
제가 깊이 포개져 있는데도 그런 문제들을 쉽게 비껴가지 않았던가. 그런
권력, 위험, 욕망, 분노가 뒤섞인 90년대적 반응은 바로 '절규'와 '폭발'이
었다. 현대의 미디어나 다른 문화적 수준에서 본다면 비정상적으로 문학은
비명을 질러왔다. 그렇게 한 세대의 언어가 거의 폭력적으로 폭발했던 적은
없었음에도 불구하고 '듣는 자만 듣는 방식으로 계속 지속되어 왔다.
　하지만 남성 비평의 침묵은 놀라운 문제가 아니다. 본래 비평은 고급한
모더니즘 문학의 요새를 강고하게 지지한 담론이기도 하다. 비평 행위 자체
가 남성적인 행위라는 점에는 의문의 여지가 없다. 우리의 비평사 자체가
남성 비평가의 목록과도 같으며, 이러한 남성 주도적인 속성은 비평이라는
장르적 차원에도 깊이 관여한다. 마치 논문의 하위 장르같이 존재하는 비

평, 문학연구의 도입부에 놓인 연구사 검토의 관습 같은 것에서도 드러나는 과학주의, 실증주의, 역사주의의 지배력, 그렇게 남성 중심적인 파괴적인 지시에 대해 우리는 짚고 넘어갈 필요가 있다. 여성주의 비평은 그 역사적 사실이자 물증인 서두를 삭제하고, 현실이 된 욕망의 서두에 대해 문제 삼아왔으며, 자신의 기억과 느낌에 덧붙여 쓰는 것으로부터 출발했다. 거기에는 아주 중요한 당위성이 있다. 누구나 아는 전형적인 이론적 강조로 시작되는 비평은 논리적 일반화의 함정에 쉽게 빠질 수 있다. 일반화된 확신은 현상을 그대로 수용하는 것이 아니라 해석과 판단의 잣대로 현상에 개입한다. 먼저 조망이 어려울 때 이론의 유형성을 들이대며 일단 초점과 창을 확보하는 것은 합리적으로 보일 수 있다. 하지만 논리와 이성과 물증이 지배하며, 가급적이면 진보와 향상, 통합의 의미가 우선시되는 기술적 습관 속에서 합리적으로만 설명될 수 없는 파괴적이고 열정적이며 혼돈스런 여성의 말은 치명적인 갈등을 빚을 수 있다.

더 나아가 이론이라는 것은 교육적인 목적 아래 디자인된 정보다. 그것은 번역의 장치로서 긴요하게 사용될 수 있고, 실제로 그렇다. 하지만 이론이라는 기계가 가동되는 방식이 텍스트의 아주 중요한 증상을 누락할 수 있다면, 너무나도 생생한 배경처럼 존재하는 경험적 현실을 고의적으로 망각하거나 때로는 무의미한 것으로까지 파괴해 버릴 수 있다. 자기 자신이 관여하고 있는 표준적 관습에 대한 점검이 없을 때, 상상적인 감정이입만이 아니라 체험과 공감으로써 존재하지 못할 때, 그것은 마치 임상적 관찰 없는 공허한 심리학에 지나지 않을 것이다.

또 하나 빼놓을 수 없는 문제는 '여성주의 비평은 여성에게' 라는 식의 비평적 역할의 섹시즘이다. '파워풀한' 비평은 주로 남성의 몫이고, 꼼꼼한 가내수공업 같은 작품론은 주로 여성 비평가의 몫이 되는 식의 분위기 속에 여성주의 비평이 얼마나 '지역화' 되어가고 있는가 하는 문제는, 간혹 배려되는 여성시를 묶어 논의하는 특집에서 잘 나타난다. 여성이 문학하는 것은 더 이상 특별한 일이 아님에도, 아직도 그렇게 특별한 '손님'이란 말인가? 더 나아가 소설 내지는 메타비평은 남성적 영역이고, 시나 작품론 진영은 여성 비평가들이 강세다. 이름하여 메타비평적 코멘트(정치적인 분위기를 건드리는)와 같이 바깥에 대해 말하는 것은 주로 남성 비평가의 영역이다. 마치 바깥일은 남성이 알아서 하고 (작품) 안의 일은 여성이 하라는 듯 말이다. 이런 상황은 초등학교 시절에 웅변하던 소년의 뜨거운 패기를 구경하는 듯한 재미, 심지어 매력까지 느낄 정도다. 든든한 지면이 패트론이 되어 '남자다움을 보여주라'고 부추기는 것 같았다. 안 그래도 남성적인 모더니즘 안에서, 지성을 무기로 봉기하는 도전적 '포즈'(이 말이 포즈론 때문에 괜히 문제를 일으키지 않았으면 한다)를 보며 우리 평단의 남성성의 윤곽을 처음으로 그렸다.

하지만 여성주의 비평은 현대 비평의 가장 강력한 주도적인 흐름의 하나이다. 그렇게 강력한 흐름에 관여하지 않고 남성적인 토대에 대한 자기점검 없이 비평적 성역할을 은근히 강요하는 것은 분명히 비평적인 직무유기다. 여성주의 비평은 분명히 인간과 남성과 문화와 정치와 사회와 관련된 것인데도, 불변하는 토대에 그저 변화하는 포즈로 진좌하고 있는 이들은 없는 것인가.(물론 대단히 여성주의에 유연해질 수 있는 비평적 렌즈를 가진 남성 비평가들은 존재한다. 권혁웅, 유성호, 이재복, 김춘식, 권혁웅 등이 있겠지만, 그렇게 따지자면 어찌 그들뿐이겠는가) 여자의 문제가 있는 곳엔 당연히 남성의 문제가 있다. 여성의 말을 가지고 노는 것은 남성의 말을 가지고 노는 것이다. 그래서 사랑에 대한 욕망의 깊이만큼 뜨겁고 재미있는 일이다. 어떻게 끝낼 수 있는 게임이겠는가? 바로 지금 당신의 말이 필요하다. 바로 지금, 여기에서!

4. 여성주의 비평의 한계와 전망

광범위하게 보아 오늘날 시비평의 문제는, 모든 문학기구라는 것이 일종의 정치적 기구로 존재할 수 있다는 것을 드넓게 인식하고 있음에도 불구하고, 그것의 정치성을 특별히 문학적인 방식으로 탈정치화한다는 점이다. 가장 대표적인 문제는, 문학기구가 역사나 정치색을 탈색시킨 가벼운 고백조의 서정시류를 선호한다는 것, 또는 민주적이고 문화적인 호응이 높은 유형화된 글쓰기를 마치 현대시의 표준인 양 관행적으로 재생산한다는 것이다. 하지만 우리의 비평은 도대체 어떤 가치가 서정시를 그토록 소중한 것으로 남겨놓았는가 하는 질문을 빼먹고 있다.

서정시의 중요한 규정이 '나'라는 주관성이 있는 곳에서의 글쓰기라면, 현재적/역사적 장소에서의 진솔한 자기고백이라고도 할 수 있다. 그것은 국가와 같은 지배적인 정체성이 지배하는 공간에서 '서정시'라는 것으로 범주화된 작은 저항의 영역으로 개인적인 글쓰기를 남겨놓는 것이고, 그런 시라는 장르의 영역을 통해 세계에 대한 특별한 개인적 소통의 기회를 부여하는 것이다. 알레고리를 사용하든, 은유를 사용하든, 주제와 실험의 모든 가능성을 허용하며, 중요한 무언가를 솔직한 감각과 감정으로 말하자는 것이다. 그것은 서정시의 너무나 소중한 존재이유이고 여타의 글쓰기와는 다른 특별한 가치이다. 그리고 그것이 가장 많이 폭발시켜온 것은 단순히 개인적인 것으로만 받아들일 수 없는 세계의 상처였다. 그러한 사적인 메시지는 독자인 비평가에 의해 번역되고, 사회적으로 소통된다.

그런데 그런 소통의 방식에 있어 놓치고 지나갈 수 없는 중요한 한계를 지적하지 않을 수 없다. 간단히 말해 여성의 언어가 남성의 언어와 다르다는 편견이 너무나 막강하다는 점이다. 영화에서도, 대중매체에서도 '도전적인 여성'의 이미지를 강조하는 동시에 뒤떨어진 온순한 시를 옹호하는 것이 바로 우리 시비평의 현실이다. 그러나 이것이 놀라운 일이 아니어야 한다. 그것이 놀라운 일이 아니어야 우리는 페미니즘을 말할 수 있으리라 본다. 우리가 어떤 시에 대해 이상한 적의를 가질 수 있다면 그런 적의에 대해 분석해야 한다. 특히 기구적으로 정형화된 시들 밖에 놓인 '기가 센' 텍스트에 대한 적의를 말이다. 적의가 계속해서 발생하면 말 그대로 '적'이 된다. 그리고 그런 적개심이 바로 페미니즘에 강요되는 가장 지독한 위협이다. 좋아하지 않으면 논의하지 않으면 된다. 그렇게 함으로써 침묵 속에 말들을 사장시키고, 더 이상 듣고 싶지 않은 말에는 말대꾸를 하지 않으면 된다. 그러나 침묵에 대한 비애는 분노가 되고 광기가 된다. '죄인인지 광인인지' 모를 그런 슬픔과 분노가 지배하던 언어를 우리는 통과해왔다. 그리고 우리는 그런 파열된 언어를 벗어던지고, 다시 다른 영역을 향해 탐색하는 말들을 만난다. 하지만 그곳에 나타나는 말들은 '성숙'이 아니라 긴장의 해이와도 같은 괴이하게 부드럽고 상냥한 말들이다. 이것이 오늘날 시비평이 드러내고 초점화하고자 하는 우리 시대의 시적 지향과 밀접한 관계를 가진다면, 오늘날 우리가 쓰고 있는 현대시의 이념적 기반과 특성을 고찰하지 않을 수 없게 된다.

현대시는 일단 좀 어렵다. 주제도 그렇고 형식도 그렇다. 그러나 그렇게 거칠고 실험적인 방식을 따라가야 할 이유가 있었다. 그렇게 철저히 개인적인 방식으로 세계와 만날 필요가 있었다. 현대의 서정은 그렇게 공들인 미학적 노력이 아니면 체험조차 힘든 무엇이라는 메시지가 숨어 있는 것이다. 현대가 그렇게 우리의 감정을 통치하고 있기 때문이다. 하지만 특별히 유순한 시에 대한 선호는 우리 평단에서 대단히 뚜렷하게 나타난다. 특별히 여성의 문학을 바라보는 데는 더욱 그러하다. 그러한 언어적 유순함 자체가 남성적 언어에 대한 반응에서 구성되는 것일 수 있는데도, 미소를 띠고 봐줄 만한 시, 일종의 언어적 섹시즘이 다시 여성시라는 통념상의 박제화를 지향하고, 그런 기류는 해석자에게도 이상한 언어적 압박을 준다. 문학을 생산하는 데 마치 정치적 고려를 해야 하는 식민주의 문학처럼 어조에 신경 쓰게 한다. 자신의 목숨을 틀어쥐고 있는 게토에서 진설해지는 섯은 운명이다. 그러한 상냥함이 남성적 필요와 요구에 의해 가장 범죄적인 뿌리에서 나왔을 수 있다는 인식, 혹은 거친 말에 대한 경험적 실패, 또는 자기검열에 의해 나왔을 수 있다는 비판적 인식은 긴요하다.

　여기에서 환기하고 싶은 문제는, 90년대에서 2000년대에 이르기까지 일상의 문제는 가장 중요한 화두였고, 그건 거의 전투와도 같은 자본주의 아래 무너지는 시대의 중요한 인상이라는 점이다. 그렇게 냉정하고 예민하게 주목했던 일상의 정경은 서정시가 사회정치적 상황과 얽혀 있던 80년대만큼이나 중요한 현대시의 지표이다. 그것을 온전히 드러내기 위해 시도되었던 수많은 실험적 수사는 이미 한 시대를 주도했던 시적 비전이었다.

　시적인 상상력이 개성 그 자체로부터 오는 것이라면, 수사적 비전은 그것에 지적 이해가 덧붙여진 것이며, 거기에 해석을 가하는 것은 시비평의 중요한 역할이다. 그러나 우리는 새로운 표준을 소개하려 하지 않으며, 낡은 것을 폭로하려 하지 않는다. 오늘날 우리 평단에선 소박하고 약아빠진 말을 대단히 선호하고, 비평적 접근이 별로 필요없어 보이는 너무나 쉬운 시를, 자세히 분석해 보자고 '억압' 한다. 작품 속으로 들어가라고? 그럴 깊이나 있었으면 싶은 작품에다 마구 문학적 방점을 찍어댄다.

　우리의 비평은 여성의 말에 대해 너무나 단순한 표준을 고수해 오지는 않았는가? "모가지가 길어서 슬픈 짐승"의 나르시시즘은 마치 여성의 시는 이러해야 한다는 식으로 비평적 의식 속에 얼마나 깊이 침투해 있었던가! 우리는 얼마나 그런 고정관념에서 벗어나 있는가. 내가 생각하기에 교과서에 실렸기에 '못 잊을' 명시가 된 시도 많았다.

　지난 80, 90년대 여성시인들의 시를 읽는 것은 마치 부서진 언어로 가득한 블랙박스를 여는 것과 같았다. 잘 빚어진 항아리가 아니라 일부러 박살낸 항아리의 파편과도 같았다. 대학시절 김승희의 『태양미사』를 읽었던 충격을, 무엇보다 남의 말을 빌리지 않고 자신의 시에 대해 스스로 덧붙여야만 했던 자기해석의 신화를 나는 잊지 못한다. 마치 아무런 경적소리도 없이 질서정연한 도로에 전봇대를 들이박고 나뒹구는 사고차량처럼, 아무런 지도도 없이 낯선 도로를 여행해야 하는 이방인의 절규를 들은 듯했다.

그리고 그것은 무언가를 보고 '읽게' 했다. 단지 그녀만이 아니다. 우리의 선배여성들은 얼마나 위험한 여행을 해왔던가. 뜨거운 피로 함께 농민가를 부르고, 스크럼을 짜고, 평등하고 평행하게 남성과 함께 당당히 걸어온 이들이 아니었던가. 하나의 이론으로는 그런 '사고'를 설명하지 못한다. 우리는 그것을 심리분석 속에, 문화이론 속에, 식민주의 속에, 생태주의 속에 가둬놓을 수 없다. 모든 이론의 카드들을 다 헝클어놓고 다시 경험과 직감과 첫 상처 속에서 점검해야 한다. 그것은 아직도 넘쳐흐르는 사고인데도 지적인 패션에 신경 쓰느라 잘 안 보이는 모양이다.

세계에 대하여 적대적으로 말할 수 있는 것은 비평의 위대한 에너지다. 오늘날 여성주의 비평은 분명 새로운 독자를 필요로 한다. 거만하고 권력적인 비평적 전문가가 아니라, 아직도 변함없는 비참한 토대에서 죄인처럼 침묵하고, 미쳐가는 연인과 대화할 수 있는 독자를 말이다. 그런 독자가 나타날 때만이 더욱 풍요로운 말들의 토양 위에 우리의 문학은 다음 세대로 움직여갈 것이다. 나는 '40대의 늦깎이 시인'의 시를 읽고 코끝이 찡했다. "내 사랑은 길고 깊은 골절의 와중// 뼈 부러진 아내를 위해 우족을 씻고 있는 남자의 물 묻은 손등 위// 뼈 부러진 아내를 위해 젖은 홍화씨를 볶고 있는 남자의 구부정한 어깨 위// 뜨거운 솥 안에서 하염없이 휘둘리고 있는 나무 주걱의 자루"(이향지 「내 사랑은」)야말로 여성의 말이 기다리는 남성의 말이 아닐까 한다. 여성의 말이 정말로 말이라면, 메아리가 있어야 한다.

―『현대시』 2004년 3월호

용과 스핑크스, 그 언어의 신화
– 김인희의 시세계를 중심으로

1. 오멘

김인희의 시에서 가장 놀라웠던 것은, 그녀의 시가 '모든 것'에 대해 말하고자 한다는 점이었다. 그것이 그녀의 시를 읽게 된 이유였고, 또 이 글을 쓰게 된 까닭이다. 나는 김인희의 시를 읽으면서 광휘를 느꼈다. 왜 그녀의 시에 대해 말하지 않는가? 나는 이 감동을 기술하는 것이 거의 의무적인 것이라고 생각한다. 김인희는 모든 사유에 대한 난폭한 사유자다. 그녀의 시는 원형적인 상상력으로 가득 차 있다. 섹스의 검은 힘이 폭발하듯, 대지 위의 에로틱한 향연이 우주적 판타지로 펼쳐진다. 이미지는 힘차다. 스타일은 거칠고 당돌하다.

어디에서부터 그녀의 시를 이야기해야 할까? 세 권의 시집 『아담의 상처는 둥글다』, 『별들은 여자를 나누어 가진다』, 『여황의 슬픔』은 미로로 뒤엉켜 있다. 다각적인 해석이 가능하지만, 유독 나의 흥미를 끄는 것은 우주적 상징과 결부되어 있는 에로틱한 은유와, 기하학적/점성학적 모티프, 그리고 그 모든 것이 어우러져 만들어낸 한 여성 뮤즈의 언어적 신화이다. 이 요소들은 세 권의 시집을 가로질러, 악절처럼 반복되고 반복되며 그 내포를 서로에게 흘려보낸다. 그리고 마침내 언어들은 니체의 ‘생성적’ 우주와도 같은 장대한 사유의 틀을 이룬다.

니체는 이 우주의 비밀을 대언하는 자로서 불의 신인 조로아스터(차라투스트라)의 목소리를 빌리지만, 그녀는 물의 여신인 ‘소희(지혜, 소피아)’의 목소리를 빌린다. 니체에 의하면, 우주는 고정된 실체나 본질로 존재하는 것이 아니라 난폭한 ‘생성’의 방식으로 존재한다. 그 우주를 번역하고 기술하기 위한 사유, 범주, 언어 같은 것은 이 생성의 일부이다. 니체가 ‘권력에의 의지’라고 부른 것은 고갈된 것들을 파괴하고 끝없이 스스로의 생성을 이끌어내는 우주의 내면적 권력이었다. 김인희는 그것을 ‘아버지의 뜻’이라고 부른다. 시인이 “집단무의식의 단일한 표현”(『여황의 슬픔』 저자후기)이라 말하는 아버지는 생성의 ‘푸른 파장’과 파괴의 ‘붉은 파장’까지 동시에 지배하고 소유하는 신적인 힘이다.

어떤 면에서 그는 그노시스파(Gnosticism, 영지靈知주의)가 주장했던 두 얼굴의 난폭한 신, 조로아스터교가 숭배했던 신성한 불의 에너지, 마니교도들이 신봉했던 선악이원적인 신과도 같다. 그녀의 시는 아주 깊은 곳에서 니체의 ‘위버맨쉬(Übermensch, 허무주의를 극복할 새로운 인간유형)’의 철학과 통하고 있다. 니체가 그의 철학의 대언자로 간주했던 차라투스트라는 근대적 존재를 뛰어넘은 인간 경험의 가능성을 위한 은유였다. 그것은 선악이라는 윤리적 구분, 진보와 완결이라는 역사적 의식을 넘어 또 다른 근대의 프레임으로 가는 신호탄이었다. 김인희의 시는 니체의 철학처럼 또 다른 우주로 들어가는 끝없는 제의의 문턱으로 독자를 인도한다. 그녀의 시는 현대시가 보여주는 거대한 전조omen다. 동시에 너무나 오래 전부터 반복되어온 신화다.

세 권의 시집에 수록된 각 편의 서정시는 모티프와 모티프로 연결되어,

전체적으로 서사적인 요소를 농후하게 가지고 있다. 그 서사적 요소란 첫 우주를 탄생시킨 신성한 커플의 헤어짐과 방황, 그리고 마지막 신방(아버지의 집)으로 꿈꾸며 다가가는 화자 '소희'(지혜, 소피아)'의 노래가 중심을 이룬다. 기독적 수난과 시험을 통한 사랑의 현시라는 이 성서적 모티프는 힌두경전을 비롯한 여러 담론들과 자유롭게 결부되며 에로틱한 은유와 이미지로 재구성된다. 시 속에 등장하는 성적인 메타포는 우주적 힘이 분화하며 만들어 낸 여러 형식적 관계에 대한 명명의 방식이다. 가령 하늘, 빛, 불, 인식이 남자라면 대지, 어둠, 물, 열정은 여자다. 그러나 이러한 명명방식은 이분법적 가름과 무관하며, 우주의 심연까지 뚫고 내려가는 인식의 이미지를 만들어 내기 위한 전략으로 사용된다. 시인은 언제나 새로운 우주를 분만하기 위해, 내면의 뮤즈에게 기도한다. 언어는 잔혹한 열정으로 방전한다. 가장 무서운 낭만주의의 신화인 것이다. 그 뮤즈의 계시를 해독해 보자.

2.용의 문장-성의 우주적 발화

하늘에 이르는 빛의 광휘 속에서 대지는 젊은 신부처럼 그 자신을 나타낸다. 그녀 시에 드러나는 여성 화자의 심리적인 원형은 "전체의식이 저장된"(『여황의 슬픔』 저자후기) '대지'이다. 대지의 첫 여성인 '소희'(지혜, 소피아)는 우주적 영혼의 신부이며, 육체의 처녀누이다. 여자는 처음이며 모든 것이다. 다양한 창세 신화 모티프에서 발견되듯, 생명의 근원은 우주의 신들에게 탄생을 주는 첫 엄마의 자궁이다. 그녀는 배우자 없는 신이다.[1] 석탄과 용암처럼 충만한 에너지를 가진 도가니의 자궁이다. 이 하나의 자궁으로부터 나온

---

1. 그것은 엄마 대지의 자궁, 대지의 갈라진 음부에서 일어난 신화적 상상력 속에서 비롯된 것이다. Leick, Gwendolyn. *Sex and Eroticism in Mesopotamian Literature*, Routledge, London, 1994. P.13.

쌍둥이 커플, 하늘과 땅의 짝은 언제나 신화적 우주론의 첫 메타포였다. 그렇다. 기원의 신화에는 '태극', '혼돈', '일자一者', '알', '물병'과 같은 자궁이 있다. 그것은 이항대립의 관념이 발생하기 전의 우주론적 성의 판타즘을 잘 요약한다.[2]

우주적 진리는 육체에 새겨져 있다. '요가yoga'에서 역설하는 바에 따르면, 우주의 중심은 배꼽과 '요니'이다. 우주의 중심은 섹스의 중심이다. 그것은 우주를 생물학적으로 사유하는 모든 사고체계의 핵심을 이룬다. 우주를 품어내는 영적인 섹스 드라마는 바로 육체의 오르가슴에 투영되는 것이다. 『여황의 슬픔』속으로 들어서면 우리는 '용의 문장'을 본다. 두 마리 용의 섹스는 우주창생의 태극신화를 반복하는 역동적인 판타지를 드러낸다. 인용해 보자.

> 푸른 용은 머리가 뾰족하게
> 붉은 용은 머리 가운데가 조금씩 들어간다
> 붉은 용의 머리가 두 개로 갈라지기 시작한다
> 다시 한 차례 폭음이 일어난다
> 푸른 머리가 뜨거운 붉은 요니 속으로 들어가
> 둘은 완전히 하나가 된다
> 산들은 마침내 불을 토하고
> 하늘과 땅은 맞붙어 유황냄새에 휘감긴다
> 뜨거운 재가 지상에 날아와 문명과 사람을 태운다

---

2. 원초의 부모인 하늘과 땅이 교접하고 첫 번째 인간커플이 태어난다는 이 신화적 모티프는, 많은 근동지방의 고대 텍스트의 직계계보 설화에서 역사의 시간으로 이행한다. 가령, 헤브루 텍스트에서 아담과 이브의 자손인 열두 아들이 각 이스라엘 지파의 선조가 된다는 식이다. 그러나 이러한 단선적인 기술은, 성적인 메타포를 통해 우주적 창조 과정을 해석해내기 위한 하나의 모델일 뿐이다. 김인희의 세 권의 시집은 이 단선적 기술로부터 확장되어 나가는 풍부한 서사성과 메타포를 보여준다.

시공은 함께 불 속으로 진입한다
더럽혀진 성전의 해체는 모두 끝났다

_「1. 두 마리 용의 해후」 부분

성장할 대로 성장하여 푸른 용이 된 그가
자신을 죽이고 아내를 죽일 만남을 위하여 집으로 돌아온다

땅들이 흔들린다. 그가 집 가까이 돌아온 모양이다
나는 문을 열고 마을 어귀까지 쫓아 나가 그를 맞는다
내가 문을 열 때 땅들은 갈라지고
구부렸던 길고 긴 몸을 펴자
뜨겁게 불타는 한 마리의 붉은 용이 된다
땅들이 쩍쩍 입을 벌리고
산들이 바다에 가서 엎어지고 해일이 일어난다
나는 나의 새끼들을 그에게 바치고
그의 하얀 먹이를 먹으며 불이 되리라

_「25. 母語-별들은 여자를 나누어 가진다」 부분

　　위의 두 편의 시에서 우리는 두 용의 폭력적인 섹스를 본다. 새 우주의
탄생을 위한 용의 만남은 잔혹한 죽음의 에로티시즘이다. 파도처럼 일어서
고 몰락하는 힘, 문명은 해체되고 살해당한다. 홍수에 의한 지각변동처럼,
세계를 혁신하는 에피스테메의 지진처럼, 우주는 '불'과 '해일'과 '유황냄
새'로 가득 차 있다. 두 용의 '해후'는 새로운 우주가 시작되는 문턱에서의
제의다. 두 용의 육체는 새로운 케플러, 힌두 신의 사지처럼 꼬이며 방전한
다. 희열에 넋을 앗긴 영들처럼, 순수한 물질의 유동처럼, 우주적 합체를 상
징하는 교미를 수행하는 것이다. "푸른 용은 머리가 뾰족하게" 남근이 되고,

"붉은 용은 머리 가운데가 조금씩 들어"가 여근이 된다. 두 개의 몸으로 찢겨진 태극은 만물의 시작이 된다. 하나의 몸은 어둠의 분신으로 빚어져 '여자'라는 이름 속에 갇히고, 하나는 빛의 몸으로 만들어져 '남자'라는 이름을 가지게 된다. 그 창생의 드라마(그 또한 이전의 창생 이후의 것이다)는 새 예루살렘 문전에서의 전쟁처럼 대지의 지진으로 가득 차 있다. "뜨거운 재가 지상에 날아와 문명과 사람을 태운다/ 시공은 함께 불 속으로 진입한다/ 더럽혀진 성전의 해체는 모두 끝났다."

언제나 음양의 육체는 파괴와 생성을 가르는 시간의 리본처럼 꼬인다. 꼬이고 풀리면서 죽음과 창생의 사이클을 반복한다. "성장할 대로 성장하여 푸른 용이 된 그가/ 자신을 죽이고 아내를 죽일 만남을 위하여 집으로 돌아" 온다. 끝없이 거듭나는 우주는 자신의 모든 것을 갈가리 찢어 생명의 물을 흘려보낸다. 거대한 자궁(궁창, 혼돈, 태극)에서 흘러나온 물은 세계를 탄생케 한 정액이고, 양수이고, 풍요이며, 팰러스다. 하늘과 땅, 첫 커플의 섹스는 언제나 서로의 물을 섞는 것으로 은유된다.[3] 물은 불이다. 정액의 유출처럼 물과 불은 함께 하는 것이다.[4] 창조의 페니스인 불(물)은 여자의 육체를 꿰뚫는다.

> 사내와 여자는 숨을 멈춘 채 色交를 계속한다
> 오랫동안 멈추었던 숨길이 뚫리자
> 광대무변의
> 어둡고 깊은 여자의 자궁 속으로

---

3. 수메르 여신 닌릴NilLil은 이렇게 창조를 노래한다. "네 신의 정액이, 그 빛나는 정액이 내 자궁 안에 있네 sperm of your Lord, the shining sperm is in my wombLeick." Gwendolyn. p.44.

4. 가령 수메르인의 텍스트에서 보면, 남성의 정액은 탄생의 자궁에 받아들여진다. 이것이 신 엔키Enki에 의해 포고된 운명의 법령이다. 바벨로니안들의 텍스트 속에서 보면, 인간의 탄생이 살해된 신의 신성한 피에서 비롯되었다는 상상력 또한 여성의 창조적 신성과 결부된 재생산의 주제와 연관되어 있는 것이다. 이 임신과 분만의 제의적 측면에 대한 집중은 여러 문서에서 다양하게 나타난다. 남성의 정액은 생명을 창조하는 물이다. Leick, Gwendolyn. p.28의 각주 주해를 참고할 것.

비수 같은 오르가슴은 흐르고

불빛이 흐르고

소리가 흐르고

물이 흘렀다

그날

아버지의 집에서는 천년의 죽음을 떨치고

하늘과 땅이 일어나고

노래하는 새들과 향기 머금은 꽃들이 일어나며

태양은 온통 순금가루로

연하고 부드러운 풀잎 위에 쏟아져 내렸다

대지 위를 거침 없이 흐르는 강물 속엔

소년의 이마를 닮은 깨끗한 조약돌들이

아침해를 받아 반짝였다

그들은 온전한 하나였다

—「4. 첫날밤— 처음사랑」 전문

물에서 흐르는 동작만을 뽑아낸 것이 지혜였다

지혜는 걸어간다

강물이 흐르는 미류나무 줄지어 선 강 언덕 길을

엄마 등에 업혀 아버지를 찾으러 간다

엄마는 계속 운다 대지는 눈물이다

(중략)

강의 하류에서 흐르는 동작만을 뽑아낸 것이 용이다

용은 지혜의 성장한 이름이다

용은 지혜의 말을 닮았다

지혜는 늘 물의 반대 쪽으로 흘렀다

지혜는 물의 처음에서 왔으므로

물의 고향이 될 것이다

_「2. 지혜」 부분

길고 길 방황 끝에 찾아온 그들의 완전한 합일은

대지 위에 새로운 물을 흐르게 한다

그들의 합일은 샘과 강의 시원이 되었다

해골을 드러내고 누웠던 마른 강에

수정 같은 맑은 물이 넘쳐 흐른다

물이 가는 곳마다 생명이 일어난다

죽었던 물이 살아나자

대지는 처녀성을 회복한다

불 속의 합일은 마침내

그녀와 그녀 속의 죽은 물을 부활시켰다

씻김을 끝낸 언어

_「3. 여자의 자존심이 완벽하게 회복되던 날」 부분

여자는 대지의 인격적 존재이며, 우주와 대지의 관계적 은유이다. "어둡고 깊은 여자의 자궁"에서 흐르는 물은, 난폭한 문명에 오염되어가며 그 시련을 이겨낼 지혜를 키운다. 그렇지 않은가? 물은 언제나 지혜의 상징이었다. 인도에서 코끼리에 의해 상징되는 물은 가장 큰 지혜인 왕의 지위를 차지한다. 여신 마야Maya는 하얀 코끼리가 자궁으로 들어오는 꿈을 꾼다. 여자의 자궁은 삶과 풍요의 근원인 물(지혜)을 흘러넘치게 한다. 문명발생기의 신성은 하늘 또는 대지에 있는 것이 아니라 바로 물에 있다.[5] 하지만 물이 흘러가는 대지는 타락하고 오염된다. '처음사랑'이 이루어진 대지의 침상으로부터, 인간(여자)은 어둡고 거친 길을 떠난다. 낙원 밖의 "대지는 눈물"이다.[6] 눈물 같은 언어의 구슬이 대지에 떨어진다. 눈물이 상징하는 물질의 영성(플라톤은 완전한 인간의 형상을 구슬에 비유한 바 있다)인 지혜는 구슬(지혜, 언어)을 문 용의 탄생을 예비한다. "용은 지혜의 성장한 이름이다/ 용은 지혜의 말을 닮았다."

하지만 머나먼 생명의 원천으로부터 흘러온 물은 '죽은 물'로 변화한다. "지혜는 늘 물의 반대 쪽으로 흘렀다". 그러나 죽은 물을 생명의 원천으로 되돌려보낼 '불'을 만날 때 "대지는 처녀성을 회복한다/ 불 속의 합일은 마침내/ 그녀와 그녀 속의 죽은 물을 부활시"킬 것이다. 그 물과 불의 "완전한 합일"을 꿈꾸는 것은 스스로를 재생시킬 대지의 지혜이며, "씻김을 끝낸" 생명의 언어로 돌아가는 것이다. 시인은 "약속된 대지"와도 같은 신성한 말을 찾아, 끝없이 대지를 방황하며 노래한다. 이 노래의 행로는 신성한 사랑과 결혼을 꿈꾸면서 '신랑'을 찾아가는 성적인 은유로 드러난다. "그는 불이다. 불은 모든 문명을 끝으로 끌고 가려는 극단의 심리이다. 그는 처음과 끝 외에는 좋아하지 않는다. 그러므로 그의 본질은 역사의 시계를 제로로 돌려놓는 데 있다."(『별들은 여자를 나누어 가진다』 p.179) 이렇게 새로운 탄생을 예비하는 불을 찾아가는 물의 지혜는 끝없는 피 흘림을 통한 자기제의의 과정으로 나타난다.

사내의 눈빛에 사랑이 일기 시작하면서
침대 위엔 수없이 많은 물고기들이 피를 흘리며 죽어 간다

---

5. 이것은 노자가 '물'로 비유한 지혜의 근원에 대한 사고를 상징적으로 보여주고 있다. "지혜의 도는 물의 도"(『별들은 여자를 나누어 가진다』 p.171)라고 김인희가 언명하는 까닭은 여기에 있다.
6. 여자와 (눈)물의 관계에 대한 모티프는 여러 신화 속에서 발견된다. 일례로, 『베다Veda』에 의하면 눈물은 소마(Soma, 창조의 원물질)에서 태어난다. 신들의 목에서 진주가 된 그 눈물을 가지고 여자는 바다 속에서 걸어나온다.

사내가 돌아간 뒤엔

피를 흘리며 죽어 있는 물고기들이 낭자히 널려 있다

여자는 늘 사내가 가져온 물고기의 생피를 먹는다

사내와의 오르가슴은 피로 범벅이 된다

여자가 죽도록 하얀 씨트를 준비하면

때맞춰 사내는 나타나고

하얀 씨트는 피로 적셔지고

수천의 하얀 꽃들은 붉게 피어난다

_「1. 여자의 방」 부분

죽었던 모든 것들이 다시 그 불 속에서 일어난다

대지의 흰 치마폭에 점점이 떨어진 핏자국이여

딸기밭이여

붉은 실과, 붉은 꽃들이여

내 아들이여 닫힌 산이여

오, 하얀 재로 흩날려 갔던

내 사내

내 사랑이여

_「불의 오르가슴」 부분

　"대지의 흰 치마폭에 점점이 떨어진 핏자국"은 "붉은 실과, 붉은 꽃들"이 된다. 대지는 끝없이 희생의 피로 풍요를 창조한다. "사내와의 오르가슴은 피로 범벅"된다. 피 흘리는 대지는 여성 육체의 성스러움의 징표이며, 상처입음으로써 언어를 수태하는 시인의 심리적 육체임을 알 수 있는 것이나. '물고기'는 기독적 담론에서 신성한 아들(예수)의 상징이며, 프로이트적 해석에서는 페니스를 암시한다. 물고기는 피(정액)를 흘린다. 피 흘리는 아들은 새로운 대지의 수태를 가능케 할 제의적 클라이맥스며, "수천의 하얀 꽃"
과 같은 영적 부활을 암시하는 이미지이다. 대지는 이 제의적 십자가인 오
르가슴을 통해, 지혜가 완성되는 '용의 시간'으로 이끌려가는 것이다. 피 흘
리는 대지처럼 여성뮤즈는 고난과 부활의 시간을 이어주는 고통의 시간을
건너가며, 시적 의만擬娩(산고를 흉내냄)을 예언적인 경련처럼 되풀이한다.

2. 스핑크스와 매음굴의 은유

늙은 지혜인 용은 어두운 대지의 몸을 벗고 새로운 몸(우주)로 거듭나길 기
다린다. 용의 인내 세속의 공간 속에 던져진 신부가 신성한 신랑을 소망하
는 섹슈얼한 메타포를 통해 끝없이 묵시록적 상상력으로 변주된다. 세속
의 시간은 매음굴의 세계에서 가짜신랑의 사생아를 낳는 여성 화자의 심
리 속에서 읽힐 수 있다. 김인희의 시 속에 나타나는 창부의 이미지는 낙
원 밖의 대지를 방황하는 존재의 불모성 혹은 인격화된 역사의 은유로 읽
힐 수 있다.

여자는 사내와 헤어진 이후 또 다른 이름으로 불리웠다
대지라는
네 마디의 영혼(첫 보름달, 그믐달, 초생달, 마지막 보름달)과
세 마디의 육체(뿌리, 줄기, 꽃)를 지닌
대지는 밤마다 꿈을 꾼다
사내의 이름으로 수없이 왔다 가는 사내들을 본다
여자에게 사내는 빛이었다
빛을 받아들이는 일
빛 속으로 들어가는 일 모두가

조화라는 이름으로 여자의 희생을 요구했다

다시 사내를 만날 수 있다면

피 흐르는 희생도 견뎌내야 한다 그것은

여자의 다시 삶이다

_「9. 안개 속의 십자가」 부분

"여자는 사내와 헤어진 이후" "대지"라는 이름으로 불린다. 대지는 "네 마디의 영혼(첫 보름달, 그믐달, 초생달, 마지막 보름달)과/ 세 마디의 육체(뿌리, 줄기, 꽃)를 지닌" 시인의 심리적 육체임을 알 수 있는 것이다. 그녀는 '달' 처럼 분만의 시간을 기다리는 '줄기' 의 시간을 살고 있다. 무의식의 습지를 방황하는 뱀처럼 여자는 저주받은 육체 속에 갇혀 검은 대지를 방황한다. 하지만 그 "피 흐르는 희생"을 견뎌내는 여자의 삶은 시인이 짊어진 예술의 "십자가"다. 여성 뮤즈의 언어는 늘 대지의 악마적인 심장을 가진 뱀의 부드럽고 갈라진 혀를 가진다. 첫 여자인 이브는 에덴의 음험한 유혹자인 뱀에게 현혹된다. 실상 뱀이란 그녀의 욕망을 대리해서 말해준 분열된 자아다. 여자의 이름인 어둠Eve은, 육체인 대지의 검은 말, 검은 독 같은 욕망의 말을 날름대는 뱀을 은유한다. '말의 입김' 을 소유한 이집트 여신 이시스Isis 또한 시종인 뱀을 시켜 태양신 라Ra를 죽이고 살린다.

세속(문명)의 공간을 지배하는 이 뱀(과정, 줄기)의 시간은 스핑크스라는 대지적 존재의 무의식을 육체 속에 나눠가진 여성 뮤즈의 언어적 알레고리로도 읽힐 수 있다. 스핑크스는 대지에 그 발뿌리를 숨긴다. 여성의 머리와 가슴을 가진 이집트의 스핑크스Sphinx[7]는, 인간의 시간, 자연, 대지의 지혜를 상징한다. 하지만 스핑크스는 문명의 아들 오이디푸스의 지식에 격퇴당한다. 오이디푸스는 승리는 대지의 순결함을 유린하는 '매음' 의 세기의 시작이 된다. 하지만 시는 문명과 인식의 언어를 넘어서는 것이다. 이 스핑크스의 신화를 시인은 자신의 시론과 결부시켜 다음과 같이 언급한다.

스핑크스라는 괴물은 황제의식을 지닌 대지의 무의식을 드러내는 것으로서 인간의 전체성을 의미하고 있다. 그 신화에 나오는 스핑크스의 형상 외에 부친왕을 살해하고 모왕과의 결혼에 관한 이야기의 내용은 대지가 가지고 있는 반복되는 대지의 한 생애를 의미하고 있는 것이다. (중략) 그렇다고 나는 계속 스핑크스의 이야기를 하려는 것이 아니다. 다만 시의 이야기를 할 뿐이다. 시의 모양은 스핑크스의 모양과도 같기 때문이다. (중략) 시의 발이기도 한 시의 몸은 길고 길었다. 그 시는 발이 부르터 피가 흐를 때까지 내 안의 끝간 데까지 휘돌아쳐서 다시 처음의 자리로 되돌아오면 또다시 끝을 향해 떠나곤 하면서 회귀의 반복을 하는 것이었다.

_『여황의 슬픔』 저자후기

인용문의 앞뒤 문맥을 검토해 보면 "시의 모양은 스핑크스의 모양과도 같"다는 시인의 해석은, 스핑크스가 "부르튼 발"이란 뜻을 가진다는 전제에서 시작되고 있다. 스핑크스의 발은 대지를 방황하는 뱀의 육체이며, 궁극적으로 저주받은 지상에서 신성을 노래할 수밖에 없는 시의 언어의 본질이기도 하다. 이 스핑크스와 뱀이 동시에 내포하는 대지성은 더 나아가서 여성의 육체와 용의 이미지와 결부된다. 무덤(대지) 위에서 인간의 해골로 된 옷을 입고 춤추는 힌두 여신 칼리의 밀교화된 이미지를 보면, 그녀는 긴 엄니와 개 같은 혀를 가지고 있다. 그것은 용 같은 모습이며 뱀의 이미지와 결부된다.

하지만 오이디푸스는 대지의 엄마인 스핑크스를 죽음으로 이르게 한다. 언제나 두뇌의 인간은 대지의 능선과 육체의 봉우리, 그 자연의 유연함

---

7. 자칼과 고양이의 모습을 가진 아즈텍, 마야의 스핑크스 또한 우회적으로 여성성의 징표와 연관되어 있다. 이에 대한 논의는, 김상미 시에 관한 필자의 소략한 글을 참조하기 바란다. 「괴사의 미학, 그 일식의 비전」 『문학지평』, 1997년 가을호.

을 견디지 못한다. 그러나 오이디푸스의 지성은 자신의 죽음으로 이르는 엄마의 가슴속에서 붕괴한다. 끝없이 엄마로 돌아오는 이 신비로운 심리적 회향성은 모든 노래의 자궁인 가슴의 신화를 반복하는 것이다. 시는 궁극적으로 가슴의 노래이다. 시인은 심리적 자연인 가슴의 언어를 대지처럼 끌어내는 자이다. 시인의 자궁은 가슴이다. 뮤즈의 말은 문명인의 말을 살해하는 더 큰 권력을 가진다.

'스핑크스'는 그리스의 'strangle(목졸라 죽임, 억압, 억누름)'에서 온 'throttler(목구멍, 목청, 목조르다, 교살시키다)'의 뜻을 지닌다. 스핑크스는 인간을 침묵하게 한다. 스핑크스는 인간을 죽이면서 말을 지배한다. 다시 말해, 목구멍에서 말을 막아버림으로써 그를 죽인다. 스핑크스는 인간이 풀 수 없는 자연의 수수께끼다. 그녀는 비전을 가져오며 말을 숨긴다. 스핑크스의 비밀을 풀기 위해 시인은 뮤즈에게 기도한다. 뮤즈가 명령하는 진정한 언어는 탄생에서 죽음으로 이르는 인간의 시간, 그 자연의 비밀이다. 오이디푸스는 스핑크스를 격퇴시키지만 그 자신이 풀었던 자연의 권력에 지배당한다.

하지만 이 엄마/자연/무의식의 힘은 언제나 명징한 의식의 질병이었다. 그것은 엄마와 아이의 파괴적인 운명의 고리에 주목했던 프로이트 심리학의 기저를 이룬다. 엄마 대지의 시간은 연대기적 질서를 넘어선다. 마리아와 예수, 관음과 선재동자, 이 모든 엄마—아이의 도상학적 이미지가 보여주는 것은 대지의 운명에 지배받는 존재의 근원적인 욕망, 즉 세대적 근친상간이다. 엄마와 아들의 결합이라는 모티프가 끝없이 이야기 속에서 반복되는 것은 결코 우연이 아니다. 엄마는 아들을 무덤과 자궁으로 호출하는 '대지적 인격체'다. 이러한 의미에서 '여황'은 엄마의 가장 원형적인 이미지이다. 여자의 생물학적 권력은 오이디푸스에게는 파괴적인 운명이었지만 끝없이 신생의 제의를 수행하는 우주적 권능이다. 언제나 인간은 엄마라는 심리적 에덴을 떠나 그곳으로 되돌아온다. 이 무서운 낭만주의자들의 비전은 세속적 공간을 가로지르는 예언의 시간이며, 존재의 심리 속을 관통하는 어두운 무의식의 흐름이다. 김인희의 시에는 폴 드 만Poul de Man이 '역사적 서사Historical narrative'와 '알레고리적 서사Allegorical narrative'라고 언급했던 두 층위의 서사가 대위법적으로 흐르고 있다. "처음의 사랑을 위하여, 처음으로 되돌아가는 것, 이것이 내 기도의 제목"(『아담의 상처는 둥글다』 서문)이라는 시인의 말은 이러한 문맥에 있는 것이다.

그런데 여기서 흥미로운 것은, 시인이 이 대위법적 시간을 '매음굴'이라는 은유로 표현하고 있다는 점이다. 매음굴의 신부는 끝없이 스스로의 순결을 회복하려 하지만 끝없이 타락하고 더럽혀진다. 신성한 시간과 세속적 시간이라는 두 코드의 싸움이 있는 것이다. 대지는 언제나 이 싸움을 스스로의 내면에 감추고 있다. 김인희의 시에서 대지는 궁극적으로 창녀적인 에너지를 행사하는 여자의 성적 권력을 이미지화한다.

> 그녀는 창녀 같은 미소를 감추고
> 감추어진 모든 부분들을 뻔뻔스레 드러낸다
> 천지사방의 사내들의 그것이
> 모두 일어선다
>
> _「봄비」 부분

위의 시는 하늘의 정액과도 같은 봄비에 만상의 생명들이 일어서는 광경을 섹슈얼한 은유로 고쳐쓰고 있다. 대지는 창녀다. 대지는 "사내들의 그것(모든 생명)"을 한꺼번에 품고 있다. 이 신성한 창녀 대지는 여성의 육체적/심리적 풍경이다. 고대의 매춘부는 대지적인 여신들의 신전에 거주하는 성녀였다. 그들은 신성한 신부이며 창녀였다. 그들은 신성한 참배객들에게 소돔 같은 쾌락을 선사함으로써 그들을 성화한다. 애욕과 사랑은 갈등하지 않는다. 육체적인 사랑과 영적인 사랑은 언제나 힌두이즘 속에 통합되어 있다. 그것이 가장 빛나는 고대 동양의 지혜를 이룬다. '자궁의 방'은 힌두 사원의 가장 깊은 내실을 지칭하는 말이다. 여신의 거대한 권력을 가진 매춘부 대지는 모든 생명을 자신의 자궁으로 불러들인다. 자궁을 꿰뚫는 드릴 같은 산통으로 그녀를 찢는 아들은 아버지의 팰러스를 가지는 신랑이다. 가장 깊은 무의식의 수준에서 아버지/신랑/아들은 하나다. 그것은 가장 심층적인 의미에서 세대적인 근친상간이다.

이 사악한 근친상간을 통해 대지는 스스로의 제의를 끝없이 수행한다. 김인희는 이 검은 매음녀와 성녀의 이미지를 독나방의 날개처럼 시 속의 화자에 겹쳐놓는다. 그녀는 한 여자가 아니라 모든 여자이다. 대지이며, 물이며, 자궁이며, 밤이다. 이 모든 이미지가 포개진 엄마는 음란하고 신성하다. 시인은 그 대지의 여성성을 통해, 끝없이 입(자궁)을 찢고 나오는 언어의 처녀수태를 바라보는 것이다. 그것은 시의 가장 궁극적인 발생 메커니즘이다. 하지만 신성한 아들(언어)을 출산하기까지 대지는 끝없는 고통 속에 있다. 화자는 그녀를 현혹하는 가짜 사내들에게 상처 입고 영적 기형아를 낳는다. 고통(사탄, 악마)에 의해 점령된 집에서 그녀는 축복받은 신부와 저주받은 창녀의 시간이 교차하는 성적 십자가에 매달려 있다. 하지만 늙고 더럽혀지고 타락한 그녀는 성스러운 신부로 거듭날 '예언된 만남'을 본다.

> 너 늙은 아내
> 더러운 여자여
> 이제는 죽이고 싶은 여자여
> 너는 이제 너무 늙었구나
> 뭇 사내들과 수없이 간통을 하여
> 너의 샘이 말랐구나
> (중략)
> 오, 내 사랑했던 여자여
> 너를 죽여 이제

젊은 신부로 만들 것이다

(중략)

너 죽기를 바라는구나

너와 나의 사랑이 곧

우리를 죽일 것이며

이제 우리는 새 집을 짓고 다시

아들을 낳게 되리라

_「9. 늙은 아내」 부분

풀어진 의식들, 영혼이라 말하는, 그 파장들이

모두 한 데 모여와 다시 네게서 실체로 태어나리

우주에 하나 가득 차 있는 풀어진 의식들

그것들이 모두 모여 와

네가 새 신부로 태어나는 것을 도우리라

(중략)

너, 작은 꽃, 나의 소희야

너는 살아 있는 말, 나의 아들, 로고스를 잉태하고

장차 온 우주를 다스리는 어머니가 되리라

너와 나의 합일의 목적을 바로 이해한 내 후손들이

천국의 문을 여는 사람들이 되리라

_「6. 북한산 대동문 단풍나무 숲속에서」 부분

　"늙은 아내/ 더러운 여자"는 "뭇 사내들과 수없이 간통을 하여" "샘이 말랐"다. 신랑은 "너를 죽여 이제/ 젊은 신부로 만들 것이다." 언어, 의식, 대지, 인간 모두가 해체되는 죽음의 제의 뒤에, 그들은 "새 집을 짓고 다시/ 아들을 낳게 되"는 것이다. 늙은 지혜자인 용은 이제 이무기의 몸을 벗고 새

로운 몸으로 거듭날 것이다. "우주에 하나 가득 차 있는 풀어진 의식들/ 그
것들이 모두 모여 와" 새 신부의 혼례를 들러리 선다. 왜냐하면 그녀는 "살
아 있는 말, 나의 아들, 로고스를 잉태하고/ 장차 온 우주를 다스리는 어머
니"가 될 우주적 자궁이기 때문이다. 스핑크스가 요구했던 해답은, 바로 이
죽음과 탄생의 자궁으로 돌아가는 인간의 비밀이었다. 그것은 끝내 자연으
로부터 자유로울 수 없는 인간의 성적 연역법이다. 스핑크스는 그 자신의
수수께끼를 남자에게 묻는다. 오이디푸스는 말한다. '인간Man' 이라고, 남자
라고. 하지만 김인희는 말한다. 그것은 대지라고. 모든 생명이라고. 그리고
여자라고.

3. 기하학과 방사된 이미지들

김인희의 시에 나타나는 성적 메타포는 우주론적 인식의 표현이다. 아마도
김인희 시의 가장 독창적인 부분은 이 우주의 근원적인 무의식을 드러내기
위해 시인이 만들어낸 "의식 기하학의 세계"(『여황의 슬픔』)[8]일 것이다. 시집
속에 암시된 바에 따르면, 인간이 사용하는 개별어는 그것을 지휘하는 거대
한 원형어(시인이 '전체 언어' 라 부르는)에 뿌리를 묻고 있다. 원형의 언어는 결코
완전히 고갈되지 않는다. 언제나 우리가 사용하는 말 속에서 현재 시제로
진행되고 있다. 시인은 그 원형어를 다양한 도형문자들로 표현하고 있는데,
이것은 어떠한 의미에서 니체의 '의식의 기하학' [11]과 동일한 발상을 보여주
는 것이라 할 수 있다. 재미있는 것은 그 언어의 원형체계가 기하학적 직선

---

8. 김인희는 『여황의 슬픔』에 수록된 저자후기에서 '언어의 층' 을 전체 언어, 집단 언어, 개별 언어의 층을 가
   진 원뿔형으로 아이콘화하고 있다. 그 언어의 단면도를 보면 '전체언어, 전체 무의식' 을 감싸고 있는 '공간
   또는 물질' , 그리고 그 바깥에 '시간 또는 의식' 이라는 좀 더 커다란 의식의 파장이 있다.

(페니스)과 원형적 곡선(자궁)이 겹쳐진 아이콘으로 축약될 수 있으며, 그것은 다시 '남성적 스펙트럼과 여성적 발산'을 동시에 보여주는 이미지들로 갈라져 나간다는 점이다. '달과 별'은 김인희 시집 전체를 축약하는 점성학적 아이콘이다. 이 달과 별의 점성학적 이미지는 태양 숭배적인 남근적 기호체계 속에서 살해당한 운명의 상징체계다.[10] 시를 보자.

불바다 속에서 타고 있는

은유와 상징

높이 떴던

별, 꽃, 웃음

확실하게 손에 쥔다

_「◈원 안에서 죽는 정삼각형과 역삼각형」

깨어진 세계 속으로

모든 시들 모여 온다

모든 그림들 모여 온다

모든 소리 몰려 온다

---

9. 니체는 '권력에의 의지'의 차원분열도형의 기하학을 통해, 모든 인식과 언어가 내면의 법으로서 간직하고 있는 우주의 가장 보편적인 규정을 탐구하고자 했다. 니체에게 있어 우리가 알고 있는 세계란 우리의 번역 안에 놓여 있는 것이다. 니체의 철학적 실험은, 궁극적으로 우리의 번역 안에 놓여 있는 우주, 즉 진실을 드러내기 위해서가 아니라 진실을 '창조'하기 위해서인, 의식과 언어의 모형에 중점이 두어져 있다. 현대의 혼돈이론과 같은 과학의 장에서도, 니체와 비슷하게, 차원분열도형fractal 기하학과 수학적 형식 같은 것이 세계를 효과적으로 번역하기 위한 방식으로 제시된다. 이에 관해 세부적으로 흥미가 있는 독자는 Douglas, Peter. *Nietzschean Geometry*, Substance 81, Up of Wisconsin, 1996. pp.132~134를 참조할 것.

10. 융의 심리학적 관점 형성에 중요한 문맥을 이루고 있는 중국 점성학 체계에는, 북두칠성체계가 중요한 상징을 이루고 있다. 특히 예술을 관장하는 문곡文曲과 같은 예성藝星들은 이 북두칠성 안에 모여 있다. 이 별을 중심으로 한 여러 모티프는 폭넓은 맥락에서 운명, 여성성 해석의 중요한 실마리를 보여준다. 나는 이것이 매우 흥미롭지만, 이 글에서는 자세히 논의하지 못한다. 이 점성학적 아이콘과 시적 상징의 문제에 관해서는, 소략한 월평의 형식을 취하긴 했지만, 필자의 글 「현대시와 점성학적 상상력」에서 언급한 바 있다. 『현대문학』 1997, 3월호.

물리학 수학……. 심리……. 역사…….

모든 책들 모여 와

시의 수사학이 된다

살아 있는 책, 사람이 된다

깨끗한 사내 하나

_「✡원 안에서 다시 사는 정삼각형과 역삼각형」

위의 두 편의 시 제목은 육각형의 별을 둥그런 만월형이 감싸고 있는 아이콘으로 이루어져 있다. "원 안에서 죽는 정삼각형과 역삼각형", "원 안에서 다시 사는 정삼각형과 역삼각형"이라는 해설적인 제목은 앞에서 지적한 탄생과 죽음이 반복되는 우주의 사이클과 연관하여 해석할 수 있다. 시인에 의하면, 삼각형의 아이콘은 두 가지를 의미한다. 정삼각형은 '대지와 문명을 동시에 사랑하는 신'의 의식이며, 역삼각형은 '신과 문명을 동시에 사랑하는 대지'의 의식을 이른다. 이 신적 의식과 대지적 의식이 교차되며 우주는 거대한 원 속에서 끝없이 자신을 갱신한다. 육각형 별의 토대는 삼각형이다. 셋은 생명의 수다. 이 우주적 생명을 상징하는 숫자 3에 대한 탐구는 그녀의 첫 시집 『아담의 상처는 둥글다』 전체의 구성에서 엿보인다.

그런데 이 별 모양이 암시하는 아이러니컬한 요소는, 그것이 신성과 악마성의 동시적 상징이라는 점이다. 유대교의 상징인 육각형의 별모양(삼각형을 두 개 겹친 것)은 남근적인 신성의 표지였지만, 그것은 가장 오래된 오컬트적 마술의 상징에서 다른 문맥을 부여받는다. 가령 카리브인의 부두교(vodoo, 사신, 마교)나 산테리아(santeria, 아프리카 기원의 쿠바 종교)에서 중요한 아이콘으로 여겨지는 별은, 어두운 신성을 간직한 마신의 상징이다. 부두교도들은 별 속에 비치는 죽은 이의 영혼과 교감하며 미래를 점친다. 부두교의 주문은 밤의 심연과 죽음 속을 달려오는 예언의 언어들이다. 무수한 바늘을

토해내는 부두교의 마녀는 목덜미에 어둠(별빛, 주문, 언어)의 침을 박은 사신
들이다.[11] 그녀는 욕망의 언어를 끝없이 토해내는 시인의 악마화된 이미지
이기도 하다. 별빛은 밤의 악마처럼 갑자기 나타나는 여성의 영적 아우라이
다. 남근적 제의 속에 빛나게 극화된 태양이 아니라 어둠의 심장으로부터
나타나는 별들, 어쩌면 그것은 악마적인 고통의 시간을 향해 끝없이 차오르
는 분만의 시간의 상징이 아닐까? 김인희의 시에서 이 별모양이 임신, 출
산, 창조라는 거대한 순환의 표지인 원에 둘러싸여 있는 것은 결코 우연이
아니다. 그렇지 않은가? 여자의 음문이 초생달의 날카로운 칼모양을 흉내
내기 시작할 때, 그녀의 입술은 바늘 같은 절규를 토해내며 만월처럼 열린
다. 여자의 피는 다시 달을 차오르게 한다. 죽음 같은 통증을 통과하여 그녀
는 '다시 죽고' '다시 사는' 것이다. 그것이 "시의 수사학이 된다," "살아 있
는 책, 사람이 된다".

　　이 모순적이면서도 역설적인 아이콘은 우주의 섭리를 간직하고 있는
거대한 자륜字輪처럼 시인의 언어를 지배하는 것이다. 그것은 생성과 변전
의 우주적 에너지를 상징하는 만다라 혹은 소용돌이치는 뱀의 이미지로 반
복해서 나타난다.

　　　우주를 풀무질하는 전체 언어

　　　닫긴 듯 열려진 세계 속으로

　　　바람을 타고 날아가는 개별 언어들

「18. 卍십자가와 사방이 열린 사각형」 전문

　　　태초의 시간은 둥글게 또아리를 튼다

---

11. 무수한 바늘을 토해내는 부두교도의 이미지를 나는 「X 파일」이라는 영화에서 보았다. 영화 속의 주인공
　　은, "이렇게 많은 바늘을 삼킬 수는 없어"라고 말한다. 내가 생각하기로 내면에서 튀어나온 이 바늘의 이
　　미지는 어두운 욕망의 말의 은유일 것이다.

엔트로피 감소

그는 대지와 딱 붙는다

엔트로피 감소

그는 팔 다리가 없다

엔트로피 감소

그는 강물처럼 길게 몸을 편다

엔트로피 증가

오직 앞으로만 흐른다

엔트로피 증가

오직 앞으로만 흐른다

엔트로피 증가

그는 자라서 용이 된다

열평형

불꽃 같은 혀로 미래를 삼킨다

열평형 파괴

_「9. ◎ 엔트로피 또는 뱀」 전문

만다라는 "우주를 풀무질하는 전체 언어"의 상징으로 시 속에 나타난다. "닫긴 듯 열려진 세계 속으로/ 바람을 타고 날아가는 개별 언어들"은 끝없는 엔트로피의 소용돌이 속에 붕괴한다. 증가/감소, 평형/파괴를 반복하는 이 난폭한 우주의 자궁은 '뱀'이라는 나선형의 소용돌이를 그리며 회오리친다. 그것이 김인희의 시에서 반복되는 우주적 이미지인 것이다. 언어는 이 에너지의 트랙을 따라 날카롭게 관통하는 남성적 스펙트럼과 부드럽게 휘어지는 여성적 방사를 되풀이한다. 수축과 이완, 돌신과 정시는 DNA처럼 꼬여 있는 두 마리 용의 이미지를 떠올리게 하는 창생의 제의를 반복하는 것이다.

시의 이미지들 또한 열정의 바퀴에 말려든다. 우주적 에너지는 "불꽃 같은 혀로 미래를 삼킨다". 그리고 다시 "태초의 시간은 둥글게 또아리를 튼다." 이 악마적인 자궁의 도가니는 부활의 아침에 눈뜨게 될 연인들의 신성한 침상이며, 죽음의 완전함, 어둠의 극단에서 움터오는 빛을 예비한다. 그것이 비전의 꼭대기다. 시인은 뮤즈에 의해 그 꼭대기로 인도받는다. 그 꼭대기에 바로 "눈처럼 순결한 집"(「하얀 잠, 하얀 집, 마지막 보름달」)이 있다. 부드러운 태양 같은 만월이 있다. 이 묵시와 생성의 우주는 언제나 언어 속에 깃들어 있다. "우주는 하나의 의식체임과 동시에 하나의 언어"(『여황의 슬픔』 저자 후기)라는 전제에서 보면, 이 장대한 우주적 드라마가 바로 시집 전체를 통해 드러나는 언어의 신화임이 분명해진다.

그러나 그 완전한 언어는 여성적 가슴에서 추수된다. 역사가 시작된 에덴이라는 한 점처럼, 모든 말들은 자신이 움트고 죽어갔던 대지의 '씨방'을 향한다.

가장 은밀하고
가장 높은 곳에
방이 하나 있었네
부드러운 흙
순결한 흙
물기 있는 흙
불을 밝히면 멀리서도 보이는
작은 창문이 있는 흙
그런 흙으로 지어진 방이 있었네
잠자던 바람이 살랑거리고
잠자던 꽃들이 하르르 피어나고
잠자던 새들이 푸드득 날아오르는

불 밝힐 이가 돌아와 씨를 뿌리면

곧 뿌리를 내릴

작은 정원이 있었네

_「15. 씨방」 전문

사랑의 거처는 여자의 심장 속에

뜨겁게 붉게 살아 숨쉬고 있다

그 닐

여자가 만삭의 몸을 풀 때

스스로 목숨을 던질 때

온 세계는 사랑으로 불타올라

여자의 물, 여자의 죄는 모두 태워지고

그녀의 근원

그녀에게 새 집 지어줄 남자

새 신랑 맞을 준비가 다 된 여자

그곳이 새로운 사랑의 거처가 되리라

_「17. 사랑의 거처」 부분

"가장 높은 곳"에 있는 것은 "부드러운 흙/ 순결한 흙/ 물기 있는 흙"으로 만들어진 생명의 "씨방"이다. 그것은 "여자의 심장 속에/ 뜨겁게 붉게 살아 숨쉬고 있"는 "사랑의 거처"이며 대지의 심장이다. 궁극적으로 지혜와 신성의 원천은 "그녀의 근원"인 대지에 있었던 것이다. "새 신랑 맞을 준비가 다 된 여자"는 따스한 대지의 침상에서 신성한 혼례를 기다린다. 축복으로 가득한 자궁 속의 삶으로 돌아오는 것이다, 영적인 쌍둥이가 합해진 곳, 빛나는 밤, 녹아흐르는 숲, 달빛으로 가득한 고대의 동굴로 가는 것이다. 대모의 진흙에 쓸려가듯 열정의 늪에 빠진 "그와 난 또다시 불이 되어 타오"(「24. 그와 난 또다시 불이 되어 타오르고」)른다.

사랑은 결코 차가운 인식이나 의지가 아니다. 그것은 끝없는 자발적인 인내이며 타오르는 열정이다. 대지는 사랑을 위해 한없이 부드러운 둥지와 제련의 도가니를 만든다. 무한한 사랑으로 가득한 '가슴'의 풍경, 이 대지의 낙원으로 돌아와 생명의 말(아들)을 빚어내는 것이 김인희가 시집 전체를 통해 강조하는 '보름달'의 드라마[12]이다. 보름달을 차오르게 하는 기다림의 시간은 새로운 '아들'이 태어나는 섹슈얼한 클라이맥스다. '아들'은 "인간의 검은 무의식 위에 떠오른 마지막 보름달"(「이 세상은 검은 허구렁이 뚫려 있는 환자」)이다.

대지의 권력은 크다. 그것은 모든 생명이 방사되어 나오는 탄생의 자궁이기 때문이다. 존재는 자아, 의지, 이성을 뛰어넘는 자연의 운명적 리듬에 지배받는다. 시인의 자궁은 심장이다. 지혜의 언어를 흐르게 하는 자궁이다. 두 마리 용은 다시 또아리를 틀면서 거대한 생명을 방출한다. 시인은 말한다. "그것(용)은 우주 전체를 다스리는 말이므로 나는 그것을 母語라고 부른다"(「용은 시간의 끝이라는 상징적 이름」). 빛나는 만월 같은 분만을 꿈꾸는 대지의 언어는 얼마나 아름다운가. 자연의 빛나는 영은 생명을 치유하는 약사의 이미지로 종교도상에 나타난다. 여성 약사여래는 물병을 들고 있다. 그녀는 대지의 지신들인 약초가 있는 곳을 알려준다. 꿈속에서, 치유를 소망하는 자의 꿈속에서! 대지의 여신인 약사여래처럼 여성 뮤즈는 자신의 상처에 박

---

12. 그것은 다음의 시에 가장 축약적으로 표현되어 있다. "마지막 보름달은 아들이 아버지를 살해하는 역설적인 꽃이다./ 나는 그 꽃을 가슴에 품고 산다. 가슴은 낙원이 있던 자리이다. 또다시 낙원이 건설된다 해도 그 곳은 머리나 발목이 아닌 가슴이 될 것이다. 낙원의 꿈을 잊지 않은 채 나는 다시 가슴으로 그것은 다음의 시에 가장 축약적으로 표현되어 있다. "마지막 보름달은 아들이 아버지를 살해하는 역설적인 꽃이다./ 나는 그 꽃을 가슴에 품고 산다. 가슴은 낙원이 있던 자리이다. 또다시 낙원이 건설된다 해도 그 곳은 머리나 발목이 아닌 가슴이 될 것이다. 낙원의 꿈을 잊지 않은 채 나는 다시 가슴으로 돌아가는 것이다."(「역설적인 꽃, 마지막 보름달」)

힌 칼을 빼는 자다. 시는 단순히 문학이 아니라 내면적으로 표현된 자연이다. 머리인 하늘과 가슴인 대지가 만나는 지점에서 "대지가 맑은 눈을 되찾은 것이다. 눈과 육체는 오랜 헤어짐 끝에 만나 다시 혼례의 의식을 치른다."(「문명과 자연이라는 두 개의 약속」). 시인은 언제나 이 눈(인식)과 열정(육체)과 씨름하며 비전을 탄생시킨다. 사랑과 생명으로부터 이반한 사유는 어리석음이며 오류다. 사유는 거칠게 돌진하며 멀어진다. 그러나 사랑은 끝없이 멀어진 그곳으로 돌아오게 한다. 김인희의 시세계는 컴퍼스처럼 방향은 정확하면서도 둥그런 원환을 그리는 것이다. 대지는 태양의 가시광선에 꿰뚫리며, 그 완전한 충만으로 창조의 씨앗을 새롭게 뿌린다. 대지는 신의 얼굴이 찍혀 있는 성스러운 천이며, 시인의 언어가 되돌아가야 할 어머니의 땅이다. 이 아름다운 모어를 수태하는 시인은 언제나, 운명을 신화를 반복하는 것이다.

—『현대시』 1997년 9월호

반미학으로서의 엽기성
− 김언희의 시세계를 중심으로

1. '이 세계가 바로 세계다'라고 말하는 웃기는 세계에서

아직도 표현되지 못할 금기의 영역이란 것이 남아 있을까? 극장, 인터넷, 서점가, 사방에서 넘실거리며 배회하는 이미지들을 보면 '나쁜 버릇과 삐딱한 시선'만이 있을 뿐 더 이상 어떤 것도 '표현의 금기' 속에 묶여 있을 것이 없다는 생각이 든다. 비록 문화의 검열체계가 존재하고 어떤 수위에서의 거부감 같은 것이 존재하기는 하지만, 갱스터건 난봉꾼이건 살인자건, 총격전이건 잔혹한 살인극이건, 그 모든 것은 이미 영웅들의 모험 끝에 버려진 쓰레기 하치장이 아니었던가. 마피아의 정부가 된 백설공주와 머리가 잘려나간 잠자는 공주도 다 구경해본 것들이 아닌가. 엿보기의 재미도 사라졌다. 벽 구멍은 폭발하고 가상세계는 현실보다 더 사실적으로 더 드넓게 펼쳐져 있다.

단지 우리는 하이테크 시대의 속도감에 맞춰 좀 더 어지럽게 짜릿한 방식으로, 더 적나라하게 보고 싶어할 뿐이다. 간단히 말해 우리가 찢어발기고 있는 것은 표현영역의 금기가 아니라 '방식'의 금기다. 포장을 걷어치운 세계를 가능한 한 더 가까이 더 자세히 더 적나라하게 보기를 원하는 것이다. 용서받고 처벌받아야 할 아무런 이유도 없는 하나의 놀이로서 말이다. 보이는 것이 희귀한 것일수록, 전율을 자아낼수록, 유일한 것일수록 관심거리가 되는 것은 당연한 것이다. 나쁜 것이면 어떠랴. 관객의 기대와 욕망을 찢어발기며 '역겹게, 역겹게, 역겹게' 보여주는 것, 그 적나라함에 우리는 어느 순간 호기심과 매혹을 느끼고, 그것만을 숭배하는 미치광이가 되기도 한다. 괴팍한 것이면 어떠랴. 그 괴팍함 자체가 우리의 삶을 반영하고자 하는 '의미 있는 해프닝'이라면 그것 또한 예술이 될 수 있지 않을까.[1]

이 세계의 야만스런 지루함은 자본의 생태계를 따라 엽기 열풍으로 휘몰아치고 지나간다. 열풍이랄 것까지. 그것도 연례행사가 아니냐. 이런 뜨뜻미지근한 세계는 저주일까? 축복일까? 족쇄에 묶여 있는 끔찍한 희생자들의 장식 없이는 드라큘라도 사드도 오르가슴에 이르지 못했다. 쾌감을 위한 더 강렬한 장식과 오브제를 필요로 하는 오늘의 문화는 아방가르드 예술가들이 '지긋지긋함'을 느꼈던 시대와 별로 다를 바가 없다. 좋은 줄은 알겠는데 어떠한 충격도 못 주는 것들. 그러니 모나리자의 아리따운 얼굴에 귀여운 수염을 붙여놓은 것이 아니겠는가. 익숙한 것에는 분통이 터진다. 지

---

1. 아방가르드 예술가들이 예술작품을 우아함, 일관성, 동기화를 강조하는 미학으로터 이반하는 '의미 있는 해프닝'으로 본 것은, 다소 맥락은 다르나 엽기문학을 이해하기 위한 많은 시사점을 제공한다. 해프닝은 꿈이 삶을 반영하는 방식으로 삶을 반영한다. 차이점은 단지 그것이 이성적이고 합리적이고 우아한 방식으로만 작용하지 않는다는 데 있다. 해프닝은 상징을 위한 재료가 아니라 매순간 자기충족적인 끝을 가진다. 실제적인 인간 삶으로 들어가기 위한 새로운 입구이지만 세계는 그것에 적대적일 수밖에 없다. 단지 그것을 공적인 공간에 전시함으로서 그 공간에서 삶을 해방시키고 아이가 놀이하듯 실제의 삶 속에서 끌어내는 것뿐이다. 만약에 예술이 그 내용적인 순수함과 다른 실재이길 거부한다면 대체 무엇이란 말인가.(Tyler, Parker. *Underground Film*, DaCapo Press, 1995. New York. 1995. pp. 12~13.) 아방가르드 예술가들이 그들의 전위성을 확보하기 위해 역설적으로, 팝 아트, 레디메이드 등, 미적 가치의 근원으로서의 대중적인 것들에 관심을 기울인 것처럼, 내가 보기로, 최근의 엽기문학이라는 것도(그것이 판타지의 양식을 띄건 소설이건, 시나리오이건, 가벼운 우스개이건), 포르노그래피, 슬래셔, 스릴러, 호러, SF, 코믹 등의 다양한 대중문화 텍스트와 교섭하고 있는 것 같다.

루해진 드라큘라 백작처럼 예쁜 여자들을 훔쳐 피를 빨아먹어 봤으면. 침대 곁에서 폭탄이 터지고 세상이 산산조각나 버렸으면. 하지만 세계는 그렇게 지루하게 폭력적으로 존재하고 있다. 그것이 세계라고 말하는 이 웃기는 세계에서, 우리를 정말로 웃기거나 놀라게 하는 것은 없을까? 그 일탈에 대한 끝없는 갈망으로부터 현대예술은 시작된다.

미적인 규준은 더 이상 존재하지 않는다. 일관성의 미학으로 요약될 수 있는 모더니즘 미학의 붕괴와 함께 아방가르드 예술가들이 기존의 미적 규준을 과격하게 파괴하고 나온 것은 잘 알려진 일이다. 그들이 발견한 현대예술의 새로움이란, 낡아버린 미적 관습과 세계의 무감각을 부술 수 있는 일탈성이다. 위대한 개성과 아우라가 파괴된 시대를 장악하는 것은 키치들이고, 튀는 것만이 살아남는 것이기에. 하지만 그들이 구가했던 소란스런 시대조차 씁쓸한 잔영처럼 사라져간다. 살아남은 것들의 추악함은 매끈하고 아름다운 추악함으로 다시 가려지고, 마치 죽어버린 거리를 헤매는 망령들처럼 우리는 더 강렬한 쾌락을 갈구하며 미쳐 떠돌아다닌다. 그러니 당연한 것들은 추악한 것이고, 치명적인 것만이 아름다운 것이다.

우리가 엽기문학이라고 하는 것도, 미에 대한 일종의 엄숙한 추모사와 같은 것이 아닐까. 현대예술은 모든 것에서 치명적인, 더 치명적인 것들을 요구한다. 상상력은 더욱 가속화되고, 그 극에서 언어는 찢겨나간다. 어떠한 의미에서 미적이지 않은 것, 변태성과 치명성은 현대시의 필요불가결한 전략으로 인식되고 있기까지 하다. 이 글에서 다루고자 하는 '엽기문학'을 나는 단순하게 '반미학적 치명성'을 보여주는 문학으로 폭넓게 받아들이고 싶다. 사전대로라면 엽기란 '기괴한 것에 대한 취미'를 뜻한다. 하지만 사전적 의미보다 더 확장한다면 '엽기적'이라는 말은 '꽤 괜찮다'라는 주관적 평가의 의미를 내포하고 있다는 점에서, 무언가 새로움을 가진 '충격적이고 특이한 텍스트'의 의미로 받아들일 수 있을 것이다. 모든 치명적인 글쓰기는 사회적/문화적 코드와 대결하는 어떤 새로운 문학적 방향 모색에 그 핵심이 있다. 문학 진영에서 최근 엽기성은 미적 저항을 위한 마스터키처럼 다루어지고 있기도 하고, 특별히 전통적 가치들과 결별하는 급진적이고 실험적인 텍스트 속에서 자주 드러나는 것이다. 이러한 현상은 오랜 동안 우리의 문화를 막강하게 지배해온 문학관이랄까 금기[2]가 얼마나 격렬하게 깨져나가고 있는가를 보여주는 한 지표이다. 상상의 한계를 밀어붙이는 폭력, 모든 것을 쾌락의 '거름'(백민석)으로 삼는 기계와의 싸움은 더욱 강력한 글쓰기를 요구하는 것이다. 그 치명적인 글쓰기의 극단에 범죄적 상상력이 놓여 있다.

근대문명은 범죄를 인류와 사회에 적대되는 것으로 간주해왔다. 신문과 뉴스는 날마다 이 금기를 공표한다. 하지만 이런 금기는 엽기문학 속에서 나타나는 관점에서 본다면 정말로 이상하고 우스운 것이다. 얼마나 넓은 범위에 확장되고 얼마나 강력하게 기억되고 있는가 하는 것에 의해 금기의 강도는 설명된다. 하지만 사실이 금기의 영역을 포함하고 있고, 바로 그 금기에 의해 세상은 씌어 있다. 왜 세상이 하필 이 모양 이 꼴인가 하는 의문을 던지는 자에게 그 당연하고 합리적인 금기는 단지 코드일 뿐이다.

최근 시인들의 엽기적이고 저돌적인 글쓰기는 이 세계/실재라는 것이 무엇인가에 대한 질문으로 돌아가게 한다. 우리가 뭐라고 하건 간에 세계는 항상 거기 그런 모양으로 놓여 있지만, 문학이 범할 수 있는 최고의 쾌락은 바로 그것의 무의미를 주장하는 것이 아닐까? 그것은 수천년 동안 의미를 쌓아올린 이 세상을 깔아뭉개는 가장 재미있는 방법이다. 우리가 진지하게 살아가고 있는 이 현실세계가 갑자기 게임 오버된다면? 가상현실처럼 욕망의 진실성에 의해 구성될 수 있는 세트라면 얼마나 찌릿할까? '너는 그게

---

2. 역사적으로 볼 때, 수백 년간 우리를 지배해온 문학의 관점은 실용적이고 기구적인 가치로부터 자유롭지 못했다. 가령 괴력난신(怪力亂神)의 이야기가 문학사 속에서 배제되어야 한다는 주장이나, 미의 전범으로서의 고문(古文)에 대한 숭배 같은 것은, 실용적이고 기구적인 주류담론이 미적인 관점에 얼마나 막강한 영향을 발휘해왔는가를 보여주는 단적인 예이다. 문학사적으로 볼 때, 기괴성을 미적 전략으로 들고 나온 것들(서구의 고딕소설이나 괴담, 야담과 같은)이 대체적으로 주류문학에 편입되지 못한 까닭은 주류담론의 한 부분이었던 문학사 기술의 한계 때문이기도 하지만, 체제가 강요한 문학의 개념의 한계 때문이기도 하다.

세계라고 말하지만 나한테는 아니었음 좋겠어' 라는 논리, 그 욕망의 진실성을 어떻게 강렬하게 각인시키느냐에 따라 엽기문학의 호소력이 발휘된다고 볼 수 있다. 그것이 특별히 전략적으로 노리는 것은 그 무엇보다 충격효과다. 불편하고 역겨운 것들에 대한 세밀한 탐구는 엽기문학의 가장 중요한 요소들이다. 내용면에서만 아니라 형식적인 면에 있어서도 극단성과 실험성을 표방하게 되는 것은 당연한 일일 것이다.

하지만 여기서 우리는 엽기문학이 실제적 차원에서 말 그대로 의미 있는 실험적인 텍스트로 받아들여질 수 있을까? 하는 의문을 던져보지 않을 수 없다. 하지만 비록 엽기물이라고는 해도, 대중적인 오락물 속에서 그러한 반미학의 가능성을 발견하는 것은 쉬운 일이 아니[3]기 때문이다. 다양한 관점에서 검토가 이루어져야 하겠지만, 이 짧은 글에서 한 시인의 텍스트를 전략적으로 검토해봄으로써 엽기문학에 관한 일말의 의문을 해소해볼 수

---

3. 세계가 견지하고자 하는 완강한 사유방식 및 자기현시적인 기호체계를 내적인 맥락에서 반복함으로써 실재세계를 다른 관점에서 인식하게 하는 데 초점이 모아지고 있는 것이 아니라, 오히려 그 세계의 억압과 갈등을 은폐하는 것일 수 있다. 어떤 면에서 보면 엽기라는 것은 역설적이게도 가장 반세계적이면서 세계를 닮아 있는 장르다. 우리를 취하게 하는 피비린내들은 삶의 무감각을 희롱하며 가사상태로부터 건져내는 것이 아니라, 오히려 그 하수구로 우리의 머리통을 밀어넣는다. 몇 가지만 지적해 보더라도, 가령 이상성의 폭발 뒤에 정상성의 회복이라는 전형적인 코드를 받아들이는 것. 혹은 세부적으로 볼 때 매우 낡은 전형들을 그대로 사용함으로써 낡은 가치의 복원을 유도한다는 면에서다. 가령 근대의 가장 모범적인 인간형인 '행동' 하는 주체는 악을 소탕하는 주인공으로 부활하며, 독재자의 욕망과 감각적인 반응으로 가득 찬 쾌락의 무대는 황폐한 피범벅으로 끝난다. 건드려진 금기는 다시 복원된다. 숨겨진 사실은 다시 덮여야 한다. 성적 판타지를 가능케 하는 것은 엽기물과 공포물의 가장 중요한 역할이며 코드이다. 끝없는 쾌락의 원칙에 의해 진행되는 폭력은, 욕망의 환유적 경로를 따라 대상을 바꾼다. 폭력은 진행되지만 만족은 없다. 누군가가 더 죽어야 하고, 매순간 폭력의 수위는 높아지며, 실패한 범죄는 다음편을 예고한다. 악인의 이미지는 세계관으로 좀처럼 발전되지 않는다. 훼손되고 억압된 타자의 삶은 다시 살해당하며, 이 세계 속을 가로지르는 흑백적 세계와의 갈등 속에 좀처럼 놓이지 않는다. 특히 악의 이미지는 인간처럼 옷을 입거나 가죽가면 같은 디테일로 장식되지만 살인기계로서 프로그램되어 있다. 거기에는 인격이 없다. 갈등이 죽는다. 그것은, 갈등하지 않는 것은 또 다른 신이다. 반복되는 것은 독재적인 코드이며, 그것은 많은 대중문화 텍스트 속을 공격적으로 가로질러가고 있다. 특히 육체는 우리가 상상할 수 없으리만치 무시무시한 '괴물의 재현' 으로 반복적으로 각인된다. 육체는 페티시한 이미지로(「나이트 메어」 같은 프레디의 손톱을 보라)축소된다. 프레디의 손톱이나 제이슨의 도끼나 머신의 가죽가면이나…… 우리는 다 떠올릴 수조차 없는 목록을 가지고 있다. 많은 예외가 있으나, 그들은 죽은 감각들로 조립된 죽은 기계인 것이다(「블레이드 러너」에는 갈등하는 살인기계가 등장하지만 「8밀리」에 등장하는 악인은 이름 그대로 '머신' 이다) Andrew Tudor, *Monster and Mad Scientists : A Cultural History of the Horror Movies*, Oxford: Blackwell, 1989, P.185

있지 않을까? 근래의 시인들 중에 가장 충격적인 글쓰기를 지향하는 시인이 있다면 누가 있을까? 많은 시인들이 있겠지만, 스스로 '엽기적인 글쓰기'를 공표한 시인의 시를 들여다보기로 한다. 김언희는 『말라죽은 앵두나무 아래 잠자는 저 여자』의 자서에서 "임산부나 노약자는 읽을 수 없습니다. 심장이 약한 사람, 과민 체질, 알레르기가 있는 사람도 읽을 수 없습니다. 이 시는 구토, 오한, 발열, 흥분의 부작용을 일으킬 수 있습니다. 드물게 경련과 발작을 일으킬 수도 있습니다. 무엇보다 이 시는 똥 핥는 개처럼 당신을 싹 핥아 치워버릴 수도 있습니다"라고 말한다. 이 도발적인 자서가 말해주듯, 그녀의 시는 엽기적 자의식(?)이 충분히 개입된 텍스트라는 면에서 흥미롭게 살펴볼 만하다.

2. 스너프 필름—삶의 전시를 위하여

나는 김언희의 최근 시집 『말라죽은 앵두나무 아래 잠자는 저 여자』 속에 수록된 샤리 벨 존의 사진 「Women on Women」을 본다. 이 사진 속엔 광대 분장을 한 나체의 여자가 바기나에 장미를 거꾸로 꽂고 있다. 시인은 거기에 「랄랄랄1」이라는 제목을 붙여놓았다. 사진 속의 광대가 아마도 무언가를 말했다면 정말로 '랄랄랄'이 아니었을까? 이 자조적인 한 마디는 '구토, 오한, 발열, 흥분'이 아니라 내게 알 수 없는 슬픔과 통증을 전달한다. 이 사진시를 통해서 나는 치명적인 것들을 농조로 주절대는 김언희 시의 독특한 '색깔'을 본다. 시인 스스로가 "내 인생은/ 피를 보고서야 멈추는 농담"(「랄랄랄 2」)이라고 말한 것처럼 정말로 그의 시는 '표현의 수위'를 넘어서는 농담, 엽기적인 농담이다. 그것이야말로 너무나 지루하고 당연하게 지속되는 세계, 폭력과 잔혹을 은폐하며 제멋대로 굴러가는 세계를 보여주기 위한 전략이 아닐까? 그럴 것이다. 그녀의 시는 매우 경쾌하고 익살스럽게 악몽의 판타지를 조직한다. 그녀의 시는 결코 뻔한 것이 아니라 뻔뻔스럽다. 만약에 '잔혹시'라는 말이 성립할 수 있다면 그녀의 시에 붙임직한 명칭일 것이다. '잔혹'이라는 이름하에 쓴 시, 잔혹이란 아르토Antonin Artaud의 말대로 현대의 삶 그 자체의 잔혹이다.

세계는 한 장 파지처럼 가볍게 찢겨지고 만다. 김언희는 보이지는 않지만, 추악한 폭력을 향해 뚫린 세계를 관객 앞에 끌고 와, 당신은 지옥에 와 있다고 속삭이고 있다. 짜릿함인지 고통인지 모를 온갖 쾌락의 풀무가 넘실거리고 송곳 같은 통증이 사방에서 날아와 존재라는 형식 자체를 부숴버린다. 세계는 살결과 표면으로 닫혀 있지 않고 수상한 환상으로 부글거린다.

먼저 독자는 음흉한 수화물에 걸려 넘어진다. 누가 발송했는지도 모르는 "검은 트렁크". 김언희의 첫 시집에 실린 「트렁크」는 시가 아름다울 것이라는 독자의 기대를 처음부터 망치고 들어간다. 비닐봉투에 싸인 시체조각이 트렁크에서 끌려나온다. 퀴퀴한 시취가 코를 찌른다. 독자는 느닷없이 완벽한 미스터리 속으로 끌려 들어간다. 그녀의 시에서 세계는 늘 갈기갈기 찢겨진 시체로 가득 찬 음흉스런 수화물이다. 공포의 삶은 어느덧 도착해 있고, 우리는 살해될 낌새조차 눈치 채지 못하고 살해당한다. 시인은 그 참상을 똑똑히 보라고 다그친다. 물론 트렁크 속에서 쏟아져 나온 찢겨버린 육체들은 잔혹한 권력을 쾌락적으로 전시하기 위한 엽기물의 일반적 장치이다. 육체는 세계가 끼적거린 끔찍한 희생자의 몸뚱어리같이 무참하게 난도질당한다. 현실이라는 코르셋은 뜻밖의 재난으로 찢겨져 나간다. 하지만 그 코르셋 속에 있던 육체는 음탕한 독자가 갈망했던 하얀 살결이 아니라, 먼지와 습기와 곰팡이로 먹혀버린 상처들이다. 육체는 물이 되어 주르륵 흘러내린다. 썩고 뭉개지고 짓물러서 "스타킹을 벗으니/ 넓적 다리가/ 머리를 빗으니/ 머릿가죽이/ 훌러덩/ 벗겨져 버린다/ 깔깔깔 웃다가/ 웃던 입이 영영 안 다물어지고/ 덜커덕/ 턱뼈 내려앉는 소리"(「떨켜」)가 나고, "문득 보니 손가락 한 마디가 발등 위로 툭 떨어져 문득 보니 발가락 여덟 마디가 문드러지고 없어 문득 보니 뭉크러진 콧날 뻥 뚫린 구멍으로 빗물이 들이쳐 문득 보니 볼때기 위로 농해빠진 눈알이 주르르륵 흘러내"(「복숭아」)린다. 모든 것이 망가지고 벗겨지고 내려앉는다. 벌써 끝장났는데 살아가고 있다니! 그 "문드러지고" "농해빠진" 물질일 뿐인 몸이 으스스하게 활보하는 세계를 느끼게 해주기, 그 불감증을 코믹하게 고문하겠다는 의지야말로 투철한 시정신이 아닐까?

그 여자, 입 없는

그 여자, 이빨도 혓바닥도 없는

그 여자, 혀를 주면 혀를 삼키는 삼키고 삼키고 삼켜서

두루마리 혓바닥으로 감겨 있는

그 여자, 살균 표백된

그 여자, 희고 부드러운

그 여자, 하늘하늘 풀려내리는

그 여자, 적당한 길에서 당신이 쓰윽

끊어

뒤를 훔치는

_「모나리자 화장지」 전문

"모나리자 화장지"인 "그 여자, 살균 표백된/ 그 여자, 희고 부드러운/ 그 여자, 하늘하늘 풀려내리는/ 그 여자"를 누가 욕망하지 않겠는가? 그 여자를 깔아뭉개고 더럽히고 찢어버리고 싶은 독자의 욕망이 발기하지 않는가? 그렇다면 독자는 시에 공격당했다. 여자는 결코 그것을 거부하지 않기 때문이다. 아니, 여자는 그것을 바라고 욕망한다. "팔다리가 엉겨 떨어지지도 않는" 육체, "늘어진 넓적다리로/ 친친 휘감아 버려"(「빨래」)진 육체의 두

루마리는 "봉합되지 않는?" "내, 인생이니"(「……?」) 어쩔까? 모나리자 화장지의 과업이라고도 할 수 있는 항문에의 서비스는 "귓부리를 핥는/ 최음의 비단 혓바닥에 일신을 맡기"(「초록 세월」)고, "아버지의 물침대"에서 겁탈당하는 딸의 체위와 닮아 있다. 폭력은 끊임없이 진행되고 있는 협박이며 쾌락이다. 폭력은 쾌락의 형식으로 길들여져 있다. 더 강력한 폭력을 갈망하면서 욕망의 펜트하우스로 걸어 들어가는 그 희한한 몸뚱이들은, 호화로운 남근의 향연을 위한 환상적인 스펙터클이다.

그러한 육체의 이미지 속에 접혀져 있는 것은 세계의 사디즘적 체위이다. 쾌감은 성한 곳이 없이 상처난 세계 어디에나 넘실거린다. 망가졌다는 것만으로도 슬픈 그 상처가 희열이라면 한층 더 처참한 세계를 까뭉개 보여주는 것이다. 환상 속에서 걸어나온 향기로운 육체들, 어린이의 장난처럼, 마법처럼, 껌처럼, 텔레비전과 광고딱지의 환상으로 조직되는 그 발랄한 육체의 춤! 그것은 판타지의 노름이고 죽어버린 현실의 한쪽이다. 종알대는 여자들, 웃는 여자들, 가랑이를 벌리고 깔깔대는 여자들이 사방에서 한바탕 심포니를 울린다. 제목은 오, 이 재밌는 세상! 그것이 시인의 망막의 필름 위에 찍힌 세계이다. 그녀가 보여주고자 하는 것은 바로 충격적이리만치 기계적인 오르가슴의 세계다. 끝없이 찢기고 닳아가며 세상을 찍어내는 종이, 파지, 거울로서의 육체는 언제든 폐기될 수 있는 싸구려 플라스틱 필름같이 주인, 감독, 그 어떤 특권적 눈(항문)을 위해 봉사한다. 현실은 찢어져 나가고 독자는 환영의 공간에서 현실의 톱날을 응시한다. 끝없이 고문당하며 "목구멍에 철사를 박아 더 오오래"(「꽃꽂이」) "단말마의 오르가슴을 느끼게 해줄까?" 라는 조롱 속에서 독자는 "진저리치며 깨어"난다. 고통을 받으면서 쾌감을 느끼고, 독자는 "못과 교접하는/ 상처의/ 질// 의/ 탄력?"(「못에게」)을 희화적으로 느낄 수 있다.

모든 것은 대담하게 노출된다. 세계는 살색이다. 우리를 감질나게 하던 구멍은 폭발한다! 이 미친 세상을 진보/행군시키기 위해 동원되는 그 무수한 육체들은, 줄줄이 미친 욕망의 도랑 속으로 처박힌 스너프 필름의 희생자를 닮지 않았는가? 고통과 교성으로 진동하며 끝없이 욕망의 도랑 속으로 끌려가는 종군위안부들! 그런 육체가 "연기로 만들어진 개"(「공」)처럼 이 세상을 어슬렁거린다. 어떤 배출구가 존재할 수 있을까? 그 어두운 미로에서, 공허하고 퇴색한 삶 속에, 주장처럼 발기하는 욕망, 쾌감을 향해 튕겨오르는 공들! "탱탱한 증오"로 부풀어오른 공이 "내지르는 힘의 충직한 방향과 속도"(「공」)가 바로 그녀의 시다. 이 "속창 빠진" 육체를 시인은 더욱 괴이하게 잡아찢는다. 육체는 "속창 빠진" 헛소리를 뱉어내는 "꽈리"(「꽈리 부시네」)다. 세계가 짓누르면 비명을 토해내고 지긋이 억누르면 신음을 토해낸다. 그리고 그것이야말로 물아일체, 무아지경의 오르가슴이다.

　　하지만 그 "속창 빠진" 오르가슴은 분명 문제의 형식을 띠고 있다. 그녀의 시 곳곳에서 드러나고 있는 육체의 이미지를 추적해가다 보면, 우리는 세계라는 남근기계(여기서 내가 남근기계라 부르는 것은, 고통을 느끼지 않고 쾌락을 느낄 수 있는 강도 혹은 가능성의 권력을 의미하니 오해 마시라)를 만날 수 있다. 이를 악물고 그 기계에 '당하는 쾌락과 폭력'을 보여주기 위해 때로 화자는 얼음처럼 하얗게 질린 공포연기를 한다. 그 표정은 존재를 칼부림하고 '썰음질' 하는 실물의 세계를 투명하게 비쳐낸다. 육체는 톱니들로 돌아가는 로봇처럼 말을 하고 지껄이고 사랑하고 교미한다. 그녀는 공공연히 "몸 속을/ 드나드는 톱날들을 환히/ 보게 해주마/ 물이 되는 살의 공포, 나를/ 썰음질하는 실물의/ 톱니들을/ 만지게 해주"(「얼음여자」)라고 도발한다. 몸 속에서 세계는 톱니처럼 돌아가고 관통한다. 그 살상의 축제가 세계다. 삶은 아무리 난도질당해도 죽지 않는 통제할 수 없는 욕망의 덩어리다. 그 불멸의 육체는 어쩌면 저주받은 욕망인 공포의 또 다른 이름이 아니던가?

　　시인은 공포스런 참사의 장면을 페이지마다 박아넣는다. 그 "수습할 길 없는 이 참사를/ 슬로 비디오로 찢어지고 있는/ 당신 넋의 눈부신 사지"(「쩔레」)를 보여주겠다고 시인은 시 속에서 공언까지 한다. 그리고 약속대로 정말, 적나라하게 찢겨지는 눈부신 사지들이 시 곳곳에서 튀어나온다. 그것은 우리가 영화, 비디오, 광고에서 본 바로 그 이미지들과 닮았다. 이 불편한 "슬로 비디오"가 바로 우리의 삶을 잡아찢고 있는 세계이고 육체는 그 참사의 물증이다. 그렇다면 그녀의 시는 공포의 포르노인가? 섹슈얼한 컬트인가? 그럴지도 모르고 아닐지도 모른다. 그녀의 시는 느닷없는 공포, 마조히즘적 체위에서의 오르가슴, 그 모든 것을 다 함께 역겹도록 추악하게 버무린다. 그야말로 하나의 엽기적인 퍼포먼스다.

3. 일그러진 눈과 일그러진 세계

육체를 잡아찢는 톱날은 "'색골'인 '아빠'의 세계임이 곧 확인된다. 공포스런 세계는 "가족극장"을 통해 시뮬레이션되고, "선데이 서울" 자체인 세계 끝까지 펼쳐져 있다. 먼저 가족극장을 보자. 영화 속에서 본대로 앞치마를 맨 엄마, 예쁘장한 딸, 그 딸이 숭배할 만한 멋진 아빠가 출현한다. 집이라는 공간은 인간이 잃어버린 '낙원'의 세속화된 공간이며, 이미 부재하는 낙원의 또 다른 이름이다. 하지만 누구의 낙원이란 말인가? 그 공간은 시체 쪼가리들로 넝마처럼 뒤덮여 있는 그런 공간으로 재현된다. 실제로 집만큼이나 행복이라는 이념으로 은폐된 파시즘적인 공간이 또 있을까?

구도상으로 보아도 주변적으로 배치된 인물(여자들)이 있고 중심을 형성하는 인물(가장)이 있다. 혈통의 계보 속에서 만들어진 가족의 성적 규칙은 늘 아버지의 과포화된 욕망 혹은 성적 유물주의(종족의 번식과 남근의 혈통을 위한) 속에서, 세계를 남/녀의 도식 속에 넣음으로써 가장 강도 높은 독재를 구축한다. 그러나 그 독재의 권력은 언제나 '자발적인 사랑'이라는 베일로 가려지고 은폐된다. 여자들의 섹스 시중뿐 아니라 노동 서비스를 받는 아빠는 가족공간의 영웅적 주인공이자 이 자유로운 세계가 은폐하고 있는 가장 공고한 중심이다. 집은 하나의 남근을 성물처럼 안치해둔 사당이고 희생의 피가 기억처럼 지워지지 않는 아버지의 신전이다. "벌레먹은 과일"이 진상되고 "고등어 대가리"가 올려지는 제사상, 아빠는 드라큘라 백작의 유니폼을 입지 않고도 피를 빨아먹을 수 있다. 사랑의 이름으로. 결혼이라는 살인기계 속에서, 남근아빠의 욕망을 위해 끝없이 가동되는 여자라는 기계가 말한다.

> 지긋지긋하다
> 똥구멍이빨간시도
> 씹다붙여둔껌같은섹스도
> 쓰고버린텍스같은생도
> 지긋지긋지긋
> 지긋하옵니다아버지
> (중략)
> 벗겨내주소서아버지
> 나를아버지
> 콘돔처럼아버지
> 아버지의좆대가리에서아버지!
>
> _「벗겨내주소서」 부분

> 여섯시가 되었나
> 아직 아니다
> (중략)
> 여섯시가 되었나
> 아직 아니다
> (중략)
> 여섯시가 되었나

아직 아니다

점점점 벌어지는 기계의 목구멍

여섯시가 되었나
……

_「여섯시」

    익숙해진대두. 고욘, 도마는……칼, 때문에 있는 거야……칼 맞는 재미
로 사는 거라구……난자당하는 맛에, 그래…… 금방, 익숙해질테니……
두고봐, 일단……피맛만 보게 되면……그래, 도마는……피를, 먹고 사는
거야……난도질의 현장에서……셀 수도 없는 칼자국들이 피를……처
가……흡반이 되지, 되고 말지……그렇게……피……없이는 못 살
게……되는 거지, 그러엄……이내 익숙해져, 도마처럼……

_「가족극장, 그러엄, 이내」 전문

    위의 시편들은 기계여인의 일상(그 지긋지긋함을 아는가!)을 강박적(이럴 때
그녀의 시에는 띄어쓰기가 사라진다)이고 분열증적인(단말마의 울부짖음같이 끊겨서 들려
오는 음절들, 말줄임표나 불규칙한 쉼표 등으로 암시된다) 어조로 보여준다. "여섯시가
되었나/ 아직 아니다"라고 반복되는 중얼거림은 기계처럼 새벽기상을 해야
하는 그녀의 고통스런 넋두리임을 쉽게 알 수 있다. 이 세상의 어느 여자인
들 그 고문에서 면제될 수 있겠는가? 그 "셀 수도 없는 칼자국들", 도마처럼
"익숙해진" 삶의 칼자국들. 매순간의 파열과 찢겨짐, 심리적 해체를 통과하
지 않고서는 결코 익숙해질 수 없는 세계를 시인은 지속적으로 보여주고 있
는 것이다.
    매순간 그녀를 삶의 노예로서 농락하는 세계는 바로 고문기계 그 자체

다. 공포와 억압과 폭력이 집중된 장소로서의 집, 이 세계의 '일그러진 상' 은 사실 정말로 중요하게 읽혀져야 한다. 그곳은 이 자유롭고 행복한 세계의 '이상한 예외'적 공간, 지배와 희생과 폭력이 반복되고 있지만 철저하게 버려진, 공포물에서나 볼 수 있는 죄악의 요새를 연상케 한다. 유기, 감금, 고문당하는 희생자의 표정만큼이나, 시 속에 나타나는 화자의 이미지는 극단화되어 있다. 피에 젖은 앞치마를 매고, 예리한 스테인리스 부엌칼을 쥐고 살인자를 기다리는 영화 속의 인물처럼 화자는 때로 능욕당한 어머니의 화신이 되어, 때로는 아버지조차도 노리개 삼는 복수자로서, 때로는 세계를 삼켜버릴 자연("롯데 이브껌"—「쥬시 후레쉬」), 무서운 죽음의 검버섯을 피워올리고 있는 "버섯국"(「버섯국을 끓이다」)으로, 세상의 개들을 먹이기 위해 인육으로 만들어진 "백 개의 통조림"(「ARS」)으로, 창자가 뽑여나간 썩어 문드러진 생선대가리로! 끝없이 끝없이 재현되는 것이다.

그녀의 '일그러진 눈'은 사방에 산재한다. 시선은 사방에서 사이키델릭 조명처럼 흩뿌려지고 어지럽게 교차한다. 썩어빠진 고등어의 눈으로 박혀 있고. 창녀의 구멍이 되어 거울 속에서 노려보고 있고, 부엌칼 밑에서 홉뜬 눈으로 우리를 바라본다. 광인의 횡설수설같이 흘러나오는 검은 분노는 쓰디쓴 담즙처럼 시 어디에서나 흘러나온다. 그럼에도 불구하고 세계는 행복의 무대로 위조되고 날조되어 있다. 하지만 "지긋지긋하다", "아버지의좆대가리에서아버지!"와 같은 거친 어조는 우아하게 날조된 세계를 과격하게 때려부순다. 그 고문기계의 주인, 자신의 욕망의 도구로서 그녀를 타자화하고 노예화시킨 '아버지'의 노트에 직격탄을 날리는 것이다.

이런 세계의 창조주인 아버지가 사악하고 엽기적이고 에로틱한 거인/괴물/색골로 재현되는 것은 놀라운 일이 아니다. 아버지는 말 그대로의 아버지라기보다 이 세계를 "보시기 좋은, 아름다운 필름"으로 놀려보는 독재자 그 자체다. 결코 획득할 수 없는 남근(가족의 중심이며 세계의 중심인)을 향한 부정한 정사를 꿈꾸는 시 속의 화자들은, 썩어가고 죽어가는 일그러진 눈으로, 그 아버지의 세계를 적나라하게 몽타주한다. 그들이 사방에서 비춰내는 세계는 "손에 칼이 붙어 떨어지지"(「FA」) 않는, 그야말로 엽기적이고 가학적이고 폭력적인 세계다. 끝없이 녹슨 부엌칼로 먹이를 난도질하듯 '쾌락'을 위해 세상의 모든 미녀들을 소탕하는 아버지, 제이슨의 도끼도 들지 않고, 프레디의 손톱도 없이, 머신의 가죽가면도 쓰지 않고 삶을 난자하는 보이지 않는 킬러가 있는 것이다.

여기서 우리는 지극히 정상적인 세계가 재난의 장소로 돌변하는, 엽기물의 기본 장치만을 간단히 읽어서는 안 된다. 폭력의 공간에는 출구가 없다. 그들을 구원해줄 영웅도, 나쁘다고 생각하는 사람도 없다. 정말로 엽기적인 세계가 아닐 수 없는 것이다. 더욱 추악한 것은 그 엽기적인 세계가 육체뿐 아니라 심리공간 속에 완벽하게 이식되어 있다는 것이다.

나에게 벌레를 먹이는 아버지

반만 먹힌 벌레를

물고, 웃는

아버지, 아버지, 아버지, 벌레

반토막이 몸부림 치며 파고들어가는

벌레 구멍, 으음, 바로

이 맛이야! 파먹힌 자리에서

애액이 흐르는

아버지아버지아버진 너무

흘려, 아버진

색골이야!

_「가족극장, 나에게 벌레를 먹이시는」 부분

중요한 것은, 끊임없이 섹스의 궁전에서 과일상을 받아먹는 '아빠'에 대한 딸의 숭배와 조롱의 어조이며, 이 전망도 출구도 없는 성의 생지옥(그럼으로써 토대 자체가 문제시된다는 것을 기억하는 것이 중요하다)이 노출시키는 이념이다. 냉혹하게 말해 아버지가 원하는 세계는 사창가이다. '벌레먹은 과일' 같은 예쁜 여자들과 한 명의 포주가 있는 공간이다. "파먹힌 자리"에서 흐르는 "애액"은 아버지의 쾌락을 위해 진상되는 딸/희생자의 이미지를 반복해서 재현한다. 화자를 좀먹는 '벌레' 같은 아버지, 이 '벌레구멍'으로 만들어진 세계, 온갖 미녀들을 물신처럼 휘하에 두고 있는 거대한 아빠의 세계란 얼마나 으스스한 공간이란 말인가! "갈보 같은 구멍/ 천역에 찌들린 구멍, 피로로/ 썩어가는 구멍, 이미/ 끝장이 난 구멍"(「황혼이 질 때면」)을 찾아헤매는 '색골 아버지'는 '하렘의 왕' 이자 엽기적인, 너무나 엽기적인 세계의 일그러진 초상이다.

3. 세계라는 사창가, 선데이 서울

"선데이 서울"은 가족극장의 또 다른 재현일 뿐이다. "선데이 서울"에는 달콤한 쾌락의 공간으로 유지시키려 하는 독재자의 욕망과, 찢겨지고 난도질당한 타자의 이미지가 오버랩되어 있다. 심리적인 관점에서 보면 이 "선데이 서울"도 일종의 사창가이다. 이 가짜 낙원들, 성의 해방구요 욕망의 도랑이 세계 끝까지 펼쳐져 있다. 오르가즘과 함께, 공화국과 제국 사이에서.

　　배를 깔고 기어가면서 신문지 조각이 더러운 시멘트 바닥을 핥고 있을 것이다 아모레 아모레 아모레 미오 검은 폐수 위를 허연 거품의 뇌수가 중얼중얼 흘러갈 것이다 천년 묵은 여인숙 천년 묵은 변기 구멍 고무다라 속에 눈이 뻘건 제라늄이 피어있을 것이다 천 년 동안 지지 않을 제라늄 문짝이 어긋나버린 철제 캐비넷은 추악하게 일그러진 채 열리지도 닫히지도 않

을 것이다 터진 벽지 아래 쩌억 벌어져 있을, 끝없이 갈라져가고 있을 끝의
사타구니……가랑이를 쩍 벌리고 선데이 서울이 잠든 그것의 얼굴을 걸타
고 있을 것이다

「선데이 서울」 전문

위의 시에서 우리는 세계의 은밀한 공간들이 표면화된, 거대한 남근만이
가득한 황량한 세계의 바닥을 보게 된다. 이 성의 제국에는 남근의 욕망에 의
존하는 물신들 ― 모텔, 화장품, 도랑, 캐비닛, 사창가 ― 이 구불구불 늘어서
있다. 끝까지 따라가다 보면 "쩌억 벌어져 있을, 끝없이 갈라져가고 있을 끝
의 사타구니"가 있고, "가랑이를 쩍 벌리고" "그것의 얼굴을 걸타고 있을" 세
계의 얼굴이 보인다. 거대한 말들, 기호들, 이미지들 그 모든 것들로 꽉 조여
져 자신의 오르가슴에 집중하는 쾌락기계 속에 분쇄된 장난감들. 그것이 바
로 여자의 찢어진 육체처럼 널려 있는 이 세계의 추악한 실상인 것이다.

그녀의 여러 시를 볼 때 욕망의 '도랑'은 여자의 성기 그 자체다. 온갖
상상의 오물과 분뇨가 흘러드는 그 슬픈 구멍은 살인기계에 난자당한 여자
의 에로틱한 입술 같지 않은가? 그녀의 입술은 세계의 항문이고, 도랑이고,
'똥밭'이다. 세계는 그 "속창 빠진" 육체로 들어가 모든 것이 뒤죽박죽되어
버린 악취로 진동한다. 세계라는 육체는 거대한 창자와 항문의 미로로 만들
어진 "분뇨의 회로"다. "배때기째 벌려지는, 이/ 허기"(「늙은 창녀의 노래」)의 세
상! "이토록/ 찢어지고 있는/ 육시처참의/ 나"(「백합,백합,백합」)는, 생각도 없
이 먹어치우고 교접하고 끝없이 지껄인다. 생각도 없이! "선데이 서울은"
그 기계적인 욕망이 시뮬레이션된 현실이다. 오직 도색적인 쾌감을 자극하
며 이 지리하고 나른하게 가득히 흩뿌려져 있는 이 똥 같은 세계, 그렇다면
삶은 악몽과 무엇이 다를까? 하지만 세계는 우리를 폭력으로 짓뭉개고 강
간하는 데서 끝나지 않는다. 오히려 세계는 환락과 오르가슴의 드넓은 지대
로 독자 앞에 펼쳐진다. 이 세계는 "恥毛로 뒤덮인"(「마데카솔」) 곳이다. 그것

이 김언희 시가 교묘하게 흘리는 인간의(세계의!) 뒷소문이다.

4. 역사, 짐승의 항렬, 그 연쇄살인의 시간

'가족극장'은 바로 아버지의 욕망을 시중드는 여자들을 거느린 사창가임을
앞에서 지적했다. 더욱 심각한 것은 그 독재적인 남근이, 자신의 '항렬'로서
의 역사를 시간에 새긴다는 점이다. 가족의 해피엔딩은 끝없이 역사를 진행
시키고, 그것은 주체의 대립과 모순에 의해 그 모순이 해결되어 간다는 역
사의 변증법적 도식과 얼마나 닮아 있는가? 하지만 그 역사의 초점은 더 높
은 곳에 주체를 놓는, 즉 주인인 아버지를 빼고는 살아남을 수 없다는 남근
적 종지의 복제에 불과하다. 역사는 공동체의 복원(진보)과 '차이'의 논리에
의한 제의적 폭력(르네 지라르)이라는 공포의 법에서 비롯된다.

　　　있지, 아빠
　　　왜파의 나라에선
　　　원숭이를 겁주려고 닭을 죽인대
　　　죽인 닭을 유리병에 넣어
　　　생일 선물로
　　　준대, 나도
　　　받았어…… 아빠

　　　내가 받은
　　　닭은
　　　닭은, 아빠였어
　　　머리와 자지를

떼낸

_「가족극장, 왜파의 나라」 전문

역사는 자신의 특권적 위치를 강화하고자 하는 아버지의 욕망과 분리되지 않는다. 아버지의 "짐승 항렬"(「가족극장, 쥐덫 속에」) 속에서 화자는 "내가 누군지/ 알고/ 있었"다고 말한다. 아버지의 성적 쾌락은 아이의 '공포'가 되고, 공포를 느끼는 모든 타자를 통한 '금기'는 세계이념이라는 포괄적인 문제로 확대될 수 있다. '진보하는 역사'처럼 아버지의 족보에는 '항렬'이 새겨지고, 짐승 같은 아버지의 낙원은 진보 끝에 완성되어야 한다는 것이 역사의 공식이다. 그것이 '말라죽은 앵두나무 아래 잠자는 저 여자'를 감추고 있는 세계의 법칙이다. 세계는 "그것(남근)이 발명한 공포"(「그것은 이제」)다. 그 엽기적인 단선적 질서 속에서 끝없이 죽어버려야만 하는 타자에게 있어 역사는 끝없이 제단에서 도살되는 엽기적인 시간으로 체험된다. 낙원은 바로 가장 크고 완벽한 역사의 거울이었다. 하지만 그 낙원이 반사시켜 주는 것은 바로 '인간적인, 너무나 인간적인' 자기숭배자인 '아빠'였음을 우리는 알고 있다.

하지만 결단코 세계라는 거울은 깨뜨려지지 않는다. 차가운 살기를 뿜어내며 우리 앞에 서 있다. 늘 세계 속엔 죽음이 있고, "원숭이를 겁주려고" 죽여버린 "닭"이 있다. 그러나 그 무서운 아버지의 질서, 명징하고 총체적이고 단단한 세계는 "파묘(破墓)자리를 떠도는 음산한 귀곡성(鬼哭聲)"(「그라베」)으로 어지럽다. 도대체 죽여버린 것들은 "언제 죽을까?" "말라죽은 앵두나무 아래 잠자는 저 여자는 아직도 죽지 않았다"(「말라죽은 앵두나무 아래 잠자는 저 여자」). 그러므로 공포는 끝나지 않는다. 다음 편은 더 씌어야 하고, 엽기의 공식대로 세계의 구멍에서 더욱 많은 시체들을 끄집어올려야 한다. "거울 속의 음부가 너무나도 빤히/ 나를 바라보고 있다. 구멍의/ 경고, 구멍의/ 복화술"(「ARS」)에 집중하는 시인은 무덤이고 세계의 구멍이고 야만의 구역으로 존재하는 그 썩어빠진 나머지로부터 얼마나 많은 공포를 창조해낼까?

실험적 전위성은 손쉬운 대안이나 비전을 제시함으로 끝나지 않는다.[4] 그것은 오직 치명적인 문제의 형식으로 던져질 뿐이다. 김언희의 시에는 무겁고 축축하고 공포에 젖은 언어, 뚜렷한 이야기가 아니면서도 분명하게 감지되는 차갑고 침울한 사건이 존재한다. 그녀의 시는 뜨겁고 처참하다. 그녀의 시에는 웃으면서 피 흘리는 가학성과 피학성이 있다. 그녀의 시는 피범벅이 된 그 어떤 필름보다 더 엽기적이다. 하지만 거기에는 잔인한 유머가 깔려 있다. 시인은 이 세계의 비극을 보고하는 진부한 고발자가 되기를 거부한다 "갈고리가 출렁대는 도살장" 같은 세상은 끝없는 악몽으로 반복되는데 나는 웃으며 살고 있다는 이 치명성! 그러한 지긋지긋한 부조리는 광범위한 차원에서 현대시인들에게 자주 다루어지는 메뉴이기도 했다. 채호기, 김혜순, 박상순, 조윤희, 함기석, 조하혜, 성귀수, 성미정 등의 시에서, 우리는 각기 전략과 정도는 다르지만 아무런 문제없이 존재하는 세계의 치명성을 전달하는 저돌적인 글쓰기를 볼 수 있다. 엽기적인 것은 바로 이 세계 속에 있었다! 이 세계보다 더 엽기적인 예술이 어디 있으랴. 김언희의 시에는 쾌활하고 짜릿한 블랙 유머가 깃들어 있다. 세계를 일그러뜨리는 그 잔인한 필터는 어느 잔혹극에서나 본 듯한 주홍빛 공포를 걸치고 있다. 그 공포는 이 시대의 독자에게 독특한 원한을 뿌린다.

—「'시'라는 로케현장」『시와 반시』 2007년 봄호

4. 실상 폭력으로부터의 구원 같은 낯익은 코드가 반복되는 엽기물 같은 것은 실제로 점점 중심화되는 끝없는 주체/타자의 흑백논리 속으로 말려들기 쉽다. 다시 말해 손쉬운 대안 같은 의미를 구성함으로써 세계논리를 강화한다거나, 오히려 흑백적 반항에 그칠 수밖에 없는, 그 자체가 하나의 전체주의적 보상과 안착의 성격을 띠게 됨으로써 '좀 모자란' 엽기성을 보여주는 예를 우리는 얼마든지 찾을 수 있다. 우리는 바로 이러한 점에서 미적 저항으로 당연히 전제될 수 있는 난폭한 글쓰기가, 황폐한 세계의 복사물로 존재하지 않기 위해, 얼마나 깊이 치명성 속으로 잠입해야 하는가를 생각해볼 수 있다. 독재자의 욕망과 노예의 감각적인 반응으로 가득 찬 사창가 같은 세계에서는 어떠한 지배적 이념도 쉽게 붕괴되지 않는다. 오히려 우리는 세계의 코드가 강화됨에 따라 모든 곳을 '살만한 곳'으로 보게 된다. 그 기표의 빙괴들이 떠내려가는 곳은 하수구이다. 그것은 점점 진짜 중심으로 나아감으로써 우리를 이 폭력과 지배의 뜨거운 집에서 벗어나지 못하게 한다.

거즈로 만들어진 가면
– 김종미, 안현미, 이근화, 김지혜의 시를 중심으로

1. 혓바닥이라는 선물

현대의 새로운 과학기술은 자아와 육체에 대한 우리의 고정적 시각에 대한 근본적인 질문을 던져왔다. 복제기술은 존재의 창조에 있어 전통적인 인간화 과정을 우회하는 길을 허용하고 있다. 거기다 건강과 외모에 대한 새로운 집착은 육체를 변형시키는 쪽으로 이끌고 있다. 성형수술은 가슴의 크기부터 코의 형태까지 그리고 머리칼의 색부터 피부색까지 육체를 재창조한다. 유전공학은 자손의 성을 선택하고, 부적절한 자손을 제거할 수 있도록 허용한다. 또한 정보공학은 새로운 자아 개념, 즉 인터넷의 가상 공동체 속에서 다른 사이보그들과 소통하는 몸 없는 육체인 사이보그 개념을 도출해냈다. 주체는 이제 변화하는 잠재적 정체성들의 미로를 통해 지속적으로 재구성되는 반영적 투사물이 되었다.

플러머는 인간은 기질적인 이야기꾼이고 사회는 상호작용을 통해 우리를 한데 묶는 이야기와 서사들의 그물망이라고 말했다. 우리는 이야기의 문화 속에 살고 있다. 특히 근래에 주목할 만한 것은 새로운 이야기와 서사들이 놀라울 정도로 증식되어 왔고, 그 이야기들은 광범위한 세계의 변화를 반영함과 동시에 그 변화를 가능하게 만드는 언어를 제공하면서 나타났다는 점이다. 이렇게 복잡한 서사들의 움직임은 우리의 삶을 조종하고, '나'라고 느껴지는 범주와 궤적을 만든다. 이렇게 다양한 서사들의 작동으로 만들어낸 '나'에 대한 인식은 여성시를 읽기 위한 대단히 중요한 기류지가 되는데, 그것은 '여자'라는 말이 역사적이고 문화적인 이야기 속에서 만들어진 '마법'에 불과하다는 비판적 인식에서 많은 여성시인들의 글쓰기기 출발하기 때문이다. 현대의 바디빌딩이나 성형수술 같은 제의가 그렇듯, 모든 진실이 이야기라는 인식은 주어진 대로, 생겨먹은 대로 살아가야 한다는 존재의 운명과 연속성에 대한 신념을 쓸어버렸다. 생겨먹은 대로 살아야 한다는 운명의 정언에 도전하고, 주어진 장소의 문법을 넘어서기 위해 기꺼이 핏물의 제의를 겪고 자신의 몸에 칼날을 초대하듯, 많은 여성들이 펜을 쥔다.

펜을 통해 순응적인 자신의 영혼을 수술하고, 인간의 철자가 만들어낸 존재를 뜯어고친다. 마치 수술 뒤에 축축한 거즈를 만져보는 순간처럼, 시 속의 수많은 화자는 어둡고 괴이하고 처참하고 고약하다. 하지만 곧 그들은 상처의 통과제의를 거쳐 자신이 꿈꾸었던 얼굴을 화자라는 이름으로 해방시킨다. 너무나 당돌하고 도발적인 언어들을 방류한다. 남성 주술사가 만들어낸 이야기의 희생자가 아니라, 낡은 서사의 그물을 찢고 활자를 정복하는 마법 같은 힘을 발휘하는 것이다. 비록 현실에선 얌전히 죽은 듯 살아간다 할지라도 그러한 폭군적인 얼굴은 얼마나 '나쁜 여자'를 닮아 있는가. 하지만 그것은 누구의 논리 속에 만들어진 환영의 얼굴이란 말인가. 여성시인들은 남성논리에 의해 약탈당한 세계, 때로는 임신이라는 중책으로 때로는 가사라는 역할로 약탈당한 생을 백지 위에서만이라도 되찾기를 바란다.

시 속의 화자들은 마치 활자에 의해 폭행과 윤간을 당한 뒤에 다시 태어난 사나운 창녀와도 같다. 통제할 수 없는 공포 속으로 가두었던 언어들을 난폭하게 절단한다. 고분고분 웅크렸던 착한 여자의 가면을 찢어버리고 다시 태어난 여자에게, 현실에서 겪어야만 했던 공포는 더 이상 공포가 아니다. 똑바로 공포를 응시하고, 그 공포에서 태어난 '시' 라는 아이는 자신의 길을 간다. 나는 이 글에서 그렇게 혓바닥이 '선물' 한 새로운 삶, 저승을 다녀오지 않은 새로운 방식의 제의에 주목해보고 싶다.

2. 교화된 성과 애증의 일루전

오늘날 정체성이라는 것은 태어날 때부터 정해지거나 일생 동안 고정된 채로 유지되는 그 어떤 것이 아니다. 오히려 그것은 기든스가 '자아의 반영적 투사' 라 불렀던 것처럼 우리 스스로 만들어가야만 하는 무엇이 되었다. 우리는 더 이상 하나의 주체를 고수하거나 "나는 누구다" 식의 정체성을 선택해서 일관적으로 느끼고, 사색하고 사회적 행위를 할 수 있는 환경에 처해 있지 않다. 우리는 고정되고 확실한 하나의 주체로 우리 자신을 설명할 수 없다. 주체는 '투사' 이고 '서사적 탐색' 이며 '수행' 이다. 이것은 자아를 위한 근거를 발견하고, 우리의 다양한 잠재적 소속들에 의미를 부여하는 서사가 곧 자기 창조라는 것을 의미한다.

　이러한 자기 창조의 서사는 거의 모든 여성시인들이 꿈꾸는 것일 터인데, 물론 그것은 백지라는 새로운 삶의 무대를 얻는 데서 가능해진다. 우리가 잘 알듯 시라는 무대에는 '화자' 라는 '가면' 이 등장하는데, 그 가면 뒤에서 울려나온 목소리는 말한다. 나는 그렇게 좋은 여자, 믿을 만한 여자, 착실히 세상에서 살아남을 여자는 아니라고. 하지만 왜 그렇게 강박적으로 자신이 '나쁜 여자' 임을 선포하고 시를 시작해야 하는 걸까. 착한 여자와 못된 여자는 분명히 나누어져 있다. 착한 여자는 세상이 그려놓은 원 안에 속한 사람을 뜻한다. 어느 누가 이 기준을 정해놓았단 말인가. 우리는 누군가 설명해 주지 않아도 '나쁜 여자'가 어떤 것인지 알 수 있다. 누구를 지칭하는 것인지를 말이다. 그렇게 여자를 명명할 수 있는 것, 착한 사람과 그렇지 않은 사람을 나눌 수 있는 것이 대체 누구의 몫일까. 나와 다름을 인정하기보다는 나와 다른 사람들을 배척한다는 것, 아직도 이것은 너무나 끈질기게 여성들이 두려워하고 있는 안 보이는 규율인지도 모른다.

하지만 김종미는 감히 말한다. 착하지 않으면 좀 어떠한가. 왜 착하게만 쓰려고 하는 것인가. 그것은 문학의 모범답안은 아니다. 유달리 착한 여자에 대한 노골적인 경멸을 내세우며 김종미 시인은『새로운 취미』에서 이른바 "착한 여자 콤플렉스"를 만들어내는 틀에 대한 사유를 요구한다.

나는 늘 나쁜 여자를 꿈꾸어왔다. 그러나 그것은 언제나 꿈 속이었을 뿐이다. 꿈에서 깨어나면 여전히 나는 사회에 순종하고 부모에 순종하고 금기에 순종하는 착한 여자였다. 중학교 1학년 때 숨어서 읽은『바람과 함께 사라지다』의 '스칼렛'은 사춘기가 막 찾아든 내게 우상이 되었다. 그녀는 나쁜 여자였고 그래서 자기가 쉽게 얻을 수 있었던 행복을 바람과 함께 사라지게 하였지만 최악의 순간에도 용감하게 눈물을 닦고 인생에 다시 한번 도전장을 들이밀었다.

_김종미 시집『새로운 취미』, 「나쁜 여자」(산문) 부분

물론 여기서 나쁜/좋은 여자는 여성에 대한 완고한 사회적 선입견 혹은 여성에 대한 흑백논리를 떠올리게 한다. 흑백논리란 검거나 하얗거나 한 것이지 중간은 없는 것이다. 그러나 김종미의 "나쁜 여자"는 그렇게 정의되고 있는 것이 아니다. 그녀의 시집에서 "나쁜 여자"는 처리리 이해받지 못하는 여자에 가깝다. '왜 저렇게 살지?'라는 의문을 불러일으키는 미친 여자에 가까운 것이다. 문제는 순결, 신체, 외모, 행동 등에 대한 감시를 통해 여성

의 이미지를 양산하는 사회의 토대, 뿌리이다. 요컨대 동생의 약혼자를 빼앗고 신성한 청교도의 관습을 어기고 결혼을 두어 번씩이나 했던 스칼렛은 그 시대 처녀들의 괴물, 이상한 마력을 소유한 자로 인식된다. 스칼렛이 시인의 사춘기의 우상이었다는 위의 진술은 결코 새롭게 받아들일 것은 아니다. 당당하게 자신의 의사를 표현하고 자기 가치관을 가지고 있는 여성 이미지가 만연한 이 사회에선 더욱 말이다. 하지만 그것 또한 강요되거나 '교화' 된 이미지가 아닐까. 사회는 자유롭고 당당한 여성을 원하는 '척' 한다. 하지만 여성들은 그렇게 당당하고 자유로울 수 없게 하는 수많은 마법이 걸려 있다. 어쩌면 그녀가 "나쁜 여자"의 이름으로 말하고 싶은 것은 과거의 진부한 시스템 속에 갇혀 죽어 있는, 이해받지 못하는 '나' 가 아닌가.

당신에게서 편지가 왔군요 한 장의 스테인리스 편지, 거기엔 당신이 보낸 내 얼굴만 있습니다 세로로 보면 길쭉하고 가로로 보면 퍼져 보이는 기이하게 상반된 두 얼굴이 모두 당신이 보낸 내 얼굴입니다 나는 편지를 두드려 얼굴에 덮어 씁니다// 스테인리스 가면을 쓰고 당신을 찾아갑니다 (중략) 스테인리스 가면을 쓰고 사람들이 내 문상을 옵니다 나는 하루종일 편지를 씁니다

_김종미, 「스테인리스 가면」 부분

"세로로 보면 길쭉하고 가로로 보면 퍼져 보이는 기이하게 상반된 두 얼굴"은 동일한 논리의 틀 속에서 정형화된, 결코 두 얼굴이 아닌 한 얼굴이다. '당신' 이 편지 속에 그려낸 얼굴을 덮어쓰고, "당신을 찾아"가는 화자는 이미 죽은 자이다. 문제는 "당신이 보낸 내 얼굴만 있"는 만남이며, 당신들에게는 '그럴 수도 있는 얼굴' 이 나에게는 '절대' 그렇게 그려져서는 안 된다는 데 있다. 다시 말해 사람들의 시선에 의해 "당신의 편지"에 그려진 나의 얼굴은 그녀의 죽음을 알린다는 점이다. 그녀의 이미지를 유통시키며 그

것을 통해 '당신'이라는 '자아'를 구축하게 하는 현실 말이다. 세종대왕처럼 근엄한 얼굴로 '그렇게 살아라!' 하고 판정하는 나라의 불쌍한 백성들. 그러나 제 문자로 읽을 줄도 쓸 줄도 모르는 '어엿븐' 몽매한 백성들은 세상의 문자를 혐오한다. 그것은 '세종대왕'처럼 근엄하게 그려진 그녀의 존재, 이미지, 팔다리를 매물처럼 팔아넘기는, 그것만이 옳은 것이라고 교화시키는 현실을 닮아 있기 때문이다.

> 내가 유죄라고 말하는 당신은 무죄인가
> 만 원짜리 지폐에다 내가 사랑한 사람들의 얼굴을 그려넣었다고
> 내게는 위조지폐가 될 수 없는 만 원짜리 다발을 들고 쇼핑을 갔다고
> 물건을 살 때마다 펄럭이는, 내가 사랑한 사람들을
> 상인들이 알아보지 못했다고 내가 유죄인가
>
> 상인들에게 세종대왕 얼굴은 고정관념이다
> 웬만해서는 바뀌지 않는다
> 어느 날 내 사랑하는 사람의 얼굴이 세종대왕의
> 얼굴이 아니라는 것을 알아채고는 길길이 뛰었다고
> 우리의 사랑이 너무 개인적이라고 내가 유죄인가
>
> _김종미, 「고정관념」 부분

언제나 '세종대왕'의 얼굴만이 지폐로서 통용되는 현실, 여성의 살과 피를 자본축적을 위한 물질로 가동시키는 현실은 그녀의 문자를 제대로 알아보지 못한다. 세종대왕의 얼굴 아래 숨죽인 하잘것없는 가치들, 이를테면 "내 사랑하는 사람들의 얼굴"을 그려넣은 지폐란 난센스 그 자체인 깃이다. 원하지 않는 것을 인정하지 않을 수 있는, 무죄증명의 권리가 그녀에겐 없다. 타자의 유죄를 단정하는 논리는 '미친 여자'를 만드는 시스템 그 자체이

기도 하다. 그러한 통념들을 깨길 바라는 '놀이 차원'의 그 무엇을 그녀는 당당히 요구한다. 그녀가 사랑하는 얼굴은 '세종대왕'의 얼굴이 아니다. 비록 자신이 만들어낸 지폐가 사회에서 통용되는 동전 같은 은유가 아니라 할지라도 그것이 무의미한 것이 아님을 화자는 주장하고 있는 것이다.

하지만 더욱 심각한 문제는 사회의 사고방식에 반항을 하고 그것을 깨려 한다 할지라도 그녀 역시 체제의 보수적인 선입견들에 따라 살 것을 세뇌받으며 살아온 존재라는 점이다. 모든 사람들이 보편적으로 원하는 것이고 그것을 추구하는 것이 당연하다고 생각되기 때문에 거부감 없이 통용되는 이미지는 누구의 이익을 위한 것인가. '사랑'을 육체적 수탈의 논리로 둔갑시키며 성녀와 창녀를 동시에 누리는 이 남성의 제국에서, 개인적인 너무나 개인적인 여자의 사랑은 유죄이다. 그녀의 생은 그녀의 것이어선 안 되니까.

그녀가 '어머니'의 삶을 돌아보는 것도, 이러한 자본주의의 심층부에 대한 일종의 '백 투 더 퓨처'이다. 이 시스템이 작동하게 된 시발점은 어디였을까. 결혼을 하고 아이를 키우고 노후를 맞고서도 여유롭게 제가 원하는 '몸짓' 하나 제대로 감행해볼 수 없는 생, 현실의 관습대로 조종당하던 발걸음은 "제대로 트위스트도 못 춰보고 쓰러지는 엄마"(「댄스, 댄스」)를 닮았다. 여자들의 조종당한 발걸음은 사람들의 시선, 이른바 지혜로운 여자, 착한 여자, 괜찮은 여자 등등의 말들에서 자유롭지 못한 그녀의 생을 닮았다. 다시 말해 사람들의 시선이 문제인 것이다.

어떤 경우에는 호기심이 두려움을 이긴다 아들이 라식 수술을 받던 날 병원 모니터에서 생생하게 현장이 중계된다고 의사가 자랑스럽게 말했지만 그걸 어떻게 보겠어? 슬쩍 훔쳐본 모니터엔 낭자한 피가 없었다 내가 상상하던 붉은 피 대신 반짝이는 별 같은, 촉촉이 젖은 젊은 남자의 눈, 공포와 희망의 교착지에서 아들은 무엇을 보았을까 만개 직전의 꽃을 보았을까

폭발 직후의 우주를 보았을까 아니면 아들도 보지 못한 그것을 내가 보았
을까

의사가 자랑스러워하는 "병원 모니터"에는 "낭자한 피가 없었다 내가
상상하던 붉은 피 대신 반짝이는 별 같은, 촉촉이 젖은 젊은 남자의 눈"이
있을 뿐이다. 그녀가 키워낸 아들의 눈은 이제 무엇을 보고 있는가. 새로 밝
아진 눈으로 그는 어떤 세계를 보려 하는가. "아들도 보지 못한" 그 세계는
"공포와 희망의 교착지"에서 열리는 세계이다. 우리의 시스템이 정해놓은
기준이 육안으로는 잘 보이지 않지만 분명히 존재하고 있는 세계가 있으며
그 세계에서 존재의 모범답안을 그려나가고 있는 우리의 편협한 삶이 존재
한다. 그리고 그것을 정답인 양 주장하는 사회, 오답을 제출하는 것을 검열
당하는 문화 속에서 "착한 여성"이라는 답안지가 존재하는 것이다.

그런 세계를 마치 하나의 시집 속에서 두들겨부수겠다는 듯, 그녀의 시
는 "삐딱하게 보기"라는 악취미의 재능을 유감없이 발휘한다. 그녀가 「새로
운 취미」라고 명명한 '접시 깨기'의 즐거움은 바로 이런 맥락에 있다. 접시
안에 응결된 장미꽃과 같은 행복의 이미지가 깨져나간 극장에서 그녀는 "꽃
에 물을 주"고 "신발을 닦"고 "동전을 주"우며 "뉴스를 보"고 "남편의 셔츠
를 다리"는 진부한 풍경을 본다. 그리고 "늘 구겨진 채 걸려있는 남편을 수
거"(「시선, 매너리즘」)한다. 하지만 그 시선에 아랑곳없이 곰팡내나는 신경증적
헛소리를 집어치우고 차분히 앉아 시를 쓰는 여인, 그녀는 새로이 남성을
명명하고, 지배하고, 자신의 철자 속에 가둔다. 벌거벗은 고양이처럼 자신
에게 몰입하는 그녀의 쾌락은 단순히 남성의 쾌락의 반영으로 주어진 것이
아니다. 자신의 성은 남성적 요구의 방류 속에 만들어진 물질이 아니라, 언
제나 여성의 욕구와 성적인 권능을 표현하는 중요한 통로이다. 불경스럽고
음탕한 언어들은 바로 제 안의 마녀를 동시에 살고 있는 여성의 이중적 정

체성을 대변한다. 흐트러진 옷차림으로 모든 도시를 쏘다니는 여자들은 널리 중산층에서부터 어디든 퍼져 있다. 물론 곰처럼 미련하게, 사랑하고 증오하는 사회적 책임도 착실히 수행하면서 말이다.

3. 곰탱이의 껍질을 벗어던지기

여자로 태어난다는 것은, 특히나 이 현대의 공간에서 태어난다는 것은 케케묵은 과거와 장밋빛 미래 사이에서 찢겨지는 상처를 통과하게 한다. 유교적 덕목과 발랄한 탈현대의 불빛이 휘도는 도시에서, 가장 높은 관념적 이상과 일상의 비천함 사이에서, 돈이 있다면 어디든 쏘다닐 수 있는 세계의 풍광과 아파트라는 일상의 유치장 사이에서 말이다. 하지만 늘 여성에게 강요되는 봉사와 겸양에서 돌아오는 것은 남성의 사랑밖에 없으며, 그 사랑도 믿을만한 것은 못 된다. 그럼에도 불구하고 아직도 '사랑'이라는 말은 마치 '주술' 같이 놀라운 효과를 발휘하고 있다. 사랑은 여자를 '여자답게' 만드는 놀라운 마법의 그물을 덮어씌운다. 마침내 남성을 위한 이기적 제도 속에 여성은 옳거나 틀린 사람으로 규제되고, 양순하고 순종하는 유순한 신체로 변형된다. 그것이 '곰'이 태어나는 순간이다.

주름진 동굴에서 백일동안 마늘만 먹었다지?
여자가 되겠다고?

백일 동안 아린 마늘만 먹을 때
여자를 꿈꾸며 행복하기는 했니?

그런데 넌 여자로 태어나 마늘 아닌 걸

먹어본 적이 있기는 있니?

_안현미, 「곰곰」 전문

안현미의 「곰곰」은 매우 재미있는 중의적인 제목이다. 동굴 속의 '곰' 만이 아니라 화자가 곰곰이 생각하는 바를 전해주고 있고, 그러면서도 곰처럼 독하고 맵고 고통스런 것들만 먹어대는 여자의 미련한 삶을 암시하고 있기도 하다. 곰은 원래 '웅녀' 라는 말이 암시하듯 여자였건만, '마늘' 을 받아먹음으로써 제대로 된 '여자' 가 되는 문화적 통과제의를 거친다. 곰이 된 여자들은 단순한 규제나 간섭이 아니라 편안하고 안락한 공간이라는 환상과 사회가 정해놓은 규범 속에 움직이게 된다. 인식의 감옥 속에서 벗어나면 불안하고 불편하다. 어쩌면 여자들을 불안하게 하는 것은 감시의 밖, 사회의 시야에서 벗어난 장소일지도 모른다. 때문에 '내가 틀리지 않았나' 하는 수많은 콤플렉스들은 세상 곳곳에 내장되어 있고 그 틀 속에서 여자는 스스로를 끼워 맞추고 있다. 즉 '마늘먹기' 가 시작되는 것이다.

하지만 사회의 틀 속에 자신의 공간을 확보하기 위해, 감옥 속에서 받는 감시를 '보호' 로 착각하며 살아가는 것은 도대체 누구의 틀에 맞춘 것인가. 세상에 커다란 동굴을 만들어놓고, 동굴 안의 세상에는 '착한 곰' 같은 여자, 동굴 밖에는 못된 선머슴 같은 '호랑이각시' 같은 여자로 나눠놓은 듯하다. 마늘을 입 안 가득 물고 있는 쓰디쓴 표정을 고수하며, '착하게' 살아야 안정적으로 살아갈 수 있다는 것. 이것은 여자들이 세상을 살아가기 위해 지켜야만 하는 보이지 않는 법칙인지도 모른다. 그래서 "여자가 되겠다고?" 라는 질문은 날카롭다. '곰곰' 생각해보면 그녀의 '옥탑방' 도 곰이 갇혀 있는 얌전한 동굴인지도 모른다.

바람이 분다
양귀비가 꽃피는 그녀의 옥탑방

검은 구두를 신은 경찰이 어제, 다녀갔다
하시시 웃고 있는 여자

환각을 체포할 수 있는 영장은?

검은 구두를 신은 경찰이 오늘, 다녀갔다
사랑은 떠나지 않아도 사내는 떠났다
하시시 울고 있는 여자
검은 구두를 신은 경찰이 내일, 다녀간다
하시시 피어오르는 향기

그림자를 체포할 수 있는 영장은?

마리화나 같은 추억
하시시 바람이 분다
아편과 같아 사내는,

중독을 체포할 수 있는 수갑은?

그녀의 옥탑방
하시시
양귀비꽃 붉다

_안현미, 「하시시」 전문

착란에 휩싸인 봄이 그리워요, 비애도 회한도 없는 얼
굴로 당신들은 너무나 말짱하잖아요, 착란이 나를 엎질러

요, 엎질러진 나는 반성할까 뻔뻔할까, 나의 죄는 가난도
가면도 아니에요, 파란 아침이고 시구문 밖으로 나가면
끝날 이 고통도 아직은 내 거예요 친절하지 않을래요 종
합선물세트처럼 주어지는 생을 사는 건 당신들이지 나는
아니에요, 나는 착란의 운명을 타고난 빛나지 않는 별, 빛
나는 별도 언젠가는 늙고 죽어요 우리 모두는 그런 운명
을 갖고 태어나지만 영원을 살 것처럼 착란 속에서 살며
비애도 회한도 모르는 얼굴로 우리들은 너무나 말짱해요
착란에 휩싸인 봄이에요, 사랑받을 수 있다면 조국을 배
신하겠어요, 친구도 부정할 거예요, 전 세계가 어떻게 되
든 내 알 바가 아니죠, 에디트 피아프의 말이지만 그녀는
조국을 배신하지도 친구를 부정하지도 않았어요 같은 이
유로 나는 착란에 휩싸여요 죽은 사람들만 불러모아 사망
자 주식회사를 만들고 영원히 죽고 싶은 나는. 시구문 밖,
봄 활짝 핀 착란이 그리워요,

_안현미, 「屍口門 밖, 봄」 전문

여자가 동굴에서도 먹고 싶어하는 것은 '마늘'이 아니라 '하시시'이며
'아편' 같은 '남자'이다. 그 불온하고 위반적인 욕망을 검열하고 체포하겠
다는 듯 "검은 구두를 신은 경찰"은 옥탑방에 다녀간다. 그래도 "사내의 눈,
코, 입을 다 베어먹고 마침내는 그림자까지 알뜰하게 다 베어먹고 유쾌하게
사과의 검은 씨를 뱉듯 사내를 뱉는" 여자(안현미 「개기월식」)는 질펀하게 그녀
의 삶을 가두고 있는 독방, 옥탑방, 동굴에서 "착란에 휩싸인 봄"을 그리워
한다. "비애도 회한도 없는 얼굴로 당신들은 너무나 말짱하"기 때문이다. 시
속의 화자는 "친절하지 않을래요 종합선물세트처럼 주어지는 생을 사는 건
당신들이지 나는 아니예요"라고 말한다. 시구문屍口門이라는 시체의 입 저

바깥에 선 봄은, 그러나 그녀의 것이 아니다. "사랑받을 수 있다면 조국을 배신하겠어요, 친구도 부정할 거예요"라고 말할 만큼 지독한 슬픔과 외로움, 갈망 속에 무엇이 그녀를 가두어놓는가. 바로 슬픔과 고독이라는 '마늘'을 먹고 견딜 줄 알아야 여자가 된다는 이야기의 논리이다.

하지만 안현미 시의 중요한 메시지는 그런 '마늘'을 뱉어버리라는 것이다. 그러면 마치 '하시시' 웃는 얼굴처럼, 정말로 그녀가 착용하고 싶은 가면이 나타난다. 더 이상 쾌락은 옵션이 아니다. 동굴을 기어나와 '하시시'와 '양귀비'가 되는 여인은 또 다른 세상에서 태어나는 제의를 치른다. 상처와 광기를 무릅쓰고 말이다. 수녀 같은 제복을 벗어던지고, 성적인 혁명을 겪는 그녀는 거대한 사회의 위협이다. 그저 내게 무대를 다오. 즐겁게 놀리라. 우리가 어떻게 살아났는지 제발 말하게 하라.

4. 그녀의 코

클레오파트라의 오만한 콧대를 치켜든 여인은 한때 당당하고 아름다웠다. 고분고분 머리를 숙이지도 않고, 입술을 꽉 다물고 콧대를 치켜올린 광경을 상상해보라. 그녀의 콧대는 남성에 대한 경멸의 뉘앙스를 전해주는 신체의 상징이다. 하지만 시인은 부드러운 코에 대해 말한다. 뭉개진 코를 인식하는 시 속의 화자는, 그대는 나에게 조금 더 정중해져야 한다는 무언의 협박을 은근히 전한다. 욕망의 도랑 같은 도시의 냄새를 맡으며 착실히, 홀로 걸어온 여자에게 코는 여성적 감각의 절정이다. 하지만 도대체 어떤 마법에 걸려버렸기에 그녀의 코는 '식물'처럼 자라나고 물렁물렁해졌을까.

코가 식물처럼 자라나기 시작했어요
한쪽 방향으로만 한쪽 방향으로만

코 속을 단순한 걸로 채워갑니다

내 마음대로 주물러서 코의 형상은 바뀌

손잡이만한 고리를 걸고

반성을 모르도록 코는 진화합니다

굵은 감자들이 뜨거워지기 시작하면

가방을 들고 나서지요

당신은 영원히 뒤를 밟겠지만

나는 사라지는 코를 붙잡죠

너무 많은 것들을 흘려보낸 뒤의 일이겠지만

아무것도 참지 못하도록 코를 뭉치겠어요

빠른 속도로 사라지면서

가까운 곳에서 코는 물이 되어가죠

가장 감상적이고 성난 코를 보내드립니다

_이근화, 「코」 전문

"식물"처럼 물렁한 코는, 그녀가 피노키오처럼 거짓말쟁이가 되었기 때문이 아니다. "한쪽 방향으로만 한쪽 방향으로만/ 코 속을 단순한 걸로 채워"가기 때문이다. 물론 한쪽으로만 가야 한다는 그 논리는 그녀에게 걸어놓은 남성들의 주술이다. 하지만 그녀의 코는 "굵은 감자들이 뜨거워지기 시작하면" 진저리를 치며 집을 나선다. 그녀가 찾는 것은 "사라지는 코"이다. 물러터진 코를 "아무것도 참지 못하도록" '뭉치겠' 다는 결심은 자존심, 줏대를 찾는 것이지만 그 코는 한켠으로 '물' 처럼 가자는 대로 흘러가는 센티멘털리즘도 뿌리치지 않는다. 욕망이 잡아끄는 대로 고개 돌리는 새로운 실용주의, 감상적인 사춘기를 맞고 있는 그녀의 "가장 감상적이고 성난 코"는 얼마나 위협적인가.

콧대가 단단한 여자는 남들의 시선을 의식하지도 않고 착하기 위해 노력하지도 않는다. 누군가로부터 착하다는 말을 듣기 위해 애쓸 필요도 없다. 누군가가 정해놓은 광인의 정의가 시대의 흐름에 따라 변한 것처럼 지금 '착한 사람'이 몇 년이 지나면 '나쁜 사람'이 되어 있을지도 모르기 때문에. 누구의 눈에는 절망스럽고 의심스러운 것으로 여겨질지라도 우리는 그러한 세계를 판도라의 상자처럼 열어야 한다. "어떤 경우에는 호기심이 두려움을 이"기는 법이다. 하지만 이러한 콧대와는 별개로, 그녀의 현실은 얼마나 지겨운 남성의 형이상학적 꿈에 감금당해 있는가.

　　아저씨는 형이상학적인 웃음소리를 냈어요
　　드미트리 호보로스토프스키, 라는 이름을 라디오에서 들었을 때
　　춘근이 아저씨의 목젖을 보는 것 같았어요
　　검은 창자가 흘러나온 것처럼 생겼지만
　　입은 박춘근 氏에게 중요한 기관입니다

　　백만인의 가족사를 단 한 마디로 요약하는 능력을 가졌죠
　　제가 박춘근 氏에게 처음 들은 말도 바로 그거였어요
　　제때 밥은 먹어야지, 하고 단 일초만에 딴말을 했지만요
　　정오의 닭의 뱃속에는 가시 같은 것이 자라고 있었습니다

　　이데올로기를 가진 흑발이었어요 박아저씨는
　　염색 후에 상자에 붙은 여자들을 오리면서 진지해졌지요
　　춘근이 아저씨의 연애사는 가위질과 도배질 속에 있다고 생각했습니다
　　본드를 불면 튀어나오는 환상처럼 벽이 울퉁불퉁해졌어요

　　명자야 명자야, 하며 잠꼬대를 했습니다 아저씨가
　　꿈속을 막무가내로 훔쳐보는 심보가 틀렸다면서, 내 머리통을 쳤어요

입 속에서 콩 같은 것이 툭 튀어나오려 했지만, 박춘근式으로.
子字 이름을 가진 여자들은 개명을 해요
개명은 낡은 유행이죠, 라고 조용히 대답했습니다

죽기 전에 명자 아줌마가 돌아올지는 모르겠지만요
진, 숙, 연 등의 이름을 가지고 오면 오면, 정말 고민이죠
방구석에 차라리 마네킨을 세워두었으면 좋겠어요
화려한 팬티와 커다란 브라를 입힌 여자로다가

경제적으로 어려울 때의 일은 숨겨두는 것이 좋겠습니다
세상은 뻥 뚫린 벽 같은 것인지도 모르죠
바람 같은 손이 불쑥 나타나겠지만, 고요해진 날에는
파트너쉽을 예술적으로 승화하는 것이 필요해요, 아저씨 건배.

_이근화, 「박춘근 氏 밑에서 일하기」 부분

파시즘의 유산인 여자의 이름 '자'를 개명하는 것이 이미 낡은 유행이 된 지금에도, 그녀는 박춘근 씨 밑에서 머리를 쥐어박히며 일하고 있다. 간혹 엿보이는 "춘근이 아저씨의 목젖"은 "백만인의 가족사를 단 한 마디로 요약하는" 기관이고, 그런 유구한 역사를 고수하는 춘근 씨의 꿈 속에는 "명자야 명자야, 하며 잠꼬대"로 불러야만 하는 낡은 연인이 등장한다. 물론 그의 은밀한 꿈을 훔쳐보는 것은 금지된 일이다. 춘근 씨가 살아 있는 동안 낡은 연인은 돌아올까. 그런 낡은 연인을 갈망하는 꿈의 한복판에는 "화려한 팬티와 커다란 브라를 입힌" 마네킹이 서 있고, "경제적으로 어려울 때의 일은 숨겨두는" 기난하고 비굴한 여자들이 존재한다. 일제시설의 낡은 이름, 낡은 사랑, 낡은 연인을 꿈꾸는 춘근 씨를 닮은 세상에서 화자는 "세상은 뻥 뚫린 벽 같은 것인지도 모르죠"라고 중얼거린다.

　　그런 춘근 씨의 낡은 형이상학에 물음표를 다는 새로운 상상적 공간을 구축하는 일은 아직도 변함없이 여성시인들의 중요한 화두가 되어 있는 모양이다. 그것이 비록 낡은 문제처럼 보일지라도 아직도 완강하게 좋은/나쁜 여자의 환영이 지배하고 있는 사회에서 그것은 결코 우리의 실존과 분리된 이야기가 아니다. 그것은 위험하게도 살아서 확장하고 움직이는, 이 세계에 무지막지하게 펼쳐져 있는 이야기와의 싸움이기 때문이다. 춘근 씨의 이야기와 낡은 꿈 속에 자신이 너무나 작아져 보이지 않을 때, 개미를 통해 자신의 거대함을 확인하는 여자는 얼마나 가엽고 외롭고 슬퍼 보이는지.

　　개미가 손등을 맴돌고 있다
　　외로운 사람은 개미 환상을 본다고들 하지만
　　(난 외로운 플라타너스가 아니다)
　　개미는 열심히 먹이를 물어 나르는 중이었고
　　나는 풀밭 위의 식사를 꿈꾸었는지도 모른다
　　(이처럼 큰 먹이가 어딨어?)

　　개미는 점점 빨라지고
　　(이건 재난 21호다)
　　붉고 검은 실이 손목을 조이는 듯하다
　　지금 내딛는 발걸음이
　　언제나 마지막이라는 듯이
　　언제나 첫걸음을 내미는 개미들에게
　　나는 거대한 섬

　　반만 그늘진 곳에서
　　나의 얼굴은 기괴하고 빛나는 검은 색

나의 등은 빛나는 오후
플라타너스의 그늘을 밀고
(나의 열정은 한 쪽에서 다른 쪽으로 가는 기차)
순서 없이 젖어가는 개미들

(태양은 나의 차가운 심장이다)
코드명 블랙 레벨
공장으로 가는 개미들
외로운 사람은 개미 환상을 본다고들 하지만

공장은 문을 닫아걸고
개미의 끊어진 허리로부터
정오의 아스팔트가 뜨겁다
나는 여전히 빛나고 아름다운 등으로부터

_이근화, 「개미공장」 전문

　"외로운 사람은 개미 환상을 본다고들 하지만"라고 반복되는 구절에는, 개미가 느낄 거대한 자신의 존재를 질기게 의식해 보고자 하는 화자의 욕망이 자리 잡고 있다. 개미라는 타자(비교대상)를 통해 화자는 갑자기 거인이 되고 괴물이 된다. 심리적으로 그녀가 다시 태어나는 순간이다. "개미가 손등을 맴돌고 있"을 때, 그녀는 "난 외로운 플라타너스가 아니다"라고 말한다. 자그만 "개미는 열심히 먹이를 물어 나르는 중이었"지만 화자는 마치 남성들이 그러하듯 "풀밭 위의 식사를 꿈꾸었는지도 모른다." 이 시의 재미는 커다란 괴물이 된 자신이 궁극적으로는 개미에게 '먹이'로 보인다는 사실을 놓치지 않는다는 점에서 발생한다. (이처럼 큰 먹이가 어딨어?) 개미에게 자신은 거인이고 "거대한 섬"이고 세계이지만, 그 거인에게 "재난"이 발생한다. "공장으로 가는 개미들"은 부지런히 세상을 헐어내기 위해 돌아가는 활자를 닮아 있다. 그래서 "개미 환상"을 통해 화자는 다시 "여전히 빛나고 아름다운 등으로부터" 세계를 볼 수 있게 된다. 그녀의 콧대는 여전히 높게, '태양'을 향해 있는 것이다.

5. 펜, '장군칼'을 쥐고

하지만 콧대 높은 여인은 현실에서 죽는다. 김지혜는 말한다. "어머니? 아니, 아가야, 나는 결코 죽인 적이 없지만 나에 의해 여러 번 죽임당한 세월"(김지혜 시집『오, 그 자가 입을 벌리면』표지글)이라고. 그렇게 죽음처럼 살아온 여자의 세월을 김지혜는 조준한다. 시선과 인정에서 잊혀진, 삭제된 불구의 세월을 말이다. 언제나 여자를 배경으로 돌리며 죽은 여자로 박제시킨 '눈'은 물론 남성의 것일 터이다. 그런 남성의 눈이 만든 '길'이 바로 온 세상을 지배하는 서사들이다. 때문에 그 길을 만들고, 가르쳐주는 인식의 자기중심성을 경계하는 시는 시사하는 바가 크다.

> 누군가 다가와 길을 묻거든
> 그 사람의 눈은 보지 말아야 한다
> 눈을 보지 말고 소리를 들어야 한다
> 어디로 가겠다는 것인지
> 어디로 가야 한다는 것인지
> 눈을 바라보면 소리는 사라지고
> 가야 할 곳도 사라지고
> 옆에 다가선 사람은 죽어버린 정물이 된다
> 정물이 말을 하고 정물이 서 있는

어두운 전신주들의 거리

불 꺼진 맹인이 다가와 길을 묻거든

장의행렬처럼 늘어선 귀가 차량 사이로

맹인의 76번 버스가 좀체 보이지 않아도

타야 할 버스가 서너차례 지나가도

가만히 서서 기다려주어야 한다

발을 쿵쿵 구른다거나 헛기침을 한다거나

살아있음을 알리는 모든 곤혹스러운 소리는

삼켜야 한다 몸속의 정물이 소리를 내는 순간

맹인의 두 눈은 정확히 사물의 심상을 노리는

팽팽한 활시위가 된다 그러나

맹인이 겨누고 있는 소리를 볼 수 있다면

다가와 길 묻는 사람의 어두컴컴한

눈의 목소리를 들을 수 있다면

그땐 대답해주어도 좋다

여기가 어디입니까, 되물어도 좋다

_김지혜, 「여기가 어디입니까」 전문

위의 시는 이기적인 인식에서 출발한 '길'에 대한 다시 읽기를 시도한다. 다시 말해 표면, 사실, 말, 지시된 의미를 벗어난 "어두컴컴한 눈의 목소리"를 읽어보라 독자에게 권유한다. 세계는 늘 여자라는 존재를 봉사처럼 다룬다. 그들의 시선을 인정하지 않는다. 그런 방식으로 만들어진 이야기(길)는 늘 "몸 속의 정물"처럼 웅크린 여성의 욕망을 사장시키고 있다. 중요한 것은 여성의 침묵을 대치하는 말 또는 무언가를 배격하며 만들어낸 의미의 통로, '길'에 대한 고정관념들일 것이다. 즉 여자의 말은 말이 안 된다는 식의 논리 말이다. 그래서 여자는 "발을 쿵쿵 구른다거나 헛기침을 한다거나/ 살아있음을 알리는 모든 곤혹스러운 소리는/ 삼켜야 한다." 남성의 시선은 여자가 더듬어가고픈 모든 것을 지운다. "소리는 사라지고/ 가야 할 곳도 사라지고/ 옆에 다가선 사람은 죽어버린 정물이 된다." 하지만 그런 정물처럼 서서 텅 빈 허공을 더듬는 "맹인이 겨누고 있는 소리를 볼 수 있다면" 여자라는 장소와 의미의 토대를 물을 수 있다. 즉 펜을 쥐고 언어를 동원할 수밖에 없게 하는 지워진 몸짓과 의미들을 읽을 수 있을 것이다. 길거리에 서서, 또 다른 내면의 풍경을 살고 있는 맹인처럼, 여자의 펜은 자못 광기어린, 그러나 흥겨운 우주를 더듬는다.

神舞에 취한 저 여자, 사뿐사뿐 날아오르더니 어느새 천하를 호령하여 발아래 들어앉히네 산 자들의 한과 망자들의 혼, 천지사방 神氣 모두 불러 들여 젖빛 버선발로 자분자분 내통하네 장군칼 양손에 쥐고 가슴 쭉 울화 쓸어올리며 솟구칠 땐 오, 저 여자의 허리, 저승의 곡선으로 팽팽히 휘어지네 베어도 베어지지 않는 곡선, 저 유연한 칼을 온몸에 품고서 여자의 맨발이 작두 위로 오르네 칼과 칼이 부딪히네 피 한 방울 튀지 않는 死線에서 곡선의 흥이 홀로 맹렬하네

_김지혜, 「곡선에 대하여」 전문

"神舞에 취한 저 여자"는 "천하를 호령하"는 "장군칼"을 들고 광기의 춤을 춘다. 무녀는 작두날 위에 올라 일상적 몸짓을 벗어난 흥, 혼돈, 광녀의 춤을 보여준다. 그녀의 춤은 이야기 속에서 규정된 자아, 언어, 의식, 체제, 우주, 모든 사유범주 속에 너무나 넓고 깊게 뿌리뻗고 있는 것들을 무화시키는 춤이다. 무녀의 춤은 신과 인간을, 산 자와 죽은 자를 대립시키지 않는다. "산 자들의 한과 망자들의 혼"도, 남성도 여성도 구분하지 않는다. 그녀가 양손에 틀어쥔 "장군칼"은 규정하고, 삭제하고, 배치하는 인식의 칼이 아니라 "베어도 베어지지 않는 곡선"의 춤을 춘다.

이렇게 장군칼을 들고 춤추는 무녀는 이쁜 무도회의 공주가 아니다. 남성의 에스코트로 인도하는 길을 따라, 그의 이야기로 걸어들어가지 않는다. 짧은 무도회의 춤을 추고 나와 다시 부엌데기가 되어 유리구두의 호출을 기다리지 않는다. 무녀의 춤은 자신의 황홀로 가득한 우주 속에 산 자든 죽은 자든, 남자든 여자든 다 불러들인다. 자신에게 걸려 있던 마법을 찢고, 그녀의 주술 속으로 세상을 초대하는 것이다. 그렇게 황홀에 가닿는 우주적 자아의 가면을 쓰고 그녀는 백지의 세상을 살고 있다. 글쓰기 속에서 그녀는 세계가 덮어씌운 인식의 꺼풀을 하나씩 열어젖힌다. 이미지의 베일과 가면을 찢어낼 때마다 거기 없었던 자신, 언제나 죽어 있었던 '나'들을 다시 만난다. 하지만 아직도 세상은 너무나 어둡고 외로운 죽음의 자정이다.

눈을 떠 바라보지만 창 밖은 여전히 캄캄하다 한 치 앞이 가늠되지 않는 강, 저 불투명한 띠 속으로 무수히 많은 생이 스쳐가거나 흘러가고 있음을 두 눈은 안다 창에 비친 동공이 끊임없이 흔들리고 있는 탓이다 동공이 흔들리면 창 밖의 암흑도 흔들린다 암흑이 흔들리는 한 나는 아직 살아 있는 것, 피로한 각질의 날들을 나는 계속 의심하며 왔다

_김지혜, 「어둠의 강」 부분

창밖의 풍경은 끊임없이 변하지만 죽음 같은 '암흑'이 지속되는 건 마찬가지다. 그녀는 그 죽음을 노려보고 의혹하고 있다. 자정의 창가에는 "한 치 앞이 가늠되지 않는 강"처럼 불빛도 자동차도 흘러간다. 모든 것이 완강하게 하나의 행처럼 보이지만 "저 불투명한 띠 속으로 무수히 많은 생이 스쳐가거나 흘러가고 있음을 두 눈은 안다." 그녀의 초점이 "창에 비친 동공이 끊임없이 흔들리고 있는 탓이다." 이성, 사실, 관념의 '각질'에 덮여 그녀는 얼마나 많은 욕망을 고정시키고, 이야기의 무게에 눌려 자신을 죽은 자로 박제해 왔던가. 사람들이 사랑하는 그 완강한 가면들을 그녀는 얼마나 깊이

증오해 왔던가. 하지만 화자의 눈은 그 죽음의 자정 바닥까지 잠겨보길 바란다. 마치 핏물에 잠겨 자신의 새 얼굴을 기다리는 순간처럼. 아직은 완전한 얼굴로 태어나지 못했지만, 그녀의 얼굴에 드리운 어둠은 아직 그녀의 얼굴에 들러붙은 축축한 상처의 거즈인지도 모른다. "암흑이 흔들리는 한 나는 아직 살아 있는 것"이고 죽음의 껍질과 환영의 표면을 뒤집고 솟구쳐 나올 수도 있으리라.

이렇게 여성시인들은 남들이 '가면'이라 번역하는 화자를 통해 자신의 삶을 살고 있다. 그들에게 현실은 가짜이고, 그 현실에서 억눌린 욕망을 번역하는 잡다한 방언들이 만들어낸 문법을 현실로서 살고 있다. 물론 그러한 공간은 절대로 이상적인 세계가 아니다. 그녀의 욕망을 제대로 소통시키지 못하는 제국의 표준어를 등에 지고 낑낑대야 하니까. 그 말 못하는 슬프고 고독하고 쓰디쓴 표정을 당신은 얼마나 사랑하는가. 탈현대라는 허울 좋은 수사에도 불구하고 결단코 제대로 해체되지 않는 그 완강한 삶의 서사를 얼마나 고집해 왔던가. 하지만 그건, 당신들이 걸어놓은 마법이라고 그녀들은 말한다. 여성시인들은 당신이 사랑하는 그 여자를 스스로 살해하는 핏물의 제의를 거쳐, 백지 속의 새 얼굴을 가진다. 그렇게 착하고 어리석은 여자, 미련한 곰탱이, 콧대가 뭉개진 질서 속에서도 다르게 쓰는 법, '신생'의 주술을 궁리하는 자들이 여성시인이므로.

—『신생』 2007 봄호

색인

ㄱ

가면 5,74, 109, 156, 196, 202, 207, 235,
　251, 257, 306, 314, 324, 333, 334
가족적인 금지 141
가학성 64, 81, 83, 202, 311
간통 114, 281~282
감각의 교환 83
거미 169, 188, 191
거울효과 85
게이 161~163, 229, 237, 259
결핍 58, 88~89, 93
결혼 92~111, 131~132, 144, 250, 274,
　278, 303, 316, 318
계모 162
계약 109, 210~211
고갈 20, 25, 43~46, 58, 169, 189,
　203~212, 267, 283
고미숙 256
공空 179
과학주의 260
관례 131, 251
관음증 75, 160, 171
광기 23~26, 38, 50, 53, 63~66, 82~85,
　122 133, 153, 181, 174, 185, 188,
　190, 195, 203, 242, 263, 324, 332
광폭 60, 80, 141, 151, 184, 186, 198
권혁웅 92, 261
규범 131, 161, 207~208, 231, 238, 321
균형 131, 235
『그 여름의 끝』 27
그노시스파gnosticism 267

그림글씨 137, 142, 155
『그림자들』 57
근친상간 141, 144, 162, 185, 279, 281
금륜도金輪圖 179
금지된 딸 256
기관적인 눈 196
기든스 314
기하학 129~130, 137, 175, 67, 283,
기형도 20, 34~47,
김기택 100
김상미 107
김수이 256
김승희 105, 256, 264
김언희 297~298, 309, 311
김영승 98~100
김용범 114
김인희 260, 267, 276, 280~291
김재혁 183
김정란 256
김종미 315~219
김중식 19
김지혜 330~333
김참 57
김충규 113
김태형 81~82
김혜순 108, 256, 311
김혜영 256
『꽃잎 같은 새벽 네시』 57

ㄴ

나르시시즘 132, 134, 140~141, 173,
    198, 212, 264
나르시시즘적 응시 143
나치 139
나혜석 104~105
남근 할례 18
남색자 110
남성성 166, 259, 261
남성적 스펙트럼 284, 287
남진우 204~226
님창 167
『남해금산』 26
납골당 217, 220
『내게 거짓말을 해봐』 90
내관內觀적 지혜 175
『너희가 재즈를 믿느냐』 90

ㄷ

다윈 20, 141, 145
단일성unity 131
『단편들』 78
달의 자손 88
데카당스 39, 160, 204
데카당티즘 182, 189, 202~203
도착성 204~208, 215, 221, 226
독 25, 29, 31, 83, 163, 169, 192, 214
농성애 229
동왕공東王公 212
『두 번 쓸쓸한 전화』 249~250

두개골 숭배자 196
두족류頭足類 142
뒤집어 읽기 252
『뒹구는 돌은 언제 잠깨는가』 15~16, 23, 26
듀이 143
드라큘라 166~167, 198, 293~294, 303
디오니소스 141, 153, 168, 172
『또 다른 변신을 향해서』 182

ㄹ

락시미 162
레즈비언 162, 229
『렌의 애가』 249
로트레아몽 82~83
루소 140, 143, 165
르네 지라르 309
르네상스 127
『리그 베다Rg-veda』 121
리비도 140~141
링가linga 169

ㅁ

마광수 90
마라 26~31
마르크스 73, 95, 99
마야 22, 26, 31~33, 153, 179
마야문명 121
마조히즘 151, 186, 302
마하칼라mahaka 173

만다라 179, 286~287

만월 215, 286, 288, 290

『말도로르의 노래』 82

『말라죽은 앵두나무 아래 잠자는 저 여자』 297

매음굴 276, 280

멀티포엠 203

메두사 122~123, 129, 132~138, 166~171, 196

『메두사의 머리Medusa' s Head』 196

메디아Medea 162

모나리자 293, 299~300

몰록Moloch 49

몽유병자 162, 210, 217, 221

몽정 75

묵시와 생성의 우주 288

문정희 112

문혜원 256

물고기 178, 275~275

뮤즈 174, 267~268, 277~279, 288~290

미래파 228, 239

미트라Mitra 121

밀러Anderew H. Miller 50

밀턴 159

바흐만 122

박강우 53~55

박상순 21, 139~143, 152~158, 311

박정대 21, 77~78

반미학 292, 294, 296

배꼽 31~33, 86, 162, 269

배용제 21

백민석 295

백일몽 53, 74, 78~80, 139, 142, 148, 189, 243

백지상태tabula rasa 143

버림받은 장자 205

버클리 143

법칙 131, 310, 321

「변신」 15

변지연 256

『별들은 여자를 나누어 가진다』 266, 274

보드리야르 61, 69

보들레르 90

부두교vodoo 285~286

부르주아지 69, 190

블랙 유머 311

블레이크 140

비슈누 162

ㅂ

바기나vagina 169

바루나varuna 121

바알Baal 49

바타유 88~89

ㅅ

SF적 상상 57

사도마조히스트 229

사드Marquis de Sade 89~90, 140~148, 53, 208, 223, 293

사디스트 186

사이보그 54, 60, 312

사탄Satan 160

산테리아santeria 285

살해의 충동 54, 140

『상징적 형식에 대한 철학The Philosophy of Symbolic Forms』 207

새로운 취미』 315

새엄마 241~244

생리혈 168

생명의 물 271

생명의 언어 274, 226

생체정치학biopolitics 69

샤리 벨 존 297

샤먼 132

섬뜩함uncanny 50

성귀수 131~137, 311

성미정 311

성의 스펙터클 74

성적 십자가 281

성전환 132, 168, 229

세대적 근친상간 279

섹슈얼리티 72, 124, 127, 164~165

섹시즘107, 109, 260~263, 279

셸리 91

소도미sodomy 82

소돔 140, 148, 280

『소돔의 나날Days of Sodom』 208

소멸의 지평선 183

소크라테스 179

송찬호 21

수음 75, 160, 206, 212, 226

순결 128, 213, 215, 251, 280, 288, 315

슈라Surya 121

스카이 컬트sky-cult 121

스핑크스161, 266, 276~283

『슬픈 게이』 163

시뮬라크라simulacra 69

시바 162

시운동 35, 124, 218

시적 의만擬娩 276

신성한 근친상간 144

신성한 남매 144

신성한 신부 280

신용목 83

신체기관 177

『실낙원』 159

실증주의 260

심령학 34, 35, 38

심리적 사탄 213

심재휘 113

ㅇ

2단계 나르시시즘 140

『아, 입이 없는 것들』 28, 32

아니마 173~185, 180, 204~205

『아담의 상처는 둥글다』 266, 280, 285

아르토 298

아리스토텔레스 209

아리스토파네스 87

아방가르드 182, 293~294

아버지의 법 44, 162

아버지의 이름 158

아수라Asura 163

아아펩Aapep 132

아이섹스eye sex 171

아트만atmam 162

아폴론 121~131, 161~165

악마성 49, 140, 207~208, 210, 218, 285

악마의 이빨 169

악의 신부들

안드레 도르킨Andrea Dworkin 69

안창홍 183

안티클라이맥스anticlimax 67

안현미 312, 321~324

안효희 56~57

알 31, 40, 169, 189

알레고리적 서사allegorical narrative 280

알렌 긴즈버그Allen Ginsberg 49

야마Yama 144

야미Yami 144

약사여래 290

얀트라yantra 169

양성성bisexuality 162

양성인androgyny 162

양수 210, 271

언더그라운드 문화 35

엄경희 256

엄마 38, 139~166, 187, 223, 241~244,
    268, 272, 278~281, 302, 318

에로스 88, 110, 116, 257

에로티즘 87~94, 102~116, 153

『에로티즘의 역사』 89

에로티카 69

에로틱한 종교화들 175

에이즈 169~175

엔트로피 287

여류 252

여성 디오니소스 141

여성살해 153

여성시 252, 260, 263, 313

여성신 163

여성의 영female sprit 127, 132, 204

여성적 발산 284

여성주의 비평 247~265

『여장남자 시코쿠』 236, 238

『여황의 슬픔』 266~269, 278, 283, 288

역사적 서사historical narrative 280

역사주의 260

엽기성 295

영적 질병 175

영적 체험 175

영적인 가면 207

영적인 섹스 드라마 269

영적인 쌍둥이 289

영적인 오나니즘 206

예언된 만남 281

『오, 그 자가 입을 벌리면』 330

오나니즘Onanism 206

오륜五輪 사상 179

오르가슴 161, 269, 272, 25~276, 293,
    300~302, 308

오이디푸스와 엄마의 결혼 144
오이디푸스적 가족 207
오컬트 35, 203, 285
오컬티즘
오탁번 11
오필리아 141, 157
외설 89~91, 190
요가yoga 269
요니 169, 171, 269
요한계시록 48, 225
『우리는 이제 소멸의 지평선을 넘어간다』
　183
우먼 엔비women envy 134
우울 43, 45~46, 184, 190
운명의 상징체계 284
『울부짖음Howl』 49
워즈워스 140, 165
원구식 248
원죄 163, 211
위버맨쉬Ubermensch 267
유명계幽冥界 188
유아성 141
유토피아 55, 99
육체적 지시bodily knowledge 143
융 179
의식의 기하학 283
이경호 26
이근화 325, 327, 329
이기와 115
이상 182~83, 189
이선이 256

이성 19, 22, 31, 44, 50, 88~89
이성복 15~32
이성주의자 38, 190, 196, 202~203
이수명 109
이수익 111
이숭원 249, 251
이승하 92~93
이승훈 91~92
이식 63, 257, 306
이윤학 21
이재훈 59, 60, 85
이재훈
이향지 247, 265
이혜원 256
인도 101~102, 121, 162, 165, 169,
　175~177, 273
인드라 162
인식의 현기증 126
일자一者 269
임포텐츠 20, 127
입체파 183

ㅈ

자궁의 방 280
자기애의 위기 100
자동기술 75, 78, 184
자륜字輪 286
잔혹의 감수성 50~51, 65~66
장경기 182~203
장정일 34, 90

재난 15, 67, 69, 195, 298, 306, 328~329

재즈/포르노적 글쓰기 90

전조omen 267

전족 277

점성학 267, 284

정끝별 256

정신분열증자 192

정액 271, 275, 280

정효구 256

제물 32, 55, 58, 66, 123, 148, 213, 215, 222

제식적인 할례 166

제우스 88

제의적 클라이맥스 276

젠더 164

조동범 63

조로아스터 121, 267

조윤희 311

조하혜 109, 311

조화 88, 127, 131, 220, 277

존 로크 143

죄의식 186

주물적 환상 134

주병률 183

『죽은 자를 위한 기도』 206

죽음과 재생 123

죽음의 미학 19~20

『즐거운 사라』 90

지구의 자손 88

지옥의 삼위일체 59

징벌과 경계 202

ㅊ

창녀 23~25, 116, 208~281, 305~318

채호기 83, 160~180, 259, 311

처녀 141, 241, 250~251, 268, 316

첫 엄마의 자궁 268

첫 인간의 잠 204

최면 79~82, 215

최인자 249, 251

최정례 107

최종천 92

최춘희 183

치명성 110, 182, 188, 190, 257, 294, 311

『침대에서의 철학 Philosoph in the Bedroom』 145

ㅋ

카르마 22, 32, 35

카마수트라 101, 103

카사노바 109~110

『카사노바』 110

카시러Cassirer 207

카프카 15, 17, 67

칼리Kali 165

캠벨Cambell 121

커밍아웃 229~231, 242~243

컬트 302

컬트영화 190

케플러 270

코드의 독점권momopoly of code 69

코발레프스카야Kovalevskaya 79

쾌락 18, 25, 53, 64, 72~85, 93, 102~118, 160~169, 180, 203, 229, 244, 280, 294~295, 298, 300~310, 319, 324

퀴어queer 229

크리스테바 100, 134, 155

클리토리스 절단 168

킬러 166~168, 306

ㅌ

태극 269, 271

『태양미사』 264

태양의 자손 88

토마스 모어 99

토템 140, 152, 169

『토템과 금기Totem and Taboo』 140

ㅍ

팰러스 271, 281

퍼소나 161, 227

페니스 12, 137, 160~161, 166~167, 177, 187, 271, 275, 284,

페드라Phaedra 162

페르세우스 166

페미니즘 248, 252~258, 262~263

페티시즘fetishism 44, 68, 79, 86, 208

포르노 231, 302

포르노그래피

포르노스Pornos 69

폭군여왕 240~242

폴 드 만 280

폴터가이스트poltergeist 현상 36

푸루사purusa 162

푸코 69, 106, 127, 152

프라이 143

프로이트 38, 43, 71~72, 140~143, 151, 196, 207, 215, 275, 279

플라토닉 성애 127

플라톤 87, 131, 162, 165, 176, 274

플러머 312

피학성 64, 83, 311

ㅎ

하드코어 83, 86

하이데거 134

한명희 249, 250~251

한영옥 108

한혜련 256

함기석 21, 72, 311

『해체시집』 124

『향연Symposyum』 87

허정 256

형수 185, 197, 198

『호랑가시나무의 기억』 27

호모섹슈얼 137

혼돈 44, 53, 66, 75, 121~130, 136, 237, 269, 332

혼음混淫 104

홀로그램 78, 183, 184

화염배광火炎背光 175

황병승 228~235, 239, 240, 243

황지우 113

황폐한 바다 210

흡혈귀 58, 83, 166~169, 198, 205, 211~217

천사면서 흡혈귀angel-vampire 132

힌두이즘 280

힙폴리투스Hipplytus 162